图书在版编目（CIP）数据

等雨停 / 蔚空著.--青岛：青岛出版社，2018.6

ISBN 978-7-5552-6887-1

Ⅰ．①等… Ⅱ．①蔚… Ⅲ．①长篇小说－中国－当代

①I247.5

中国版本图书馆CIP数据核字(2018)第064943号

名	等雨停
者	蔚　空
行	青岛出版社
址	青岛市海尔路182号（266061）
址	http://www.qdpub.com
话	010-85787680-8015　13335059110
	0532-85814750（传真）　0532-68068026
辑	郭林祥
对	耿道川
辑	崔　悦　吴梦婷
计	千　千
排	梁　霞
刷	三河市航远印刷有限公司
期	2018年6月第1版　　2018年6月第1次印刷
本	32开（880mm×1230mm）
张	15.5
数	266千
号	ISBN 978-7-5552-6887-1
价	55.00元

质量、盗版监督服务电话　4006532017　0532-68068638

别类别:畅销·青春文学

DENG

YI

TIN

等雨停

蔚空 作品

[上册]

青岛出版社
QINGDAO PUBLISHING HOUSE

IV.

书

著

出版发

社

本社网

邮购电

责任编

责任校

特约编

装帧设

照

印

出版日

开　印

字

书

定

编校印

建议陈

等雨停

目录 [下册]

第一章

曾经喜欢的少年

北雨买完东西从购物中心出来，发觉之前的晴空万里，不知何时已经大雨倾盆。

这就是南方的夏天，天气说变就变。

从商场门口走到路边打车，要穿过前面的停车场，距离说长不长，说短不短，但足以让她被淋成落汤鸡。

发型刚做了没两天，新染的栗色，显然不适合淋雨。

她看了眼旁边的咖啡厅，拎着购物袋折身钻了进去。

咖啡厅只有寥寥几桌顾客，比起外面的嘈杂，清静得像是另外一个世界。

北雨找了个靠窗的位子坐下，点了一杯摩卡。

咖啡厅的桌椅是小沙发式的卡座，椅背颇高，私密性不错，很适合约会聊天。寥寥几桌客人，看起来都像是情侣。

她这个进来避雨的单身女人，便显得有点格格不入。

当然，因为是美女，英俊的服务生很快就殷勤地来服务。

窗外大雨如注，有路人匆匆忙忙在雨中穿行，因为隔着玻璃，听不到外面的嘈杂，看起来像是在上演默剧。

北雨喝着咖啡，想着这雨也不知何时会停，有点百无聊赖。

背后的卡座有人在说话。

北雨没有偷听的爱好，不过因为隔得太近，除非塞着耳朵，不然总会听得到，何况还有一个脆生生的童声。

她刚刚落座的时候，无意间瞥了一眼那个卡座，隐约看到是一对男女和一个四五岁的男孩。本以为是一家三口，等坐下后，无意间听到他们的对话，才知道原来不是。

女人叫男人沈先生。

男人叫女人赵小姐。

小男孩叫男人爸爸，叫女人阿姨。

听起来竟然是在相亲。

带着孩子来相亲，有点意思。北雨挑挑眉，低头喝了口咖啡。

"沈先生，听说你在NASA工作过，我感觉很有趣，可以给我说说吗？"女人似乎在努力找话题。

"我在NASA时间不长，做的不过是基础工作，没外界想象的有趣。"男人的声音低沉，语气很平淡，还有点疏离的冷，显然没打算多说。

"这样啊！"女人笑了笑，柔柔的笑声听起来不太自然。

"阿姨，我爸爸超级厉害的，他会操作遥控飞机，会组装火箭，会拍星星，还会做卤肉饭，你要是嫁给我爸爸，一定会成为世界上最幸福的女人。"这是小男孩脆生生的声音。

男人轻喝："沈飞舟，不要乱说话！"

小孩却置若罔闻，继续兴奋地说个不停："阿姨你放心，我两岁就能自己穿衣服，自己能照顾自己，你嫁给我爸爸不用担心要照顾我，要是以后你们生了弟弟妹妹，我肯定是个好哥哥。"

女人被逗笑："舟舟真棒。"

男人这时道："赵小姐，不好意思，可能有点误会。我很尊重赵教授，也知道他是您的伯父，所以才来这里和您见面。但我暂时真的没有发展一段男女关系的打算，更加没想过结婚，还麻烦您回去和赵教授好好解释一下。"

这语气虽然礼貌客气，声音听起来却不太有人情味，北雨想这一定是个冷漠无趣的男人。

女人还没说话，小孩子已经急急开口道："爸爸，你怎么会没想过结婚呢？上次你答应太爷爷会考虑的。赵阿姨这么漂亮，我想要她当我妈妈。"

"我那是骗太爷爷的。"男人淡淡道。

小男孩抗议："你怎么能骗太爷爷？你说过小孩子不能说谎，大人更不能说谎的。"

男人的声音依旧平淡："太爷爷已经八十岁了，我说的是善意的谎言。"

"既然知道太爷爷已经八十岁，你就应该让他开心，娶一个老婆，给我找一个妈妈。"

"沈先生，你的话我会转告给我伯父的，谢谢你的咖啡，那我就先走了。"父子两你一句我一句聊着，显然是忘了对面还有个尴尬的女人。

细微的响动，是女人起身离开。

北雨放下咖啡杯，抬头看向从后面走来的女人。

身材高挑，穿着有品位，光是侧面和背影，就能看出是个气质美女。

而且看着很年轻，顶多也就二十五六岁。

北雨想不出这样的女人，为什么会和一个带着孩子的男人相亲？

最重要的是，还被自己身后那位单身爸爸拒绝了。

现在的女人都这么恨嫁吗？

呵！奇怪的世道。

她对背后还没离开的男人，忽然有点好奇。

她想了想，悄悄扭头往后看去，入眼之处是个留着短发的男人的后脑勺，一个小男孩趴在他的肩膀上，垂着眼睛，长长的睫毛微微跳动，看起来有点不高兴。

男人摸了摸他的脑袋："你喜欢刚刚那个赵阿姨？想要她做你的妈妈？"

男孩点点头，又摇摇头，噘着嘴奶声奶气道："我就是想要爸爸结婚，前几天我看到电视里一个老爷爷说，三十岁不结婚就该判刑。爸爸你马上就三十岁了，我不想你坐牢。你坐牢了我就得给你送饭，我又不会做饭。"

小男孩四五岁的样子，头发乌黑，脸蛋雪白，看起来十分可爱。

这一段认真的话说出来，就更加让人觉得可爱。

于是北雨一个没忍住，扑哧一声低笑出来。

她的笑声惊动了身后的父子俩，不过在两人看过来之前，她已经缩了回去，低头端起咖啡装模作样去喝。

偷听别人说话被发现，就算她脸皮再厚，还是有点不好意思的。

背后的男人招来了服务生结账。

窸窸窣窣的声音，听起来是在起身准备离开。

北雨转身看向窗外。

她感觉那人在她座位旁停留了片刻，似乎是在看她，大概是对她这个偷听者表示不满。

看什么看？！

北雨朝空气翻了个白眼，这是公共场合，她又不是故意偷听的。

好吧！刚刚她确实是故意的。

于是她十分顽强地没转头，只给身后的人留了个心虚的背影。

直到听到他们离开的脚步声，她仍旧趴在玻璃窗前一动不动地假装看雨。

外面的雨势在减小。

北雨正要坐正，玻璃窗外忽然冒出一个小男孩，咧嘴朝她笑。

乌溜溜的大眼睛纯真又狡黠，正是刚刚那孩子。

看清了正脸，北雨发觉这小鬼比她想象的更好看。

北雨对小孩子兴趣不大，但漂亮的小孩谁不喜欢呢？何况这个小正太还在主动对她笑。

于是北雨也朝他笑，手贴在玻璃上逗他。

或许是觉得隔着玻璃很好玩，男孩双手贴在玻璃上，笑嘻嘻地和她互动起来。

而就在此时，他身后走上来一个男人，双手放在他的肩膀上将他微微拉了拉。

坐在玻璃窗内的北雨，视线只到外面男人的腰。但她知道是刚刚坐在自己后座的男人。

毕竟刚刚偷听了人家说话，虽然好奇，但她还是忍住没抬头去看那人到底长什么模样，只继续假模假样逗小孩。

哪知那个男人却忽然在男孩身旁蹲下，一张脸赫然出现在她眼前。

近在咫尺，她想别开已经来不及。

对北雨来说，那是一张看一眼就很难忘记的脸。

所以她瞬间就认了出来。

轮廓分明，眉目英挺，一双黑眸深邃如幽泉，看起来很冷峻，嘴角的弧度似乎天生就微微上扬，却不是笑，而是一种浑然天成的倨傲。

除了那块隔开内外的玻璃，男人和北雨此刻的距离近得不可思议。

因为隔得太近，她甚至连他的睫毛都看得很清楚。

男人面无表情，漆黑如墨的眼睛淡淡地看了她一眼，平淡得像是目光不经意掠过一般。然后他将小男孩抱起来，转身朝已经转为淅淅沥沥的雨中走去。

前后不过几秒。

以至于北雨还没来得及给出一个恰当的表情，就目光直直地跟着他的背影移动。

男人穿着米色衬衣，身材颀长，走得不紧不慢，在匆匆的路人中，看起来鹤立鸡群。

趴在他肩膀上的小男孩，笑眯眯地朝北雨挥手，又附在男人耳边不知说了什么。

男人轻描淡写地点点头，却没有回头。

活泼可爱的儿子，冷若冰山的父亲。

一对有意思的父子。

虽然刚刚只匆匆看一眼，但之前令北雨费解的问题——一个年轻漂亮的女孩，为什么愿意和带着孩子的男人相亲？

她有了答案。

因为这可是一个曾经她迷恋过的人。

北雨看着那对父子的背影越走越远，直到消失在视野中，她才回过身，端起快要发凉的咖啡又喝了一口。

她不知道如何形容自己的心情。

有点莫名的兴奋，好像要飞起来。

她放下杯子，不知为何觉得有点好笑，自顾自地耸耸肩，良久之后，自言自语哇哦了一声。

买了单，起身离开时，江越的电话恰好打来。

北雨边往外走边接听。

"江二狗，你猜我刚刚看见谁了？"她没压抑心中的兴奋。

那头的江越不以为意："你不如让我猜地球什么时候灭亡。"

北雨也不跟他掐，笑道："你高中同学！"

江越嗤道："我还以为你看到美国总统了呢！看到我高中同学有什么稀奇的？"

"因为不是普通高中同学啊！"

江越笑道："难不成我高中同学里还有三头六臂的？说吧，谁啊？"

北雨道："沈洛。"

那头的江越愣了下，坏笑道："我说呢，说什么我高中同学，直接说你高中初恋不就得了，我一准猜得到。"他笑完顿了顿，又问，"他高中毕业不是直接去美国那什么麻省理工了吗？现在得是美国公民了吧？当年他留了个QQ，我就从来没戳活过。高中群里一聊天，一准会有人提起他，可惜他没和任何人有过联系，亏我当年还当他是朋友。话说回来，人家是天才，和咱们凡人不是一个世界的。对了，那哥们儿现在干吗呢？"

"谁知道呢？"北雨走到了外面，有点心旷神怡，不知是因为雨后的清新空气，还是刚刚遇到了一个故人。

"你没问一下？"

"我就是看到了他，没跟他打招呼。"北雨顿了顿，又补了一句，"估计他早就不记得我了。"

"也是，当年你那不叫初恋，只能算暗恋。哈哈哈……"

北雨也不恼，只故意阴恻恻笑了两声："很好笑吗？当年你追校花，被人家老爹找到学校告状，是不是也想我帮你回忆一下往事啊？"

"行行行，我不笑。这不是你先跟我提的吗？"

"我就是觉得有意思，和你分享一下。"

"怎么个有意思法？"

"人家当爹了。"

"这个年纪不是挺正常吗？你不会还惦记着人家吧？"

"怎么可能？都几百年前的破事了。我是看到他现在是单身父亲，所以觉得有意思。"

"啊？不是吧？"

"而且还带着儿子来相亲。"

江越愣了下，大笑："那真是太有意思了！这算不算高岭之花堕入凡间？"

高岭之花？

北雨跟江越扯了几句，挂了电话，握着手机自顾自地笑了笑，脑子里浮现刚刚看到的男人的模样。

转眼十几年过去了，其实有点恍若隔世。

但她不得不承认，岁月对沈洛似乎格外偏心。

她这两年偶尔遇到当年的老同学，不少男生在岁月这把杀猪刀下，面目全非，惨不忍睹。

而他不过是从当年清风明月般的冷傲少年变成了一个成熟的冷峻男人。

即使他已经成为一个父亲。

想到这里，北雨竟然有种与有荣焉的小自豪。

看！当年她喜欢的可是这个男人，不是毕业没两年就开始发福的张

8

三，也不是三十岁不到就有秃顶迹象的李四。

于是当年自己做过的那些傻事，现在再想起来，也就变得有些可爱了。

只是不知为何，忽然又有点怅然。

她发了会儿呆，拿出手机，拍了张淅淅沥沥的雨景，发到自己那拥有几十万粉丝的微博，配了一句酸不溜丢的文字：下雨了，别人在等伞，而我等雨停。

北雨的父母是本城最大的国有厂员工，父亲是厂里的总工，母亲是后勤科长。她在国有厂大院里出生长大，从托儿所到初中，读的都是子弟学校。

在十五岁之前，这就是她的整个世界。

而在这个小世界里，她是当之无愧的天之骄女。父母在国有厂身居高位，自己从小漂亮聪明，在子弟学校的九年，年年都考第一。

而且她还会玩儿，在家属院一众小伙伴当中，她充当着领头羊的角色。幼时那些乐此不疲的游戏里，她是雅典娜，是美少女战士，是女侠，是拯救苍生的大英雄。

十五岁之前，她几乎不知忧愁为何物，快乐得几近张扬，肆意得几乎妄为。

在众星捧月的那些年里，北雨觉得自己长大后必定闪闪发光，与众不同。

只是，这样的玛丽苏梦，在她的十五岁那年戛然而止。

在子弟学校做了九年第一的北雨，顺利考上本市最好的高中——江城二中。

她意气风发、志气满满，抒袖子准备开始人生新阶段。

哪知两个月后，就遭遇了十五年来第一场灾难性的打击。高一第一学期的期中考试，她考了全班第二十五名。

班上五十个人，二十五名恰好排在中间。

在学生时代，中不溜的成绩，便是最不起眼、最容易遭老师们忽视的那一类。

而北雨做了九年的焦点，这个事实对她来说实在是太残酷。

二十五？还不如二百五呢！

除了特长生，能考上二中的，都是全市各个初中的优等生。北雨虽然心高气傲，但是倒没有盲目自信到自己会跟以前一样考第一，她甚至比从前更努力。

可万万没想到，二十五名就这么不期而至。

二十五这个数字，让北雨意识到在刚刚到来的新世界里，自己只是一个普通得不能再普通的女生。

而这里也并不缺少真正引人注目的人。

比如班上考第一的许灵，长得还跟天仙一样漂亮。

比如坐在她后面的邵云溪，三天两头躲在桌下看漫画，考试还迟到了两门，可人家照样拿了第二。

连她难姐难妹的同桌吴楠楠，虽然比她差了一名，但人家老爸是市三把手，班主任在她面前说话都很客气。

在这所卧虎藏龙的高中，北雨成为泯然众人的一个。

期中考试成绩出来后那几天，二十五这个数字一直盘旋在北雨脑子里，连晚上做梦都是，简直成了挥之不去的梦魇。

让一个被人夸了九年天才的少女，接受自己只是个普通女孩这个现实，确实有点残酷。

对于习惯赞赏和众星捧月的女孩，没什么是比泯然众人更恐怖的事了。

北雨小时候有三个梦想。

长大后拥有一间糖果屋。

考上名牌大学，做居里夫人。

环游世界。

后来年岁渐长，慢慢不爱吃糖了，第一个梦想就自动消失了。

而第二个梦想在她十五岁那年也面临岌岌可危的命运。

那是北雨第一次意识到成长的可怕，它就是一个长满獠牙的怪兽，将儿时的梦想一点一点吃掉。

期中成绩是周一出来的，北雨的坏心情一直到周六都没怎么好转。

二中是寄宿制，单休，周六下午放学就可以回家了。

这个星期北雨没骑单车来学校，和江越说好等他载她回去。

放学后，她和同桌吴楠楠一起下楼，因为都要等人，两人就在楼下站着闲聊。

身旁的公告栏上贴着红榜，是高三这次期中前十的名单。

说话间，吴楠楠目光瞥到上面，轻呼一声："要不要这么恐怖？理科第一名720分，比第二名高了60多分。"

北雨这才转头认真去看红榜上的名字。

排在最上面的分数果然是720分，比第二名高了60多分，后面的倒是相差不多。

众所周知，二中平时考试的难度，远远高于历年高考，通常最高分也就是650分左右，几乎从来没有出现过700多这种变态分数。

北雨盯着720分前面的"沈洛"两个字，有点出神。

吴楠楠啧啧两声："果然是洛神。"

北雨咦一声，疑惑地看她："什么洛神？"

吴楠楠抬手指了指公告栏的名字："沈洛啊！你没听过？"

北雨摇头，这才开学两个月，班上的人都还没认全呢，班级以外的人和事，她就更不知道多少了。她也就知道江越在二中也算个风云人物——以烂闻名。

吴楠楠来了兴致，笑道："就是这个考了720分的沈洛，这学期刚空降到咱们学校高三，第一次月考就拿走了年级第一，比第二名好像也是高了几十分。他们高三的人说他来了以后，其他尖子生就只能争第二了，所以大家都叫他洛神。"

北雨惊讶道："从哪里来的？这么厉害！"

大概是因为自己知道得挺多，吴楠楠有些得意地眨眨眼睛："当然厉害，人家那可是天才。听说他十岁上初中，十二岁上高中，十四岁考上科大少年班，好像是身体原因，读了一年就退学了，在家休养了两年，然后插到我们学校，重新读高三，一来就笑傲江湖。"

北雨想到自己的二十五名，有点悻悻然地暗叹：看！这才是真正的天才！

她这个井底之蛙从子弟学校走出来，终于见识了一个她从前不知道的大世界。

吴楠楠等的同伴很快下楼了，两人告别之后，公告栏前就只剩下北雨一个人。

她转头看了眼那红榜上的"沈洛"二字，不由得开始好奇真正的天才是什么样的。

如果她依然是第一名，可能对这个洛神不会有太大兴趣。但如今的她是班上第二十五名，对所谓真正的天才便好奇得有点抓心挠肺。

嗯，心驰神往。

她望着沈洛的名字出神了半晌，发觉周围不知何时变得很安静，才终于回过神。

抬起手腕看了下时间，已经放学半个多小时，可还没见着江越的鬼影子。

她懒得等下去，直接走到对面高三教学楼，噌噌跑到二楼十班去找人。

她来过一次江越的教室，算是轻车熟路。

江越是以体育生身份上的二中，人高马大的家伙就坐在教室靠后门的地方。

北雨跑到他们班上，从开着的后门探头进去，果然见江越还坐在位子上，旁边围了两个男生，好像凑在一块看什么。

北雨见教室里没剩几个人，悄悄走上前，站在江越背后，忽然用力拍了下他的肩膀："江二狗，你搞什么鬼？我等你半个多小时了。"

江越被吓了一大跳，差点儿从椅子上跌下去，手忙脚乱地将摊在桌上的小册子塞进桌内。

北雨眼尖，看到那册子是什么玩意儿后，鄙视地翻了个白眼。

十七八岁的男孩子，正是荷尔蒙分泌过剩的年纪，尤其是江越这种体育生，北雨虽然年纪小，但也知道是怎么回事。

江越惊魂未定地拍拍胸口，转头看向她，虚张声势吼道："北大嘴，知不知道人吓人会吓死人的？！"

两人从小一起长大，江越打会走路开始，就是个熊孩子、惹祸精。在国有厂家属大院，北雨是别人家的孩子，江越则是别人家的熊孩子。北雨一直充当江父江母的情报员，为此在江越口中得了个北大嘴的绰号。

江越旁边的两个男生看到是个漂亮女生，起哄坏笑道："哎哟喂！越哥，这小美女哪里来的？介绍介绍！"

"去去去！这是我妹。"江越挥手赶人。

"你妹？"两个男生笑得更贱，阴阳怪气唱起来，"你究竟有几个好妹妹？"

江越横眉冷竖，一人踹了一脚，两个家伙终于滚了。

北雨木着脸看着几个白痴打闹。

江越拿起书包，悄悄看了眼她，从桌子里掏出刚刚的小册子胡乱塞进书包里。

北雨道："江二狗，我眼睛又不瞎。"

江越觍着脸嘿嘿地笑："雨姐，看在我今天载你回去的分上，你可千万别告诉我爸妈。我跟你说男生看这个很正常的。"

北雨嗤了一声："你不要脸我还要脸呢！"

"走走走，咱们赶紧回家吃饭去，你妈说今晚做了糖醋排骨和红烧肉，我得去蹭饭。"江越扳住她的肩膀，将她转了个身往外推。

"沈洛。"教室里忽然有人唤了一声，"你走吗？不走的话，我把钥匙给你，你锁门。"

"走。"

北雨下意识转头循声看去，只见教室最后一排靠里的位置，一个颀长清瘦的男生，正站起身收拾书包。

他穿着一件深蓝色连帽衫，微微低着头，前额的头发垂下来。虽然落在北雨眼中的，只是一张侧脸，但配上刚刚的"沈洛"二字，已经足够让她惊心动魄。

有那么一瞬间，她忽然什么都听不到也看不到了，周遭一切好像蓦地安静，通通成为那道身影的背景。

这个身影与她十五年来看到过的所有男生，是如此不同。

霁月清风，遗世独立。

她忽然想到这两个词。

只是匆匆一瞥，北雨就将他的模样印在心里。

而之所以只匆匆一瞥，是因为她被江越推出了教室。

"看什么看！快走！"出了教室，江越松开扶住她肩膀的手，飞快朝楼梯跑，"你快点！要是没追上我，我就一个人骑车走了！"

平日里，北雨肯定得和他掐起来，但此时她的心思全在身后那人的动静上，根本就没空搭理江越的白痴表演。

后面响起脚步声，北雨知道是那个叫沈洛的男生出来了。

她的心忽然怦怦跳得厉害，想转头去看，又不敢。

脑子一片空白，连脚下的步子都开始有点紊乱。

走到楼道口时，她终于鼓起勇气回头，却发觉走廊上不知何时已经空空荡荡，哪里还有人影？

北雨重重舒了口气。

江越从楼下探出个头看上来，大叫道："北大嘴，你磨叽什么？是不是撞到鬼，魂儿被吸走了啊？"

还真是魂儿被吸走了！

北雨低头朝江越啐了一口："江二狗，我已经搜集一箩筐你在学校的丰功伟绩，今晚回去准备与江厂长和王会计好好聊聊。"

"雨姐，看在我待会儿要载你回去的分上，你不用这么狠吧？"

去车棚的路上，江越叽里呱啦聒噪不停，见北雨一直神色游离，没有反应，粗线条的他也看出了不对劲。

开了锁，他用手指戳了戳她的脑勺："怎么了？一脸丢了魂的样子。"

北雨脑子里还是刚刚沈洛的模样，心不在焉回道："没事。"

江越想了想，佯装不经意问："是不是这次没考好？我跟你说，二中跟咱们子弟中学可不一样，除了我这种特长生，其他都是尖子生上来的，哪个在初中不是数一数二的？好多从重点初中上来的还吊车尾呢！那些考前几名的都是变态。"

他其实打听过北雨的成绩，知道她只考了班级第二十五名。

两个人从小一起长大，北雨的性格他再清楚不过，臭丫头心高气傲，恐怕这回是个不小的打击。

他担心北雨接受不了。

而他不知道的是，因为沈洛的出现，二十五名的阴影几乎已经在北雨心里消失殆尽。就算江越此时提起，她也没觉得被碰到了伤口，满不在乎地噎他："我虽然考得不好，但又不是像你一样吊车尾，有什么好难过的？"

　　江越不在意中刀，挑着眉梢上下打量了她一番，见她虽然有点异常，但确实不像伤心的样子，便嘻嘻笑道："那就好。"说着拍拍单车座位，"走，哥带你回家。"

　　因为两人走得晚，路上行人稀稀拉拉。

　　北雨坐在江越的单车后座，抬头看了眼吭哧吭哧踩着单车的家伙，有点忍不住想跟他打听沈洛。

　　"江二狗，我问你个事儿！"

　　"说！小弟我知无不言，言无不尽。"

　　北雨翻了个白眼，正要开口，忽然瞥到人行道上一个熟悉的身影。

　　其实算不上熟悉，毕竟只是之前匆忙一瞥。

　　但那一瞥，已经足够深刻。

　　此时正值深秋，天色将晚，有风渐起。人行道上只有几个行人。

　　沈洛斜挎着书包走在前方的路上，将衣服的帽子戴在头上，耳朵里似乎塞着耳机在听歌，微微低着头，走得不急不缓。

　　北雨的心忽然跳得厉害，屏气凝神等着单车超过他，刚刚要和江越说的话，忘得一干二净。

　　一，二，三……

　　单车渐渐超过人行道上的男生。

　　在北雨的视线里，先是背影，然后是侧影，最后终于看到了他藏在帽子里的正脸。

　　斑驳的夕阳下，少年五官映丽的面孔沉静如水，像是从画中走出来。

北雨遥遥看着他，心扑通扑通跳得厉害。

本来微微低着头的沈洛，像是觉察到有人看他，忽然抬起头，朝这边看过来。

此时两人也不过十来米的距离，他黑沉沉的目光直直与北雨撞上，吓得她赶紧转过头。

因为动作太大，身下的单车狠狠晃了一下。

江越好不容易才稳住，大声叫道："你乱动个什么鬼！是不是想摔个狗吃屎啊？"

照平时，北雨早跟他掐起来了，但此时沈洛就在身后不远处，她的喉咙便像是被人掐住，一句话都说不出来。

直到单车到了前面转角时，北雨才又悄悄地往后转头。

可人行道上除了寥寥几个行人和被风吹落的树叶，哪里还有沈洛的影子。

她有种刚刚是在做梦的错觉。

余下半个小时的路程，江越依旧聒噪不停，北雨一句话都没听进去，只是偶尔敷衍地嗯呀两声，跟平日里判若两人。

江越认定她是被考试打击到，回到家后，他跑到对面的北雨家蹭饭，趁她不注意，悄悄钻进厨房，和北雨的母亲报告了这事。

北雨的父母素来疼爱女儿，吃晚饭的时候，也就故意没去问她期中考试的事。

没有人知道，北雨因为脑子里都是沈洛，早就将二十五名抛到了九霄云外。

吃完饭后，江越回了对面的家。北雨喜欢的综艺节目正好开始，可看了一会儿，就抓心挠肝地坐立难安，没等播完，就跑去了对面的江家。

江越正窝在房里打游戏，看她鬼鬼祟祟钻进来，翻了个白眼问："你要是不跟我父皇母后告状，咱们还是好兄妹，我柜子里的漫画你随便拿。"

北雨挪到他身旁，拉了个凳子坐下："江二狗，别把人心想得那么险恶，我就是有点事问你。"

江越斜了她一眼："对了，回来路上你就说过这话，后来屁都没放一个。到底要问什么？神神秘秘的。"

北雨欲盖弥彰地挺直身板："我之前不是忘了嘛，刚刚忽然又想起来了，也不是什么重要的事，就是……那个你们年级考第一的沈洛是你们班的吧？"

一个曾经叱咤子弟学校的前学霸对第一名感兴趣，江越觉得很正常，他漫不经心哦了声："我还以为什么事呢！是我们班的，这学期才来的。"

"你和他熟吗？"

江越摇头："那家伙有点怪怪的，总是独来独往，感觉有点变态，我和他话都没说过两句。"

北雨嗤了一声："人家七百多分，你两百分，从智商上就能碾压你，你当然觉得人家变态了。"

江越木着脸，对她挥挥手："再见！"

北雨想了想，又问："你们年级的人不是叫他洛神吗？你倒是说说看，他怎么个怪法？"

江越看她一眼，用手指了指自己头顶："眼睛长在这里。"

"人家学习厉害傲一点很正常啊！"

说到这个，江越就有点义愤填膺："我跟你说，他那可不是一点傲，我们每次去打球，我都会发挥团结友爱新同学的优良品德邀请他，想让他感受一下我们二中的温暖，但这家伙一次面子都没给我。我可是江越，二中'一哥'！"

北雨呸了声："你是二中一渣还差不多。"顿了顿，又道，"也许人家不会打球呢！毕竟这种学霸通常体育都不怎么样。"

江越冷笑两声："鬼扯！我一开始也以为是，后来有一次有人在教室里玩球，差点砸到他，被他完美避过接住，那单手拿球的手势，绝对是高手。"

北雨笑："那可能是人家太厉害，不屑跟你们这帮半吊子打吧！"

江越再次对她挥挥手："再见！"

北雨当然不会跟他再见，拉了拉他的袖子："不就是不愿跟你们打球嘛，怎么就怪了？你倒是说说还有什么别的怪法吗？"

江越狐疑地看了她一眼："我说北大嘴，你怎么对沈洛这么感兴趣？你见过他人？"

北雨赶紧摇头："没有啊！就是对能考七百多分的人有点好奇。"

江越点点头，咬牙切齿道："幸好你没见过人，不然我真怀疑你是不是暗恋人家。他转来这才两个多月，三天两头就有别班的女生来看人。"

江越虽然是个学渣，但身为一个阳光帅气的体育生，二中扛把子，自然是受女生欢迎的。

但沈洛一来，江越的风头就有点被他盖过了。毕竟在二中这种以升学率为目标的重点学校，一个长得好看的超级学霸，其吸引力显然远远高于江越这种学渣。

北雨听出他的愤愤不平，拍拍他的肩膀："原来你是嫉妒被人家抢了风头，直接说不就得了，男子汉大丈夫要勇于直面残酷的现实。"

说完北雨就幸灾乐祸大笑起来。

江越木着脸等她笑完："咱们兄妹一场，你还有没有点人性？"

"没有。"北雨摇头，忽然又想到了什么似的，问，"真有很多女生去看他？"

江越撇了撇嘴："是啊！还有人让我帮忙递情书呢。"

19

北雨心里忽然就有点闷闷的，就好像刚刚发现了一个绝世宝藏，才发觉原来早就有一堆人虎视眈眈。

她撇撇嘴："你们高三还挺闲的嘛！"

江越一本正经地点头："递情书的是舞蹈、音乐特长生，确实比较闲。"

"那不都是美女？"北雨的语气不自觉就有点酸溜溜。

"可不是嘛，不过沈洛一个眼神都没给她们。"

"真的？"

江越点头，又指了指自己的头顶，笑道："因为他的眼睛长在这里啊！"

虽然面前的人笑得很贱，但不知为何，北雨心中忽然就有点说不清道不明的暗喜。

她想起刚刚回家的路上，至少她得到了沈洛的一个眼神。

在北雨过去的十五年，她在国有厂这个小世界里太过顺风顺水，难免心高气傲，大院里一块儿长大的男孩，没一个能让她看得上眼。

于是直到今天之前，她从来没有过春心萌动。

十五岁才有了人生第一次悸动，比起许多同龄人，显然是有点晚了。

而晚来的后果，就是来势汹汹。

这大概就是青春期的老房子着了火。

也许是从小被众星捧月惯了，北雨的性格有些浑不吝，属于少女害羞的成分不多，所以对于这种突如其来的喜欢，并没有任何忐忑不安，只有一种蠢蠢欲动的兴奋。

在她即将泯然众人的青春里，忽然出现这么一个无与伦比男生，没有什么比这个更让她激动了。

以前单休对她来说眨眼就过，可这一次却好像度日如年。

隔日吃完午饭就提前溜回了学校。

高三的男生宿舍就在她们对面，回到宿舍的北雨，将自己的椅子拖到窗前，装模作样拿了本书看，眼睛却一直盯着对面宿舍楼的入口。

学校的晚自习七点开始。四五点时，对面有学生陆陆续续进出。

北雨的小心脏禁不住悬了起来，眼睛盯着门口，一动不动。

"北雨，你干吗呢？"返校的室友，进门后看到她坐在窗边，随口问道。

"啊？"北雨回神，"没干吗，就坐在窗边看书。"

室友笑："挺有闲情逸致的啊！"

北雨敷衍地嗯了一声，眼睛仍旧看着对面。

就在这时，她等的人终于出现在她的视线里。

北雨本来悬着的心，扑通扑通狂跳起来。

今天的沈洛穿着一件白色运动衫，斜挎着书包，耳朵上仍旧戴着耳机，仿佛与这个世界隔绝开来。

看到他快走到宿舍大门口，想着反正是背对着，北雨便有恃无恐地伸长脑袋，想看得更清楚。

不想，快要走进门内的沈洛，忽然停下脚步，像是觉察到什么一般，猛地转头朝对面女生宿舍看过来。

北雨猝不及防，吓得赶紧往回一缩，哪知屁股没坐稳，扑通一声，结结实实从椅子上摔下来。

"怎么了？！"她的动静也吓了两个室友一大跳。

北雨摆摆手："没事没事！"

她揉了揉被摔疼的屁股，懊恼地起身。

其实两栋宿舍楼隔得不近，她们的宿舍在三楼，就算是刚才沈洛看过来，也不见得能看清她，而且他也只是转头，并不代表发现了她的偷窥。

她心虚个什么鬼。

北雨这一跤摔得着实不轻，走路都扯得半边屁股疼。

上完三节晚自习，她也不等室友一起回宿舍，铃声一响，就将书本往课桌里一塞，身残志坚地飞快跑出教室下楼。

无奈回宿舍的路上，很快就人头攒动，夜灯下密密麻麻的学生，很难看清谁是谁。

北雨站在路边东张西望了一会儿，没发现自己想看的人，只得有点气馁地夹在人群中往宿舍走。

"沈洛！"

身后嘈杂的人群中，隐约传来女孩的声音。

北雨听到这两个字，下意识就回头看过去。

也真是奇怪，明明下课的学生熙熙攘攘，但她竟然一眼穿过人群，看到了十几米开外影影绰绰的沈洛。

他还是戴着耳机，手插在裤袋里，正被一个女生从后面走上前拦住。

那女孩扎着丸子头，身材纤瘦柔长，站姿笔直，双脚有点外八字，一看就是舞蹈生。

北雨看不到她的长相，但学舞蹈的女孩，必然都是好看的。

她站在沈洛面前，伸手将一个小盒子递给他，似乎在对他说着什么。

沈洛的脸隐在夜色之下，北雨看不清他的表情。

但他的动作她看得很清楚，他没有把耳机拿下来，只淡淡看了眼面前的女生，也没有去接她手中的东西，甚至连嘴唇都没动，而是直接绕过她，继续往前走。

北雨心中暗喜，赶紧转过身。

她故意走得很慢，因为知道沈洛可能就在自己身后，浑身便不由自主变得有点僵硬，也没仔细看路，走了没几步，一不小心踩到什么，狠狠趔趄了几步，虽没摔倒，但很不幸地撞到了旁边一个男生。

男生手中的饮料扑通一声掉在地上。

十几岁的男孩怜香惜玉的不多，恼火地吼了一声："没长眼睛吗？"

"不好意思！我不是故意的。"

北雨其实是吃软不吃硬的性子，如果不是因为沈洛就在不远处，被人这样一吼，哪里可能这样好声好气地道歉。

可她虽然在道歉，却心不在焉，余光一直扫着身后。

刚刚那女生还沮丧地站在原地，沈洛已经不紧不慢地走过来。

但很可惜，他对路边的小纷争毫无兴趣，连一个眼神都没给，戴着耳机，目不斜视地从北雨身旁走了过去。

被北雨撞到的男生，低头看了下被弄脏的衣服，又看了眼北雨，大概是看清她是个漂亮的女生，本来骂人的话吞了进去，有点不甘不愿地走开了。

北雨将地上的罐子拾起来，丢进旁边的垃圾桶，又飞快上前，跟在沈洛后面。

她跟沈洛隔着三四米的距离，夜色下，第一次明目张胆地近距离看着他。

虽然只是一道背影，但也足以让她心潮澎湃。

这是她第一次体会到喜欢一个人的感觉，一个完全不认识但绝对与众不同的男生。

23

这种感觉太奇妙。

在她平凡的十五岁里，足以称得上是一个意外惊喜。

一直到了宿舍区，北雨站在分岔路，目送沈洛进了男生宿舍，才雀跃着朝女生楼跑去。

心情实在不错，她推开宿舍门时，几乎都要吹口哨了。

室友见状，笑问："北雨，发生什么事了？春风满面的样子。"

北雨挑挑眉，没有回答。

她是真的心情愉快。

洗漱完毕，她就趴在窗边呼吸夜晚的新鲜空气。

夜色很好，天空繁星密布。

她撑着头当了会儿思春少女，正准备爬上床，目光忽然瞥到对面的男生楼下，走出来一道熟悉的身影。

虽然光线昏暗，但她还是一眼认出了已经换了一身运动服的沈洛。

她愣了下，反应过来，赶紧往宿舍外跑。

"快熄灯了，你干吗去？"有室友叫道。

宿舍十一点熄灯，此时已经过了十点。

北雨头也不回地说："我出去有点事，马上回来。"

她一口气跑下三楼。

然而沈洛的身影已经不见，她不甘心地跑出宿舍区，终于在通往操场的校道上看到了他。

此时校园里的人已经寥寥无几，沈洛的身影在月色下被拉得很长。

北雨没想过自己这种尾随的行为有多猥琐，只是按捺不住自己的好奇，迫切地想看到他，想知道他的一切。

她不远不近地跟着那道颀长的背影，跟着他走进了操场，看到他坐上跑道旁边的双杠，拿起手中的望远镜看星空。

她在离沈洛十几米的地方停下。

沈洛似乎是发现了她，看了会儿望远镜，便朝她这边看过来。

北雨知道自己一个人站在操场边看起来很奇怪，可又不想离开，想了想干脆假模假样地绕着跑道跑步。

一圈，两圈，三圈……

每次经过他的面前，她的心就扑通扑通跳得厉害。

明明知道他不会注意到自己，又禁不住幻想会引起他的注意。

虽然在这所学校，她已经泯然众人，但十几岁的女孩，总还是觉得自己与众不同。

北雨跑了十圈时，见沈洛终于收了望远镜，从双杠上跳下来。

累得够呛的北雨，也总算可以停下来，继续不远不近地跟着他一起回宿舍。

运动过度的后果就是第二天起来浑身酸疼，加上屁股还光荣负伤，几乎半身不遂。

她昨晚睡觉时辗转反侧许久，喜欢沈洛这件事来得就像龙卷风。这种新奇的体验，让她兴奋又欣喜。

可是喜欢一个素不相识的男生，应该怎么做呢？

十五岁的北雨有点迷茫。

像昨晚那个女生直接给他送东西表白吗？

她倒不是没这个胆子，在过去的十五年，她在子弟学校，凡事都是走在最前面，主动且大胆。虽然没有经验，但对男生表白，在她看来并不是什么大事。

只是她知道若是去表白，结果必然和昨晚那个被忽视的女生一样。

她到底心高气傲，才不要做那种明知道会失败的蠢事。

思来想去，还是觉得应该先引起沈洛的注意。

可怎么才能让沈洛注意，这又是一个问题。

唉！她终于有了属于少女的烦恼。

早上起来，北雨还特意照了好久的镜子。

镜子里的女孩皮肤白皙，明眸皓齿，模样清丽。但十五岁的脸毕竟还太青涩，加上清汤寡水的打扮，灰扑扑的校服，扔在学生堆里，显然也不会太出众。

北雨对着镜子中并没有什么特色的女孩，有点沮丧。

但只要想到，如果能让沈洛注意到自己，也就说明了她仍旧与众不同。

沈洛的出现，将北雨从二十五名的噩梦中拯救出来。她本来跌落谷底的高中生活，有如绝处逢生，忽然又变得充满活力。

她花了几天时间，摸清了沈洛的作息。

他独来独往，生活规律得可怕。

每天吃相同的早餐，中午晚上吃饭，都坐食堂同一个位置。

只要不下雨，每天下了晚自习后会去操场，坐在双杠上看星星。

北雨用各种方式，在他周围出现。

比如买早餐排在他身后，吃饭坐在他旁边。

晚上他坐在操场的双杠上观星，她就跑步，跑一圈，从他前面经过一次。

她甚至天天找借口，去他们班找江越，搞得江越心有戚戚，还以为爹妈发现他干的坏事而找她来监督自己。

北雨每回从沈洛跟前经过，内心波涛暗涌，面上却风轻云淡，从不敢多看他一眼，生怕自己的小心思被发现。

然而这种刷存在感的方式，似乎并没什么用。

据她暗中观察，沈洛从来没正眼看过她。显然是没意识到，有个女生正在高频率出现在他周围。

这就是她一个人的独角戏，但她乐此不疲。

至少，可以天天看到他。

就这么干了一个星期，终于又到了周末回家的日子。

北雨有两个一起长大的发小，上了高中后，因为不在一个学校，又要住校，三个人已经很久没有聚过。

这次见面，她才发觉，自己的好友邹淼和赵晓静，看起来跟以前有点不一样了。

她们一个上了所校风很差的破高中，一个直接去了职高。如今两人都染了头发戴着耳钉，穿得也很时尚。

北雨跟她们一比，一股土气扑面而来。

三人一碰面，邹淼就从钱包里拿出一张大头贴："给你们俩看看我男朋友，帅不帅？"

北雨拿过来一看，只见大头贴上，邹淼和一个黄毛男孩贴在一块，各种肉麻兮兮的亲密。

她啧啧了两声，笑道："你怎么找了只猴子？"

"去你的！"她们从小一块长大，玩笑开惯了，邹淼将照片抢过来，"你们俩呢？有没有情况？"

赵晓静道："我在网上谈了一个，他说放寒假就来看我。"

北雨嘿了一声："网恋啊？挺时髦的，别到时候见光死啊！"

赵晓静呸了一声："你就没一句好话。你自己呢？你们二中帅哥不是挺多的吗？有没有看上眼的？"

北雨脑中一闪而过沈洛的模样，但面上还是满不在乎的口气："没有，都是些书呆子，没意思！"

"瞎说！都说二中男生质量高，江越还是二中的呢！怎么可能都是书呆子？而且你们二中谈恋爱的可一点不少，我都看到过穿着你们二中校服在公车上打啵的。我看你才是快变成书呆子了呢。"

邹淼说的还真是事实，虽然才开学半个多学期，但北雨也发现了，二中谈恋爱的还真不算少。

二中是本市最好的高中没错，校风却并没那么严苛。

北雨道："我才不是书呆子。"

邹淼拎起她的马尾："你瞧瞧你这打扮，要是穿上你们二中校服，别人不以为你是书呆子才怪。"

北雨瞅了眼她酒红色的卷发，道："我们学校不让染头发。"

"拉直总可以吧！我跟你说小雨，美女是三分天注定七分靠打扮，你别仗着长得漂亮就不修边幅，青春就是要闪闪发光，你可是快十六了，别还跟个小孩儿一样。"

北雨被说得动了心，想到自己如今的平凡无奇，又想到沈洛，她觉得是时候改变一下自己了。

在两个小伙伴的带领下，北雨将头发拉直放了下来。她发质黑亮浓密，拉直之后的披肩长发，就像是一匹上好的黑色缎子。

接着她又被拉去小店打了耳洞，戴上了两个闪闪发光的银耳钉，顺便还将杂乱的眉毛，修了个形。

她五官本来就长得好，皮肤也白，只要稍加修饰，就有点脱胎换骨的味道。

从小店出来，邹淼朝她吹了个口哨，捏了捏她白皙的脸蛋："这是谁家的小美人儿？给爷笑一个。"

北雨得意地挑挑眉："滚——"

因为晚上要回学校上晚自习，她被两个小伙伴改造完毕，见时间不早就回家了。

北母一眼发现女儿的变化："你弄头发、打耳洞了？"

"和淼淼她们出去逛街，觉得好玩就弄了。"

女孩爱美无可厚非，北母倒也没放在心上，只是意识到女孩子长大了，小心思多起来恐怕会影响学习，便随口提醒："小雨，虽然我和你爸对你一直没什么要求，只希望你开心就好。但你现在最重要的还是专注于学习，不要分心，要是考不上好大学，我们不说你，你自己恐怕也会后悔。"

成绩是北雨现在不愿触碰的痛，她不耐烦地敷衍："知道了，知道了！"

北母摇摇头，也没再说什么。

吃过饭准备回学校时，北雨忽然想起什么，从柜子里将尘封已久的手风琴拿出来背上。

北母见状问道："你带手风琴去学校干什么？"

北雨道："丰富一下课余生活。"

当然不是！而是有大用处。

毕竟天天晚上跑步一身汗，实在是很麻烦。

果不其然，回到宿舍后，两个室友看见改头换面的北雨，都好奇地围上她问道："你拉头发了？"

北雨点头："怎么样？好看吗？"

"太好看了，跟变了个人似的。"

另一个也笑着附和："感觉咱们班许灵班花地位不保了。"

十几岁的女孩当然是有虚荣心的，尤其是在二中泯然众人的北雨，听到这样的夸奖，心里头别提多得意，面上却佯装不以为意："不就是拉个头发嘛，有什么大惊小怪的？"

其实还修了眉毛，戴了耳钉。

显然，北雨小小的改变，在别人看来大为不同。

晚上自习时，周围的同学，每个人见到她第一句话都是："你今天好像有点不一样？"

就连身后的邵云溪也说了这话，还连着三节晚自习问她借了三次铅笔两次橡皮。

29

北雨的心都在沈洛身上，压根儿就没工夫顾及邵云溪那点少男心思。

等到晚自习结束，邵云溪想跟她一起回宿舍的邀请还没说出口，她人就一溜烟不见了。

回到宿舍，北雨背起手风琴就往操场跑。

这也是前天看到一个男生在操场边弹吉他，激发了她的灵感。

沈洛还没到，她抱着手风琴，迅速在双杠旁边的一块草地上坐下。

夜色下弹手风琴的美少女，怎么都应该引起沈洛的注意吧？

大概过了两三分钟，操场的入口，那道熟悉的身影如约而至。

浅淡的路灯下，沈洛的影子被拉得很长。

北雨遥遥看着他，等他稍稍走近，赶紧转过头，装模作样地摆弄手中的琴。

她低着头，看起来像是在看琴键，实际上余光一直注意着沈洛的动向。

她觉察到，他走过来后微微停顿了下，并没有马上爬上双杠。不知是看到旁边突然多了个弹琴的女生，感觉地盘被侵犯了，还是为这个突然而至的文艺少女所吸引？

但北雨知道他在看自己。

她微微垂头，长发斜斜落在肩膀上。这姿势她在镜子里演练过，室友们评价是教科书版的文艺美少女。

沈洛会注意到自己吗？

就在她心里开始犯嘀咕，怀疑他是不是会转身离开，去找个清静的地方时，他终于还是爬上了双杠。

谢天谢地！

北雨其实已经很久没弹过手风琴，手法早就生疏了。

但正是因为生疏躲在操场练习，才显得正常，才不会让沈洛以为是故意接近他。

操场很安静，只有寥寥几个夜跑的学生。对面那个弹吉他的男生也在，隐隐有琴声传来，和北雨倒是有点相映成趣的意思。

只不过在这一边，就只有她和沈洛，两个人一上一下，隔了不过四五米。

就像是这个小世界里，只有他和她两人。

北雨心跳得有点快，有点紧张，但更多的是兴奋。

因为她在沈洛的斜后方，偷看他时，就有些有恃无恐。

秋末冬初的夜晚，天空澄澈高远，雾月清风的少年在苍穹之下，仰望星空，旁边有少女坐在地上弹琴，想想都是一幅美好的画面。

北雨的玛丽苏幻想又开始作乱。

她对沈洛的习惯已经很了解，差不多半个小时就会离开。

她不想再跟在他后面，毕竟跟在他身后没法刷存在感。只有走在前面，才能展示她刚刚拉直的披肩长发。

于是她算准时间就收拾了手风琴，慢条斯理地起身先离开。

果然走了没几步，便听到后面沈洛跳下双杠落地的声音。

他平日里走路看起来优哉游哉，但因为身高腿长，其实并不慢。之前北雨干尾随的勾当时，得加快步子才能跟上。

而此时沈洛的脚步声在后面响起，显然是比平常慢一些，竟然一直走在她身后，没有超过她。

北雨悄悄斜眼用余光看向身后，沈洛离自己不过三四米。

她挺直身板，尽量让自己走路的姿势好看。

此时的手风琴斜挎在肩膀上，夜风习习，将她漂亮的长发微微吹起。

夜色之下，这样的背影，妥妥的文艺美少女。

北雨心潮起伏，直到进了女生宿舍楼，才将提着的一口气，重重吐出来。

此后每个晴朗的晚上，她都会背着手风琴去操场。

沈洛在双杠上，她在草地上。他观星，她弹琴。相隔不过几米。

除了偷看他，他们从来没有互相打扰。

当然谁也没有开口和对方说过话。

看起来像是夜间的独处，实际上仍旧素不相识。

天气渐渐变得寒冷，夜晚在户外弹琴完全就是在找虐。

但北雨甘之如饴。

有时候她甚至觉得，这是自己和沈洛的约会。

原谅一个情窦初开的少女，总会有一些玛丽苏梦。

她的努力有没有引起沈洛的注意尚不可知，但显然引起了其他人的注意。

比如对面那个弹吉他的男生。

一个月后的某个晚上，那男生穿过操场走过来和她打招呼："同学，你手风琴弹得很好听呢，学了很久吗？"

北雨悄悄瞥了眼双杠上的人，见他好像放下望远镜，朝这边看过来，她赶紧别过头，心不在焉地回男生的话："还好，断断续续学了几年。"

男生在她旁边坐下，一副自来熟的架势："我也是断断续续学了几年吉他，爸妈让专注于学习，在宿舍又怕打扰其他人，只能下了自习来操场练一会儿，不过现在可真冷。"

说完他还耍帅一般弹了几个炫技和弦。

32

北雨烦死这个不速之客了，对他的吉他技巧也毫无兴趣。

正想着如何将人赶走，忽然听到砰的一声，是沈洛下地的声音。

她微微转头一看，却见沈洛竟然提前离开。

她没兴趣和男生闲聊，看沈洛走了十几米，就赶紧起身说要回寝室，匆匆跟了上去。

留下半天没反应过来的吉他男生。

回到宿舍区，看到沈洛的身影消失在男生楼，北雨看了看手表，比往常提前了二十分钟，也就是说今晚她和他的约会少了二十分钟。

真是一个失落的夜晚。

北雨只能盼望明晚仍旧是晴朗天。

除了每天晚上抱着手风琴在沈洛面前刷存在感，白天北雨也没落下，仍是三天两头往他的教室跑。

打的自然是找江越的幌子。

因为去得多了，江越那几个狐朋狗友也就认识了她，偶尔就会开玩笑逗她。

这天傍晚下了课，她又跑去找江越。

"越哥，你妹妹越来越漂亮了！你问问她愿不愿意做我女朋友？"

一个男生见到她出现在后门，吹了声口哨，朝江越笑道。

她今天没穿校服，穿了一件冬裙，披肩长发，确实很漂亮。

江越白了男生一眼，很不客气地踹了他一脚："你能不能先撒泡尿照一下？也不看看你什么德行！我妹是你这种人渣能染指的吗？要点脸行吗？"

那男生也不知从哪里拿出一面小镜子，左右照了照："玉树临风，英俊潇洒，世间难得美男子是也，与小雨学妹郎才女貌！"

33

江越再次踹了他一脚："我呸！语文就没及格过，还转成语！我跟你说我妹就喜欢成绩好智商高的，你这种蠢蛋再胡说八道，信不信老子揍你！"

"越哥饶命，小弟错了！"

北雨木着脸白了眼打闹的两人，又看向坐在里面的沈洛，好在他戴着耳机，应该没听到这些乱七八糟的玩笑。

"江二狗，你昨天不是说今天傍晚要去跟高二打球，要我当后勤什么的吗？还去不去啊？"

江越从地上弹起来，也不知从哪里摸出个篮球："我去！差点忘了，赶紧去，不然那群高二菜鸟还以为我们怕他们呢！"

北雨无语："江二狗，你是去打球不是打架。"

江越不以为意地嗤了一声，招呼旁边几个人高马大的男生准备出门。走到门口，忽然又想起什么似的转身进去，走到沈洛旁边，拍拍他的肩膀。

北雨不知他这是来的哪一出，还以为他是要找人碴儿，正要跑进去拉人。江越已经开口问道："洛神！去不去打球？高二那帮菜鸟打法很野蛮，我们人手有点不够，算你一个怎么样？"

沈洛将耳机扯下来，抬头看了他一眼，又淡淡瞟了眼门口的几人，站起来道："好。"

北雨心中大喜，不由得在心中给江越比了个大拇指。

她决定至少一个星期不叫他江二狗了。

江越是自来熟的性子，之前邀请过沈洛几次，每回都被他拒绝，要不是他们就六个人，想完虐高二那群家伙显然有难度，他今天也不会再去热脸贴冷屁股。

虽然主动邀请了，但其实也只是随口问一下。

听到沈洛答应，他竟是愣了下才反应过来，立马嬉皮笑脸一副跟人很熟的样子，搭上沈洛的肩膀："我就知道哥们你行的，高手吧？"

沈洛面无表情地将他的手拨开，淡淡道："凑合而已。"

北雨跟着江越一行下楼。

到了楼下，他拿出钱包递给她："去小卖部买一提水！买完到球场找我们。"

她嗯了一声，拿过钱包喜滋滋地就跑了，江越都有些没反应过来，看着她雀跃小跑的背影，摸摸脑袋嘿了一声，嘀咕道："平日里让她帮我跑点腿，十次有九次都不会答应，答应的那次肯定也要给好处才行。今天这是吃错什么药了，这么好说话？"

旁边的男生笑道："江越，你也不怜香惜玉，让你妹一个人买一提水，她能拎得动吗？要不然我跟她一起去？"

江越喊了一声："放心吧，别看她细胳膊细腿儿的，力气贼大，我都打不过她。"

沈洛看了他一眼："你们先去操场，我去宿舍换衣服。"

等他走开，江越旁边的男生凑到他耳侧小声道："以前叫他不是都不来的吗？今天太阳打西边出来了？"

江越不以为意："谁知道呢？反正多个人手总是好事！走走走，高二那帮菜鸟估计早到了，咱们再磨磨蹭蹭，他们还以为咱们怕了他们呢！"

小卖部正是人多的时候，北雨挤上前要了一提水，单手拎起转身就走，余光忽然瞥到旁边有一道熟悉的身影。

她看见柜台前的沈洛买了一盒口香糖，也正要离开，两人就在前后脚。

北雨灵光一闪，立刻双手提着水，装作很吃力的样子。

正常来说，只要沈洛认识她，就知道她是给他们买的水，于情

35

于理都会上来帮忙。而只要他上来帮忙，这就是他们第一次真正的交集。

想想就有点小激动呢！

于是手里总重量十来斤的水似乎更沉了。

就在她心里扑通扑通狂跳时，手上忽然一轻，她面上一喜，紧接着又是一僵。

"你怎么买这么多水？拿去哪里？"邵云溪一张笑嘻嘻的脸赫然出现在北雨面前。

开学半个多学期，除了同桌和室友，北雨和班上的同学相熟的还不多，邵云溪算是最熟的男生，毕竟就坐在她后桌。

这位邵同学是班上期中考试的第二名，据说初中就获过奥赛奖，颇得老师喜爱。加上模样生得不错，女生卧谈会中，他算是重点讨论对象。

但对北雨来说，邵云溪就只是一个还算优秀的男同学，连朋友都还算不上。而且她最近觉得这位优秀的男同学有点烦人了，不仅老是跟她借东西，还走到哪儿都能遇到他，尤其是在食堂吃饭的时候，几乎每天都遇到，然后就顺便坐在一桌上，严重阻碍她在沈洛跟前刷存在感。

现在也是，本来她幻想沈洛"助人为乐"，哪知就被忽然冒出来的邵云溪横插一脚。

但人家一片好心，她只能干笑，道："我哥他们在操场打球，让我帮忙买水送过去。"

"你哥高三的吧？我经常看你往高三跑。"

"是啊！"

北雨心不在焉地和他说话，眼角余光一直注意着斜后方沈洛的动向。在她话音刚落下时，他已经迈着长腿超过了她和邵云溪，只留下一个背影，很快就走远了。

助人为乐的邵云溪帮忙将水送到球场边，有点依依不舍地离开。

此时江越他们已经换好运动服，准备开始比赛。作为队长的江二狗同学十分流氓地又是朝对方比中指，又是放狠话，北雨有些无语地抽了抽嘴角。

她对篮球其实没什么兴趣，但对沈洛打球非常有兴趣。

不，简直太有兴趣了。

看到换了运动服的沈洛，站在臭流氓一般的江越旁边，几乎有种令人神清气爽的感觉。

比赛一开始，就打得很激烈。

江越是前锋，他虽是体育生，但篮球并不是他的强项，打法基本上属于粗糙野兽派，好在他是练长跑的，长处就是跑得快耐力好。

他不盯人只盯球，对方谁拿到球他就蹿上去跟谁抢，在场上活跃得过度，以至于观众的目光基本上都被他吸引了。

只有北雨一直看着沈洛，他似乎不愿刻意表现，甚至不主动跟人抢球，但技巧意外地好，接到传球，基本上不会给对方球员抢球的机会，直接就会投篮。

十分钟不到四投四中，其中三个三分球。

在北雨眼中他简直帅呆了，只要看到江越成功抢断，就恨不得让他赶紧传给沈洛。

偏偏江越一股子蛮劲，虽然是抢断小能手，可每次抢了球就跟无头苍蝇似的，似乎根本不知道要传给谁，尤其是遇到对方两人拦截，就完全乱套，只知道闷头突破。

北雨见沈洛就在他三米外，正好也没人防守，急得跳起来大叫："江二狗，左后方传给沈洛！"

十五岁的女孩，声音清脆得几近刺耳。她这一声喊出来，明显感觉到唰唰的目光朝她看过来，甚至球场上的沈洛也微微眯眼扫了她一眼。

她赶紧装模作样地用手拨了拨头发，一脸你们看错人了的样子。

好在江越倒是听进了她的话，举起球朝左边一扔，沈洛将目光从场边移开，接到球迅速跳起投篮。

哐当一声，篮球完美入筐。

场边一片欢呼。

裁判的哨声响起，上半场结束。

一头汗的江越大喇喇跑过来，在额头上抹了一把汗，朝北雨甩去："快把水拿来！"

北雨本想踹他一脚，但瞥了眼他身后不远处的沈洛，又默默收回脚，笑着将水拿起来递给他。

看到其他队员纷纷过来，她又殷勤地给每个人都递上水。

因为沈洛走得最慢，她最后给他。

这是北雨第一次离他这么近，也是真正意义上的一次照面。她就站在他跟前，她这才发现，他比自己想象的还要高，她大概才到他耳朵。

他皮肤光洁，眸子漆黑，打了半场球，竟然只额头冒了一点汗。

"你的。"北雨心跳得厉害，其实不敢看他，不是害羞，而是怕自己的那点小心思表露出来。

她微微弯唇笑着。她先前去买水的时候，未雨绸缪，专门对着镜子练习了怎么笑好看。现在沈洛的眼中，想必就是一个甜美美少女的模样。

当然，这都是她脑补的。实际上沈洛只是接过水，淡淡说了声"谢谢"，就走到旁边休息，看都没多看她一眼。

不过这对于北雨来说，已经足够，因为她发现原来他的声音也异常好听——略微低沉，没有同龄男生变声期前后的那种沙哑，反倒带着点磁性。

这足以让北雨同学心如擂鼓。

旁边的江越咕咚咕咚灌了半瓶水，笑道："北大嘴，今儿表现不错，吾家有女初长成，你哥我这么多年没白疼你。"

他那几个狐朋狗友瞎起哄："越哥，我们也想要小雨这样的妹妹，你分给我们呗！"

"滚你的大鸭蛋！"

因为北雨三天两头找江越，和他几个哥们也都混了个脸熟。若是沈洛没在旁边，她才不在乎他们怎么开玩笑，跟他们打成一片也无所谓。

但此刻自己喜欢的男生在场，被他们这样一起哄，自我感觉形象大跌，只能木着脸腹诽：之前说不叫江越江二狗一事，全盘作废。

她悄悄看了眼沈洛，他跟江越他们一样，也是直接大喇喇坐在地上，手中握着水瓶，微微低着头，鼻梁英挺的侧脸沉静美好，像是从画中走出来的。

明明和旁边的男生也没什么本质区别，却还是让她觉得与众不同。

北雨站在江越旁边，与沈洛隔了两个人。

北雨正不动声色地将目光从他脸上收回时，和人打闹完的江越忽然转身抬头看她，恰好捕捉到她的眼神。

江越平日里心思粗如大海，但这个时候忽然出其不意地心细了一回。他狐疑地看了看北雨，又转头瞥了眼沈洛，然后了然地牵了牵唇。

裁判吹响下半场的哨声，几个人蜂拥着小跑进场地。北雨趁人不注意，拉住江越小声道："你抢到球就传给沈洛，人家投篮比你厉害多了。"

江越神色莫辨地看了她一眼，坏笑道："明白。"

北雨被他这古怪的表情弄得打了个激灵，正要问清楚，他人已经一阵风一般跑到了球场中央。

江二狗又是哪里抽风了？

下半场江越果然打得好多了，他负责抢篮板和抢断，瞅准机会就传给沈洛，因为沈洛强大的命中率，本来不相上下的分数，很快拉开。

结束时，江越他们比对方多二十多分。

江越约这场球本来就是因为跟高二那几个人闹了矛盾。他一开始是简单粗暴地想要打架，但对方声明他们是文明人，只打球不打架，要是江越不跟他们约球，就是认怂。

作为体育生的江越四肢发达头脑简单，一被激就应下了。

现下赢了球，看着对方灰头土脸地认输，江二狗顿时觉得神清气爽，大手一挥表示不跟对方计较，还十分豪爽地要请队员们去外面吃大餐。

"洛神，一起去吧？"江越热情地邀请这场比赛的功臣。

沈洛看了他一眼，又轻描淡写扫了下北雨，点头。

北雨心下暗喜，同桌吃饭只是认识的一小步，却是她和沈洛的一大步。今天之后，沈洛怎么都会记住她了吧？

江越作为厂长的儿子，零用钱还算宽裕，去校园外的小餐厅，豪爽地要了个包间。

北雨跟一堆刚打完球的臭男生一起吃饭，一开始心里其实是拒绝的，要不是因为沈洛，她宁愿吃学校食堂大锅饭。

"坐这里！"她慢慢悠悠跟着大部队走进包厢，江越指了指自己旁边的座位朝她招手。那座位另一边就是沈洛。

于是她又原谅了之前在球场时江越的各种不靠谱。

因为要坐在沈洛旁边，北雨的心脏如小鹿乱撞，落座时感觉人都是飘的。

她悄悄看了眼沈洛，他还是一如既往地没有表情，微微低着头，也不和其他人说话。

江越点了菜，看向沈洛："洛神，今天多亏了你，不然我面子里子都在高二那帮小王八羔子面前丢尽了。你投篮真准，以前专门练过吗？"

沈洛也没看他，只轻描淡写道："爱好而已。"

江越伸手越过北雨，在他肩膀上捶了一拳："那以前叫你一起打球怎么不去？"也不等他回答，江越已经自问自答，"你是觉得刚转来和咱们不熟，还是不屑与我们这些学渣为伍啊？"

沈洛终于抬头看他，嘴角微微勾了勾，却还是没有回答他的话，只是轻笑了一声。

因为中间隔着北雨，他收回目光时，便像是若有若无地从她脸上划过。

北雨忍不住老脸一红。

江越虽然神经粗，但也不是傻子，知道沈洛这人是真傲，一个曾经十四岁上少年班的天才，重新回到高中，虽然年纪相当，但显然是不屑与他们这些高中生为伍的。

要不是看在今天他帮他们赢了球赛，又猜到了北雨的那点小心思，他也不会热脸贴人家冷屁股。

二狗同学想了想，笑着拍拍北雨的肩膀："洛神，给你介绍一下，这是我妹北雨。"

北雨还沉浸在刚刚沈洛的那一眼，没料到江越会忽然来这么一出，怔忡半天没说出话来。

沈洛倒是面色如常，只淡淡看了她一眼，点点头。

其他人又开始起哄："越哥的妹妹就是咱们的妹妹。"

"滚！"江越大吼一声。

北雨腹诽，感觉在通往沈洛的路上，遇到了一堆碍事的牛鬼蛇神。

一顿饭吃得很热闹，男生在一起就是各种荤话，尤其是江越这帮狐朋狗友，本就是二中政教处重点监控对象，一个比一个混账，说白了就是一群校园不良少年。

沉默寡言的沈洛，看起来便有点格格不入。

北雨为了表现自己的知性优雅、美丽大方，当然是全程斯斯文文地吃饭，就算是玩笑开到她头上，虽然心里想揍人，面上也只佯装羞涩一笑。

两人看过去倒是有些意外地和谐。

吃完饭回学校，到了宿舍区，几人才散开。

北雨一个人朝女生楼走，走了没多久，忽然被从后面蹿上来的江越叫住："北大嘴，你等下！"

"干吗？"没了沈洛在，北雨就不用在江越面前装淑女了，恶声恶气地回他。

江越坏笑着走上来："你是不是有事瞒着我？"

北雨一头雾水："你说什么？"

江越薅了一把她的头发："别装了！"

北雨打开他的手："我装什么了？"

江越嘻嘻笑道："刚开学时，你在校园里撞到我都恨不得假装不认识，最近忽然三天两头就跑到教室找我，我还想你良心发现，要跟我上演兄妹情深，还有点小感动呢！今天才发觉，你压根儿就是醉翁之意不在酒。"

北雨心里骂了声脏话，江二狗平日里心思比碗还大，怎么忽然化身名侦探柯南了？

当然，又没有证据，她肯定是不会承认的，于是木着脸道："我不知道你说什么。"

江越笑得更贱，阴阳怪气道："沈洛，我们班的洛神啊！"

北雨嗤了一声："神经病！"然后转身一溜烟跑上了楼。

第二章
怅然若失的青春

虽然北雨不承认，但不代表江越会相信她。

三天后，北雨照旧下了晚自习便从寝室背着手风琴奔赴操场，只是才刚刚走到楼下，就看到江二狗插手抖着腿在等她。

"雨姐，去哪里啊？"他一脸坏笑问。

北雨急着去跟沈洛"约会"，边走边敷衍道："去操场练琴。"

江越走到她旁边："我听说你天天晚上去操场弹琴。这都冬天了，也不怕冷？"

"就操场不会打搅别人，我不去操场去哪里？"

"是吗？"江越拉长声音，"好巧哦！我们班洛神每天晚上也会去操场观星呢。"

北雨总算知道他来干什么了，她转过头，皮笑肉不笑地看向他："江二狗，你好大的狗胆，敢管我的事！"

江越双手合十，嘿嘿笑道："小的不敢！我就是觉得你这样不行。你说你三天两头往我们班上跑，还天天晚上去操场弹琴骚扰人家，人家主动跟你说过话吗？"

北雨被戳到痛处，恼羞成怒："关你屁事！"

本来以为上次吃饭之后，沈洛见到自己，至少会跟自己打个招呼，哪知这几天去操场，他看都没朝她的方向看。

江越啧了一声："你这是说的什么话，我是你哥，你的事我当然得关心。你那破性子我还不了解，心高气傲得要死，喜欢人家又不拉不下脸主动表白，怕被人拒绝没面子。所以就天天在人家面前刷存在感，想吸引人家的注意。换别的男生，天天看到个抱着手风琴弹奏的文艺美少女，恐怕不用多久就会上钩。但沈洛是谁？是眼睛长在头顶的洛神。他转来大半个学期，对他感兴趣的女生至少一打，人家一个都没看在眼里，跟我们班的人几乎就没说过话。"

北雨木着脸道："你们高三女生还真是挺闲的。"

江越点头道："我也觉得是，不过这都不重要，重要的是你刷存在感这么久，天天打着找我的名义来看你的意中人，这么久了有用吗？"

"有没有用也不要你管！"

江越叉腰道："好心当成驴肝肺，我是来想办法帮你的，免得你做无用功唱独角戏！"

北雨狐疑地看他："你帮我？江二狗，我这是早恋，你不是应该去跟我妈告状吗？"

"你以为我跟你一样大嘴巴？再说了你这算个屁的早恋，我就跟你直说吧，就算是沈洛搭理你，也不会跟你一个小屁孩谈恋爱。我就是不想看到他毕了业离开学校，你还半点没搭上人家。至少给自己留条后路，毕业了才有机会对不对？免得你以后想起自己现在喜欢的人，就只有后悔遗憾。"

不得不说江越虽然是个大老粗，但这番话说得极有道理。

二中早恋并非稀奇事，不过北雨从始至终就没指望现在和沈洛谈恋爱。实际上她也不知道高考这座大山之下的高中生应该怎么谈恋爱？

她就是想和沈洛牵扯上一点关系，留给未来一点希望。对她来说，沈洛是独一无二的奇妙存在，她甚至觉得以后再不会遇到如此吸引她的人。

她瞅了眼江越："那你说我该怎么办？"

江越朝她眨眨眼睛："照我的经验，英雄救美最管用。"

北雨冷笑两声："你追你们班那校花就是这么干的？我看也没管用啊！"

江越摸摸鼻子："要不是因为我们班主任联合她的父母棒打鸳鸯，我早就抱得美人归了。再说了，现在快高考了，我不想影响人家。"

北雨嗤了声，想了想道："你的意思是你找几个人渣假装欺负我，让沈洛英雄救美？"

江越道："当然不是！照他那冷冰冰的性子，十有八九根本不会管这种闲事。"

北雨翻了个白眼："所以呢？"

"所以……当然是你这个英雄去救他那个美男了？"

"江二狗，你脑子是不是进过水啊？"

江越啧了一声："你听我说，他不是在操场吗？现在操场也没什么人，我叫两个体队的人去找碴儿，然后你去制止他们。"

"他们凭什么听我的制止？你当沈洛傻吗？"

江越笑："这个很简单，你就说知道他们是体育生，然后报上我的名字。"

江越虽然在家里三天两头被他爹妈混合双打，从小到大被北雨骑在头上作威作福，但在外面确实是个狠角色，在二中体队是当仁不让的老大，体队的老大自然也就是学校的老大。所以他自称二中"一哥"，也不完全算是吹牛。

北雨还是觉得这馊主意听起来很蠢，但架不住沈洛主动和自己说话的诱惑，想了想道："那试试吧！"

江越打了个响指："这还差不多。"

他掏出手机叫了两个哥们儿，仔细交代了一番，挂上电话后，有点得意地挑挑眉："你等十分钟再去操场，保管你今晚这见义勇为比你之前天天刷存在感有用一百倍。要是这样他都不主动搭理你，我看你也别再白费心机，赶紧换个目标。"

北雨虽然觉得不靠谱，但又深以为然。

到底是有点紧张，她抱着手风琴站了会儿，又在旁边的长椅上坐了会儿，实在坐立难安，干脆不紧不慢朝操场走去。

江越在后面握拳，压低声音道："雨姐，加油！"

北雨皱眉："要是出什么事，我拿你是问。"

江越想了想，跟上去："我还是悄悄躲在一旁看情况吧，要真有什么事，也好及时制止。"

到了操场入口处，北雨看了看手表，见时间差不多："你在这里看着，沈洛那么聪明，千万别让他发现是咱们策划的。"

说完，北雨赶紧快步往里面走，可走了没几步，就遥遥看到平日里沈洛坐的双杠空空荡荡，周围也没看到他的影子。

她狐疑地往前走去，忽然听到隐约的呻吟声，然后就看到昏暗的灯光下，躺着两个似乎是吃痛而哼哼唧唧的男生。

北雨吓了一大跳，以为是出了事，跑上前一看，却不是沈洛，而是两个她不认识的人。

这两人脸上挂了彩，捂着肚子很痛苦的样子，看起来很是狼狈。

她不确定地问："你……你们是江越叫来的？"

地上一人哎哟了两声，回道："越哥让我们找麻烦的到底是什么人？下手真黑，疼死老子了！"

北雨道："他人呢？你们没把他怎么样吧？"

"我们连他头发丝都没碰到，就被撂倒打了一顿。"

北雨松了口气，但又有点心虚，这两人毕竟是因为她才被沈洛揍成这样。

话说回来，这两人可是体育生，沈洛一个人是怎么将两人打成这样的？

她转头看了一圈，没看到沈洛的身影，估摸着是已经走了，这才赶紧打电话给江越："出事了，你快来！"

江越一阵风般跑过来，地上的两个人已经坐好，但还是一身狼狈，痛得直哼唧。

"怎么回事？"江越大惊。

"被你让我们找碴儿的那人给打了。"

"他人呢？"

"走了！"

"你们没把他怎么样吧？"

两人一脸崩溃："越哥，被打的是我们，我们连他头发丝儿都没碰到。"

"我去！什么情况？你们两个让个文弱书生给打成这样？"

"我呸你个文弱书生！越哥，你下次能不能别坑我们啊？那小子到底是什么人？"

江越和北雨面面相觑，然后摸了摸鼻子，咕哝道："我也没想到沈洛还有这一手。"又朝坐在地上的人道，"你们没事吧？要不要去医院？"

两人摆摆手："还好都是皮外伤，那家伙下手虽然黑，但也有分寸。"

江越将人扶起来，愧疚道："是我的错，下次请你们去包夜打游戏。"

待两人趔趔趄趄地离开，北雨才没好气地一屁股坐在地上，用力按了按琴键。

江越揉了揉耳朵，在她旁边坐下，嘿嘿笑道："这是个意外！"

北雨白了他一眼："果然不应该信你！"

江越道："谁能想到沈洛这么深藏不露呢？下回我多叫几个人。"

"还有下回？你是要闹到政教处才甘心吗？"

"行行行！"江越挥挥手，"英雄救美这个方案先否决，咱们再想别的？"

北雨讪笑两声："江二狗，我谢谢你啊！你别再掺和，我就谢天谢地了。"

江越抓了抓头发："那我就死皮赖脸天天叫他跟我们一起玩，然后都带上你，这样也算给你们制造机会。"

北雨道："你能叫得动再说吧！"

江越想了想，上次打球之后，因为知道北雨的心思，他确实觍着脸叫过沈洛几次，但一回都没叫动。沈洛依旧独来独往。

他叹了口气，拍拍北雨的肩膀："看来咱们兄妹俩注定是同病相怜了，我和我的柔柔，你和你的洛神，都是有缘无分啊！"

"你还能再恶心点吗？"

江越贱笑："你的洛洛？"

下一秒便被北雨一脚踹开。

北雨的高一第一学期，在泯然众人，以及在沈洛面前刷存在感失败中，就这么过去了。

因为有了二十五名在前，她对自己也就没什么大期待，期末考试倒是比期中淡定许多。

考试结束当天，她在宿舍收拾完东西下楼，便瞧见江越扶着他那辆破单车，一脸兴奋地在等着她。

她走过去，很不客气地将箱子丢在他车子后："笑得一脸下贱，肯定没好事。"

江越挑挑眉："这你就说错了，我不仅有好事要对你宣布，还是一件跟你有关的好事。"

北雨翻了个白眼，不以为意道："你江二狗能做好事，那真是太阳打西边出来了。"

江越拍拍胸口："这回真是好事，我叫了班上几个哥们儿明天夜爬云山露营看日出，你跟我们一块去！"

云山是市郊的一座大山，这两年夜爬看日出颇为流行。

北雨将自己的单车推出来："你们一群臭男生露营，我一个女生跟去干吗？"

"当然是因为沈洛啊！"

北雨转头看他，不可思议地问："他也去？"

"意不意外？惊不惊喜？"江越用力点头，一脸快点夸我的表情，"我这可是专门为你准备的机会，本来没指望，没想到他竟然答应了。"

北雨秀眉微蹙："你不是说他还是不跟你们一块玩吗？"

江越道："所以我说很意外啊，我也只是死皮赖脸试着问了下他，没想到他会答应。到时候我想办法给你们制造机会。"

北雨斜了他一眼："我跟你们去露营，不过一切顺其自然，制造机会就不用了，想都不用想肯定是添乱。"

"你咋就这么不相信你哥呢？"

"因为你信不过。"

虽然面上云淡风轻，但北雨心里还是很兴奋的。和喜欢的人一起在山顶看星星看月亮看日出，想想都觉得很浪漫。

玛丽苏后遗症又开始忍不住发作了。

因为是跟江越一起露营，又是放了寒假，北雨的爸妈自然是不会反对的，只是出发前叮嘱两人注意安全，互相照顾。

这是北雨第一次去山上露营过夜，其实就算没有沈洛，她也有点兴奋。当晚她就去商场买了帐篷和睡袋，隔日早上一起来就在家里准备行李。

其实也就过一夜，哪里需要这么麻烦，却愣是让她准备了半天。

傍晚吃过晚饭后她和江越出发，抵达会合的地方时，差不多快七点，其他五个人已经到齐，包括穿着冲锋衣背着行李包的沈洛。

其实大家的打扮都差不多，而且江越的这几个同学都是体育生，长得都还不错，但在北雨眼中，沈洛就是和所有人都不一样，一点都不一样。

总之，有他的地方，在北雨眼中，其他人就都是浮云。

正好七人，租了一辆小面包。

北雨作为唯一的女生，本来应该坐在副驾驶位，免得和其他人挤在一块儿，但江越率先钻进了副驾驶座，让北雨坐在他后面靠窗的位置，再招呼沈洛坐在她旁边。

几个男生都是粗线条，平日里也习惯听他的，对他这座位安排，完全没觉得有什么不妥，嘻嘻哈哈地钻进车里。

北雨坐好之后，沈洛才慢条斯理上来在她旁边坐定。

窄小的座位，身体难免挨在一起。虽然都穿着厚厚的冬衣，但北雨还是能感觉到他身上温热的气息。

第一次离他这么近，她紧张得不敢抬头看他。

前面的江越转头，悄悄对她挤眉弄眼邀功。

北雨用口型无声骂了他两句。

车子启动后，车厢内就开始热火朝天。

江越这伙人都很爱玩爱闹，一会儿聊游戏，一会儿又聊学校里哪个美女，时不时就冒出几句脏话和下流段子，完全不顾及车上还有个

51

女生。

北雨觉得自己的耳朵被污染倒也罢了，可怜霁月清风的沈洛也要遭受这几个浑蛋的摧残，一路上她恨不得这些人都被黑洞吸走。

车子行了十几分钟，她才鼓起勇气偷偷看了眼旁边的人，而沈洛不知何时已经闭目靠在椅背上，看起来像是睡着了一般。

北雨见状，也就从偷看变成明目张胆地看。

可不承想，车子忽然颠簸了一下，本来闭着眼睛的沈洛，忽然将眼睛睁开，恰好对上了北雨看他的目光。

像是做了坏事被人抓到，她赶紧欲盖弥彰般别开眼睛，佯装哎哟了一声："这路怎么这么颠啊？"

坐在前面的江越回头看了她一眼："快到郊区了，路况不好。你坐稳点，别磕着。"

车子里有人起哄："越哥，你真是个感动中国的好哥哥呢！"

江越朝北雨眨眨眼睛："必须啊！"然后意有所指道，"对哥今天的安排感动不？"

北雨白了他一眼，从口袋里掏出一颗巧克力糖剥开，塞进他的嘴里："我谢谢你啊！"

罢了，她忽然又想起什么似的，再掏出一把分给其他人。

先远后近，最后给的是沈洛，看起来很自然。

天知道她有多紧张，生怕沈洛拒绝，本来男生喜欢吃糖的就不多，他看起来也不像喜欢吃糖的样子。

好在沈洛的目光落在她掌心的那颗糖上，只微微迟疑了一下，就拿了起来。

他的手指从她的掌心拂过，北雨的心里像是被一片温暖的羽毛挠了下，忽然就有点软软的。

她自己丢了一颗在嘴里，瞥见他剥开糖纸，将糖放入口中，忍不住低声问："好吃吗？"

沈洛云淡风轻般看了她一眼，微微点头，表情还是惯常的冷峻，看不出什么情绪，但是在他点头的刹那，眼里却似乎闪过一丝微不可寻的温和笑意。

因为他很快就垂下眼睛，北雨还没来得及捕捉。

沈洛将糖含在口中，又闭目靠在椅背上，看起来沉静又疏离。

北雨心里却有点平静不下来，想到沈洛吃了她给的糖，她嘴角就忍不住翘起来，想要笑出声，又知道不合时宜，只能佯装去看窗外暮色。

车子一路畅通，抵达云山脚下，才将将过了八点，不过因为是冬天，天早已黑透。

下车时，借着车内的光，北雨悄悄看了眼沈洛，见他嘴唇微微翕动，似乎是之前那颗糖还含在口中，没有嚼烂吞下。

她有点搞不清他是爱吃，还是不爱吃，下意识摸了摸口袋，里面还剩下几颗糖，想再给他两颗，但手指放进口袋掏了掏，最终还是放弃了。

因为是冬天，也不用担心虫蛇之类的玩意儿。一行人打着手电，走在黑漆漆的路上，很是放松。

云山海拔一千多米，从山脚到山顶差不多两个小时。

北雨比不得这群四肢发达头脑简单的体育生，本来因为沈洛在，她咬牙死撑也不想拖人后腿，但爬了半个小时，就越来越吃力，喘气喘得跟得了哮喘似的。

她正要开口叫江越歇会儿，走在她前面的沈洛，忽然先出了声："歇歇再走吧！"

这是北雨第一次听他说这么长的句子。

而且这五个字，正是她想说的。

她对他的好感度，再次飙升几个台阶。

走在前面带路的江越，回身用手电照了照，嘻嘻笑道："学霸体力不行啊！行，咱们休息一会儿再走。"

沈洛不置可否，走到旁边坐下。

北雨如愿休息，也懒得腹诽江越，佯装自然地坐在沈洛旁边，想了想还是将兜里的糖又拿出两颗递给他："吃糖可以补充体力。"

她的语气听起来轻描淡写，实则内心浪涛翻滚。

沈洛这回没有犹豫就将糖接过去，却没有马上吃，只是随手放入了衣服口袋，又淡淡看了眼她放在身后的登山包，冷不丁问："装了很多东西？"

这回不仅超过五个字，而且这句话还是对她说的，以至于北雨一下愣住了。

好在隔了几步之遥的江越听到两人说话，忽然蹿过来，化解了她的尴尬："你别告诉我背了一包吃的？"

北雨这才反应过来沈洛是在问自己的包，本想回答他的话，身后的包已经被江越拿起来翻开，以迅雷不及掩耳之势从里面摸出几罐饮料几包零食，还哇哇叫道："果不其然。"

"江越，你干什么？"北雨恼羞成怒地将包抢过来。

这货果然是个猪队友，破坏气氛不说，还在沈洛面前严重损坏她的形象，简直是可忍孰不可忍。

而江越已经把拿出来的东西塞进自己包里，又白了她一眼："放心吧，不要你的，这才爬了一小半，我不帮你把重的东西背着，你待会儿别瘫在半路。我可告诉你，我是背不动的。"

旁边有男生起哄："越哥——中国好哥哥！"

江越挥挥手："那必须啊！我爸妈喜欢小雨比喜欢我这个亲儿子

可多多了，要是她少了根汗毛，回去我就得挨揍，所以宁少我江越一条腿，也不能少我雨姐一根头发丝儿。"江越背着包笑闹着将旁边坐着的男生挤开，给北雨和沈洛留了一个相对独立的空间。

"天啦感动死了！"两个男生故意做出夸张的表情，又朝北雨戏谑，"小雨，你感不感动啊？"

北雨其实不太喜欢自己成为别人开玩笑的话题，尤其是有沈洛在场的情况下，这种玩笑实在是有些让她尴尬。

但江越跟他这帮哥们儿耍贱耍习惯了，她也不好太一本正经去破坏气氛，只无语地看了几人一眼，又悄悄看了看月色下和自己近在咫尺的沈洛。

此时他微微垂眸，面色沉静，没有任何表情，也没有说话，似乎对这些人的笑闹毫无反应。

她这才稍稍松了口气。

歇了十几分钟，一行人继续赶路。

因为一半重物被江越拿走，北雨这回确实轻松了许多。

于是她又原谅了江二狗的不靠谱。

只是——她看了看走在自己前面的沈洛，有点遗憾，刚刚被江越一打岔，她和沈洛第一次的对话，就那样胎死腹中。

到了山顶，已经是十点多。

今晚夜爬的就只有他们一行人，放好户外照明灯后，大家就忙着搭帐篷。

不止北雨，江越一伙人其实也是第一次露营，都兴奋得很，却也是手忙脚乱，各自搭着自己的帐篷，谁都顾不上谁。

只有沈洛似乎轻车熟路，很快就将帐篷搭好。

北雨本来就累得够呛，折腾了半天没弄好，正有些气急败坏时，旁边的沈洛走了过来，从她手中抽走帐杆。

看到他半蹲下身开始捣弄自己那个被弄得乱七八糟的帐篷，北雨才反应过来他是在帮自己。

"谢……谢。"她努力压抑心中的激动，但还是有点语无伦次。

沈洛没有回答她的话，只微微点了点头。

见他动作熟练，三五下就将她的单人小帐篷装好，回过神的北雨赶紧趁机和他搭讪："你经常露营吗？"

"嗯。"

难怪他会答应江越一块来露营。

北雨还想再将话题进行下去，干完活的沈洛却转身回到了自己的帐篷里。

北雨："……"

看着他消失在夜色里的背影，果真是比大冬天的夜晚还冷，她想自然而然不着痕迹搭个讪比登天还难啊！

她有点沮丧地挠了挠头，钻进自己的帐篷，没过多久，江越的脑袋从外面探进来，笑嘻嘻道："篝火生好了，快出来玩儿。"

北雨爬出帐篷，果然不远处已经生起一堆篝火，几个男生围坐一堆，拿着带来的啤酒和小吃，已经玩上了牌，兴致高昂，十分热闹。

她没看到沈洛，又转头去看旁边的帐篷，恰好看到他从里面出来，手中多了三脚架、相机和望远镜。

江越听到动静，也朝他看过去："洛神，先别去看你的星星月亮，跟大家一块玩儿去！"

沈洛转头看了他一眼，或者说是看了他和北雨一眼，又看了下不远处热火朝天的几个男生，点头嗯一声，然后回身将手里的东西放下。

江越赶紧朝北雨眨眨眼睛，小声坏笑道："长夜漫漫，两个帐篷隔这么近，你可一定要管住自己，别忍不住兽性大发干坏事啊！"

"江二狗！你找死！"

北雨低喝一声，伸手就是一拳，不过被江越准确无误地捉住。

这时沈洛从帐篷出来，恰好看到打闹的两人，月色下的眉头微微蹙了蹙。

北雨迅速将手收回来，恢复淑女状，跟上江越一起去了篝火旁。

"小雨，快来跟哥哥们喝酒！"坐在地上的男生，朝北雨举起一罐啤酒。

"去去去！女孩儿喝什么酒啊！"江越上前将啤酒抢过来，随手抛给后面走来的沈洛。

沈洛准确无误接住，走过来坐下。

北雨不动声色地坐在他旁边。

江越将地上的扑克拿过来："七个人正好三个斗地主，四个玩双升，轮流着来，除了小雨，谁输谁喝酒。"说着又随口问沈洛，"你喜欢玩什么？"

沈洛看了看他手上的扑克，迟疑片刻："我不大会。"

有人戏谑："不是吧？斗地主和双升都不会啊？学霸的世界果然跟咱们不一样。"

北雨下意识反诘："谁规定都得会打牌的？我也不怎么会。"

江越坏笑着看了眼她，一副我懂你的表情，然后伸手拍拍沈洛的肩膀："规则很简单，我给你讲讲你肯定马上就会。"说着就开始给他讲规则。

北雨悄悄看向两人，只见沈洛眉头微微蹙起，听得很认真，大约是真的没玩过扑克。

讲完规则之后，七个人分了两拨，江越和两个人去斗地主，剩下四人玩双升，北雨和沈洛做了对家。

当然是她故意的。

另外两个男生贱兮兮地击了下掌："今晚一定要让学霸见识见识我们学渣的厉害！"其中一个男生边洗牌边道，"小雨学妹，待会儿可别怪我们手下不留情哦！"

沈洛轻笑："这个也得看手气吧。"

"没错。"北雨附和。

很明显今晚北雨和沈洛的牌运都不错，而且她发觉天才跟普通人就是不一样，虽然刚刚学会打牌，却无师自通懂得如何记牌，以及推算别人手中拿了什么牌。

他和北雨是对家，每次北雨出牌犹豫不决，他还会提醒。

话不多，言简意赅的两三个字，但北雨很容易就会意。

两个人配合得天衣无缝，到了后来，北雨都忘了自己作为一个暗恋者的矜持，每次一赢牌，就兴奋地要和他击掌。

沈洛竟然也配合。

而且她看到他嘴角还有着若有若无的笑意，和平日里的冷峻有些不同。

两个人一路从2打到K，被完虐的两个男生嚷嚷着不干了："还有没有天理？你们这打牌跟开挂似的，不玩了不玩了，直接喝酒得了。"

旁边的江越伸过来脑袋，笑道："什么叫天才？这就叫天才！以后跟洛神玩儿，千万别以为人家不会就玩不过你们！"

他出完手中最后一把牌，开了一罐啤酒递给沈洛，笑道："班上尖子生见了我们这帮渣滓都会绕路走，洛神是第一个跟咱们一起混的学霸，以后我江越就当你是兄弟了。"

江越虽然还是一脸浑不吝的臭流氓样，但心里其实是有点紧张的。作为一个不良学生，他对和尖子生交朋友一向是没什么兴趣，免得自讨没趣。

沈洛是典型的高冷学霸，转来一学期，独来独往，对谁都爱搭不理。学渣也有学渣的尊严，若不是因为北雨，他才懒得热脸贴人家冷屁股，好在他脸皮厚，只是万万没想到沈洛会来参加这次露营。

沈洛看了他一眼，没说话，只勾唇轻笑了笑，拿起手中的啤酒打开，朝他举了举，仰头喝了一大口。

江越朗声笑道："爽快！"

其他几个人也拿着啤酒开喝，大声笑闹。

北雨其实也想喝酒，但沈洛在，她觉得有必要保持一点小女生的矜持，便老老实实拿了罐饮料喝着。

江越这伙人都非常有自娱自乐的本事，大冬天在山顶烧堆篝火也能狂欢，又是唱歌又是跳舞。

沈洛没和他们一块疯，但北雨借着火光悄悄打量他，发觉他好像跟平日里有些不一样。

之前那种冷漠疏离感，在这个夜晚淡化了许多。虽然仍旧沉默寡言，表情沉静，但那双漆黑的眼睛，随着火光跳动，有了罕见的细微笑意与柔和。

北雨想，他应该心情不错。

因为隔日要看日出，大家没闹多久就钻回了各自的帐篷里。

北雨第一次露营睡帐篷，加之沈洛就在自己旁边不到两米处，她钻进睡袋后毫无睡意，一直竖着耳朵听旁边的动静。

她先是听到秒睡的江越呓语打鼾，接着便听到沈洛的帐篷传来细微的动静。

她赶紧蹑手蹑脚从睡袋钻出来，打开一点帐篷拉链，从细缝里往外看去，然后就看到沈洛拿着相机和三脚架不紧不慢地朝夜色中走去。

等到他稍稍走远，北雨才从帐篷里钻出来，裹着外套悄无声息地跟上他。

她脚步很轻，几乎没有发出任何声音，与沈洛隔着不短的距离，以免被他发现。

山顶一侧是一块大山石，山石很平很宽，正是一个天然观景台，约莫有一米高，沈洛扛着机器轻轻松松爬了上去。

北雨怕被发现，没再往前，只静静躲在不远处的大树后，默默看着山石上摆弄三脚架和相机的沈洛。

今晚夜色极好，虽然寒冷，却也空气怡人。天空晴朗，繁星满天，站在山顶仿佛触手可及。

山石上沈洛颀长的背影，在夜色星空下，看起来茕茕孑立，又有些伫立在天地之间遗世独立的感觉。

虽说偷窥尾随的勾当干惯了，但在这种静谧的野外山顶，北雨还是心跳得有点快。

她正偷看得出神，脚下的草丛忽然动了一下，把她吓了一大跳。

"谁？"

她虽然没叫出声，但跳起来的动作，还是惊动了不远处的沈洛。

他转过身，朝她的方向看过来。

脚下的草丛已经恢复平静，大冬天的也不知是什么玩意儿，北雨有点懊恼地抓了抓头发，从树后走了出去，站在空旷的天空之下。

"那个……我睡不着，就出来看星星，是不是打扰到你了？"

虽然夜色深沉，但显然沈洛已经认出她，他在北雨的屏声静气中稍作沉默，然后淡淡摇头："这里视野比较好。"

他指着山石上对她示意。

北雨一颗心脏还因为自己的行迹被发现而扑通扑通跳得厉害，听到他这么说立刻涌上一阵暗喜，这是在邀请她上去吗？

大冬天跑来露营，不就是为了跟沈洛一起看星星看日出？之前还苦于没有机会，没想到这么轻易降临了。

为了不暴露自己的心思，她故作矜持问："不打扰你拍照观星吗？"

沈洛没说话，但摇了摇头。

北雨压抑不住兴奋，正要跑上前，但迈了两步，又反应过来应该矜持点，赶紧放慢脚步，假装淡定地走过去。

走近之后，她才发觉这山石比自己刚刚目测的更高，差不多跟她头顶齐平。

她双手攀住石头，用力蹬了两下，很不幸地没蹬上去，还因为手脚打滑，差点摔了一跤。

好在上面的沈洛似乎在专心观星，没注意到她这边的狼狈。

她站定后，悄悄在手上吐了点唾沫，深吸一口气，再次攀住山石。

就在她使力时，右手忽然传来一阵温热的触感，然后被人紧紧抓住了。

她脑子一蒙，下意识继续用力，整个人便被拉了上去。

不过转瞬间，人已经半坐在山石上。

还没反应过来，沈洛已松开手，折身回到三脚架旁边。

北雨怔怔地看了看他的背影，又低头看向自己的右手。

这算是牵手了？

只可惜两手相握的时间太短暂，以至于她根本还没来得及体会沈洛手中的温度，就已经分开。

可她却忽然又有种手上火烧火燎的感觉。

她握了握拳，想将沈洛的温度留住，然后默默起身走上前。

沈洛的相机设定了延时摄影，自己则在旁边拿着望远镜，坐在山石上仰望星空。他依旧是那种冷冷的旁若无人的样子，似乎对北雨走上来毫不在意。

北雨在离他一米远的地方坐下，悄悄看了看他，又假装抬头看星星，看起来云淡风轻，实则绞尽脑汁想着搭讪的话。

她知道沈洛是天文爱好者，可惜她对天文并不了解，只觉得今晚星罗棋布，却不知道如何开口和他探讨星空。

周围安静无比，但因为沈洛看起来很专心地在观星，对她这个闯入者并没在意，倒也不觉得尴尬。

纠结了半天，北雨也没找到合适的开场白，心中懊恼得恨不得扇自己几耳光。

这么好的机会都利用不上，她真是白活了十五年。

也不知道过了多久，沈洛终于将望远镜拿下来，又忽然伸手递给她。

"啊？"北雨愣了下，一时没反应过来。

"试试用这个，看得比较清楚点。"

他一如既往地言简意赅，话中没有什么温度。

"哦！"北雨怔怔地接过望远镜，她拿起看了会儿，忽然灵光一闪，"学长，你是不是认识很多星座？可不可以教我辨认一下？"

沈洛嗯了一声："冬天是一年中亮星最多的季节，很多星座都非常好认。"

"是吗？"北雨喜滋滋地朝他挪动了半米距离。

沈洛道："最容易辨认的是猎户星座，在南方天空，属于赤道带星座之一。"

北雨拿下望远镜问："在哪里？"

"往南边看。"沈洛伸手给她指了指方向，"星座主体由参宿四和参宿七等四颗亮星组成一个大四边形，在四边形中央有 δ、ε、ζ 三颗排成一条直线的亮星，就像是猎人的腰带。"

虽然这些星星的名字，北雨一个都没听过，也压根儿就听不懂，但有什么关系，这可是沈洛在给她科普。

　　1，2，3，4，5……沈洛说了多少个字，她数都数不过来，整个人因为沈洛这一长串听不懂的话，快要飘起来。

　　这简直就是两人关系质的飞跃。

　　"看到了吗？"沈洛冷不丁问。

　　"啊？"北雨从胡思乱想中回神，朝他手指的方向看了看，又拿起望远镜看了下，其实也不确定自己看不看对，但还是点头，"看到了。"

　　管它是猎户座还是猎人座！

　　她又问："还有呢？"

　　"顺着那三颗星星向南偏东的方向，有一颗特别亮的星，看见了吗？"

　　北雨举着望远镜点头："看到了。"

　　"那是天狼星，全天最亮的星。"

　　"哦。"这回北雨是真看到了。

　　"在参宿四的正东，有一颗亮星南河三。参宿四、天狼星和南河三就是著名的冬季大三角。"

　　"等等，没听懂。"北雨手忙脚乱拿着望远镜去找，急忙打住他。

　　沈洛轻笑一声，将望远镜拿过来，让她看自己的手指方向："猎户座最北边的参宿四正东，看到没？"

　　北雨趁机挪到他旁边，几乎是贴在他身侧，顺着他的手往天空看。

　　他穿着厚厚的羽绒服，但说话间，温暖的气息清晰无比，让北雨很有点心神荡漾，上涌的荷尔蒙，让她这个花季少女有点想犯罪。

　　她胡乱点头："看到了。"

　　"银河就从这三角中穿过，这部分银河很淡，是全天银河中最暗淡的部分。"

北雨笑："好有意思。"

沈洛勾了勾唇角："你觉得有意思?"

北雨用力点头。

天文知识对她来说没什么意思，但是沈洛给她讲解，就有意思极了。她暗戳戳地想。

沈洛轻笑一声，没再说话。

北雨想了想问："学长，你很喜欢天文吗?"

沈洛点头，轻描淡写道："地球是人类的摇篮，但人类不可能永远被束缚在摇篮里。与其说是对天文感兴趣，不如说是对探索太空和宇宙感兴趣。"

听起来有点高大上，作为一个物理成绩平平的中等生，北雨心中顿生崇拜之情，她喜欢的男生果然如此与众不同。

感觉对他的迷恋又进了一层。

真是完蛋了啊!

可这种感觉竟然好极了。

沈洛看了看手表："你不去睡吗?"

北雨睁大眼睛，下意识反问："你呢?"

沈洛道："我拍星轨，会等到日出。"

北雨脱口而出："我也等日出。"

沈洛沉默片刻，淡淡看向她："过了凌晨，温度会很低，你……不怕冷?"

"不觉得冷啊!"但显然这句话没有半点可信度，因为刚刚说完她就打了个喷嚏。

沈洛眉头微蹙。

北雨赶紧道："我真不觉得冷。"

这点冷算什么? 能和他独处一夜，就算刀山火海也无所谓!

64

沈洛捡起地上的毯子递给她，一言不发。

北雨接过来："谢谢。"又悄悄看了眼夜色中的人，可惜仍旧没从他那张冷峻的脸上看出半点表情。

夜色深沉，万籁俱寂，天地之间好像就只剩下他们两个人。

沈洛不说话，北雨也就不好开口，生怕打破这宁静的夜色和平静的氛围。

喜欢的人近在咫尺，就算什么都不做，心里的欢喜也难以用言语来形容。

过了凌晨，山顶确实冷得厉害，北雨裹着毯子倒还好。

她看了眼沈洛，他虽然穿着羽绒服，但将帽子戴着捂得有些严实，显然是有些冷的。她想了想说："学长，我把毯子分你一半吧！"

天地良心，她真的不是打算要和沈洛裹在一条毯子里，只是不想让他冻着而已。

沈洛看了她一眼："不用，不冷。"

好吧，就算她有贼心贼胆，也没当贼的机会。北雨将毯子裹紧，露出乌沉沉的眼睛，仰望星空。

这是她第一次真真正正去打量头顶这片星空，也是头一次看到如此清晰的繁星，她才知道原来冬日的星空如此浩瀚美丽。

那种感觉难以形容，美妙绝伦。

北雨想起刚刚沈洛说的话"地球是人类的摇篮，但人类不可能永远被束缚在摇篮里"，她记得是某个航天学家说过的名言。

她忽然有种莫名的豪迈，觉得一切都不重要了，所谓的成绩，所谓的泯然众人，甚至是这场十有八九不会有结局的单恋，还有那些预想过的未来，统统都不重要了，只有当下最为重要。

她甚至生出了一些类似于哲人的自省和思索，脑子兴奋得几乎混乱而癫狂。

十几岁的少年，精神总归是好的，在这种极度兴奋之下，北雨没有生出半点困意。她一直盯着天空，看着繁星闪烁，然后慢慢褪色，露出天空的晨曦。

看到太阳冒出一点的刹那，她的兴奋达到极致，从山石上猛地跳起来，将毯子丢在山石上，走到前方，然后转过头对沈洛激动大叫："日出！"

大自然的力量有时候很强大，令北雨心潮澎湃，她忽然觉得这个世界是如此美妙，让她想要去认识、去探索。

此时的她完全被日出的美景迷住，忘了自己身处这里的原因，忘了自己是为了一个男生。

她站在山石上手舞足蹈，兴奋地对着朝阳大声尖叫，毫无矜持。

女孩清脆的声音，回响在山中。

沈洛默默站在她身后不远处，微微眯了眯眼睛，低下头去调试相机。

咔嚓的快门声，湮没在女孩的呐喊中。

北雨的叫声唤来了江越他们。

一伙睡眼惺忪、蓬头垢面的男生跑过来，纷纷爬上山石。

不知是因为北雨的叫声，还是日出太美，抑或是仅仅是年轻，几个人也手舞足蹈对着朝阳大喊大叫，兴奋得不得了。

江越甚至还将北雨抱起来让她骑在自己肩膀上。

沈洛一个人站在不远处，默默看着他们。

这些人真快乐。他想。

闹过之后，太阳升上了当空。大家回到营地收拾，准备下山。

趁沈洛没注意，江越悄悄凑到收拾帐篷的北雨旁边，朝她眨眨眼睛："昨晚和沈洛待了一夜？"

北雨斜了他一眼，不置可否。

江越两根拇指对着比画了一下："有没有突破性进展？"

北雨道："我就是去看星星等日出。"

"没做别的？"

"能做什么？"

"那他……"

"没有。"

江越贼兮兮笑了笑，低声道："没事，等有机会我探探他的口风，看他对你的印象如何。"

"不用了。"

说是这样说，其实她心中也有点好奇。自己对于沈洛，应该不是陌生人了吧？

不过她显然是乐观了点。下山的时候，她故意走在沈洛旁边，然而他一直低头看路，几乎没看过她，她试图搭话，他一如既往言简意赅。

一行人下车道别之后，北雨也没确定沈洛对自己到底有几分印象。

好在她并不是太纠结的女生，想到自己和沈洛一起看星星等日出，她就已经很满足了。

她记住了猎户星座和冬季大三角。

也是从这一夜开始，她爱上了野外的星空。

年后不久，就是北雨的生日。

十六岁，花季到了。

吃了晚餐，她就被邹淼和赵晓静叫出去庆祝生日。

三人去了一间叫飞驰的酒吧。

邹淼的黄毛男友也在，还带着几个看起来流里流气的男孩。

北雨这个年纪正是好奇叛逆的时候，她虽对这些不良少年不以为意，但觉得和他们在酒吧庆祝自己的十六岁生日，也算是很酷的方式。

她没什么喝酒的经验，不知深浅地与人拼酒，不一会儿就晕晕乎乎，两个好友也被灌醉。

结束时，黄毛扶起邹淼，北雨和赵晓静分别被另外两个男孩搀扶着往外走。

北雨一直迷迷糊糊，直到人被带到一辆出租车前，一阵寒风吹过，才稍稍清醒。

她到底还是有点警惕性，被身边这个刚认识的陌生男孩推着上车，忽然意识到不对劲，赶紧双手拉住车门："你干什么？"

男孩笑嘻嘻道："宝贝儿，我送你回家。"

"邹淼和晓静呢？"她迷迷糊糊转头看，可夜色里哪里还有两个好友的影子。

"他们回家了，让我送你。"

"我……我不要你送。"醉酒让她的舌头有点打结。

男孩笑着用力把她往车里推。

"你放开我！"北雨挣扎，可醉酒后的身体，根本就提不起一点力气，而且脑子越来越昏沉，用尽全力才能保持一点清醒。

男孩没了耐心，自己站在车门边，将她整个人抱住往车里拖。

就在她快要被拖进出租车内时，身后忽然有另外一股力量，将她从男孩手臂上拉开。

"你谁啊？"男孩眼见到嘴的肥肉被人抢走，恼火地从车里跳出来。

沈洛看都没看他，只将半闭着眼睛往地下滑去的北雨打横抱起来，转身往路旁走。

北雨眨了眨眼睛，隐约看到上方的面孔，嘻嘻笑着含混道："沈洛……是你啊！"

沈洛没有出声。

身后的男孩举着拳头冲上前，可还没碰到沈洛，人已经被一脚端开。

　　这一脚看起来轻描淡写，他似乎都没怎么动，可那男孩落地却是在两米之外。

　　因为同伴都已经离开，男孩狼狈地从地上爬起来，不敢再鸡蛋碰石头，只能悻悻地打车离开。

　　而从头到尾，沈洛看都没看他一眼。

　　他将迷迷糊糊的北雨抱在路边的长凳上放下。

　　北雨闭着眼睛双手抓住椅背，口中含混道："不要你送。"

　　沈洛皱了皱眉，弯身将她的手机从包里掏出来，调出电话簿，找到江二狗的名字，编了条短信发过去。

　　"我喝醉了，在飞驰酒吧门口，你快来接我。"

　　那头很快回过来："我去！你是要上天啊！我马上来。"

　　沈洛将手机收好，塞回她包里。

　　他又默默看了看寒夜中蜷缩在长椅上醉得一塌糊涂的女孩，将身上的外套脱下来盖在她身上，自己则站在长椅旁边。

　　偶尔有夜归的男人，路过长椅时，看到上面睡熟的女孩，会露出不怀好意的目光，但看到旁边男孩冷冷的目光，只得悻悻地摸摸鼻子走开。

　　在寒风中站了不知多久，沈洛抬起手腕看了看时间，又转头看了眼旁边睡得沉沉的女孩，默默走到路边拦下一辆出租车。

　　"去哪里？"司机问。

　　"等等再开。"他坐上车，打开车窗，看向路边的长椅。

　　"等也要计费的。"

　　"嗯。"

他看到长椅上的北雨在梦中翻了个身，差点掉下去，不由得皱了皱眉。

没过两分钟，前方停下一辆出租车，江越急匆匆跑下车，叫了两声北雨，没得到回应，又左顾右盼，终于看到长椅上疑似她的身影。

江越吓了一大跳，赶紧跑过去，果然是自己要找的人。

"北大嘴！你醒醒。"他蹲下身去掐北雨的脸。

"干吗？"被掐的人含混嘟哝，伸手拍开他的手，朝内翻了个身。

江越决定下狠招，两手掐住她的脸颊，用力一扯。

北雨疼得尖叫一声，一个骨碌起身，一手揉着脸颊，一手揉着混沌发疼的脑袋，看到面前的人，恶声恶气道："江二狗，你干什么？"

江越气得用手指戳了戳她的脑门："我问你干什么才对，一个女孩子喝醉了睡在大马路边，不要命了？"

北雨左右看了看："我怎么在这里？邹淼和晓静呢？"

"谁知道？幸好你还知道给我发短信接你回去，不然明天妙龄少女横尸街头的新闻就该上报纸头版了。"

"什么鬼？"北雨用力甩甩脑袋，迷迷糊糊想起之前发生的事。邹淼黄毛男友的朋友，要强行将她带上出租车，她挣扎不过时被人拦下了。

那人好像是……

沈洛？！

她几乎不敢置信地睁大眼睛，脑子里瞬间清醒了几分，然后左右看了看，又摇摇头，怎么可能？肯定是她喝醉的错觉。

不过那人到底是谁？做好事也不留名。

她这才发觉身上还有一件陌生外套。

江越也发现了："衣服是谁的？"

北雨摇头："不知道，可能是哪个好心人看我睡路边给我的吧？"

江越笑："看来这世上还是好人多。"然后又戳了戳她的脑门，

"以后再敢乱喝酒，小心我抽你！"

北雨难得没和他掐起来，因为此时的她也很后怕，若是之前自己被那个不良少年带上出租车，后果不堪设想。

她忽然想起什么似的道："你赶紧打电话给邹淼和晓静，她们跟男生走了。"

江越道："打什么打？邹淼跟她男朋友都在外面同居了，晓静三天两头夜不归宿，还用得着你管她们？！"

"真的啊？"

在她的概念里，邹淼和晓静不过是跟自己一起在国有厂大院里胡闹的孩子。原来她们都已经是跟男孩子鬼混的大姑娘了。

这大概就是成长吧！

江越看着她在夜灯下怔怔然的表情，揉了把她的头发，口无遮拦道："你长点心吧！她们虽然是你的好朋友，但也别跟她们一起胡闹，闹出事可别叫我陪你去打胎！"

"江二狗！"北雨大怒，作势要打他。

江越抱头躲开："我就是这么一说，是让你长点记性。"

北雨踹了他一脚："你有脸说我？也不看看自己？"

"我怎么了？我还是处男！"

"我呸！"

江越抹抹脸，啧了两声："行行行，赶紧回家吧！"

两个人打打闹闹走到路边，江越拦车，北雨举着手中的男士外套看了看，感叹道："世间自有真情在，要是知道是哪个好心人给我的衣服，我一定要去送面锦旗给人家。"

等两人上车离开，不远处坐在出租车内的沈洛才淡声吩咐司机："开车。"

北雨是偷偷摸摸回的家，父亲临时去加班，母亲在楼下和人打牌等她。

她跟北母打了个招呼，也不等她老人家打完最后一局，就一溜烟先跑回了家，完美躲过了被发现喝酒的危险。

抱着手中的男士外套回到房间，她有点困惑。这衣服十有八九是那位将她从不良少年手中救下的好心人的。

无奈她当时醉得实在太厉害，怎么都想不起来细节，只隐约记得自己把人当成了沈洛。

但她知道那人是沈洛的可能性微乎其微，肯定是自己醉酒后的臆想。

手中这件外套是运动棉服，对他们学生来说，算是价格不菲。它是年轻人的款式，看起来很新，应该没穿过几次，很干净，没有任何异味。

也不知是什么人，就这样把衣服送给了她。此时她除了后怕，还有点庆幸和温暖。这个世界果然处处都充满了爱。

她掏了掏衣服口袋，想找出这衣服主人的信息以便感谢，但很遗憾，里面空空如也，只在内层口袋找到一支漂亮的派克钢笔，除此之外，再没有任何主人的信息。

北雨到底是很感激那位陌生人，也不想将衣服和钢笔据为己有，隔日就跑去打印店打了几张招领和感谢启事，贴在酒吧附近。

然而直到寒假结束，也没有人联系她。

她只能作罢，默默将衣服和钢笔收好放在自己柜子里妥善保存着。

新学期一开始，他们高一姗姗来迟地举办了一场新生晚会。

北雨上学期练了两个月手风琴，几首苏联手风琴曲已经弹得炉火纯青，于是兴致勃勃报了名。

晚会那天，不顾她的极力反对，江越还是叫了一帮狐朋狗友来给她捧场。

她在后台准备时，悄悄往观众席看，果然见到站前面走廊位置的江越一伙人。而令她惊讶的是，沈洛竟然也混迹其中。

本来不怎么紧张的她，顿时心乱如麻，一会儿跑去找化妆老师帮忙补妆，一会儿又跑到镜子前看自己的穿着打扮是否有不妥之处。

主持人在前面报幕念到她的名字时，她都一时没反应过来，还是旁边的人提醒她，她才抱着手风琴手忙脚乱跑上台。

在台上坐定后，她下意识扫了眼观众席。

江越用力地朝她挥手，不用看就能知道他此时的表情有多夸张。

他身后的沈洛在暗淡的灯光下，看不清模样，但整个人安静地伫立在边上，显然是没有任何表情。

虽然这是进了二中之后，北雨的第一次登台表演，但她从小到大，有过各种表演和演讲的经历，曾经无数次站在舞台上，对她来说理应不紧张的，可此时知道沈洛就在台下看着自己，便迫切地想表现得完美，吸引他的注意。

她今晚穿着格子裙，弹的是一首轻快的《山楂树》，身体随着音乐微微晃动，一头落在肩头的黑直长发，也轻轻随之起舞。

这一刻，她仿佛不再是泯然众人的普通女生，而是舞台上耀眼的美丽少女。

只可惜她还是紧张，以至于中途弹错了两个音，好在她手指过渡自然，不是专业人士应该听不出来。

一曲完毕，观众席响起热烈的掌声。

北雨站起来鞠躬谢幕时，一个男生忽然抱着一捧花跑上台献给她。

是邵云溪。

邵同学站在她面前，灯光下一脸激动："北雨，你弹得真好！"

北雨对邵云溪的献花有点意外，但也没太放在心上，接过来道了声谢，视线就越过他朝沈洛的方向看。灯光暗淡，她还是看不清他的模样，只看到江越跳起来朝她挥手。

她抱着花去后台，邵云溪跟在她身后叽叽喳喳："我看到节目单上有你，专门去订的百合花，你喜不喜欢？"

北雨敷衍道："喜欢啊！"

邵云溪大喜："那我就放心了，本来想买玫瑰的，又怕你觉得俗气。"

北雨奇怪地看了他一眼："其实就是弹个琴，你送花做什么？小心其他同学误会。"

邵云溪："我……"

北雨挥手打断他："不过还是谢谢你啦！我去找我哥，回头再聊。"

说完她就抱着花跑了。

江越正准备离开，看到她出来，便对她招招手。

北雨压抑着激动跑过去。

"雨姐可以啊！风采不减当年。"江越对她竖了个大拇指，看到她手中的花，笑道，"送花的那小子是谁啊？"

"我们班一同学。"

"哦！"江越坏笑地拉长声音。

北雨悄悄踹了他一脚。

江越躲开，顺势退后一步，伸手搭在沈洛肩膀上，问："洛神，刚刚我妹弹得怎么样？"

暗影下神色莫辨的沈洛，不着痕迹地看了眼北雨，轻描淡写道："弹错了两个音。"

北雨本来的得意瞬间荡然无存，怔怔地朝他看去，她还指望着能吸引人家，哪知在他看来，自己这个表演就是弹错了两个音。

江越挡在两人中间，干笑了两声："是吗？我怎么没听出来？洛神你听得还挺认真的嘛！哈哈哈……"

沈洛还未回应，被北雨甩掉的邵云溪又不知从哪里冒了出来，这回还带了几个同学，咋咋呼呼地叫道："北雨，我请大家吃夜宵，你去不去？"

北雨哪有心思，正要拒绝，人已经被吴楠楠拉开了两步："走吧走吧，你要不去，邵云溪估计舍不得大出血。"

"那个……"北雨看到沈洛面无表情地转身，嘴里的话又咽了下去，稀里糊涂就跟着几个同学走了。

学校是寄宿制，但晚上溜出去的学生并不少见，所以外面一排大排档很是红火。

尖子生不见得就比差生守规矩，何况二中也还有不少江越这种渣滓。

几个同学打得火热，时不时还有人开北雨和邵云溪的玩笑，然而北雨一直有点心不在焉，压根就没将这些玩笑听进去。她脑子里一直想的是刚刚沈洛说的弹错了两个音，不免懊恼不已，但又忍不住想到江越的话，沈洛能听出她弹错两个音，是不是意味着他有认真听她的演奏？

她太沉浸在自己的小心思里，不知道的是，因为对大家的玩笑没有任何反应，在八卦的少男少女眼中，反倒坐实了她与邵云溪的暧昧关系，甚至还稀里糊涂在大家的怂恿下，和邵云溪喝了两杯啤酒。

吃完夜宵已经十点，到底都是好学生，不敢在外面多逗留，打闹着准备从学校后门回宿舍。

邵云溪像只开屏孔雀，一直走在北雨身边说个不停，只可惜北雨一句话也没听进去。

后门靠着一座小山，此时夜色渐深，除了他们几个人，周遭一片寂静。

快走到后门处时，北雨的目光忽然瞥到不远处一抹熟悉的身影，转头定睛一看，果然是拿着望远镜的沈洛，正在朝后山走去。

北雨赶紧道："你们先回去，我有点事。"

邵云溪咦了一声："你有什么事？我跟你一起啊！"

周围几个人果然起哄。

北雨摆摆手匆匆往后走："不用不用，你回去吧。"然后假装往另一个方向跑开。

等看到众人离开，她才暗戳戳从夜色里出来，往那小山的方向摸去。

北雨摸到山下，早看不到沈洛的影子。

两条不同方向的路摆在自己面前，她犹豫片刻，凭感觉选了一条。

这座山是二中小鸳鸯们约会的好地方，久而久之就有了个"恋爱山"的名字，又被学生们戏称"弹棉花山"。

弹棉花山不大，没有大路，只有两条被人走多了走出来的小路。今晚月色不错，但山上没有路灯，树木又多，放眼望去，全是黑漆漆一片。

北雨胆子不算小，但走在夜色下的山林中，还是有些忐忑。不过想到沈洛也在林子里，便不觉那么可怕了。

她其实不知道自己跟进来是要干什么，好像只要沈洛一出现，她就会自动跟上，跟本能一样。

她摸黑走了一截，可仍旧没看到沈洛的影子，小山中寂静得没有任何声响，只有她脚下踩在枯叶上的动静。

走着走着，自己的脚步声好像变得不太一样。

她左右环顾了一下，看到深不见底的夜色，一颗心提了起来，加快了步子。

身后似乎有窸窸窣窣的声音响起，好像是在跟着她。

"谁？"北雨猛地停下来，举起手机的手电筒，转头看过去。

"我我我！"

手机的光照在来人的脸上，北雨认了出来，松了口气："邵云溪，怎么是你？"

邵云溪讪笑着走上来："我看到你一个人来山上，想着这么晚不安全，就跟了上来。你……来这里做什么？"

"就……随便走走，散散身上的啤酒味。"北雨收了手机，当然不能告诉他，自己是来尾随沈洛的。

邵云溪走上来，摸摸脑袋："那我陪你吧！"

到了这个时候，北雨再不明白自己这个后桌男生的心思，她就不配做一个少女了。

邵云溪其实很优秀，模样也不错，虽然还没太长开，但已经看得出未来大帅哥的雏形。被这样的男生喜欢，应该是一件令人骄傲的事。

然而这个认知，并没有让北雨有任何少女该有的心潮波动，因为有了沈洛在前，谁在北雨眼中看起来都是平凡无奇，毫无特色。

尤其是在这个时刻，邵云溪的不请自来，几乎有点让她烦躁。

"不用了，我想一个人走走。"她淡淡拒绝道。

邵云溪道："这么晚了不安全，还是我陪你吧。"

"真不用了！"北雨转身继续往山顶走。

她看沈洛带着望远镜，应该会在山上。

邵云溪却不依不饶，直接上前拉住她的手腕："北雨……那个……"

北雨转头看他，夜色中男生不甚清晰的脸上，表情急切，似乎有什么话呼之欲出。

我去！不是要表白吧？

北雨心中咯噔一下，同学一场，这种事很尴尬的好不好？

她试图甩开他的手："邵云溪，你赶紧回宿舍吧！要是被人知道咱俩在小树林里，我可是跳进黄河也洗不清的。"

哪知邵云溪抓得更紧："北雨，你……你听我说。"

"有什么事明天去教室再说。"

"我想现在说。"

"你烦不烦？！"北雨恼火地将他推开，与其让邵云溪被自己拒绝，还不如别让他说出口，这样还省得以后尴尬。

毕竟她并不讨厌他，做朋友还是不错的。不会做题的时候，也方便请教。

她手上没控制住力气，山路又崎岖不平，邵云溪踉跄着后退了两步，扑通一声，忽然人矮了大半截。

也不知是哪个缺德的在小路边挖了个一米多深的土坑，邵云溪不偏不倚掉了进去。

北雨吓了一跳，跑上前焦急地问："你怎么样？"

坑里的邵云溪龇牙咧嘴倒吸冷气："没事没事！"

那坑很小，邵云溪几乎是卡在里面，他双手攀住地面，费力往上爬，但窄小的坑让他不好用力。

北雨伸手抓住他："我拉你。"

两个人一阵手忙脚乱。

"我的裤子！"邵云溪穿着条宽松的运动裤，也不知是被什么钩住，人还没上来，裤子先掉了一半。

"别管裤子，你先上来再说。"北雨喘着气道。这货还真是沉得不行。

好不容易拉了上来，两个人都没站稳，一骨碌跌成一团。

"你们在干什么？！"

突如其来的手电和脚步声，让倒在地上的两人吓得一个激灵。

紧接着便是一声暴喝："你们哪个班的？！"

怔忡在原地的北雨，脑子里一群羊驼呼啸而过。

她认出这从天而降的三个人，正是学校政教处的"三大金刚"。

因为学校的小情侣经常跑到山上幽会，政教处便时不时会来抓人。

问题是她并不是啊！

而此时三大金刚眼中，看到的画面便是，长发凌乱的女生，和正在手忙脚乱穿裤子的男生。

金刚之一的张老师走上前，指着两人："不顾校纪校规，小小年纪不知廉耻！"

邵云溪提好裤子，站在北雨面前："张老师，你误会了！我们什么都没做。"

张金刚看了他一眼，咦了一声："你不是高一的邵云溪吗？上学期末考了年级第三吧？好好的苗子怎么做出这种事？"说完又看了眼他身后的北雨，那蹙眉而来的眼神，显然是在怀疑邵云溪这棵好苗子误入歧途，是因为遇到了一个坏女生。

谁让她只是一个张金刚不认识的普通学生呢？

北雨倒是没怎么慌乱，毕竟她觉得自己只是违纪跑出学校，并没有做其他的坏事。

不过张金刚可不这么认为，他寒着脸道："你们两个跟我回政教处！"

刚说完，他旁边另一个老师忽然啧啧了两声，众人转头去看他，只见他手电打在地上的位置，赫然是一个用过的安全套。

北雨的心里再次被一群羊驼碾压。

她、想、骂、人！

邵云溪赶紧拉着张金刚解释："张老师，真不是你想的这样。我们就是来山上偶然遇到的，刚刚我掉进一个土坑，北雨拉我上来而已，我们什么都没做，就是普通同学。"

张金刚一副你当我是白痴的表情看了他一眼："别废话了！先回政教处再说。"

一行人正要动身，旁边又传来低低的脚步声。

"谁在那里？"张金刚举起手电照过去。

沈洛一张面无表情的脸，出现在手电光下。

张金刚眯了眯眼睛："你是沈洛？你在这里干什么？"

沈洛举了举手中的望远镜："观星。"

张金刚点点头，和蔼地道："时间不早了，早点回去休息。"

这就是优等生的待遇。

北雨想起在子弟学校，自己也曾被这样优待，然而此时的她只是一个重点高中的普通学生。

沈洛朝这边看了一眼，点头嗯一声，然后不紧不慢地离开了。

回到政教处，北雨和邵云溪开始经历漫长的审讯。

邵云溪是那种嘴皮子功夫很厉害的男生，但无论他怎样说，张金刚显然不以为然，一门心思认定了这两个学生是钻小树林做了苟且之事。

至于北雨说了什么，更加不在他的考虑范围。

过了一会儿，一位政教处的老师走进来，低声道："张老师，外面有个学生有事找你。"

张金刚嗯了一声，起身往外走，又朝站在办公室的邵云溪和北雨狠狠剜了一眼："你们两个好好想想怎么写保证书。"

等张金刚离开，邵云溪和北雨面面相觑。

到底是被自己拖累，邵云溪摸摸脑袋，十分愧疚："北雨，我一定会跟老师解释清楚的。"

北雨有点烦，懒懒散散地靠在桌边，倒不是因为被政教处抓住，而是因为刚刚沈洛的出现。

他会不会也误会了自己和邵云溪是在钻小树林？

真是惆怅啊！

十几分钟后，张金刚去而复返，朝两人瞪了一眼："为了不影响你们的学习，这件事我不会公开，也不会处分你们，但是保证书一定要写。小小年纪谈什么恋爱！高考那座大山还等着你们呢！"然后挥挥手，"赶紧回去休息吧！"

北雨不知道是不是沾了邵云溪这个优等生的光，但还是重重松了口气。

只是她不知道的是，有些事不能高兴得太早。

隔日，邵云溪没有来教室。

三天后，班主任宣布邵云溪转学的消息。

起初北雨并没有太在意，那晚在政教处被教育的时候，她听得出张金刚似乎和邵云溪的父母相识，很有可能将这件事告诉了家长。

而作为天之骄子的父母，想来会如临大敌，立刻为儿子办了转学，这种自以为是的棒打鸳鸯，是中国式父母再正常不过的做法。

也好，在北雨看来，邵云溪的转学，倒也省去了日后的尴尬。

只是令她始料未及的是，没过两天，有关她和邵云溪的流言蜚语就开始传起来。

"北雨，到底是不是真的？"一日自习课间隙，吴楠楠小声问她。

"什么真的假的？"

"就是你和邵云溪啊！"

北雨这两天也隐约听到过一些风言风语，她本来没在意，现下听到吴楠楠问自己，才稍微上了点心，她皱了皱眉道："我和他什么都没有。"

吴楠楠压低声音："但他们都在传那天咱们去吃夜宵后，你和邵云溪去了后山。"

北雨道："我那天是去了后山，但不是跟邵云溪一起，就是想去山顶看星星。"

"可你们不是被政教处抓到了吗？"

北雨看她："谁说的？"

当天知道这事的人除了他和邵云溪，就是在场的三个老师，再加上一个可以忽略不计的沈洛。明明当时张金刚就说了不会公布这件事。

可见为人师表的人，也并非那么可靠。

不会公开这件事，不代表不会成为大人们饭后的谈资。

吴楠楠道："大家都传开了，说什么你们被抓的时候，邵云溪正在穿裤子，地上还有安全套。邵云溪转学就是因为父母知道了这件事，要棒打鸳鸯。"

到底是十几岁的女孩子，她说"安全套"三个字的时候，声音放得特别低。

北雨恼火啐道："胡说八道！"

吴楠楠撇撇嘴："我也觉得太夸张了，不过他们说得有板有眼，加上邵云溪又转了学。"

是啊！邵云溪转了学，就只留下北雨一个人在风口浪尖面对流言蜚语。而她一个女生根本无法去解释那样的谣言。

人们往往相信离奇的谣言，而拒绝相信解释的真相。

吴楠楠想了想，又道："而且据说政教处本来是要惩处你们的，但当时高三的沈洛也在山上，他跟张金刚做证说你们俩不是一起的，就是偶遇，什么都没做，所以这事才被压下来。"

"沈洛？"

北雨想起那天受教育时，张金刚出去见一个不知什么同学，然后回来态度就软了不少，将他们放走了。

难不成当时是沈洛去跟张金刚做证？

不过很显然，沈洛在这场龙卷风般的流言蜚语当中，并不重要。大家关注的只是北雨和邵云溪钻小树林这件事。

十六岁的北雨，经历过的最大事件，便是上学期第一次的那二十五名。当她在这所学校以二十五名的成绩泯然众人时，万万没想到，会以另外一种方式成为被人注意的焦点。

随着男主角的离开，钻小树林这件事，在绘声绘色的流言蜚语中，逐渐变了味道。

安全套、野战这些离她这个年纪遥远的词汇，全部安在了她的头上。

三人成虎，众口铄金，没有人愿意去追求真相。这个荷尔蒙生长的年纪，十几岁的少男少女更愿意将事情演绎成离奇的模样，以满足这个年纪的猎奇心理。

在风言风语中，北雨被贴上了放浪和不要脸的标签。

再加上她之前经常和江越那伙人在一起，流言便显得更加理所当然。

她成了人们口中的贱女孩。

因为男主角的消失，北雨所有的辩驳都显得苍白无力，而且她素来心高气傲，才懒得去跟人据理力争。

高中生活才过了一个多学期，她本来还未稳固的朋友圈，纷纷离她远去。

好学生不愿跟她交往，而二中大部分都是好学生。

那些不太安分的男生，看她的目光，越来越带着轻佻和玩味。

在这种混乱中过了快一个月，她才想起已经很久没有晚上去操场，很久没见过沈洛了，只远远看到过两次他和江越他们打球。但她自己也说不清楚，为何没有像之前那样兴冲冲地走近。

据江越报告，沈洛和他们一伙人现在关系不错，虽然还是不太说话。

北雨想起那天晚上张金刚抓住她和邵云溪的时候，他恰好路过，不知道有没有误会？

不过想到那晚他可能去找张金刚帮自己和邵云溪做过证，北雨又有点欣慰。

她决定去当面感谢他。

许久没在晚上来过操场，她竟一时有点陌生得不习惯。

沈洛一如既往地坐在双杠上看星星。

北雨站在远处犹豫了片刻，终于还是磨磨蹭蹭走了过去。

"学长！"她站在双杠旁开口叫他。

这是北雨第一次在操场和他说话。

沈洛放下望远镜，居高临下地看向她，却没有说话。

北雨从小号称北大胆，但面对沈洛，却始终有点没底气，支支吾吾半响，才又开口："那天你跟张老师说过在山上的事吗？"

沈洛默了片刻，冷不丁跳下来，淡声道："我只是实话实说。"

北雨小声道："我知道的，谢谢你。"

沈洛道："但是实话不一定有人听。"

北雨有些疑惑地看他，月色下他仍旧是霁月清风的模样，仿佛真实存在又不可触摸。

他继续道："所以在意那些听你说实话的人就好。"

"嗯？"

显然他没有继续解释的打算，说完便转身离开。

北雨怔在原地半晌才回过神，然后有点无精打采地趴在双杠上。

发了会儿呆，她忽然有点回味过来沈洛的话。

是啊！那些相信流言蜚语的人，她有什么好在意的？

她是北雨，曾经在他们大院叱咤风云的无敌小飞龙，为什么要栽倒在众口铄金当中？

她这样想着，便忽然释然。

在所有人都对自己投来异样的眼光，兴致勃勃地为这场谣言添油加醋时，沈洛的举动，无疑让北雨觉得其实也没那么糟。

也许她对沈洛来说，也还只是一个算不上真正认识的女生，但又有什么关系呢？

她自顾地笑了笑，正要离开，忽然走过来两个男生。

"哟哟哟，这不是咱们年级红人北雨大美女吗？"毫不遮掩的轻佻语气。

北雨认出这是隔壁班的两个不良学生。

她没搭理他们，绕过双杠往外走。

只是走了没两步，人就被那两个男生拦住。

"这么急干吗？现在不是还早吗？邵云溪转了学，没人陪你钻小树林，哥哥可以陪你啊！"

北雨暴怒："你们放尊重点！"

两人不怀好意地大笑，其中一人道："装什么正经？跟邵云溪野战被张金刚逮个正着，不是挺开放的吗？这样吧，做我马子怎么样？我不嫌你是个烂货。"

这种当面的侮辱比起流言蜚语，完全是另一个程度的屈辱，远远超出一个十六岁女孩的承受能力。

好在北雨没那么不堪一击。

她只是气得脑仁直跳，用力推开两人："走开！"

然而这两个人渣却不依不饶，直接去抓她的手。

北雨气极了，奋力挣开，目光瞥到脚下有大石块，蹲下身抓起来就要砸人。

两个男生这才跳开，嚷嚷道："要不要这么狠？"

北雨将石头重重扔在他们脚边，气冲冲跑出了操场。

出了操场走了一段后，她越想越气，站在路边发了会儿呆，拿出电话拨给了江越。

那头的江越还没说话，就听到电话里北雨哇的一声哭出来，他吓得半死："你怎么了？"

北雨抽噎着将刚才的事说给他听，还没说完，江越就炸了："你等着，我马上过来！"

不到三分钟，江越带着两个同伴怒气冲冲跑过来，手里还拎着一根球棒，看到站在路边的北雨，余怒未消，问："人呢？"

北雨道："应该还在操场。"

江越怒道："走，看老子不弄死他们！"

北雨抹了把眼睛，跟上江越。

她从来不是软柿子，也没有所谓宽宏大量的善心，算不上睚眦必报，但也绝不会白白承受侮辱，此时恨不得真的弄死那两个欺负她的浑蛋。

一行人跑到操场，举目一看，空无一人。

"怎么没有啊？"江越转头问北雨。

"我没看到他们出来啊！"北雨也很疑惑。

"阿越，好像有什么声音！"江越的一个小伙伴说道。

江越带人朝声源走过去，只见双杠不远处倒着两个人，正捂着肚子痛苦呻吟。

北雨认出来了，叫道："就是他们！"

那两个人显然是刚挨过揍，此时疼得根本就爬不起来，两张脸又红又肿，十分狼狈。

"阿越，看来已经有人先替天行道了。"江越的同伴幸灾乐祸地笑道。

江越走上前一人踢了一脚："怎么回事？谁打的？"

作为二中"一哥"，这俩人是认识江越的，也看到了他旁边的北雨，吓得哆哆嗦嗦摇头："不知道。"

刚刚北雨跑了之后，他们正要离开，也不知从哪里冒出来一个高个儿男生，一言不发就对他们动了手。

那男生明显练过，两人毫无还击之力。

而且那人下手很黑，专打脸，估摸着接下来很长一段时间，两个人都要顶着一张猪头脸了。

最让他们憋屈的是，还没搞清对方身份，那人就已经走开了。

"活该！"江越用球棒拍了拍两人的脸，"说，之前你们对我妹北雨干了什么？"

"越哥，我们什么都没干！"

江越手上用力，球棒将说话男生的鼻子压得变了形："敢做还不敢当，不想在二中混了？"

"越哥，我们错了！"

江越一人又踹了一脚："睁大你们的狗眼看看，北雨是老子的妹妹，要是再敢胡说八道，或者欺负她，老子让你们吃不了兜着走。"

"越哥，我们真的错了，以后再也不敢了。"

江越收回球棒，转头看向北雨："雨姐，你想怎么着？"

北雨气冲冲走上前，毫不客气地踹了两人一人一脚，又朝他们吐了两口口水："滚！"

地上的两人不敢再逗留，连滚带爬地跑了。

江越和两个哥们儿，被小姑娘这凶悍的模样逗得笑出声。

江越走上前拍拍她的肩膀："气消了吗？"

北雨点头嗯一声。

江越朝两个伙伴挥挥手："你们回宿舍吧，我和我妹待一会儿。"

两个人耸耸肩，笑着走了。

江越跟着北雨爬上双杠，两人并肩而坐。

"我那点倒霉事你听说过了吗？"

江越点头，北雨没和他谈起过，但他认识不少高一的学生，确实隐约听过，他摸了摸脑袋："我没想到这么严重。"

他之前没当一回事，毕竟北雨和邵云溪钻小树林对他来说根本就是个笑话。

北雨恼火道："我怎么这么倒霉？"

江越道："怪只怪邵云溪那家伙，出了这事自己跑了，你一个人怎么说得清？"

"我这莫名其妙就变成了我们高一放荡、不要脸的代言人，长这么大第一次遇到被男生欺负这种事，真是恶心透了。"

江越拍拍胸脯："有你哥我在，你谁都不用怕，我不会让你受欺负的。"

"我才不怕，就是很生气。"

江越笑，想了想问："话说大晚上的你跑去山上干什么？"

北雨撇撇嘴："我看到沈洛上山，好奇就跟上去了，没想到跟丢了，却冒出个邵云溪跟我告白，然后他掉进坑里，我拉他上来时，被张金刚他们逮了个正着。"

江越嘿嘿笑道："看来洛神就是你的劫数，你就这么喜欢人家？跟着了魔似的，连人家上山也敢跟？"

"有什么敢不敢的，我就是好奇。"

江越笑着揉了把她的头发："以后长点心吧！上回喝酒睡马路，这回钻小树林被张金刚抓，要是再乱来，下回还不知道你能闯出什么祸？"

北雨斜了他一眼："你好意思说我闯祸？"

"我是男的，不一样好不好？"

北雨喊了一声，懒得理他。

江越看了看手表："时间不早了，回宿舍吧！"他跳下双杠，"走，哥背你！"

北雨不客气地跳到他背上，江越差点没站稳，嚷嚷道："我去！北大嘴你吃了猪饲料吧？怎么这么重？"

"赶紧走，江二狗！"

男生背着女生打打闹闹离开，影子在夜灯下被拉得很长。

待到两人走远，一道颀长的身影，从操场角落的大树后面，悄无声息地走了出来。

第二天，江越专门去打听了一番，发觉关于北雨的流言蜚语比他想象的严重得多。他气得带着几个兄弟去高一转了几圈，又交代高一体队的学生罩着她。

自此，没有人敢当面对北雨有任何不尊重。

没人能欺负她，但也阻止不了流言，甚至因为江越的关系，这流言又变了味道。学校里哥哥妹妹总是会容易令人遐想，有传言她本来是江越的人，邵云溪是被二中一渣逼走的。

这样的传闻当真是让北雨好气又好笑，但每次遇到那些谈论自己的人看到自己一出现就惊慌失措地避开，她又有些恶意的爽快。

她从来没有想到，自己曾经憧憬的高中生活，会因为一则莫须有的流言而变得一团糟。

她本是一个开朗爱交朋友的女孩，然而从此却开始莫名地被孤立。

她懒得去解释，就如沈洛所说，不相信自己的人，她没什么好在意的。

她没有再去干尾随沈洛的勾当，一来是那种少女激情随着混乱的生活而减淡，二来是她的臭名声已成事实，不想一不小心把沈洛也拉下水。

但她知道，沈洛和江越他们走得很近，尽管江越还是说沈洛不怎么说话，也从来不知道沈洛在想什么。

没过多久，这一年的高考来临。

高考那天，她跟江父江母一起送江越上考场，顺便也是想看看沈洛，因为自此之后，她还不知道能不能再见到他。

然而她并没有看到沈洛。

江越从考场出来后，告诉她："我才知道原来洛神三月份就拿到了MIT的offer，也不知道他怎么想的，拿到offer还一直在学校上课，要是我早闪人了。"

北雨白了他一眼："这就是为什么你是学渣人家是学霸。"

MIT？好遥远啊！要是他在国内念书，她还能时不时跑去看他。

想想她小时候也梦想过上哈佛，现在能考上哈工大已经要烧香拜佛了。

学渣江越高考成绩一塌糊涂，数学考了8分，因为阿拉伯数字8横下来像颗花生，所以被他爹取笑考了个花生，成为当年的二中之耻。

不过他是体育生，国家二级运动员，最终还是进了一所学校的体育系。

江越离开后，北雨在二中就更加孤独了。

她本身就长着一身反骨，越是被人说三道四、被人误解，越是特立独行。

没事就上课涂涂指甲，不穿校服的时候就穿穿热裤露脐装。

你们不是说我放荡吗？我就是啊，你们能奈我何？

虽然经常收到女生鄙薄、男生不怀好意的目光，但有人罩着，她只要一个眼神轻飘飘扫过去，那些人立马都会识相地将目光避开。

北雨想：就喜欢这些人看不惯我却又干不掉我的样子。

拽得要死！

虽然被人孤立的感觉并不好受，但这种特立独行，让本来泯然众人的北雨，用另一种方式变得与众不同。

只可惜这种与众不同十分面目可憎。

她的高中生活就以这种戏剧方式慢慢延展，直到走向尾声。

因为被孤立，倒是能让她更专心在学业上。

虽然成绩并没有变得很好，但也算摸到了中上游，高考考上一所不算太好的重点大学。

高考之后，她扔掉了二中那两套丑得令人发指的校服，将头发染成了酒红色大波浪，穿上了人生中第一双细高跟鞋。

去他的花季雨季！

大学是个五彩斑斓的世界——

没有丑陋的校服，没有太大的学业压力。很多人都开始放飞自我，北雨不再是异类，甚至因为长得漂亮、打扮时尚而颇受欢迎。

高中的阴霾和压抑一扫而空。

有了新朋友，漂漂亮亮地活着，生活随心所欲，肆意飞扬。

毕业之后，父母托人让她进了一家不大不小的银行。

刚进去自然都是当柜员，每天坐在窗户内帮人存钱取钱，工作稳定，枯燥乏味。

父母对她其实从来没有太大的要求，女孩子安稳就是最好的，所以对她的状况很满意。

好像这就是别人眼中的顺遂人生。

然而北雨对按部就班的生活毫无兴趣。

虽然早就接受自己并不特别的事实，但她还是想要过一些不一样的生活。

她知道自己不是圣斗士也不是女侠，只是一个普普通通的女人，没什么特别之处。

对她来说，泯然众人并不可怕，可怕的是一眼望到头的生活。

她的反骨还在，在银行上了不到一年班，没跟父母商量就辞了职，揣着两个月的工资跑去滇藏线玩了一趟。回来后她和江越凑了点钱，创业开起了网店。

说起江越，这货毕业后，由于父母的安排，当了初中体育老师。

人长大了，就不能继续浑不吝地瞎混。曾经的那个不良少年离他远去，只有偶尔喝酒的时候，和人吹吹牛："想当年，老子可是二中'一哥'。"

而当年的二中"一哥"走上社会，选择本分生活后，不过是平凡的一粒沙子，没有人会买他的账。

他一个月四五千元的薪水，追不上他喜欢多年的女孩。

于是他不得不跟着北雨一起重新选择人生。

创业并不容易，一开始所有的事都是北雨和江越亲力亲为，一天工作十几个小时，精力、财力全都贡献进去了，两个人可以说是破釜沉舟。

父母对北雨这种吃力不讨好的离经叛道，一度十分不解且愤怒。

她却不以为然，懒得听二老唠叨，干脆租了房子搬了出去。

她和江越注册了个服装品牌，在各种时尚杂志挑选新款衣服后，交给制版师稍稍改良，让代工工厂生产出来，再贴上他们自己的牌子。

扒版贴牌是最常见的网店经营模式，也是他们初期唯一能选择的方式。

虽然辛苦，但从高中开始的穿衣打扮经，让她在这条创业路上到底还是跌跌撞撞走了下来。

她对网络世界很熟悉，还算了解网络营销之道，辞职前，就有事没事在微博上发各种漂亮的搭配照，开店时已经积累了几万粉丝。

后来她和江越一商量，十分不要脸地在网上扮演CP"秀恩爱"。

男帅女靓，很快吸引了一大波粉丝。

第一年她和江越分到手的利润，勉勉强强和她曾经的薪水持平。

此时父母对她这种不安稳的未来忧心忡忡。

第二年她有了六位数的积蓄，买了一辆车。

父母仍旧心存忧虑。

第三年他们的工作室有了五六名员工，有了自己的设计师，跳出了低级的扒版模式。

父母开始意识到他们是在做一份正经事业。

到了第四年，她一个月的收入已经抵得上工薪白领一年的收入。

父母终于放心。

其实对于普通百姓来说，拥有足够的收入，一切问题便迎刃而解。

北雨也终于从外面搬回家里。

时光飞逝，沈洛也已经成为她记忆中一个模糊的影子。然而她再也没有像十五六岁时喜欢一个男生那样喜欢一个人。

因为小树林那件事，她遇到太多男生的恶意，她对异性不再有任何好奇和幻想。

长大一些后，当然也有人追求，只可惜她总能从追求者身上看到与曾经那些男生相似的劣根性。

他们的终极目的，不过是想将女孩子带上床。那些讨好和殷勤，在她眼中不过都是拙劣而滑稽的表演。

所以每次才刚刚开始约会，她就已经兴味索然。

第三章
突然而至的重逢

那天偶遇单身爸爸沈洛之后，曾经的记忆忽然打开。

当年其实并没有什么直接接触，两个人曾经说过的话一只手都能数出来，所以对于沈洛的认知，其实都是北雨的想象。

在她的想象中，沈洛和她遇到过的男人截然不同，他几乎不像来自世俗凡尘，很难将他和男女那点龌龊事扯上关系。因为看多了异性的不怀好意，他这样的干净和禁欲感，正是吸引她的地方。

当然，时隔十来年，那天匆匆一瞥，虽然那人仍旧是自己记忆中的感觉，但谁能保证，曾经霁月清风的男生没有被时光磨砺得变了个人。

毕竟都已经当了爹。

还是单身爹。

周末，北雨要去参加一场婚礼，是北母闺密的女儿的婚礼。接到请柬时，在外旅游的北家二老赶不回来，就全权委托女儿去喝喜酒。

这是一场小型婚礼，在一家古朴典雅的会所举行。

虽然新娘子是老妈闺密的女儿，但并非本城人，北雨并不熟悉，出席婚礼的宾客也都不认识，本想着默默吃完饭就闪人。

不承想，到了婚礼现场，她发现新郎竟是当年江越同级的学霸周煜，在婚礼的宾客中，自然就少不了二中的校友。

不过反正不同级，北雨也就没放在心上，签了名进去，随便找了个坐着年轻人的位子坐下。

"北雨？"对面一个女人试探般唤她。

北雨朝她看过去，这人跟她差不多大，打扮知性优雅，看着有些眼熟，想了半天终于想起来："李静怡？"

是她当年的高中同学，成绩不错，算是优等生。同学三载，没说过几句话。过了这么多年，她自然有点不记得了。

李静怡旁边的男人，大概是她男朋友，笑道："原来也是二中校友，那真是太好了，咱们一桌也算是校友聚会了。"

北雨勾唇笑了笑，看到李静怡的表情有点微妙。

北雨知道她在想什么。

婚礼仪式还没开始，一桌子同学、校友开始闲聊。

学霸的朋友自然都是学霸，学霸毕业后当然也是精英。

于是这便是一场秀优越感的谈话，只是精英们秀优越感的方式跟常人不同。

比如大学老师吐槽工资低、科研压力大，也不知今年能不能评上教授。

金融才俊抱怨工作辛苦、压力大，常年出差满世界飞。

机关里的人感叹升职太难，三十岁了才刚刚晋升副处级，不知道还要熬多少年。

北雨默默喝水。

有意思！

聊了一会儿，李静怡男友忽然想起什么，问："对了静怡，还不知道你这位同学是做哪一行的？"

李静怡微微笑了笑，问埋头喝水的北雨："北雨，你在哪里高就？"

北雨抬头，看到她这位不甚熟悉的女同学脸上挂着一丝意味不明的笑，想必是对她的情况有所耳闻。她勾勾唇，笑道："开淘宝店。"

桌上陷入一阵尴尬的沉默。

行业精英和淘宝卖家。

确实不像一个世界的人。

还是李静怡的男友跳出来打破这份尴尬："现在电商是趋势，我们公司做过好几家电商融资呢！学妹自己创业有魄力，哪像我们只知道埋头打工。"

他和李静怡都在投行工作，刚刚抱怨工作压力大满世界飞的正是他。

北雨挑挑眉，不置可否。

不过很显然，当她自报出身之后，自己在这一桌就有点被隔绝开来，就好像当年她在高中一样。

只不过长大后的少年们，懂得了戴上虚伪的面具，不再明目张胆地露出可恶的嘴脸。

而十六岁的北雨就已经学会满不在乎，如今的她更加不以为意，所以也就懒得去打破他们的优越感，告诉这些人自己的网店真的有投资公司看中。

因为她跟他们不同。

跟这些人坐在一桌等仪式实在有点无聊。

北雨喝了两口水，便离席去透气。

会所有一条古色古香的长廊，北雨见这里清静，便靠在一根红漆圆柱旁玩手机。

过了没多久，身后忽然响起两道熟悉的声音。

"你刚刚老跟北雨说话干什么？"是李静怡在说话。

"我什么时候老跟她说话了，就是看她和大家不认识，出于礼貌寒暄几句，免得人家一个女孩子尴尬。"

北雨挑挑眉，听到李静怡嗤了一声："你比我们高两届可能不知道，这个北雨当时在我们班名声烂得要死。"

"怎么了？"

"你不知道吧？她高一就跟男生钻小树林，被张金刚逮个正着，据说被抓的时候衣服都没穿，地上还有用过的安全套。"

"高一？这么夸张？"

"女人放荡是不分年龄的。当时跟她一起的男生是我们班一学霸，这事被家里知道后，怕儿子被带坏，马上转了学。"她顿了顿，又道，"江越你认识吧？"

"当然认识，当年我们年级最有名的校霸。"

"据说我们班那男生转学，也是因为江越的关系。那事发生后，江越还专门跑来我们年级警告了一些学生，不让他们把这丑事说出去。"

"她和江越还有一腿？"

"那是！据说现在还没分呢，她不是开了个淘宝店吗？就是和江越一起，弄得跟个网红似的，整天在网上搔首弄姿。以前在学校的时候，她就经常穿个露脐装勾引男生，真的是三岁看老。"

三岁看老吗？北雨勾勾唇角，三岁的时候她可是他们大院最可爱的小孩儿。

李静怡的语气里有浓浓的鄙夷，然而这样的鄙夷中其实包含着她不想承认的羡慕和嫉妒。

当年她像大部分重点中学的女生一样，穿着丑陋的校服，素面朝天，整天埋在书山题海里。只有北雨是一个异类，她穿热裤露脐装，打扮得花枝招展，夏天的时候，连穿着凉鞋的脚，也涂着漂亮的指甲油。

她们在背后对北雨指指点点说她浪，可哪个没有悄悄在宿舍里对着镜子打扮过？哪个不想让自己变得和她一样时尚靓丽？

李静怡的男友闻言，顺着女友的话笑道："那种不入流的女人，也就能吸引几个不入流的男人，估计那脸还整过。咱们二中能出那样的学生，也是难得。"

他当然不觉得是这样。在他看来，那女孩一点都不俗气、不放荡，只有些漫不经心，大约还有点倨傲。

而此时靠在柱子旁的北雨，朝天翻了个白眼：整你妹！

毕业快十年，再听到这样的流言蜚语时，她虽然谈不上愤怒，但还是有点不爽。

她无比庆幸当年有江越这个二中一渣的庇护，不然面对这些人性的恶意，她不知道要承受多少校园欺凌。

而人性的恶意，显然是一个长久持续的过程。

好在她并不怎么在乎。

后面的两人还在说话。

"你先回座位，我去休息室抽根烟。"

"那你快点，婚礼马上就开始了。"

"嗯。"

脚步声离去，北雨慢条斯理地站起来，想了想朝那间休息室走去。

推开门，李静怡的男友正坐在屋内的沙发上抽烟，看到她进来，似乎有点愕然，但很快就露出绅士的笑意："学妹来休息？"

北雨朝他露出一个完美的笑容："婚礼还没开始，外面有点吵，就来这里坐坐。"

说着，她走到沙发上坐下，离男人只有一尺的距离。

因为需要经常拍照，她知道如何让自己笑得好看。

她微微侧脸对着他，伸手将垂落脸颊的长发撩在耳后。

斩男必杀技——撩发。

密闭的休息室，孤男寡女，果不其然，男人看着她微微怔了下，喉咙不自觉动了动。

北雨轻笑："学长在投行做是吗？对初创企业融资应该比较熟悉吧？我的网店最近也有投资商接洽，但我对这个不太熟悉，还想向学长请教一下。"

男人本以为她之前那样轻描淡写地说自己开淘宝店，不过是一个小网店，听她这样说，才知道低估了人家，便试探地问："那学妹网店的营业额可以达到多少？这样我才能初步帮你评估。"

北雨道："现在竞争大，不太好做，一年撑死也就一个亿！"

虽然真实情况要少一个零，但吹牛又不用上税。

反正就是无聊遛一遛这道貌岸然的伪君子，以后也不会再见。

男人果然脸色微变，赶紧拿出自己的名片递给她，殷勤道："这样吧，待会儿婚礼结束，咱们找个地方好好聊聊。"

其实投不投资无所谓，反正跟他无关。但谁不想结识一个白富美女友，少奋斗十年呢？

北雨巧笑嫣然："你待会儿不用陪女朋友吗？"

男人笑："我和静怡其实只是同事兼校友，不是你想的那种关系！"

北雨腹诽了几句脏话。男人恶劣起来真是毫无下限，偏偏她总能遇到又能一眼看穿。

这大概就是她活了二十七年仍旧是条光棍儿的原因吧！

做女人果然不应该太清醒。

她接过名片，淡淡瞥了眼，夹在手中把玩。

100

就在这时，一个小男孩风风火火推门跑进来，大叫道："爸爸，你是不是在这里？"

室内的一男一女被吓了一跳。

北雨转头定睛一看，见是一个粉雕玉琢的小正太，脸蛋红扑扑的，大概是因为刚刚跑的。

她觉得这孩子有点眼熟，还没反应过来，小正太已经看向她，笑眯眯奶声奶气叫道："漂亮姐姐，我见过你！"

北雨也认出了他，正是单身爸爸沈洛的儿子。

她朝他挥挥手："小朋友你好啊！"

小正太道："你们有没有看到我爸爸啊？我和他玩捉迷藏，轮到他藏起来，我找不到他了。"

沈洛也来参加婚礼了？

北雨笑着摇摇头："没看到呢！这里就只有我和这位叔叔，要不然我陪你去别的地方找找吧？"

小正太点头，正要转身往外走，忽然眼睛一亮，飞身跑到后面的窗户前，哗啦一声用力拉开落地窗帘，里面赫然站着一个男人。

他兴奋地大声叫："爸爸，我找到你了！"

北雨抬头看去，恰好对上沈洛一双平静无波的黑眸。

哇哦！

小正太拉起沈洛的手，又看向北雨："漂亮姐姐，我找到爸爸了，你不用再陪我去找了。"

北雨咧嘴露出一个十分不自然的笑容。

"爸爸，我们再玩。"

沈洛垂眼，牵起儿子的手，低声道："表叔叔的婚礼要开始了，咱们得出去了。"

"好吧。"

父子俩一大一小，从窗户那边往外走，路过沙发时，小正太笑眯眯朝北雨挥手："姐姐，再见。"

北雨抬手，呵呵笑道："再见。"

而沈洛没有再看她一眼。

待父子二人出门，全程被忽视的男人才冷不丁开口："这人有点眼熟呢。"

北雨看向他："你不认得了吗？他是你们年级的沈洛。"

"沈洛？"男人想起来了。

北雨站起身，将手中的名片夹在指间："婚礼要开始了，咱们出去吧。"

在门口路过一个垃圾箱时，手中那张名片便不着痕迹地飘落进去。

回到桌上，在座的人正好在谈论沈洛。

一个男人兴致勃勃道："刚刚遇到沈洛了！"

"就是当年我们年级空降的那个洛神？"

"他不是直接去MIT了吗？现在在干吗呢？"

"我刚和他打招呼问了一下，他说没有工作。"

也不知谁优越感十足地笑了声："成绩再好又有何用？高分低能出了学校什么都不是。"

桌上有女人笑道："你怎么知道人家高分低能了？"

"当时在我们班他跟谁都不来往。"那人顿了顿，"哦，对了，好像跟江越那伙渣滓后来走得还算近，不是有毛病吗？"

北雨默默翻了个白眼，用贬损沈洛的方式来秀优越感也就罢了，连江二狗也不放过。

所谓精英的素质，也不过如此。

几个人正说着，北雨身边忽然冲过来一个小正太："漂亮姐姐，你在这里啊？"

北雨看了眼靠在自己身边的这个自来熟的萌娃，朝他笑了笑："是啊！又遇到你了。"

也不知道沈洛那种高岭之花是怎么教出这么接地气的萌娃的。

小正太道："姐姐，我的名字叫沈飞舟，你可以叫我小飞船。"

李静怡笑道："这孩子长得好可爱，谁家的？"

小飞船转头笑眯眯看她，奶声奶气道："阿姨，我是沈洛家的。"

这声阿姨让李静怡面色微僵，明明这孩子叫北雨姐姐，到她这里怎么就成阿姨？虽然从年龄上看确实是。

桌上的人显然有些意外，有人问道："沈洛？孩子这么大了？"

他话音刚落，沈洛已经走了过来，将黏在北雨身旁的小飞船抱起："婚礼要开始了，不是让你别乱跑吗？"

"沈洛，这些都是当年我们二中的校友，这里还有位子，一起坐吧！"之前那位和他打过照面的男人笑道。

"不用了。"

男人又道："你从国外回来没多久吧？国内体制和就业形势跟美国差别很大，大家都是校友，如果有好的资源和讯息，可以提供给你。"

沈洛眯了眯眼。

就在此时，一位精神矍铄的老人带着一个中年男人走过来："沈洛，这是科大的程主任，他想问你有没有兴趣去南大天文系任职。"

沈洛道："程主任您好，天文只是我的个人爱好而已，不敢贻笑大方。"

那位叫程主任的男人笑呵呵道："沈博士太谦虚了，你是麻省理工天文学博士，前些日子还多亏了你将云山私人天文台借给我们学院的研究生，让他们采集到非常棒的数据。我和沈老爷子刚刚说了，我们院里今年正要引进人才，如果你有兴趣，院里会直接聘请你为教授负责带博士生。但沈老爷子说你可能没多大兴趣，我不甘心就让老爷子带我来找你了。"

沈洛微微笑了笑："多谢程主任，我爷爷说得没错，我确实没这个打算。"

沈老爷子笑着摆摆手："我没骗你吧，我这孙子是挺喜欢天文，但就是个第二学位，业余爱好而已。"

程主任笑着摇摇头："业余爱好也能业余出博士学位，让我们这些干这行的真是汗颜啊！"

沈洛道："程主任过誉了，学位不过是张纸而已，没那么重要。"

北雨挑挑眉，她也很想要一张麻省理工不重要的纸呢。

程主任大笑，和沈洛又客套两句，搀着沈老爷子说说笑笑离开了。

沈洛神色莫辨地斜眼看了下北雨，牵着小飞船转身。

小飞船边走边笑嘻嘻对她挥手："姐姐，我待会儿再来找你。"

北雨看着他轻笑：她什么时候成正太杀手了？

桌上静默片刻，几个人面面相觑，都有点尴尬。其中一个大学老师先开口道："沈洛的爷爷是沈隽和老先生。"

沉默之后，有人开始忘了刚刚还一起酸人家，朝提供虚假情报的那个男人道："你不是说人家没工作吗？自己不想工作和没有工作还是有很大区别的，人家可是麻省理工双学位博士，没听科大聘他当教授都不去吗？"

于是其他几个人便一起开始阴阳怪气地将矛头对上同一个人，以掩盖刚刚秀错了的优越感。

全程当吃瓜观众的北雨，这回真是忍不住低头轻笑起来。

她喝了口水平复情绪，转头去搜寻沈洛的背影。

他坐在隔几桌的位置，在婚礼仪式开始前略微嘈杂的环境中，看起来沉静如水，与十几年前的那个清朗少年如出一辙。

因为他此时微微低着头在和小飞船说话，北雨的目光就有点肆无忌惮，可不出片刻，他忽然抬头，面无表情地朝她看过来。

北雨想躲闪已经来不及，只能和他的目光撞了个正着。

好在她早已经不是当年那个暗恋他，却像个蠢货一样只知道刷存在感而不敢正视他的清纯小女生。

于是她微微勾了勾嘴唇，朝他露出一个不知道算不算轻佻的微笑。

笑容还没收敛，沈洛已经面无表情地低下头。

“爸爸，你刚刚为什么把我拉走？”小飞船趴在他腿上问道。

“我不是教过你不要随便和陌生人说话吗？小心被别人拐走。”

“我觉得那个漂亮姐姐不像是坏人。”

“‘坏人’两个字不会写在脸上。”

小飞船撇撇嘴：“爸爸，你这样是找不到老婆的。”

沈洛蹙眉看向儿子：“你想让那个姐姐当我老婆？”

小飞船道：“爷爷说了要全面撒网重点捕捞，你马上就要三十岁了，再娶不到老婆就要去坐牢了。”

小孩子的声音不大不小，但还是让旁边几个沈家亲戚听得清楚，大家很不给面子地扑哧笑出声。

沈洛的堂姐道：“小飞船说得没错。你看周煜比你小半岁都结婚了，你这还是个在室男吧？”

沈洛冷冷斜了她一眼。

然而堂姐并不罢休，继续笑道：“不过说实话，你要哪天真带个女人回来，那估计才是太阳从西边出来。”

小飞船噘嘴反诘：“姑姑，爸爸很优秀的，每次都是他看不上人家，我觉得爸爸是在寻找他的真爱。”

堂姐笑得花枝乱颤：“小飞船，你下个月才满五岁呢，是不是知道得太多了？到底是谁教你这些乱七八糟的？”

小飞船道：“在书上看的。”

堂姐拍拍沈洛的肩膀：“所以说小孩子不能认字太早，这比十岁八岁的孩子都懂得多，好在小飞船本性天真烂漫，不然早晚变成跟你一样。”

一个曾经十岁上初中、十二岁上高中、十四岁上科大少年班的天才，成为怪咖似乎是有点理所当然。

小飞船抱着沈洛的手臂，狗腿道："爸爸才不是怪咖，爸爸是天底下最好的爸爸。"

堂姐再次被逗乐："幸好他有你这么个儿子，不然估摸着就只能自我繁殖了。"

嗯，便宜儿子。

沈洛不着痕迹地朝那边的北雨看了一眼，淡声道："婚礼马上开始，你可以闭嘴了。"

他话音刚落，音乐就响起来了，小飞船兴奋地爬到他的腿上。

作为一个理工男，沈洛习惯理性和逻辑，对这种仪式感的东西向来毫无兴趣，对男女之间的感情这种类似于玄学的事物更加不以为意。

所以他一度对表弟周煜的人生选择皆缘于一个女人，十分匪夷所思。

但此时看到那个蠢表弟西装革履、一脸傻笑地等待红毯那头的新娘朝他走去，沈洛心中忽然生出一丝说不清道不明的感觉。

有点不以为然，可又好像对那种他从未体会过的温情有些羡慕。

仪式不长，他看得有点出神，等到反应过来，坐在自己身上的小家伙，不知何时又不见了。

新娘子站在台上正准备扔捧花。

小飞船跑到北雨身旁，拉起她的手："漂亮姐姐，他们说接到捧花就能很快嫁出去，你要不要去抢？"

北雨对嫁出去毫无兴趣，笑着摇头。

小飞船道："那你能不能抱我去抢，我想给爸爸抢。"

虽然北雨不懂屁大个小孩如此操心自己单身爹的终身大事是为哪般，但这孩子实在是萌态可掬，可爱得很，让她这个并不怎么喜欢小孩

106

还未产生母性的单身女人，也没办法拒绝他的请求。

她点点头，起身牵着小飞船来到几个年轻女孩堆里，将他抱起举高。

在捧花被新娘子扔出来之前，小家伙嘴甜地大声唤道："天底下最漂亮的姐姐，你要扔给我啊！"

所有人包括新娘新郎都被逗笑了。

新娘子瞅准了他的方向，背过身将捧花扔过去。

其他女孩子自然不会跟这么可爱的萌娃抢，待小飞船接过捧花，都笑着凑过来掐他的小脸蛋："小朋友，你这么小就想娶老婆啊？"

小飞船也不回答，只高兴地直笑，一手抱着花，一手抱着北雨的脖子，狠狠在她脸上亲了口："谢谢漂亮姐姐。"然后从她身上滑下来，朝沈洛的座位噔噔跑去。

"爸爸，我帮你抢的捧花，放心吧，你会很快娶到老婆的。"

桌上几个亲戚哄堂大笑。

沈洛面无表情地将捧花接过来，叹了口气："沈飞舟小朋友，我谢谢你啊！"

小飞船脆生生道："不用谢！这是我应该做的。"

沈洛无语地摇摇头，将捧花放在桌上，把儿子抱起来放在旁边的椅子上，柔声道："好了，吃饭，别再乱跑了。"

"收到，爸爸。"

婚礼是白天举行的，北雨从会所出来，时辰尚早。

她刚刚将车子开上路，忽然就瞥到前方沈洛父子站在路边，似乎是在等车。

小孩子大概是闲不住，抓着沈洛的手摇来摇去，摇够了又从身后的小书包里掏出一支彩色笔，开始在那只手上作画。

北雨靠边停下车，饶有兴致地隔着十来米的距离看着这对父子。

在她的概念里，沈洛就是一朵不食人间烟火的高岭之花。她很难想象，他就那样任凭儿子在他手上乱画。

男人长身玉立地站在路边，整个人还是带着些难以接近的冷感。只是微微垂头，看向儿子的眼神，隔着老远，都能让北雨感觉到其中的温柔。

这种反差，让她觉得很奇妙。

而且有点迷人。

她想起少女时代的一见钟情。大概一个人对异性的偏好，始终带着一点惯性，无论过了多少年。

然而这个结论，让她自己都觉得有点好笑。

她正要启动车子，前方的小飞船已经发现了她，跳起来朝她挥手。

北雨挑挑眉，将车子开过去停下，打开窗户，从驾驶位探过脑袋："小飞船，你们在这里干吗呢？"

小飞船道："我和爸爸在等出租车。"

北雨抬头看向沈洛，对上他那双看过来的淡漠黑眸，朝他笑了笑："学长，还记得我吗？我是江越的妹妹北雨，以前我们一起爬过云山的。要去哪里？我送你们。"

沈洛没回答她前面的话，只淡淡道："不用了。"

小飞船却拉着他往车门走："爸爸，我们就坐姐姐的车吧！"

沈洛微微犹豫，到底是没拒绝儿子，跟着上了车后座。

北雨从后视镜看了眼，父子俩还真是守规矩，坐在后排也各自将安全带系好。

她笑了笑："你们去哪里？"

沈洛没说话，是小飞船回答的："玩具城，爸爸要给我去买玩具。"

北雨笑："你爸爸对你真好。"

小飞船："我爸爸是全世界最好的爸爸。"

北雨心中好笑，却不知为何，竟然有点莫名的感动。一个少言寡语的单身爸爸，教出这么一个活泼可爱的孩子，大约真的就是父爱的力量吧。

小飞船努力倾身向前，双手拉住驾驶座，笑着问："姐姐，你结婚了吗？"

北雨笑，随口道："没有呢。"

"那你有男朋友吗？"

稚嫩的声音问出这样的话，实在让人忍俊不禁。

北雨犹豫了下，笑道："也没有呢。"

小飞船哦一声："我爸爸特别好，长得帅，会做遥控飞机，而且还会做饭，他做的卤肉饭比餐馆里的还好吃。"

北雨联想到这孩子之前陪他爸爸相亲，刚刚又帮他爸爸抢捧花，心下明白他是想干什么，大概是四处撒网帮自己的单身爸爸找对象。

她笑了笑："是吗？学长。"说着，从后视镜看向后面的男人。

沈洛微微蹙了蹙眉头，没有说话。

北雨心道这人还真是一如既往高冷，不过她可不是当年那个在他面前不敢说话的怀春少女了。她笑了笑："学长，你真不记得我了？"

沉默的洛神终于开口："记得。"

言简意赅，却让北雨有点心花怒放。

"我记忆力很好。"他又补充了一句。

也是，人家可是上过少年班的天才。

北雨怒放的心花又萎了。

109

小飞船这才反应过来，喜笑颜开道：“原来爸爸和姐姐认识啊！那有没有兴趣留个电话号码，约个时间一起吃个饭什么的？”

奶声奶气的童音，小大人般说着这些话，北雨到底没忍住扑哧一声笑出来。

从来只听过父母催婚，比如她家和江越家那四位，孩子催父母倒是头一回见着，而且还是个五岁的小孩。

果不其然，天才养出的孩子也比较与众不同。

后座的沈洛沉默片刻，冷声道：“小飞船，看来这几天给你布置的作业太少了。”

他的语气虽然带点低喝，却并没有威慑力。

小飞船显然不忌惮他这个爸爸，直接忽视他这句话，笑嘻嘻抱着他的手臂：“爸爸，我觉得姐姐长得很漂亮，你觉得呢？”

沈洛没有给出北雨想听的答案，只淡声道：“待会儿买完玩具回家，默写五十个单词。”

小飞船噘了噘嘴：“爸爸，做作业有这么重要吗？你怎么就对自己的终身大事这么不上心呢？我都愁死了！”

他有没有愁死北雨不知道，但她快要被这孩子逗死了倒是真的。

玩具城离刚刚的会所不远，沈洛父子下车后，小飞船跑到副驾驶位窗边和北雨道别：“漂亮姐姐再见。”说着又想起什么似的，“姐姐，你能给我留一个电话号码吗？”

然后他递给北雨一支笔，又将另一只手伸进车内，示意她写在上面。

北雨接过笔笑了笑，配合地在那只白嫩嫩的小手手心写上自己的电话。

小飞船喜滋滋收回手的时候，北雨歪头看向站在他后面的男人：“学长，再见。”

沈洛微微眯眼看向她，淡声道："谢谢你送我们。"

北雨笑："举手之劳，而且顺路。"

说着，她慢慢启动车子离去，从后视镜看到小飞船站在路边使劲挥手，而他身边的男人一如既往没有任何表情。

"爸爸，我帮你要到姐姐的电话了，你记下吧，以后好约她出来吃饭。"待北雨的车子开远后，小飞船拉着沈洛兴奋道。

沈洛蹲下身子，对着他道："以后不要再做这种事情。"

"为什么啊？"小飞船不解，"姑姑他们都说你是榆木疙瘩找不到老婆，所以我想帮你。"

沈洛沉默了片刻才低声道："你这样会让爸爸尴尬。"

"尴尬？"小飞船似乎是想了想才明白这个词的意思，他认真地看着对面那张俊脸，还用小胖手掐了掐，"尴尬不是应该脸红吗？为什么刚刚我没看到爸爸脸红？"

小飞船有点苦恼，用姑姑们的话说，爸爸从来就是一张扑克脸，他怎么才能知道爸爸尴不尴尬？

沈洛掏出湿巾，将他的手抓住摊开，轻描淡写地瞟了眼那串数字，边帮他擦手边道："爸爸刚刚说加你的作业就是在制止你，你为什么听不出来？"

小飞船想了想，小大人模样般叹了口气："可能是因为我只是个五岁的小孩子吧。"

沈洛也难得被他逗得轻轻笑了一声，擦干净他的手，摸了摸他的脑袋："走吧，咱们去买玩具。"

小飞船牵着他的大手，显然还没死心："爸爸，你真的不打算约刚刚那位姐姐吃饭吗？"

沈洛没有出声。

小飞船继续自言自语："我觉得她看起来挺好的，而且你们还

111

认识。"

沈洛道："你觉得她看起来哪里好？"

小飞船摇摇头："不知道，就是觉得还挺好的。"又抬头望向高大的男人，"爸爸，你到底喜欢什么样的女孩子啊？"

沈洛低头看着儿子乌溜溜的大眼睛，轻笑了笑，伸手摸了把他的头顶，却没有回答他的问题。

北雨的工作室在市区内一条古街老巷，租的是一栋两层小楼。

如今工作室已经有十名员工，有采购，有客服，还有了两名专业的设计师，不用再像之前那样简单粗暴地模仿。

她做这件事的初衷其实很简单，无非想赚钱实现自由。有了钱才能为自己那被人称为不切实际的梦想埋单。

四年过去了，她也慢慢尝到了一点成就感的滋味。

回来的时候，江越也在。

"喜酒喝得怎么样？"他随口问。

北雨笑："知道新郎是谁吗？你们年级的周煜。"

江越有点惊讶："周学霸啊！"

"可不是吗？还遇到好几个当年二中的校友，个个都是精英，看我这淘宝卖家觉得替二中丢脸似的。"

江越嗤了一声："我们自食其力，虽然只是小公司，但收入也不比他们任何人少吧，而且还有投资公司想投我们，那些人有什么好优越的？"

北雨但笑不语，过了一会儿又道："对了，还遇到了沈洛，他竟然是周煜的表哥。"

江越咦了一声，也有些惊奇："以前都不知道。"

北雨道："他儿子挺活泼可爱的，跟他一点都不像。"

江越斜睨她："你上次说遇到他带儿子相亲，你这不会想给他儿子当后妈吧？"

"我闲的。"

江越啧了一声："话说回来，这么多年也没看到你正儿八经交个男友，个个都是才开始就没下文，不会是还想着沈洛吧？或者拿人家做参照？"

北雨给了他一个不以为意的白眼："那你这么多年还是个光棍儿，不会是因为你的柔柔吧？"

江越点头："我是啊！"

北雨呸了一声："你就省省吧，人家都快结婚了。"

江越脸上闪过一丝黯然，旋即又嬉皮笑脸道："我乐意当情圣。"

北雨摇摇头："我去干活儿了。"

这段时间忙着夏季上新，整个工作室都忙得脚不沾地。到了周末，北雨终于有了喘气的工夫，她决定去露营。

自从上大学后，她就一直参加各种户外社团。工作之后，更是加入了一家户外俱乐部，如今已经是高级会员。

虽然之前对江越问她是不是还惦记着沈洛这个问题，她完全不以为意，但不得不承认，青春期那段暗恋，确实对她后来的人生产生了不小的影响。

比如热爱户外运动，就是缘于那次在云山露营和沈洛看星星等日出，让她觉得在户外感受自然的时候，所有烦躁纷扰都变得微不足道。

她甚至还喜欢上了星空摄影。

周末时间短，去不了远处，北雨便跟着俱乐部去了云山。

同行的都是俱乐部高级会员，高级会员代表两层意思，一是时间年限较长，二是会费较高，所以基本上都是经济状况不错的资深户外爱好者。

但每次组队的人不一定相同，北雨和这次同行的人都不算熟悉。

玩户外是一个认识异性的渠道，但在这个圈子里，男女关系往往也比较混乱，甚至不少男女就是为了艳遇。

北雨长得不错，穿着打扮时尚，大部分时候没有同伴，都是一个人，自然会成为一些男人的猎艳对象。

不过她这个人看着挺活跃，但态度向来明确，也就没人能打她的主意。

只是俱乐部有个男人一直在死缠烂打追求她。到了云山山顶营地，那个男人就一直缠着她各种献殷勤，她被弄得有点烦，趁着大家生篝火作乐，拿着单反离开了营地。

其实她来云山的次数不算多，高中那次之后，也就来过两三回。

来到那块大山石天然观景台上，她正用三脚架架起相机，扰人的声音又响起："北雨，你怎么一个人跑来这里了？"

北雨默默翻了个白眼，真是阴魂不散："这里拍星空角度比较好。"

来人正是追求北雨的那个男人，名叫陈嘉，只是他的这种追求十分不怀好意，言语行为轻浮，可以说是毫无真诚可言，说白了就是想上床。

北雨不用眼睛就能看出他的目的。

她才没有兴趣和男人玩这种游戏。

陈嘉爬上山石："我都不知道山顶有这么个地方。"他来到北雨身边，笑了笑道，"你看这山石像不像一张天然石床？"

"不像。"

陈嘉轻笑，凑近她低声道："今天夜色这么好，我想起一首古词。"说着便开始吟诵，"纤云弄巧，飞星传恨，银汉迢迢暗度。金风玉露一相逢，便胜却人间无数。"

北雨轻飘飘看了他一眼："看不出陈先生这么风雅。"

陈嘉将她的手抓住："你不觉金风玉露一相逢很适合当下这种良辰美景吗？"

北雨甩开他："陈先生，我说过很多次，我对你没兴趣。"

陈嘉觍着脸道："大家都是成年人，这里就咱们两个，装什么正经？吊了我这么久也够了吧？"

说完他又欺身上前，将北雨抱住，作势要强吻她。

北雨嫌恶地别开脸，伸手毫不客气地给了他一耳光。

陈嘉猝不及防，被打得生疼，放开她捂住脸，恼羞成怒地叫道："北雨，你用得着这样吗？别跟个贞洁烈女似的，你什么背景我又不是没调查过，在中学就是个烂货，现在跟我装冰清玉洁，也不照照镜子，你装得像不像？你开个价，我给你。"

之前的殷勤被一巴掌就打出男人恶劣的原形。

北雨鄙薄一笑："我就算再烂，也看不上你这种自以为是的男人。快三十岁的男人了，要不是你爹妈，你兜里恐怕连那几个钢镚儿都没有吧？"

陈嘉是个普通富二代，名义上开了家公司，实际上就是个皮包公司，为的是有个光鲜的身份泡妞，但也就能骗骗几个无知少女。北雨一早就看出他是个什么货色，所以连敷衍都懒得敷衍。

陈嘉恼羞成怒，欺身上前将她一把抱住："别给脸不要脸！"

北雨正挣扎间，一个稚气的声音在夜色中响起："爸爸，石头被人占了，我们去别的地方吧？"

这声音让北雨一激灵，可夏季的树林太茂盛，天色又已经黑透，她转头并没看见人影。

管不了这么多，她趁陈嘉放松的时候，用力将他推开，大叫："沈洛，沈洛！"

"哎呀！爸爸，有人叫你，声音有点熟悉呢！"伴随着稚嫩的声音，一大一小从树林里走出来，立在山石不远处的月色中。

陈嘉还在气头上，见是一对父子模样的人，将北雨拉回来，对下方的人道："看什么看！情侣打野战少儿不宜，赶紧带孩子离开。"

北雨见沈洛立在原地，无动于衷的样子，又叫了一声："沈洛！我是北雨。"

虽然并不觉得陈嘉能奈何得了她，但及时寻求外援规避可能的危险，还是很有必要的。

小飞船这次听出来了，兴奋地叫道："爸爸，是上回那个漂亮姐姐。姐姐，你在干什么？打野战是什么意思？"

这种场合实在不适合笑出来，但北雨还是忍不住想笑。

有人在旁，她有了底气，回身狠狠一拳打在陈嘉的脸上。

陈嘉不料她会忽然来这一招，猝不及防间，捂着脸踉跄着退后两步。

北雨趁机拿起相机三脚架跑过来跳下山石。

陈嘉缓过神，不甘心吃亏，跳下来要追她，但是沈洛却微微移步，不动声色地站在他面前，将北雨挡在了自己身后。

"我不管你是从哪里冒出来的，这是我和她之间的事，你给我走开！"

他语气很冲，沈洛旁边的小飞船噘了噘嘴："爸爸，这个人好凶哦！"

沈洛低头摸了摸他的头，柔声道："不怕。"然后转头看了眼北雨，淡淡问，"要报警吗？山脚有警站，上来不用多久，我可以当证人，说这个人意图对你施暴。"

陈嘉一听，立刻换了张面孔："你们认识啊？刚刚就是朋友之间开个玩笑。"

北雨皮笑肉不笑："陈嘉，那我刚刚打你这一拳也是开玩笑啊！"

陈嘉道："是是是！都是玩笑。"说完就脚底抹油跑了。

北雨扯扯嘴角，对这种人很是鄙视。

其实她也知道陈嘉不敢真的对自己怎么样，因为只要她大叫，营地也是听得到的。

而且就算两人动手，她也不见得会输，就是不大好看。

但遇到这种事，总归是破坏心情。

简直是糟透了。

好在此时沈洛站在自己跟前，明明刚刚只是轻描淡写说了一句话，却让她跌到谷底的心情又好转了七八分。

她开口问："你们也是露营吗？"

沈洛手中拎着相机，父子两人脖子上都挂着望远镜，看起来是准备去山石上观星。

小飞船没被之前的陈嘉影响，笑着回她的话："我和爸爸来看看星星。"说着伸手往东面一指，"爸爸的天文台在那边，我们住在天文台，不用露营。"

北雨上次来云山还是去年，听俱乐部的人提起过，这山上新建了个私人天文台，有人想去里面观星，但是被天文台的主人拒绝了。

原来这天文台竟然是沈洛的。

作为一个小商人，她第一个冒出来的念头是，在山上建一个私人天文台那得要多少钱啊？

想着今晚回营地也没什么意思了，她思忖片刻开口问："那我可以去你们的天文台住一晚吗？"

虽然听起来是在用哄小孩子的语气与小飞船说话，但其实她问的是沈洛。

117

毕竟这种事小孩子可做不了主。

然而沈洛却没回答她的话，只牵着小飞船往山石走去。

小飞船是喜欢热闹的小孩子，但他知道爸爸住在天文台的时候，是不招待陌生人的。

可这个姐姐和爸爸是认识的，也不算陌生人吧。

小飞船等了半天没等到沈洛的回答，跟着他走了两步，拉着他的手小声试探地问："爸爸，姐姐问你可不可以去咱们的天文台住一晚？"

沈洛将小孩子举起送上山石，也没回头去看北雨，只淡声道："有空房间。"

北雨愣了下才反应过来他的意思，道了声谢谢，赶紧跑去营地拿东西。

回到营地，脸上肿起来的陈嘉没事人一般和人谈笑风生，貌似又撩上了一个新来的妹子。

北雨嗤了一声，开始收拾帐篷。

领队见状咦了一声："北雨，你要去哪里？"

北雨道："我去山上那个天文台。"

"那个私人天文台？不是说不让人进吗？"

"我认识天文台的主人。"

"真的？听说里面设备特牛，能不能引见一下，让我们都去看看？"

北雨干笑了两声："其实我们也不是很熟，以我对那位主人的了解，恐怕不太可能答应我的请求。"

领队撇撇嘴："倒也是，我好几个玩户外的哥们儿想去参观都被拒绝了。那你自己当心点，有什么事打我电话。"

北雨点头："你们自己玩得开心。"

她背着登山包回到山石处，沈洛已经在收三脚架，她咦了一声：

118

"你们就要走了？"

当年他拍星空不是拍一整夜吗？这才一个小时不到。

小飞船脆生生道："因为我要回去睡觉觉了，小孩子睡得太迟长不高。"

他边说边走过来，朝站在山石下的北雨伸出手。

北雨笑着将他抱下来，作为一个对婚姻、家庭毫无概念的女人，她对小孩子向来是不感兴趣的。

但几次见面后，她对沈洛的这个儿子，却十分喜爱。

原来长得好看、嘴巴又甜的小孩子，真的是世间萌物。

就是不知道沈洛那种话少的冰山，怎么会养出这么可爱的儿子，而且还是作为一个单身父亲。

她转头瞥了眼跳下来的沈洛，第一次对小飞船的母亲产生了好奇。

从山石这块天然观景台到传闻中的云山私人天文台，还有一段距离。

大约是爸爸话太少，小飞船就对北雨这个能和他一搭一唱的新朋友十分亲近。

山路崎岖，到底是五岁的小孩子，此时又快九点了，小飞船走了一段，就不想再走了，松开牵着北雨的手停下来，转过身朝沈洛奶声奶气道："爸爸，我走不动了。"

北雨本以为沈洛这种沉默寡言的冰山，对儿子也多少会有些严厉。哪知他什么都没说就上前将儿子抱起来。

小飞船懒懒地趴在他的肩头，亲了他一口："爸爸，我重不重啊？"

沈洛摇头，柔声道："不重，所以要多吃点饭。"

小飞船点头："那我明天早上吃两个鸡蛋。"

119

余下这十几分钟的路程不算远，但抱着个五岁大的孩子，身上还挂着相机和望远镜，北雨看着都累，但沈洛似乎脸不红气不喘，十分淡然从容。

走了一段，北雨见小飞船趴在他肩膀上睡着了，好心开口："要不要我帮你把相机和望远镜拿着？"

沈洛瞥了眼她身上的大背包，淡声道："不用。"然后步子走得更快，似乎在告诉北雨他很轻松。

北雨撇撇嘴，费力跟上。

天文台建在一个离主山道较远的山头，一个小小的院子，里面是一栋白色小楼，小楼顶部是一个典型的圆形望远镜屋顶。

看起来倒不怎么高深莫测，撇去那个圆屋顶，其实和普通的山间农家小院没什么区别。

走在前面的沈洛打开院门，空出抱着儿子的手不知在哪里按了一下，小院里亮起了一盏白炽灯。

北雨跟着走了进去。小院虽小，设施却很齐全，院墙下种了两排花，小路旁一边是葡萄架，架子下还吊着一只秋千椅，另一边是一畦菜地，地里种着齐整的时令蔬菜。

看起来像是居家过日子的模样，而且这日子过得还挺用心。

北雨算是知道为什么沈洛不让人去他的天文台了，因为这也是他的家。

她有点忍不住吹了声口哨，挑眉笑道："学长，你这地儿不错，跟世外桃源似的。"

居山顶之上，无世事喧嚣，住在这种地方，还真是如同隐居。

完全符合沈洛那高岭之花的气质。

他没回应北雨的话，实际上她也没指望。想从他嘴里得到只言片语的回应，那都得凭运气。

这个人与其说是高冷，还不如说是没有与外界对话的欲望。

她跟着沈洛进了屋子。

屋内的摆设也很简单，没什么现代化家具，不过是些普通的原木桌椅。

沈洛抱着小飞船来到一间卧室，小心翼翼地把熟睡的孩子放在床上，脱了鞋子和衣服，盖上被子。

动作很温柔，完全没吵醒睡得香甜的小家伙。

北雨站在门边看完全程，等他出来带上门后，随口问："学长，你一个人带孩子多久了？真不容易！小飞船的妈妈呢？"

沈洛淡淡地看了她一眼："我爷爷今年八十岁，身体还很健康。"

北雨不明所以地眨眨眼睛。

对方又道："因为他从来不多管闲事。"

她真的就是随口一问。北雨忽然觉得他不说话其实挺好的。

不过她基本上可以推断出，孩子妈妈估计是他的死穴。

看着小飞船那么积极为自己的单身爸爸找对象，显然那个妈妈对孩子来说不重要。

那么是抛夫弃子，还是已经过世？

想到当年高高在上难以触碰的洛神，竟有这种际遇，北雨不由得有点感叹世事无常。

她的表情落在沈洛眼中，让他不自觉皱了皱眉，伸手指向后方的房间："客房在那里。"

说完他就绕过北雨去做别的事，仿佛屋子里多个人挺正常。

北雨推开房门，屋子里有一张床，没有床垫也没有被褥，只有一块光秃秃的床板，名副其实的木板床。

她倒也不在意，反正带了睡袋。

她放下背包，正要将睡袋拿出来，沈洛忽然走了进来，手上还抱着一床被子。

他直接走到床边，将被子放到木板上后，还没等北雨反应过来道谢，人又已经出门离去。

北雨起身来到门口往外看，屋子里没了人，不知去了哪里。

生了个儿子，性格也没变得接地气，也真是难得。

北雨撇撇嘴。

她整理好被子，躺着试了下，还挺舒服。

片刻之后，她拿起洗漱用品出门，本想礼貌地问一下沈洛洗手间在哪里，但还是没见着他人影。她心生奇怪，走到大门口往外看了下，小院里也没见着有动静。

要不是房间里还有个睡熟的小孩，北雨都要以为自己撞鬼了。

把她一个陌生人留在屋子里，对她倒是挺放心。她无语地抽了抽嘴角，回身自己去找。

好在房间不大也不多，卫生间就在走廊尽头。

太阳能热水器里有热水，但大概是前两天一直下雨的缘故，水温不算高，等她痛快地洗完澡，花洒出来的水已经凉了。

她整个人神清气爽地从浴室走出来，把之前和陈嘉那点破事抛到九霄云外。

然而此时沈洛还没回来。

这深山老林的，也不知他去了哪里做神仙。

北雨吐着槽回到客房，屋子里没电视也没网，小飞船也已经睡得很香。她一个人实在是有点百无聊赖，只能躺在床上逼自己睡觉。

然而九点多对她这个夜猫子来说，委实太早了点。北雨翻来覆去根本就睡不着，而且想到这是在沈洛的家里，就更加没有睡意。

其实此时的沈洛对她来说，不过就是一个十几年前话都没说过几句的暗恋对象。

可又好像不止这样。

她竟然一时有点说不清楚。

在床上折腾了一会儿，到底还是睡不着，她决定出去走走。

出了小院门，她左右看了看，借着月色发觉门口有条小径往后绕去。

她想了想，循着这条小径慢慢走，到了小院背后，才发觉小径往下延伸之处，月色下的风景，朦朦胧胧有点像仙境。

北雨是一个喜欢探索的人，没多想就继续往下走，没走几步便听到奇怪的水声。

她放缓步子，循着水声走去，穿过一簇小灌木丛，一个小山泉赫然出现在月光下。

小山泉不稀奇，稀奇的是，那山泉里有个人，一个男人，一个光着身子的男人。

北雨猝不及防，想走开已经来不及。

此时是六月中旬，虽然天气已经很热，但山间的夜晚仍有些凉，而山中的泉水更是冰凉刺骨。站在泉中的沈洛却似乎对寒冷浑然不觉。

泉水不深不浅，他站在其中，恰好没过他的腰线。

"那个……我不知你在这里洗澡。"北雨支支吾吾，走也不是留也不是。

倒是沈洛显得非常平静淡然，仿佛对洗澡时闯入一个女人完全不在意，甚至连手上的动作都没停下来。

他只是淡淡瞥过来一眼，又垂下眼睛继续。

大约是洗得差不多了，他用毛巾擦了擦头发，起身不紧不慢往水边走。

北雨的脑子宕机了几秒，在水面快要来到他人鱼线之下时，她反应过来慌忙背过身。

若是换作别的男人，这样堂而皇之地在她面前暴露身体，她肯定会以为在耍流氓。但沈洛全程太平静，平静得仿佛觉得当着一个女人的面，光着身子从水中走出来是一件再正常不过的事。

这个人好像无悲无喜，更加没有尴尬窘迫，只有永远的平静冷淡。

北雨感觉到他在穿衣服，过了片刻，悄悄侧头，见他下身的裤子已经穿上，便转了过去。

此时的沈洛还光着膀子，正在擦头发。

无论是十几年前还是现在，他看起来都很清瘦，不料平坦的腹间竟有壁垒分明的肌肉。

北雨一直觉得性感二字与沈洛绝对南辕北辙，但此刻，她竟然有点想把这个词用在他身上。

相对于沈洛的平静，北雨就有点尴尬了，她不自在地摸摸头："水不冷吗？"

沈洛套上居家上衣，带着一身凉气走过来，言简意赅道："不冷。"

北雨打了个寒噤，干笑道："那你身体可真好。"

沈洛看了她一眼，往回走。

北雨跟上，开玩笑活跃气氛："时间太早我睡不着，出来随便走走，没想到遇到美男出浴图。"

沈洛显然对这个玩笑无动于衷。

她有点悻悻地摸了摸鼻子。

她跟着沈洛回到屋内，见他先是进到小飞船的房间看了看，又出来上楼。

北雨无聊，继续跟上去。

她跟着沈洛进了观测室。观测室分为上下两层，楼下的房间放着几台电脑，墙上有投影仪。楼上则是放置天文望远镜的圆顶观测台。

这应该也是他的禁地了，不过他对于北雨跟进来，并没有露出拒绝和不悦的意思。

北雨也就稍稍放松下来。

她想起当年自己干过的尾随勾当。是不是他其实也是发现过的？只不过跟现在一样，并不在意？

想到这个，她忽然对当年的行为有种微微的羞耻感。

她跟沈洛上楼进入圆顶观测台，两架庞大的天文望远镜出现在眼前，她惊奇地哇了一声："学长，我能看看吗？"

沈洛没回应，但不知按了一下哪里，那圆顶从中间打开，苍穹一点一点露出来。

今夜夜色不错，月明星稀，天空高远。

在北雨的轻呼间，沈洛将其中一台望远镜调试好，朝她招招手。

北雨笑着走过去，稍稍弯身，眼睛抵在望远镜后。

"看得真清楚啊！"她扶着望远镜移动，看了一会儿，忽然想到什么似的，随口道，"学长，你还记不记得你高三的时候，那次和江越他们在山上露营，你教了我认星星的。什么猎户座、大犬座、金牛座就是你教我认的。"

沈洛终于没像之前那样惜字如金，只不过开口的语气依旧轻描淡写："我只教你认过猎户座和冬季大三角。"

"是吗？"北雨皱了皱眉，也不甚在意，"你的记忆力果然很好啊！”

沈洛不置可否。

看完星空，从楼上下来，北雨无意间瞥到墙上挂着一张星云摄影作品，因为太过绚烂迷人，她瞬间被吸引，好奇地走近，发觉署名是Pluto。

因为业余爱好玩星空摄影，这位摄影师她知道，正是业内非常著名的华人星空摄影师，其作品经常在《国家地理》杂志上出现，据说在拍卖行都是十万以上。

“学长，你也喜欢Pluto吗？”

沈洛轻描淡写嗯了一声。

“我特别喜欢。”

“是吗？”

想着他是做天文的，北雨看向他：“你认识他吗？”

“认识。”

北雨本是随口一问，听他这样说，顿时大喜：“那可以帮我引见一下吗？”

沈洛神色莫辨地乜斜了她一眼，嗯一声。

这次北雨算是发现了，沈洛这人其实并不像他看起来那么高冷。

他虽然不喜欢说话，对她的话也是爱搭不理，但还是带她回来借宿，也没忘记给她拿一床被子，还让她使用他的观测台看星星，甚至还答应帮他引见Pluto。

可以说是一个好人了。

也许有些人就是天生少言寡语，孤僻，不喜和人交流。

这个认知让她心情大好：“时间不早了，那我休息去了，晚安！”

沈洛点头，带她走到门口，他才开口：“晚安。”

这一晚上，北雨睡得很安稳踏实，被屋外的鸟叫吵醒，睁开眼，窗外朝阳早悬在空中。

拿出手表一看，竟然已经快九点了。

她下床伸了个懒腰出门，客厅里只有小飞船一个人，正坐在地上玩乐高，见到北雨笑眯眯打招呼："姐姐，早上好。"

"早上好小飞船。"左右看了看，没见着沈洛的身影，她又随口问，"你爸爸呢？"

小飞船指了指走廊最里边的主卧："爸爸在房间里，你别去打扰他，他今天一天都不会出来。"

北雨愣了下，问："他在工作吗？"

小飞船摇头："不是工作，今天是爸爸的特殊日子，每年的今天他都会把自己关在房间里，谁都不能去打扰。"

看起来是个悲伤的日子，莫非今天是小飞船妈妈的忌日？

北雨想着，试探地问："小飞船，你妈妈呢？"

小飞船对这个问题反应倒是很平淡："我没有妈妈。"

北雨犹豫了下，又低声问："她去天堂了吗？"

小飞船摇头："我不知道，反正我没有妈妈，爸爸说我是他一个人的孩子。"

北雨打消了之前的想法，若是沈洛忘不了妻子，没道理不拉着孩子悼念。那么看来今天并非小飞船妈妈的忌日。

听小飞船刚刚这么说，她都要怀疑这孩子是沈洛用高科技手段弄出来的了。

毕竟她实在想象不出沈洛那样的人会和女人结婚生子。

她看了看地上的小孩，不放心地问："那你今天吃什么？"

小飞船指了指不远处的小餐桌。

北雨走过去看了下，上面放了四五个家常菜，大概是刚刚做完不久，还隐约冒着热气，桌子旁边有一个电饭煲和微波炉。

不得不说，就算是这种时候，沈洛这个单身爸爸考虑得也很周全，完全不用担心自己闭关的时候，儿子会被饿肚子。

　　五个菜分量很足，一个孩子显然一天吃不完。

　　小飞船似乎是想起什么似的道："姐姐，你要下山了吗？"

　　北雨点头："过会儿就下山。"

　　小飞船放下玩具，从地上爬起来，走到她身边拉着她的手撒娇："姐姐，你能不能明天再下山？今天爸爸不能陪我玩儿，我一个人好无聊的。"

　　即使北雨的童年没有经历孤独，但也知道小孩子最怕孤独。

　　看着小飞船期盼的大眼睛，她不忍拒绝："好啊，那我就陪小飞船玩儿一天。"

　　小飞船高兴得差点跳起来："那你快去刷牙，爸爸煮了鸡蛋，烤了吐司。"

　　今天天气不错，虽然已经到了炎热的六月中旬，但山顶依旧凉爽宜人。

　　北雨吃过早餐，带着小飞船去山里玩了一圈，抓了几只蝴蝶。

　　回来时已经是中午，沈洛那扇房门依旧紧闭，显然是真如小飞船所说，会在屋子里待一天，也不知道房间里有没有吃的。

　　北雨将桌上的菜热好，叫小飞船过来吃饭，小声问："你爸爸真的不用出来吃饭吗？要不然我去敲门叫他？"

　　小飞船赶紧摇头，义正词严地道："爸爸说过不要打扰他的，我们要尊重他的决定。"

　　"……"好吧，她不是担心他饿吗？

　　几个家常菜很简单，但色香味俱全，即使重新热了一遍，也不损原来的味道。

　　小飞船见北雨吃得有滋有味，得意道："我最喜欢吃爸爸做的卤肉饭，姐姐你要是明天也在，我让他给你做，还有小鸡炖蘑菇也好吃。"

北雨好奇地问："你们一直住在这里吗？"

小飞船摇头："幼儿园提前放了假，爸爸就带我在山上看星星，要是不下雨，六七月份的星空很漂亮。"

小孩子说话有点小大人的语气，但声音是糯糯的稚气，听起来便十分有趣。

他看了眼北雨："姐姐，你工作忙吗？"

北雨挑眉："还行吧。"

"那你在我们这里多住几天好吗？我特别喜欢姐姐你。"

小孩子打什么主意其实一目了然，北雨觉得好笑，眨眨眼睛："小飞船，你就这么想你爸爸娶老婆吗？你不怕像童话里写的那样，遇到一个坏坏的后妈？"

小飞船一双大眼睛闪了闪，然后有些黯然地垂下，没有马上回答她的话。良久之后，他才小声嗫嚅道："我上幼儿园了爸爸就只有一个人，我怕他一个人在家孤单。而且大人们都说爸爸这么大的年纪不找老婆不正常，我不想爸爸被人说不正常。"

北雨轻笑出声：小家伙心思还挺多。

说完，小飞船又抬起头看她，一本正经道："我爸爸真的很好的，他就是不爱说话，不会哄女孩子。你要不要试着喜欢他一下？"

他带着小心翼翼渴求的眼神，像只刚出生的雏鹿，以至于北雨拒绝的话都没法说出口。

她朝小飞船笑了笑："小飞船，我觉得你爸爸那么聪明，这种事情肯定不用你操心的。"

小飞船没有得到想要的答案，嘬了嘬嘴："那你明天可以再住一天吗？明天爸爸就不会关在屋子里了。"

他一定要给爸爸和姐姐制造相处的机会。毕竟这个姐姐是爸爸第一次让住进家里的人。

北雨笑："我想想啊！"

小孩子太天真单纯，她不能给他太大的希望。就算她对沈洛那已经熄灭了多年的心思，能被再次点燃，但沈洛对她显然没有半点意思。

她已经不是当年那个追着喜欢的男生乐此不疲的少女。

那种少时的激情，只怕再也找不到。而且她也没打算给人当后妈，因为她是一个不喜欢麻烦的人。

即使她非常喜欢小飞船。

一天时间眨眼就过去了。

北雨和小飞船算是彻底熟悉了。她确实很喜欢这个孩子，聪明活泼又懂事贴心，天真中又带着些狡黠。

她有些敬佩沈洛，一个大男人可以教出这么可爱的孩子。

小孩子睡得早，不到九点，本来还在和北雨打闹的小飞船，上下眼皮忽然开始打架，北雨赶紧照顾他洗漱。

不到五岁的孩子已经有了很好的独立能力，自己洗澡换衣服做得十分熟练，到了床上和北雨道了晚安，不到三秒就进入了黑甜乡。

陪了劲头十足的小孩子一整天，北雨也感觉到了疲倦，干脆洗了提前上床睡觉。

北雨回房间的时候，目光不自觉瞥到那扇闭了一整天的房门。

虽然小飞船的话犹在耳边，但她稍作犹豫还是走过去敲了敲门。

里面没有回应。

她试着拧了下门把手，咔嗒一声，房门竟然没有反锁。

北雨小心翼翼走进去，一股酒气扑面而来。

房间不大，只有床和简易桌柜，开着一盏小灯，显得屋子有些影影绰绰。

沈洛侧身坐在一张藤椅上，藤椅前的小几上是一个火箭模型，而他的脚下散乱着几个空酒瓶。

北雨蹙眉：这是喝了一天？

她走过去，忧心忡忡地问："学长，你还好吧？"

沈洛面色苍白，听见她的声音，有些迟钝地睁开眼睛。

在北雨的印象里，沈洛的眼神从来都是淡漠疏离的，就和他整个人一样。但此时此刻，那双泛着红色的黑眸，看起来却忧伤迷惘，他像是一个孤独可怜的孩子。

女人天生带着怜悯之心。

在对上他的眼神那一霎，北雨觉得心中有某些坚硬的东西瞬间崩塌。

她微微弯身握住他的手，看着他低声问："学长，你怎么了？"

沈洛没有回答她的话，只是转头去看她。

两个人对视间，只隔了咫尺的距离。

沈洛涣散的目光渐渐聚焦，定定看着她一动不动，就在北雨要起身时，他忽然凑过来，吻住了她的唇。

对北雨来说，沈洛是她少女时代的梦，虽然梦很短暂，很快就醒来。

然而在她余下的这些年里，她再没做过那样的梦。

也没有再喜欢任何一个人。

所以当这个多年前的梦靠近自己时，她忘了躲开，也不想躲开。

何况，这个男人此时看起来如此脆弱，脆弱得让她想要拥抱他。

而她也真的这么做了。

在她抱住他的时候，沈洛的身体微微一僵，也伸手将她抱住。

他的吻起初只是带着些鹅毛轻拂般的试探，但很快转为深吮轻咬。

明明他浑身都是酒味，但北雨并不觉得反感。

她没有过与男人深吻的经历，这个毫无技巧的吻也并没有让她觉得多迷醉，但还是有种惊心动魄的骇人和兴奋。

她揽住沈洛的脖颈，靠在他怀中，配合地与他亲吻起来。

后来的事情显得离奇又似乎顺理成章。

北雨想，也许成年男女都太容易遵循本能的欲望，高岭之花沈洛在脆弱时也需要寻求最原始的温暖，而她则觉得这正好给自己少时的梦画上一个姗姗来迟的句号。

皆大欢喜。

唯一不太欢喜的是，当沈洛沉重坚硬的身体压在自己身上时，那种疼痛十分难以忍受。她无法要求一个意乱情迷且处在悲痛中的男人怜香惜玉。

唯一能做的就是紧紧咬着唇抱住他。

而从头到尾，沈洛一言未发，只有那双通红的眼睛，时而涣散时而清晰，让北雨觉得，他仿佛知道自己在做什么，又好像什么都不知道。

北雨不知道过了多久，只知道屋内的灯光很暗淡，身下的疼痛渐渐麻木，还生出了些不太一样的感觉。整个人像是在浪尖波涛之上，头晕目眩，浮浮沉沉。

但是她并没有像小说里写的那样昏过去。

虽然脑子昏沉，但整个人还算清醒，实际上，直到结束，她都是清醒的。

趴在她身上的沈洛似乎也清醒了过来，只是人却半晌没有动，自上而下俯视着她，黑沉沉的眼睛里，辨不出情绪。

自认脸皮十分不薄的北雨终于体会到了一点尴尬。

她伸手戳了戳他的胸口："那个……学长，你可以下来了。"

沈洛似乎这才反应过来，从她身上翻下，将被子给她盖好，然后起床出了门。

北雨本以为他是清醒之后，无法接受自己的酒后乱性，所以选择逃避。

然而不到两分钟，沈洛去而复返，拿了个扫帚，将地上的酒瓶子清理干净，又将两人散乱在地的衣服捡起来叠好，放在小茶几上，甚至放了杯热水和一条热毛巾在北雨旁边的床头柜上。

全程一言不发。

北雨表示对他的行为有点蒙。

等她从怔忡中反应过来随便将自己的身体擦了擦，沈洛已经洗完澡换了衣服，再次回到卧室……上了床。

北雨本想身残志坚爬起来回到自己那间客房，可还没动，沈洛伸手将被子给她掖好："睡觉。"

然后关了灯，自己随即躺在她身边。

不出三秒，旁边已经响起沉沉的呼吸声，这人竟然睡着了。

什么情况？

经过了一场剧烈运动，北雨此时的脑子一片混沌，完全不知道这上演的是哪一出。

她没有过一夜情的经历，但是照着她的想象和正常人的逻辑，酒后乱性的男人清醒过来，无外乎两种情况：一种是逃避，另外一种大约就是有便宜不占王八蛋式的顺水推舟。

然而沈洛的反应显然两者都不是。

反倒像是并没有发生过这件事一般。

北雨想不通，也懒得再想。

因为被蹂躏过的身体，真的是太不舒服了。

在困倦交织之下，她也很快睡了过去。

这一觉不知睡了多久，总之醒来时天光大亮，屋子里安静无比，只有屋外的鸟叫虫鸣。

因为睡得太久，刚刚醒来的北雨，脑子里还有点发晕。

揉了揉额头才慢慢反应过来，昨晚的场景回到她的脑子里。

没错，她和沈洛滚床单了！

按照正常逻辑来说，是她闯进了沈洛的房间，然后和醉酒的他滚了床单。

听起来好像有点乘人之危的感觉。

她挑挑眉，觉得有点好笑。

昨晚睡在她旁边的人早已不在。她坐起来下床，刚刚站立，浑身酸疼的滋味就毫不留情地袭来。

她忍不住骂了句脏话，随后掀开被子，白色的床单上赫然一片狼藉。

于是二十七岁的大龄女子北雨也忍不住脸上一红。

还真是一个有意义的夜晚。

她姗姗来迟般告别了自己的贞洁。

也终于可以对那段无疾而终的青春往事说再见了。

完美至极，毫无遗憾。

此后，她就可以彻底融入这个纷杂而腐朽的成人社会，与所有都市男女别无二致。

她重重舒了口气出门，没见着沈洛的身影，连小飞船都不在。

终于有了点酒后乱性的正常反应。

昨晚那样，大概是酒还没醒。

沈洛不在，北雨也落得个自在。

她洗漱完毕，见桌上有鸡蛋和牛奶，不客气地填了肚子。

想了想，她又去沈洛的卧室把床单抽出来顺手给洗了，然后晾在楼上天台。

今天天气不错，天空湛蓝，清风徐来。

白色的床单挂在晾衣绳上，在阳光下，随风轻舞。

北雨蹲在床单前，双手撑着脸，看着那干净得没有任何痕迹的床单，有些怔怔然。

痕迹消失了，昨晚的一切有点像做的一场梦。

现在梦醒了，她忽然有点说不清道不明的怅然。

腿蹲得有点发麻，她才回神站起来下楼。

沈洛还没回来。

她收了包背上，顺手留了一沓钞票当这两天的食宿费，一张便签在沈洛的床头柜上，然后哼着歌儿不紧不慢走出了小院下山。

"姐姐姐姐！我们回来了！"

小飞船被沈洛牵着刚刚走到小院内，他就挣开沈洛的手，迈着小短腿飞快朝小楼跑去。

过了一会儿，他又气喘吁吁跑回门口："爸爸，姐姐走了！"

沈洛皱了皱眉，站在原地朝小楼天台看去。

一条白色的床单，正在阳光下飞舞。

"爸爸！"小飞船朝他走过来，噘了噘嘴，"姐姐吃不到你做的小鸡炖蘑菇了。"

他的目光落在沈洛左手提着的小篮子里，那里面有一只小母鸡正在咕咕叫着，那是刚刚他和爸爸下山去农家买的。

沈洛摸了摸他的手："没关系，爸爸做给你吃。"

小飞船道："姐姐本来答应我今天还留在这里的。"说着又小大人般叹了口气，"看来姐姐不喜欢爸爸，不然不会不等爸爸就走的。"

135

沈洛没有作声，提着菜篮子往屋内走去。

他将篮子放在厨房后，回到卧室，目光落在床头柜上的钞票和便签上，皱了皱眉走过去。

他从钞票里抽出便签。

上面是一排娟秀的字：学长，谢谢这两天的招待，昨晚我很开心，不用放在心上，嘻嘻。

完全就是一副不甚在意的语气。

至少看起来是。

沈洛将便签放入抽屉，又拿起那一沓钞票，万年没有表情的脸上难得抽了抽，然后也皱眉放入了抽屉。

北雨从山上回来，休息了两天，又投入到工作中。

连轴转了两个星期，山上的那一夜，也就没再当一回事。

就算对她来说意义非凡，但说到底也只是一夜情。

人生中要做的事太多，赚钱、生活、为了梦想做准备，她当然不会沉湎于那一场痛得要死的一夜情。

第四章
卓尔不凡的男人

又是一个周末，她在网上看到Pluto要开摄影展。

地点是在艺术街的一家影廊，作为一个粉丝，她当然是要去的。

这种星空摄影不是主流，但Pluto在业内名声很大，慕名前来的人也不算少。

北雨刚刚走进影廊，一个熟悉的小孩子身影就进入了她的视线。

那小孩子拿着一沓传单，看到年轻女孩子会低声先询问一句，似乎是等到要的答案，才将传单发给对方。

今日太阳很烈，北雨还戴着一副大太阳眼镜没摘下来。

她走到小飞船面前，小孩子一时没认出她，奶声奶气地问："阿姨，你结婚了吗？"

北雨摇头。

小飞船又问："那有男朋友吗？"

北雨再次摇头。

小飞船喜笑颜开，抽出一张纸递给她："那你看看这个，这是我爸爸，他很优秀的。"

北雨拿起传单一看，上面赫然四个大字：征婚启事。

下面是沈洛的个人资料，资料上很简单，除了名字、年龄和学历，就没有其他的。

下面则是一大段以孩子的语气夸奖的话，一看就是出自谁的手。

北雨嘴角抽了抽，将太阳眼镜拿下来："小飞船！"

小飞船惊喜地叫道："姐姐！"

北雨将食指放在唇上，示意他不要喧闹，小孩子赶紧捂住嘴巴。

北雨扬了扬手中的那张纸："你给人发这个你爸爸知道吗？"

小飞船赶忙小声道："他不知道的，千万别让他发现了。"

北雨哭笑不得。

就在此时，不远处忽然传来一道清润的男声："沈飞舟，你在干什么？"

小飞船赶紧将手中的征婚启事放在背后，笑眯眯道："没干什么，遇到姐姐和她说说话。"

沈洛走过来，淡淡瞥了眼北雨，将儿子拉走，低声道："不是教过你，不要和陌生人说话的吗？"

小飞船道："姐姐又不是陌生人。"

北雨故作自然地朝他嗨了一声："学长好巧啊！"

沈洛看都没看她，只对小飞船道："她是。"

北雨看着父子离去的背影失笑。

这就是传说中的拔那啥无情穿裤子不认人？

谁还不是个潇洒人儿了？

北雨拿着手中那张传单去看摄影展。

Pluto的作品真是深得她心。他是一个真正的逐星人，从南北极到赤道，从春夏到秋冬，每一幅都真实又不可思议。

摄影展的作品也是出售的。

北雨看中了一幅夏季银河摄影，见上面标的价格也算能接受，便叫来了影廊经理。

那经理正要带领她办理购买手续，手机忽然响了，点头嗯啊了两声，挂了电话，抱歉地看向北雨："不好意思小姐，Pluto刚刚打来电话，说这幅夏季银河不卖了。"

"不卖了？"

经理点头。

北雨虽有遗憾，但也没太在意，想着也许Pluto也正好跟自己一样很喜欢这幅作品，舍不得卖了。

她只好退而求其次，转了一圈又看中了另外一幅南极星空。

经理再次准备带着她去办手续，不料又接到了Pluto不卖的电话。

北雨挑挑眉：这是犯了冲？

经理一脸歉意："小姐，不好意思，这是Pluto的意思，我们也没办法。"

北雨摊摊手，表示理解，两幅心仪之作没能收入囊中，她也没兴趣再退而求其次了。

只转了几圈看了看，她便准备打道回府。

出门口时，沈洛和小飞船正在玩遥控飞机。

看到北雨，小飞船颠颠地跑过来："姐姐，你渴不渴啊？"

北雨笑："有点，小飞船要请我喝水吗？"

小飞船道："喝水不解渴。"

"那什么才解渴？"

小飞船一双漂亮的黑眼睛朝不远处的冰激凌店斜了斜："姐姐，你觉得呢？"

北雨会意，大概是这小孩的爹不让吃冰激凌，所以打她的主意了，于是她配合地笑道："我觉得冰激凌最解渴。"

小飞船道："那我请姐姐你吃冰激凌吧，是请你吃，不是我吃。"

"好啊！"北雨瞥了眼几步之遥的沈洛，见他拿着飞机遥控器，并没有看自己这边，于是拉着小飞船往冰激凌店走。

小飞船大声道："爸爸，我请姐姐吃冰激凌去了。"

沈洛没有作声。

一大一小朝冰激凌店走去。

北雨买了两支，小飞船拿着自己的巧克力蛋筒，满足地舔着。

北雨吃了口冰激凌，目光遥遥看向一个人玩着遥控飞机的沈洛，对身边的小孩道："小飞船，你是不是在给你爸爸征婚啊？"

小飞船点头。

北雨拿出手中那张征婚启事："但你这样是不行的。"

小飞船疑惑地看向她："那怎样才行？"

北雨蹲下身对他说道："因为你这上面没有照片啊！最好的办法是，你先把这张纸给人家，然后去把你爸爸指给人家看。"

小飞船恍然大悟："因为爸爸长得帅，女孩子看到真人肯定就会喜欢的。"

北雨笑眯眯点头，摸了摸他的头。

小飞船是实干派，说干就干："那我现在就去试试。"

小孩子欢快地跑到刚刚的影廊门口，看到年轻女孩就和人攀谈。因为小模样讨人喜欢，不管是不是单身的女孩，都会停下来和他说话。

北雨看得有趣，小飞船转过来看她时，她还朝他握了握拳，用口型道："加油！"

过了半晌，她见小飞船似乎是找到了目标，正要带人去看沈洛，但是刚刚还在门口的沈洛却不见了踪影。

北雨咦了一声，左右看了看，还是没看到人。

她正奇怪着孩子还在，沈洛怎么可能离开，一转头就看到身后站着个身材颀长的男人，一脸冷若寒霜地看着她。

北雨一时猝不及防，吓了一跳，连连退后两步，然后拍拍胸口，舒了口气道："学长，你怎么在这里？"

沈洛还是面无表情的模样，目光凉凉地看着她，一字一顿道："很好玩吗？"

"什么？"北雨眨眨眼睛，不明所以。

沈洛没回答她的话，只朝不远处的小飞船看去。小家伙刚刚搜寻到他的位置，正拉着身旁的女孩子，朝他指过来。

因为隔着一点距离，听不太清楚两人在说什么，但看小飞船兴高采烈的样子，想来是在给那女孩子推销自己的爸爸。

年轻女孩长得挺漂亮，一开始是觉得小孩子好玩有趣，顺着他胖乎乎的手指看过来，看到站在冰激凌店门口的沈洛，本来不甚在意的表情微微怔了下，双眼明显一亮。

无论男人女人，一副好看的皮囊，绝对是吸引异性的利器。

沈洛对这样的眼神并不太喜欢，皱了皱眉，很快收回视线，再次看向两步之遥的北雨。

北雨刚刚和小飞船说那些话，本是秉着让小朋友少走弯路的想法，但现在被沈洛冷冷盯着，不知为何有点心虚。

"那个……小飞船也是关心爸爸。"她语无伦次开口，试图打破这尴尬的气氛。

沈洛定定看着她，一言不发，走上前一步。

北雨下意识往后退。

他又面无表情上前一步。

北雨再退。

他再进。

直到抵在身后的花坛边缘，无处可退，北雨才讪笑着无奈开口：“学长，你干什么？”

沈洛仍旧沉默，只是在离她只有咫尺距离时，冷不丁伸手将她左手拿着的冰激凌抢了过来。

北雨只觉手上一空，不解地看着面前这张面无表情的俊脸，越发莫名其妙，正要开口，沈洛冷冷睨她一眼，拿着冰激凌折身朝小飞船那边走去。

虽然这头的北雨还一头雾水，但刚刚的一幕落在小飞船身旁的女孩眼里，又是别种滋味。

年轻女孩失笑摇头，想着刚刚差点信了小孩子的童言童语，原来人家帅哥名花有主，当街有上演虐狗戏码。

说来也是，哪有孩子给爸爸找对象的。

她忍不住又看了一眼沈洛和北雨，帅哥靓女，倒也般配。

她见沈洛黑脸沉沉地走过来，猜想是来找调皮的小孩子算账的，赶紧摸摸小飞船的头闪了。

“阿姨，你别走啊！我爸爸过来了！”小飞船见人离开，急忙大叫。

女孩却是一下就跑得没了影子。

小飞船噘了噘嘴，心道：这阿姨肯定是刚刚看到爸爸抢姐姐的冰激凌给吓走的。

他并没意识到沈洛在生气，待沈洛靠近，嘟着小嘴巴埋怨：“爸爸，你怎么能抢姐姐的冰激凌呢？刚刚的阿姨都被你吓走了。”

沈洛的目光从儿子脸上滑到他手上只剩一个小尖尖的蛋筒上，小飞船意识到不对，以迅雷不及掩耳的速度，将小尖尖塞入嘴巴里，草草嚼了两口就吞了下去。

沈洛冷声道：“我不是说过冰激凌不能天天吃吗？你昨天已经吃了两个。”

小飞船嘴巴上还沾着冰激凌的巧克力酱，赶紧抱住他的手撒娇："爸爸，我是太热了才吃的，你看姐姐不也吃了吗？"

好险！幸好他吃得快，不然肯定跟姐姐一样被爸爸给抢走。

沈洛道："明天不准吃了。"

小飞船盯着他手上那支才被北雨吃了几口的冰激凌，吞了吞口水，奶声奶气道："知道了。"

沈洛拉起他的小手，往影廊内走。

小家伙不忘转头朝北雨挥手，大叫道："姐姐再见！"

北雨也笑着挥手："小飞船再见。"然后目光落在他旁边长身玉立的男人身上，光看那道背影，大概就能感觉到这是一个倨傲高冷的男人。

北雨挑挑眉，戴上墨镜离开。

虽然这次在Pluto的摄影展上毫无收获，但没过多久，北雨所在的户外俱乐部就给她打来一个电话，说是俱乐部要组织去鹭江湿地公园三天两夜的野营摄影游，针对的是摄影爱好者高级会员，还请来了摄影师Pluto做摄影指导。

北雨参加的这个户外俱乐部，在城中算是顶级，年费不菲，高级会员里也有不少名流富豪，有些人加入甚至也就是出于结识人脉的目的。

进了社会，做任何事情似乎都带着功利和目的性。

所以能请来Pluto，她虽然有点意外，倒也不至于觉得匪夷所思。

这对她来说总归是个好消息，所以她没多想就报了名。

出发时间是八月初。

鹭江湿地公园在邻市市郊，因为海拔较高，视野开阔，是一个非常适合露营观星的地方。

143

临行前江越看着她背着大包独自出门，取笑她："人家玩户外艳遇不断，你这玩户外这么多年，怎么还是个交不到男朋友的大龄处女？"

北雨嗤了一声："谁说我交不到男朋友？俱乐部里追我的男人一只手都数不清。"说着又眉头一挑，"再说了，谁说我还是处女？难不成我脱处还得跟你报告一下？"

江越心里暗骂一声，又道："北大嘴，你不会玩一夜情吧？"

江二狗狗嘴里吐不出象牙，但有些话一吐一个准。

北雨啐了他一口："要你管？你还是管管你自己吧！江二狗！"说完就背包扬长而去。

因为在邻市市郊，有将近五个小时的车程。

上午出发下午到。

北雨上了大巴，和相识的会员打了招呼，找了个不前不后靠窗的位子坐下。

总共就十几个人，可供挑选的位子还是很多的。

北雨放好背包，拿出眼罩和颈枕，准备开了车就睡。

五个小时车程，还能好好睡一觉。

"学姐！"

一个年轻男孩，在她旁边的位子坐下，惊喜地和她打招呼。

"郑晓非！"北雨看着面前的小鲜肉，也很惊讶。

郑晓非笑道："你也在这个俱乐部？"

北雨点头："一直都在。"

郑晓非道："这么巧啊，我前段时间才加入的，没想到你也在。"

郑晓非是北雨的大学校友，比她低了两级，专业不同，在户外社团认识的，在大学也算熟悉，不过毕业之后就没怎么联系。这种不期而遇，两个人都很高兴，很快就热络地聊起来。

"本来这段时间我在外地，听说俱乐部请到了Pluto，机会难得，所以就赶回来了。"

北雨还记得郑晓非是摄影发烧友，摄影穷三代单反毁一生对他来说，那都不是事儿，因为人家是富二代。

北雨笑："我也是。"

两个人聊了会儿，领队上车招呼道："大家都到齐了吧，我给大家隆重介绍一下我们这次旅程的重要嘉宾Pluto，和他可爱的儿子。"

在座的人参加这次活动多半是慕名而来，此时都安静下来看向车门口，北雨和郑晓非也停止说话好奇地看过去。

只见车门口慢慢上来一道颀长的身影，紧接着就是一个让北雨熟悉的童声响起："爸爸，我的小飞机你带了吗？"

"带了。"回应的是低沉温润的男声。

北雨眨了眨眼睛，以为自己看错了。

然而站在领队旁边的一大一小，确确实实是沈洛和小飞船。

沈洛就是Pluto？

车内没风，北雨也凌乱了。

沈洛淡淡扫了眼车内，从张着嘴目瞪口呆的北雨脸上轻描淡写划过，开口道："各位好。"

言简意赅，是北雨最熟悉的疏淡语气。

他旁边的小飞船则跳起来笑道："大家好，我叫沈飞舟，是爸爸的宝贝儿子，叔叔阿姨可以叫我小飞船。"

车内的人瞬间被他逗乐。

小飞船很快发现了北雨，高兴地大叫："爸爸，我看到姐姐了。"说着就拉着沈洛往后排走。

领队忙跟着两人，不忘给他一一介绍这次的队员。

沈洛虽然人冷，但该有的礼貌还在。

到了北雨这边，郑晓非站起来一脸迷弟模样递上自己的名片："Pluto你好，久仰大名。"

"你好。"沈洛接过来，淡淡瞥了一眼，和他寒暄回应，然后面无表情地看向里面的北雨。

领队赶紧介绍："这是我们俱乐部的资深美女会员，也是星空摄影爱好者北雨。"

北雨刚想说认识，沈洛已经冷淡开口："幸会。"然后就继续往后走，一副和她不认识的样子。

小飞船则停下来，隔着郑晓非兴奋地朝靠窗坐的北雨道："姐姐，我们又见面了！"

郑晓非咦了一声："学姐，你认识Pluto吗？"

刚刚介绍完全没看出来。

"见过两三次。"北雨干笑了声，想着刚刚沈洛冷淡疏离的语气，猜他大概是不想因为那件事和她有什么瓜葛。

她当然也是一个合格的一夜情执行者，百分之百对他表达出的意思予以配合。

小飞船掰手指数了数，纠正道："我们见过四次了。"

郑晓非闻言自是没当回事，摸了摸身旁小家伙的脑袋，在座位上坐下来。

领队带沈洛向所有人介绍完毕，客气地问："沈先生，您要坐在哪里？"

他话音刚落，小飞船就招招手："爸爸，我们坐在姐姐后面吧。"

北雨后排的座位恰好是空的。

沈洛走过去，带着小飞船坐进去。

郑晓非回头笑嘻嘻和偶像套近乎，但很快被他的高冷击退，只得老老实实坐好，然后凑到北雨耳边，小声道："这位大摄影师看起来像朵高岭之花呢！"

北雨没忍住轻笑出声，果然大部分人对沈洛的第一印象都是如此。

在两人小声说话间，车子启动，待行驶平稳后，正和北雨聊得入神的郑晓非，忽然被人戳了戳，转头一看，是小飞船站在他旁边，眨巴着眼睛问："大哥哥，我可不可以和你换一下座位？我想和姐姐坐在一起。"

萌娃的要求谁能忍心拒绝，何况这娃还是郑晓非偶像的儿子？他赶紧起身，把小飞船抱到自己座位上，然后喜滋滋来到后排的沈洛身边。

然而还没等他搭话，坐在窗边的男人，已经戴上眼罩，靠在椅背上小憩。

郑晓非的一腔热情生生被逼了回去。

小飞船从椅背缝隙悄悄往后看了眼老爸，小胖手朝北雨招了招。

北雨凑近他："干什么？"

小飞船捂着嘴小声道："我刚刚看了车里的人，有几个阿姨好像是一个人来的，长得还挺漂亮。你说爸爸会不会看得上？"

这孩子对他爸终身大事的执着程度，真是感天动地啊！

北雨扫了眼车厢。

小飞船继续小声道："第二排左边靠窗，第四排左边靠过道，我们后面第三排右边靠窗。刚刚打招呼的时候，她们看爸爸的目光，都特别热切。"

北雨满头黑线，上下打量了下旁边这孩子，清了清嗓子，低声道："小飞船，你今年是五岁吧？"

小飞船点头："刚刚满五岁。"

147

北雨扶额，她大概是遇到了个假五岁的孩子。

她按小家伙的话看了下那三个女孩，确实是三个年轻漂亮的女孩，其中两个她认识，但不太能叫得出名字，还有一个大概是新加入的会员，是头一回见。

小飞船举着胖乎乎的三根手指："是三个哦！这次一定要让爸爸找到老婆，姐姐你要帮我啊！"

北雨悄悄回头看了眼坐在后面闭着眼睛不知睡着与否的男人，点头小声道："好，我帮你。"

小飞船喜笑颜开，掰着自己那三根手指："三个哦！爸爸这回一定可以找到老婆的。"

小孩子到底容易犯困，兴奋了一会儿就歪在座椅上睡了过去。

北雨倒是睡意全无，百无聊赖又看了看那三个女孩。

因为在座位上，她看不清三个人的长相，但隐约记得这三个女孩，一个是锥子脸，一个是大长腿，还有一个大波妹。

也不知道沈洛喜欢什么类型的女孩子，但这三人三个类型，十有八九会有符合他口味的那类。

她挑了挑眉，看了眼身旁闭眼沉睡的小飞船，又偷偷看了眼后面的男人，忽然对这次旅程很是期待。

十一点多，大巴停靠在高速休息站，车上的人鱼贯而出。

小飞船不忘己任，一下车就跑到那三个美女跟前，把自己老爸单身的事儿给卖了。

北雨与她们隔了一段距离，都能看到三个女人瞬间兴奋的目光。

众人随便吃了点东西，稍作休息后很快上车。

习惯性找到之前位子的郑晓非，人还没坐下，位子就被三女之一的长腿妹给占了去。

另外两个本打算和沈洛坐在一起的女人，只得退而求其次坐在后排。

　　长腿果然占优势。

　　可怜的郑晓非没了位子，前面北雨旁边的座位又被小飞船坐着，他只能悻悻地去后面找别的座位。

　　三个女人一台戏。

　　车子再次启动，伴随的便是沈洛周围三个女人此起彼伏的声音。

　　俱乐部的高级会员，不是家里有钱，就是自己经济状况还不错，不管品行和私生活如何，个人素养其实不会差到哪里去，搭讪当然不至于很低级，都是以专业讨教为名，行勾搭男人之实。

　　北雨偷偷拿化妆镜看后面的状况，见沈洛虽然神色不耐，但大概因为是这趟旅程的摄影指导，对于她们所问的专业问题，也都耐着性子言简意赅地回答。

　　看起来还算有绅士风度。

　　车子很快下了高速，上了一条通往郊区的崎岖路。忽然碾过一段不平整处，车内众人都狠狠颠簸了一下。

　　小飞船人轻，弹起来磕到了前面的椅背上，哎哟惊叫出声。

　　北雨吓了一跳，忙扶住他问："是不是磕疼了？"

　　小飞船揉着额头嘿嘿笑道："一点点疼。"

　　司机在前头提醒："这段路正在修整，颠得很，大家坐稳点。"

　　沈洛眉头微蹙，正好找到了脱身的理由，起身让旁边的女人稍稍让开，走到前排位子，把小飞船抱在腿上，坐在了北雨旁边。

　　小飞船道："爸爸，我坐得稳的，姐姐也可以抓着我，你坐后面去吧。"

　　他可不想影响爸爸找老婆。

　　沈洛低声道："坐好！"

因为抱着个孩子，他的双腿就微微叉开。

大巴的空间就只有那么点，车子一颠簸，难免和旁边北雨的腿碰到。

两人的腿在车子晃来晃去的行驶中不小心碰到了几次，颠簸得厉害时，几乎是靠在一起摩擦。

一开始北雨还没在意，毕竟是路况惹的祸，谁都不是故意的。但是摩擦次数多了，她就觉得有点怪怪的了。

虽然两人都穿着长裤，但夏天的裤子面料单薄，那种腿与腿之间的触碰，感觉十分清晰。她甚至都能感觉到沈洛大腿的温度。

她不动声色地低头看了眼旁边的那条长腿，姿势十分霸道，早已越过楚河汉界，来到她的地盘。

虽然抱着孩子，但也不用跨到她的空间这么多吧？

腿长了不起啊！

见沈洛斜眼看过来，她赶紧用眼神示意他。

然而他却无动于衷地别开眼神，腿连半厘米都没挪动。

北雨嘴角抽搐了下。

也罢，不跟抱孩子的男人计较，公交车上她还得让座呢！

于是北雨稍稍往里挪了点位置，与他的腿彻底分开。

只是这样一来，整个人坐着的姿势就有点纠结，她正想着如何调整，车子忽然不给面子地狠狠颠了一下，她猝不及防往沈洛的方向一歪，整张脸贴在他的肩膀上，半晌没坐起来。

在沈洛微微转头冷眼斜睨过来的眼神下，她才手忙脚乱坐好，赶紧朝窗边靠过去。

不料车子又是一颠，这回倒不会对沈洛投怀送抱了，就是砰的一声磕在了窗户上。

而抱着小飞船的沈洛，却在这两次颠簸中，稳如泰山，连头发丝儿

150

都没乱一点，还转头蹙眉像看白痴一样看了眼北雨。

北雨吸着凉气揉了揉额头，心道：真是出门忘了看皇历，竟然在沈洛面前出这种糗。

还是小飞船送来暖心的话："姐姐，你要坐稳哦！"

北雨放弃折腾，放松身体坐好，两腿也没再纠结如何放，不过就是肢体无意间的触碰，人家又没当回事，她纠结个什么劲儿？

好不容易到了目的地。

众人收拾背包下车，沈洛牵着小飞船走在前面，北雨跟在后面。

才走了两步，北雨感觉到有人拉她，回头一看，是长腿妹朝她挤眉弄眼。

"怎么了？"她小声问。

长腿妹指了指前面的男人，用只有她们两人能听到的声音道："你是不是之前就认识Pluto？"

北雨还未回答，已经觉察到另外两道朝她看来的目光——也就是长腿妹身后的锥子脸妹和大波妹。她觉得若是自己回答得稍有不慎，恐怕这段三人斗就会变成四人混战。

其实这跟爱情没什么关系，至少暂时没有，不过是这些红男绿女总希望旅途更精彩一点，而一段艳遇显然就是最精彩的部分。于是有着Pluto这个身份的沈洛，便成了女人们猎艳的目标。

女人，尤其是美貌多金的女人，都喜欢用男人证明自己的魅力。

北雨不想加入这劳什子的混战证明自己的魅力，更不想变成三人的公敌，赶紧笑着以示清白，笑道："见过几次，不熟。"

三人表情明显放松，毕竟多一个早就相识且模样不差的竞争者，胜算肯定比她们都大。

北雨还特别识时务地侧开身子，让三人上前跟上沈洛。

恰好这时郑晓非在后面叫她："学姐，等我一块儿！"

她赶紧站在原地等郑晓非走上来。

郑晓非看到前面三个女人争先恐后往沈洛身旁凑，坏笑着贴在北雨耳边道："你说那三个美女，今晚谁能胜出侍寝？我赌那个大长腿。"

幸好北雨口中没水，不然指不定就当场喷出来。

而且沈洛和那几个美女距他们只有几步之遥，她不敢表露得太夸张，忍住笑意瞅了眼已经走到车门口的几个人，那长腿妹已经凭着优势与沈洛离得最近。

她抿抿嘴，笑着小声道："那我也赌她。"

两人耳语间，已经侧身正要下车的沈洛，忽然微微转头朝这边看过来。

那张霁月清风的俊脸上，表情寒峻，眼神冷若冰霜。

不只是北雨，就是郑晓非也没来由地心虚了下。

两人不由自主分开，各自转头避开他的目光看向窗外。

"学姐那个……今天天气真不错啊哈哈哈——"

北雨："……"

沈洛眉头微微蹙起，收回了视线，牵着小飞船不紧不慢下车。

余光瞥到沈洛下车，郑晓非才舒了口气，转头又凑到北雨耳边道："你说Pluto是不是听到我们背后议论他？刚刚那眼神怪吓人的。"说着还心有余悸地拍了拍胸口。

北雨正要说话，抬头却看到已经下车站在车旁的沈洛，正隔着玻璃朝他们看过来，神色比刚刚还冷。

她赶紧推了下郑晓非，郑晓非下意识转头，说了一声"我去"，赶紧咧嘴朝外面的男人挥手笑，然后用腹语对北雨道："我敢肯定他听到了我们的话，而且这位大摄影师恐怕有点小心眼，我本来还想厚着脸皮跟他讨教摄影呢，不会不愿意传授吧？"

北雨干笑了两声："谁知道呢？"然后别开沈洛隔着窗户的那道寒冷刺骨的目光，心虚般抬手扶额低头下车。

下车后到达公园营地，还要徒步小半个钟头。

沈洛牵着小飞船，旁边跟着三位美女。

大人太高冷，美女们就另辟蹊径从小孩子下手。

小飞船一直盘算着这三个人里指不定就有他老爸的未来老婆，自然是嘴甜乖巧地和三人打成一片，绝不厚此薄彼。

本来郑晓非还想着和沈洛套套近乎，但每次朝他看去，都能对上他标志性的冷淡眼神，满腔热情被击退，后来和北雨并排走在那几个人前面，郑晓非都能感觉到芒刺在背，干脆拉起同样不自在的北雨跑了。

只是没跑多远，就被领队从后面追上来："晓非，Pluto有几个器材落在车上，他带着孩子不方便，你跟我一块回去帮忙拿一下吧。"

"好好好。"郑晓非正愁没表现机会，赶紧点头应允。

北雨随口问："要我帮忙吗？"

领队笑着摆手："女孩子就不用了，你继续走，到了营地好好休息一下。"

北雨其实也就是随口问问，自己背着一个大包，走到营地估计都累得够呛，哪里还有力气转回去助人为乐。

她瞅了眼不远处走来的沈洛，小飞船已经走不动了，被他抱在身上。

如今正是盛夏，又是下午时分，就算这里比闷热的都市稍微凉爽，也抵不过高温酷暑的炎热。

沈洛却看起来很轻松，前面抱着孩子后面背着包，整个人依旧英挺从容。

他仍旧是一个看起来出尘不凡的男子。

只可惜她已经没有了少时那种激情，这样的男人摆在面前，大约欣赏就足矣。留点距离，或许还能保持美感，尤其想到两人睡过之后，她学生时代暗恋的这位冰山学长，对她的态度明显又冷了几分。她觉得保持距离确实很有必要。

之前他在北雨面前大概只能算是冷藏，现在直接打入了冷冻。

所以说距离产生美，古人诚不我欺。

看到沈洛越来越近，她压了压帽檐，转身继续行路。

营地是一处依水傍山的天然草地。因为之前在车上几乎没睡，扎好帐篷之后，北雨和几个相熟的队员聊了会儿之后，就钻进了帐篷休息。

不承想一觉醒来，已经有了些时辰，太阳都快要落山了。

她钻出帐篷，看到领队正在搭烧烤架，又见周围没什么人，随口问：“他们人呢？”

领队指了指前面河流的方向：“嫌热去游泳了，我也是刚刚才回来，之前看你睡着了没叫你。他们就在上游，走过去两三分钟，水不深不浅很适合游泳，你去吧，游完回来正好吃晚餐。”

北雨正觉得浑身出了汗黏腻得不舒服，嗯了一声，钻回帐篷换了连体泳衣，准备去投入大自然的怀抱。

沿着河水走了一段，果然见着几个男男女女在水中嬉戏。

郑晓非看到她，兴奋地招手：“学姐，下来啊！”

北雨勾了勾嘴角，继续往上游走，她决定找个清静的地方，没走多远，又听到一阵女人的笑闹声。

因为岸边有几块天然石头做屏障，她以为这次只有女人，准备就在此处下水时，哪知刚刚绕过石头，就看到辣眼睛的一幕。

水中三个比基尼女郎，正围着一个男人和一个小孩，在水中嬉闹。

北雨几乎是一瞬间想到了《西游记》里的场景，几个女妖精围着一个美貌唐僧。

她想了想沈洛那张面无表情的俊脸，还真有点唐僧的禁欲感。

她挑挑眉，那就祝沈唐僧好运吧！

嘻嘻。

趁着没人发现，她赶紧猫着身子溜走了。

"还想游吗？"沈洛余光瞥了眼岸边转瞬即逝的身影，低声问趴在自己双臂上划水的小飞船。

"不游了。"

"那我们上岸吧！"

他将小飞船抱起来往岸边走。

三个表面和气、实际上暗涌丛生的美女，见状也说说笑笑跟着上岸。

三个人一个比一个身材火辣，然而沈洛并没有多看任何人一眼。

上岸后，他用毛巾给儿子擦干水，拍了拍儿子的小脑袋，柔声道："你跟阿姨们先回营地，爸爸有点事。"

"好的，爸爸。"小飞船乖巧点头，转身去拉几个美女。

虽然三人好奇沈洛留下来要做什么，但人家把儿子交给了她们，她们当然要完成任务以获得孩子他爸的好感。

而且从孩子入手，也是一条捷径。

于是三个人争相逗弄着小飞船，往营地走。

这厢北雨又走了一段，终于找到了一处适合的地方。

只是她刚刚脱了外衣下水，身后就响起一阵急促的脚步声，转头一看，却是光着膀子还带着一身水汽的郑晓非。

"学姐，我找了你半天，你怎么一个人跑来这里？"

"清静啊！"她随口道。

郑晓非扑通跳入水中，游到她身旁，一脸兴奋道："你刚刚看到没有？"

"什么？"

"三位比基尼美女和Pluto啊！"郑晓非一脸坏笑，"我刚刚找你的时候路过瞥了一眼，要不是有个小孩子在，三女一男简直就是香艳大片。"

北雨嘴角抽搐了下："也……没这么夸张吧？"

郑晓非喷了一声："喜欢户外的女孩子就是奔放，想起以前咱们上学的时候去露营，晚上经常听到啪啪声，当时还很天真，顶多以为是情侣，后来才知道好多就是一夜情。"

北雨道："喂喂喂！别一棒子打死啊！"

郑晓非笑道："我知道学姐不是这样的人。"

北雨也笑，匕斜了他一眼，歪头戏谑道："我看你是羡慕人家Pluto吧？被三个美女包围呢。"

郑晓非朝她挑挑眉："试问谁不羡慕呢？"说着又笑嘻嘻道，"你说今晚那四个人之间会不会发生什么？"

"不……不至于吧，Pluto还带着孩子呢！"

"你太天真了，孩子睡了后夜晚还长呢！"郑晓非摸摸下巴，"我就想知道今晚谁会胜出，我现在觉得大长腿有点悬了。"

"为什么？"北雨随口问。

"因为……"郑晓非忽然卡壳，睁大眼睛看向岸边，露出一个不自然的夸张笑容，颤颤巍巍伸出手挥了挥，"嗨！Pluto。"

北雨转头，果然见沈洛将上衣脱下，不紧不慢下了水。

郑晓非刚刚在背后编派人家一大堆，此时看到沈洛那张冷若寒霜的脸就发虚，嘿嘿笑了笑："我游得差不多了，你们继续，我回去帮领队做饭。"说完手忙脚乱地从水里起来，爬上岸一溜烟跑了。

八卦男果然靠不住啊！

北雨无语地抽了抽嘴角，看向走过来的沈洛，讪笑道："学长，你

156

不是在下面游吗？怎么跑上游来了？"

沈洛淡淡道："干净。"

好像……也没毛病。

此时周遭一片安静，除了大自然，就只有水中的两人。

孤男寡女总有点不对。

沈洛一直看着北雨，那双黑沉沉的眼睛里，冷得辨不出任何情绪。

北雨被他看得发怵，没来由地心慌意乱。

她把长发散下来随便清洗了下，就急匆匆往岸上走："学长，你游，我先走了。"

可是才刚刚扶住岸边的岩石要往上爬，水下的右脚腕忽然被一只带着温度的手握住，生生又把她拖下了水。

一个人毫无防备地在水中被人抓住脚腕拖下去，就算北雨号称北大胆，也因为猝不及防给吓得胡乱扑腾大声惊叫。

反应过来之前，她在混乱中看到咫尺之间站着的男人，几乎是手忙脚乱就抱住，然后手脚并用将人缠得死紧。

"水里有东西！有东西！"她双手抱住他的脖子，像只树袋熊一样挂在他身上，语无伦次叫道，"刚刚在拉我的脚。"

沈洛笔直地站在水中，任由她抱着自己，没有任何反应。

空气中出现诡异的安静，而在这安静当中，北雨也终于从惊慌失措中稍稍镇定下来。

她试探着抬头，看向被自己抱住的男人，对上的便是那双古井无波的黑眸。

此时的她双腿缠在他赤裸的腰间，双手抱着他的脖子，而这种肢体接触的感觉在水中被扩大了几倍。

潺潺流动的河水，让彼此肌肤的温暖滑腻感有种无法言说的暧昧。

北雨对着他的眼睛怔了下，忽然啊一声跳下来，往后摇摇晃晃退了两步。

理智和思维渐渐回归，刚刚拖住自己脚腕的分明就是一只手。

她不可思议地看向沈洛："是你拉我的？"

沈洛面无表情回道："不是。"

你是不是当我傻？北雨狐疑地眯了眯眼睛在他脸上扫了一遍。

然而她从对方的表情中实在是看不出半点说谎或者开玩笑的痕迹，以至于不得不怀疑是不是自己的错觉。

于是她又低头去看水中，清澈见底的河水，除了光滑的鹅卵石，连水草都很少见。

虽然对沈洛的行为很是费解，从那张扑克脸上更加猜不出他半点想法，但她还是确定刚刚就是他干的。

难不成是在对上次她趁他喝醉睡了他表达不满？

毕竟小飞船说过那天不要打扰他，她不仅打扰了，还在他的特殊日子把人给睡了，这样一想，自己确实做得过分了点。

她决定识相地赶紧闪人："那是我误会了，学长我走了，你一个人当心点，小心水里的东西。"然后飞快爬上了岸。

她蹲在岸边，拿起毛巾擦了擦身体，想了想又朝水中的人道："学长，上次的事还请不要放在心上，大家就当什么都没发生过就好。"

沈洛站在水中，自下而上看她，眉头微微蹙了下，本来就冷峻的表情，看起来更加寒冷。

北雨摊摊手站起身准备往回走，但走了两步又想起什么似的回头笑道："学长，我觉得那个李……什么来着，就是那个大长腿美女挺不错的。"

沈洛的眉头蹙得更深。

北雨吐吐舌头赶紧走了。

沈洛的目光追随着她的背影，然后又慢慢落在那双光裸在外的健康

158

长腿上。

直到北雨的身影消失，他才不紧不慢收回目光，像一尾鱼般扎进水中。

回到营地，众人都已经归位，正在领队的指挥下准备晚餐，炊烟缭绕，很是热闹。

"学姐，你游好了？"郑晓非笑嘻嘻地朝她挥手打招呼。

北雨瞪了瞪他，对他的没义气表示强烈谴责，郑晓非摸摸鼻子，讨好道："我这不是觉得Pluto有点吓人嘛，毕竟你们之前也算认识。你喜欢吃什么？你去换衣服，我烤给你。"

北雨正好也饿了："多谢了。"

换完衣服从帐篷出来，沈洛已经回到营地，正坐在烤架前烤吃的，三位美女围在他身边。

十几个人，四个简易烧烤架，沈洛和几位美女用了右边那个。因为背后编派人家疑似被发现，心虚的郑晓非和北雨就占了最左边这个。

偏偏食材放在沈洛那边，郑晓非每次都是鬼鬼祟祟跑去拿一点，又赶紧跑回来，一个小鲜肉生生被逼成了个贼眉鼠眼的家伙。

北雨边享受他的福利，边鄙视道："你能不能有点出息？"

郑晓非小声道："我怕再留下不好的印象，今晚大摄影师就不传授他的独家绝技了。"

说着他烤好手中的一串鸡翅递给北雨："多吃点吧，明天就没这些了。"

北雨不客气地接过来。郑晓非大概是八卦的贼心不死，还时不时一脸兴奋地朝沈洛那边偷瞄。看他这样，北雨轻笑了一声，可自己到底也没忍住，伸长脖子目光越过旁边的两堆人，朝右边看去。

那头的沈洛边烤东西边照顾小飞船吃，三位美女则正在明争暗斗似的献殷勤。

锥子脸妹："Pluto，你尝尝我烤的鸡翅，看好不好吃？"

"谢谢。"沈洛如是说，但是没接过来。

锥子脸妹悻悻地转送给小飞船，小家伙很不客气地收下："谢谢阿姨！"

大波妹："这个骨肉相连很好吃，我刚刚已经吃过一串，你要不要试一试？"

沈洛："谢谢，我不大喜欢吃这个。"

大波妹讪讪一笑，同样转送给来者不拒的小飞船。

大长腿妹："Pluto，在野外容易上火，吃点素比较好，这个茄子给你。"

沈洛终于抬头，淡淡看了她一眼，将茄子接了过来："谢谢。"

郑晓非咋舌，小声道："看到没？我说长腿妹有戏吧？"

他话音刚落，那头的沈洛，忽然转头看过来。

郑晓非赶紧低下头，假装忙活手中的烤串儿，低声道："我去，这位大神是不是有顺风耳啊？太可怕了！"

北雨嘴角抽搐了下，还真是每次一在背后编派他，好像都会被发现。

真是太神奇了！

"咱们就老老实实多吃点吧！明天就只有方便面和压缩饼干了。"说着北雨将手中烤好的两个肉串分给他一个。

郑晓非一脸受宠若惊的样子，夸张道："谢谢学姐。"

那头的沈洛将手中烤好的一大把食物递给身旁的小飞船，在他耳边不知说了两句什么，小飞船点点头，抱着一堆烤串朝北雨这边跑来。

"小飞船，你怎么过来了？"北雨问。

小飞船小声道："爸爸让我去别的地方吃，他要和那几位阿姨说话，我知道他是觉得我在不方便。"然后笑嘻嘻道，"爸爸可能很快就要有老婆了。"

郑晓非没忍住扑哧笑出声。

小飞船义正词严道："哥哥你不要笑，要是你快三十岁还找不到老婆，你家里人也会着急的。"

虽然北雨已经习惯这孩子的画风，但还是被逗乐了，她笑道："那我们就祝你爸爸快点找到老婆。"

小飞船笑眯眯点头，看着手中的一大捧烤串，哎了一声："爸爸怎么给我这么多？我又吃不完。"说着，他分了一半给北雨，"姐姐，爸爸烤的东西很好吃，这些都给你。"

郑晓非逗他："你怎么只给姐姐不给我啊？"

小飞船噘了噘嘴，似乎有点纠结，然后从手中抽出一串韭菜："那这个给你。"

郑晓非："……"

北雨笑："小飞船太棒了。"

有现成的美食，她当然乐于享受，咬了一口羊肉串，还真是比她和郑晓非的手艺都好，然后忍不住朝那头瞥去，不料又对上沈洛看过来的清冷目光。

北雨心中咯噔了一下，不会是不愿意我吃他烤的东西吧？

管他呢!

她别过脸装作什么都不知道，继续大快朵颐。

吃完晚餐收拾完毕，天色也就不早了。

众人都早早地把设备拿出来架好，沈洛虽然高冷少言，但这次的身份是摄影指导，开始给大家讲拍摄星空的注意事项和一些小窍门。

他说话言简意赅，没有半句废话。

大家其实都是摄影发烧友，就算是北雨这种才玩了两三年单反的，也拍出过不少自我感觉不错的照片。

但听他寥寥几句，都有种自己之前白钻研了的错觉，整个人有如醍醐灌顶。

此处海拔较高，风景极美，尤其是夕阳落下，群星出来后，璀璨的天空简直美不胜收。

确实是个观星的好地方。

经过沈洛的指导，大家很快投入拍摄当中，为了找不同的拍摄视角，众人不知不觉分散开来，有些人甚至扛着相机离开营地去找更好的位置。

北雨和郑晓非在一块。

刚刚接受了沈洛指导的郑晓非非常兴奋，拍了好几张满意的照片："学姐你看，我拍的是不是很好？"

北雨凑过来看了看，刚夸奖不错，余光忽然瞥到不远处一对男女扛着机器并肩离开。

她转过头认真看去，果然是沈洛和大长腿妹，而小飞船还留在原地和领人一块玩儿。

她抿抿唇，抄起三脚架："我去找个别的位置拍。"

郑晓非道："那你一个人小心点，别离营地太远。"

"知道。"

沈洛和大长腿妹去的方向是背面的小山。

北雨虽然没上去，但之前目测考察了一下，是个适合观星的地方，刚刚好像也有几个人上山了。

她告诉自己就是为了找个好的位置拍星空，并不是八卦沈洛和大长腿妹的动向，更不是看着他们孤男寡女上山觉得不爽。

因为是公园，其实这山并不算真正的野山，有完好的人工山路，即使是夜晚，也并没有不方便。

北雨走上那条小路的时候，已经看不到沈洛和大长腿妹的身影。

某些似曾相识的场景涌上心头，十几年前不好的记忆朝她袭来，她思忖片刻，决定不再往上走。

她正要转身回头时，忽然隐隐约约听到右首边不远处有奇怪的声音传来。

作为一个二十七岁的女人，就算是没吃过猪肉也见过猪跑，何况她在不久前还吃了一顿猪肉。所以她不会不明白这声音是什么。

男女压抑却又激烈的喘息呻吟，伴随着肉体急速的碰撞。

她试图去听是谁，可那两人明显刻意压低着声音，她实在听不出来，也无法确认是不是沈洛和大长腿妹。

到底是好奇，她小心翼翼朝右边挪动了两步，不料踩到了一块石头，脚下一滑，不小心弄出了响动。

"谁啊？"是一个不太熟悉的男人声音，带着点紧张和小心翼翼。

北雨赶紧蹑手蹑脚往后退，哪知黑灯瞎火，脚下忽然一空，下意识地就要尖叫出声。

然而这声尖叫还没发出来，嘴巴忽然被人捂住，全给捂了回去。

然后就是闷闷的扑通声，她和背后靠上来捂住她嘴的男人，一起掉进了一个一人多高的土坑。

我、恨、土、坑！

土坑很窄，刚刚能容下两个人，所以两人与其说是掉下去，不如说是滑落下去的。

好在这是个纯土坑，土质松软，落在里面并不太疼。

惊魂未定地站定，北雨下意识去掰身后人的手，那人却贴在她耳边低声道："别出声。"

低沉富有磁性的声音，她再熟悉不过，正是沈洛。

她勉强松了口气，心里却止不住想骂脏话。一个土坑毁掉过她的高中生活，没想到隔了十余年，她会再次遇到这种八字不合的玩意儿。

当年是邵云溪掉进土坑，如今变成了自己，还搭上了一个沈洛。

这坑有一人多高，她正有些焦躁地往上看，想着怎么爬出去时，忽然传来一阵声响。

是脚步声，小心翼翼的脚步，从右边传来。

过了一小会儿，有男人低声开口："没人，应该是野猫、野兔子之类的。"

"吓死我了，咱们换个地方离路边远远点吧，不然待会儿有人下山发现咱们可就麻烦了。"

"哪有那么巧的事？宝贝儿，我就差一点点了，咱们先弄完这一发再换。"

"讨厌！谁是你宝贝儿？你宝贝儿还在营地呢！"

"宝贝儿快点！我忍不住了！"

北雨听出了说话的两人是谁，她总算知道沈洛为什么捂住她的嘴了，因为这对男女根本就是一对偷情的狗男女，女人就是那个锥子脸妹，而男人并非单身，而且还是跟着未婚妻一块儿来的，他的未婚妻这会儿应该就在营地。

这个男人算是俱乐部元老，未婚妻是他前年带进来的，两人感情很好，经常公开虐狗，婚期已经定下来了，就在两个月后，还说要请大家喝喜酒。

北雨玩户外这么多年，知道这个圈子确实比较开放，她自认也算是见多识广，但这种段三观的事儿还是第一次遇到。

男人果然没有一个好东西！她愤愤地想。

令人面红耳赤的男女交媾声再次响起，就在土坑上方不远处，因为夜色寂静，那声音仿佛就在耳边，清晰无比。

164

就算北雨能爬出去，也必须等这俩人完事走了才能爬。

听着那对狗男女的动静，她心中有如一群羊驼呼啸而过。

而她也无法忽视，这个土坑除了自己，还有另外一个人和自己一样正听着活春宫。

唔，还是一个男人。一个与她贴在一起的男人。

就算厚脸皮如北雨，遇到这种事，也觉得十分不自在。

沈洛看出她已经平静下来，捂住她嘴的手慢慢放开。

但窄小的土坑，让两人的身体不得不紧紧靠在一起。

这里海拔较高，虽是酷暑时节，但昼夜温差明显，加之今夜有少许风，本是个凉爽的夜晚。

可此时两人挤在狭小逼仄的土坑里，彼此的温度交织，加上不远处淫靡的声音像是煽风点火一般。

于是这个夜晚也就忽然变得燥热起来。

热！

而她背后的沈洛似乎比她更热，浑身发烫，几乎在冒热气。

她明明记得这人以前打球的时候都不带出汗的，现下怎么会这么热?

啪嗒。

一滴汗水落在北雨的脖颈处。

这种无声的暧昧，将她的不自在扩大，她下意识朝前方的坑壁贴，试图从泥土中寻求清凉的同时，也稍稍和身后的人分开哪怕一丝半点。

然而她才艰难挪了两下，就被身后的人抓住手臂。

"别动！"沈洛低声道。

北雨果然没再乱动，因为她意识到了后腰下的异状，然后整个人僵住了。

165

她没忘记沈洛再怎么看起来像朵高岭之花，本质也是一个正常男人。

正常男人看到或听到活春宫有生理反应再正常不过。

但这都是什么事啊？！

她悲愤望天，无风也凌乱了，只希望那对狗男女快点结束。

偏偏这俩人情到浓时，越战越勇，声音都快憋不住了。

也不知过了多久，总之北雨像是等了一个世纪那么漫长，狗男女终于在男人的一声闷吼中结束。

两人喘了会儿气。

男人开口："宝贝儿，还有力气吗？我们赶紧换个地方！估计山上的人也快下来了。"

女人娇嗔："过河就拆桥，还不是怕你老婆知道。"

"说什么话呢！"男人笑着亲了女人一口，然后便是走在山地上的脚步声，这俩人终于离开了。

直到脚步声再也听不到，北雨才重重吐了口气。

她踮脚伸手攀住土坑边缘，试图爬上去，这才发觉这破土坑比她想象的要深，双手将将能够着地面，却因为身体挤在里面，使不上力。

"那个……学长，要不然你先上去？"

沈洛沉默不言，稍稍侧身，仗着身高的优势，很轻松就爬了出去，然后蹲在上面，居高临下看向北雨。

夜色沉沉，没有开手电，北雨看不清他的表情，但看起来没有助人为乐的意思。

她想着现在坑里少了人宽敞了点，应该比较容易爬，哪知试了一下还是不行，只得开口求助："学长，麻烦你拉我一把。"

沈洛这才握住她的一只手。

他的手很热，带着点濡湿的汗意，但是坚实有力，很轻松就将她给

166

拉了出来。

"哎呀！"北雨双腿跪在地上，才感觉到一点痛意，大概是刚刚滑下土坑时，膝盖擦伤了。

她半站起身，揉了揉膝盖。想到刚刚那对狗男女，她义愤填膺地骂了句："人渣！"

还蹲在地上的沈洛抬头，虽然夜色中看不到他的表情，但北雨知道沈洛在看她。

"男人受刺激海绵体充血是正常的生理反应。"他一本正经地开口。

北雨怔了下才反应过来，原来沈洛误会自己这句人渣是骂他。

她干笑了两声："理解理解，我不是说你，我是说刚刚那对狗男女。"

沈洛皱了皱眉，没再说话，只拿出小手电，然后伸手将她的裤子撩起来，看到她膝盖上破皮的痕迹，道："受伤了。"

平淡的语气，依然没有任何情绪。

北雨赶紧将裤子打下去："没事，皮外伤而已。"

其实还是有点疼的，估摸着回去得找领队要点药。

北雨捡起地上的相机看了看，确定没有摔坏，道："学长，我回营地了。"说完就一瘸一拐往回走，也不管身后的沈洛要去哪。

哪知还没走两步，身子忽然一轻，人被从后面走上来的沈洛打横抱起。

"受伤了。"沈洛还是刚刚那句话。

北雨眨了眨眼睛，对这位大哥突如其来的行为很是不解，半晌之后，才从错愕中反应过来："那个……就是一点皮外伤，我自己可以走的。"

对于沈冰山的助人为乐，她实在无法适应。

何况她膝盖那点小伤，还不至于要人抱回去吧。

沈洛无动于衷，继续抱着她踏着夜色前行，沉声道："别乱动，给我照路。"

北雨沉默了，决定放弃挣扎，摸出小手电打开。

回到营地，许多人还没回来，只有三四人留守。

带小飞船玩耍的领队看到两人，赶紧跑过来："怎么了？"

北雨本想说没事，但是借着篝火瞅了眼沈洛面无表情的脸，决定什么都不说了。

领队跟着沈洛走进北雨的帐篷："是摔了吗？很严重吗？"

北雨见沈洛折身出去，才讪讪开口："没事，就是擦伤了。"

领队道："那我去拿药箱。"

人还没走出去，拿着药棉和碘酒的沈洛去而复返。

领队见没自己什么事，看了下两人，有点奇怪地摸了摸脑袋，莫名觉得自己在狭小的帐篷里有点多余，赶紧让了出来。

"学长，我真没事。"

沈洛没理会她，直接将她的裤子撩起来，开始给她擦药。

北雨不知道为什么没有拒绝。

她从来不娇柔，也不喜欢在男人面前示弱，这种一点小伤就让人上药的事，在她看来，实在矫情又做作。

可是她竟然任凭自己这么做了。

而在她看来，一个男人去给受一点小伤的女人上药，显然是刻意为之的献殷勤，多半不怀好意，有所图。

但这件事被沈洛做起来，让她完全没有这种感觉。

仿佛就是一件再正常不过的事。

他动作小心翼翼，显得很温柔，跟他冷淡疏离的外表截然不同。

北雨隐隐有种被人关心的感觉。

168

而她之所以没有拒绝，大概就是觉得这种关心似乎还不赖！

上完药后，沈洛将她的裤腿放下来，一本正经道："等会儿洗澡不要碰水。"

如果不是知道他的身份，和清楚现在所处的环境，北雨几乎以为他是一个医生。

她嘴角抽了抽："谢谢你。"

正在这时，帐篷外响起一道女声："北雨，听领队说你摔伤了，严重吗？"

北雨眼睛睁大，这人正是之前那个狗男的未婚妻范琳。

北雨寻思着要怎么把这事告诉她。

沈洛抬头看向她，低声道："不要多管闲事。"

北雨不明所以，在影影绰绰的光线中对上他的眼睛。

沈洛起身，又强调了一句："不要多管闲事。"然后退出了帐篷。

范琳钻了进来："你没事吧？"

北雨摇头，看着这个无知无觉的女人，虽然对沈洛说的话不以为然，但不知为何，想要迫切告诉对方的欲望，忽然就淡了几分。

范琳笑了笑："没事就好，对了，你刚刚看到我男朋友了吗？"

北雨迟疑了下，摇头："可能还在山上拍照吧！"

范琳撇撇嘴不甚在意："那你歇着吧，需要我帮你做什么说一声就好，我出去玩儿了！"

北雨点头。

想到这个热情善良的女孩，她的男友此刻就在不远处和别的女人野战偷情，北雨怎么着也不能袖手旁观。

得告诉她那对狗男女的事。

169

至少让她可以有机会选择跳出火坑。

想了想，她走出帐篷，目光朝营地搜寻了一下，看到范琳拿着相机正朝前方河流方向走去，而且只有她一个人，正是说话的好时机，她赶紧追过去。

只是还没走多远，忽然被沈洛从后面拉住。

"干吗？"她转头见是他，奇怪地问。

沈洛面无表情："不要多管闲事。"

北雨回头看范琳走远，不由得皱眉道："你都看到了她男朋友是什么人，两个人下个月就要结婚，难不成要眼睁睁看她跳入火坑？"

沈洛没有说话，忽然拉着她往前走，走了一段，他把食指放在唇上做了个噤声的手势，然后放轻脚步。

北雨不明白他要做什么，但下意识随着他小心翼翼不发出声音。

没过多久，快到小河边时，只见河边柳树下，赫然有两道身影，在夜色下拥抱亲吻。

那女人不用想也知道是谁，至于那个男人，反正不是之前那个狗男。

北雨彻底凌乱！

这都是些什么事啊？

她还是太单纯。

她觉得有点对不住自己高中贱女孩的称号。

明明这世上到处是游戏人间的红男绿女，只有她一个人单纯得像个处女。

北雨都忘了自己是怎么回到帐篷的，只觉得整个人都处于凌乱当中。

好在有沈洛及时阻止了自己那自以为是的正义行为。

在污浊不堪的世界试图卖弄正义，她觉得自己十分可笑。

钻进帐篷之前，她隐约听到沈洛在外头低声道："其实玩户外的也不都这样，大部分还是洁身自好的。"

语气平静，像是老师在讲道理。

所以呢？

北雨对他突如其来的这句话莫名其妙。

这种事虽然毁三观，但说到底跟她没有半毛钱关系，难不成她还能因此怀疑人生？她是一个二十七岁的成年女性，又不是不谙世事的小女生。

只是想到刚刚自己的义愤填膺，觉得有点傻罢了。

她没有说话，沈洛似乎是在外面站了会儿，便走了。

在野外自然是睡不太好的。

隔日早上，北雨不到六点就醒了。

打开帐篷，天空悠远，晨曦刚刚洒下，草地上闪烁着露水的光芒，有微风吹过，空气清爽怡人。

这就是大自然的迷人之处。

北雨深呼吸一口，从帐篷里爬出来。

因为时辰尚早，周遭的帐篷隐隐有动静，但还没有人出来。

她动了动膝盖，昨晚擦伤的地方已经没什么感觉，然后弯身从帐篷里拿出毛巾牙具去最近的河边洗漱。

刚刚蹲在河边洗完脸，身后有脚步声传来。

她回头一看，是那个大长腿妹。

"这么早啊！"大长腿妹笑着走过来，在她旁边蹲下。

因为是俱乐部新人，北雨对她不太熟悉，好半天才想起她的名字叫李桐，笑道："在野外醒得早，你怎么也这么早？"

"跟你一样。"李桐笑了笑，边洗脸，边随口道，"你和Pluto以前就认识？"

北雨愣了下，记得这个问题她之前就问过，也不知是忘了还是对之前北雨的答案不满意。

她挑挑眉，还是跟之前一样的答案："就是见过几次，不熟。"

李桐洗干净脸，摆摆头甩甩脸上的水，似乎有点苦恼："我是一家地理杂志的编辑，很喜欢Pluto的作品，参加这次活动纯粹是冲着他来的，本来想多了解他一点，没想到他性格这么冷淡，还想着你们早认识，从你这里多了解点他的消息，看来也是不行了。"

北雨笑了笑："我对他的了解，应该不会比你多。"

李桐长得很漂亮，五官精致眼睛大，大概是经常参加户外活动，皮肤不白，但整个人看起来很健康很有朝气。

北雨比她先洗完，但不好先走，便等着她一起。

两人快回到营地时，陆陆续续已经有人从帐篷里出来，聊天的聊天，拍朝阳的拍朝阳。

沈洛则带着儿子，在帐篷外做广播体操。

别说，一大一小动作还挺统一。

北雨隔着老远，看到这场景，嘴角不由得抽了抽。

"啊！有蛇！"她正看着远处，走在她旁边的李桐忽然尖叫，整个人直接吓得往地上坐去。

北雨被她一拉，也随之大叫一声，倒不是因为蛇，而是被她突如其来的尖叫和拉扯给吓的。

人吓人吓死人！

两个人都坐在地上，两米之处有一条乌色的蛇，盘在浅草地上，正朝两人吐着芯子。

营地的人听到动静，齐齐跑过来，沈洛跑在最前面。

待他快走近时，李桐忽然爬起来往他跟前跑去，然后拉住他的手臂躲在他身后："有蛇！好大一条蛇！"

从惊吓中回神的北雨认出那蛇不过是无毒的乌蛇，松了口气，余光瞥到靠在沈洛身侧的李桐，故作轻松地笑了两声，忽然蹿上前，一把将那蛇给抓住。

几名女队员被吓得尖叫出声，个个躲在男队员身后，尤其是范琳，更是被她男朋友抱着温声安抚："别怕别怕，那蛇没毒。"

范琳道："可还是很吓人。"

"不是有我吗？"

北雨目光瞥到靠在一起的两人，看过去真的是一对再相爱不过的男女。

女人对男人的依赖，男人对女人的保护，完全是出于本能和真心。

她忽然想起就是在今年年初的一次户外活动中，男人当众向女人求婚，两个人都激动得落泪，真挚又感人。

他们郎才女貌，家境相当，兴趣相投，怎么看都是一对让人艳羡的情侣，处处都是相爱的痕迹。

她还因此和人笑着说过"我又相信爱情了"这种话。

然而这两个人原来各自有着不为人知，大概也不为对方知的一面。

一面享受着爱情的承诺，一面追求着刺激的诱惑。

北雨忽然对所谓的爱情产生了迷茫，或许她从来就没明白过。

还没尝试，胃口已经倒尽。

"北雨，你赶紧扔掉，太吓人了。"

李桐的声音将愣神的人拉回现实中，她看了眼靠在沈洛旁边的女人，勾唇玩笑道："真没毒，中午咱们还能加个菜，是不是啊，领队？"

领队见几名女队员受不了，笑道："你赶紧放生吧，放远点，免得爬到营地。"

慢悠悠跑过来的小飞船哎呀一声，跑到北雨身旁摸了摸蛇尾巴："爸爸，我们拿回去给太爷爷泡酒吧！"

众人："……"

面无表情的沈洛嘴角也忍不住抽搐了一下，淡声开口："会吓到人的，放了吧！"

小飞船十分遗憾地跟上北雨，跑到河边将蛇放生。

小风波过后，大家吃了早餐，开始今天的活动。

男人们去钓鱼，而女人们则去看钓鱼。

北雨对这项活动没什么兴趣，尤其是看到那对恩爱的情侣，以及跟在沈洛旁边的三个女人，就更加兴味索然。

但既来之则安之，她还是跟着大家去了。

无奈实在无聊，恰好郑晓非也对钓鱼不感兴趣，两人就去打牌消磨时间，为了不影响钓鱼的人，还特意隔了点距离。

两个人打牌本来没什么意思，好在小飞船因为太吵被他爸打发来这边，三个人正好斗地主。

五岁的小孩自是不会，不过小飞船实在聪明，一教就上手，两局下来就颇有老司机风范。

北雨不得不感叹天才的儿子果然也是天才。

打牌间，她忍不住往河边看了几次。

沈洛旁边仍旧围着三个女人。

那锥子脸妹也是神奇，白天和范琳男友几乎零互动，完全看不出两人昨晚在小树林大战了一场。

哦，或许是几场。

范琳和男友亲密地贴在一起，俨然还是一对恩爱未婚夫妻。

至于昨晚那个奸夫是谁，北雨不太好猜，排除郑晓非、沈洛和领

174

队这三个不在场的人，剩下的几个男人，有三个带着女友，只有两个单身。

想到可能还有人出轨，她就觉得这世界真醒龊。

郑晓非见她心不在焉的样子，想起刚刚她抓蛇的场景，笑道："学姐，几年不见你真是越来越汉子了，难怪现在还是单身！"

北雨撇撇嘴："单身多好，我就喜欢单身！"

郑晓非笑问："难不成你还是不婚主义？"

北雨道："没错啊！结婚有什么意思？整天围着老公孩子转，想想就觉得可怕，而且我还要环游世界呢！"

郑晓非点头："学姐果然是新时代的女性。"

北雨开玩笑道："没错，以后有钱了就去包养小鲜肉，跟你们男人一样潇洒，多好啊！"

郑晓非竖起大拇指："学姐巾帼不让须眉也，在下佩服。"

北雨挑了挑眉，忽然意识到旁边还有个小孩子，转头一看，果然见小飞船睁大眼睛看着自己。她将小飞船的头转开："摸牌。"

小飞船摸了张牌，一本正经道："姐姐，你这样说是不对的，大人都是要结婚的。"

北雨嘴角抽了抽，想到这孩子对他爹的种种举动，决定避开这个问题。

三人正斗地主斗得起劲儿，河边忽然一阵嘈杂声传来。

北雨转头一看，只见沈洛背着湿漉漉的李桐朝这边匆匆走过来，领队跟在后面。

路过打牌的三人时，沈洛只轻描淡写地在她脸上停留一下，又匆匆往营地走。

领队在后头道："小桐不小心摔在水里，腿撞到石头上受伤了。"

北雨哦了一声。

郑晓非道："那赶紧看看是不是伤到骨头了？"

"那倒不至于，Pluto带她回去仔细检查一下，你们玩吧，不用跟过来。"

北雨朝渐渐走远的背影看去。

她勾了勾唇，昨晚沈洛抱起她的时候，她有那么一刹那，隐隐觉得他对自己是特别的。

原来他只是一个看起来高冷，实际上对谁都会热心的人。

嗯，热心的人其实挺好的。

但为什么她会觉得有点不舒服?

她又没打算和沈洛有什么，她也不是十几年前喜欢沈洛的那个少女了，甚至都没打算去和男人谈情说爱，为什么会不舒服?

于是她对自己这没来由的不舒服生出了一丝厌恶，并马上将这情绪赶走，又恢复为那个对什么都不在乎的北雨。

李桐的腿没什么大碍，就是稍稍磕青了一块。

晚上大家狂欢的时候，她还特意为沈洛献歌一曲，以示感谢。

唱的是英文歌，北雨听不懂，但听旋律大概是一首情歌。

她声音很好听，唱得很动人，篝火下的双眼，看向沈洛时含情脉脉。

坐在北雨旁边的郑晓非悄声道："看到没? 我就说大长腿妹有戏吧。我跟你说这大长腿妹是海归硕士，地理杂志副主编，妥妥的白富美，好吧，虽然也不是很白。人家就是冲着Pluto才来的，这都不动心，那他真是唐僧转世了。"

北雨斜眼看他："你知道得挺多的嘛!"

郑晓非："一般一般，全国第三。"

李桐唱完歌，领队朝这边看过来："北雨，你也表演一个!"

北雨站起来打了个哈欠，笑道："我五音不全就不献丑了，你们继续，我困得不行先去睡了。"说完转身回到帐篷。

她是真的有些困，躺在帐篷里没多久就快睡着了。

外面还热闹着，迷迷糊糊间，她听到有人吹口琴，是久远的旋律，她曾经最熟悉的《山楂树》。

她没有去问是谁吹的，只在这动听的旋律中沉沉睡去。

第三天就回程了。

北雨不知道自己为何情绪变得低落。

也许是因为看到了一场被虚伪包裹的爱情，给本来就对爱情持消极态度的她又来了一记闷棍。

也许是因为……

好吧，并没有其他的原因。

大巴上，小飞船坐在她旁边，沈洛和李桐坐在她后面，偶尔会低声说话，多是李桐说，沈洛简短地应两句。

北雨戴着眼罩，在五个小时里，睡得昏天黑地，中途休息站都没下车。

回到俱乐部门口，众人道别时，北雨还迷迷糊糊。

还是小飞船跑过来把她给叫回神的："姐姐，阿姨请爸爸去吃饭，我还不饿，能不能跟你回家玩儿，等爸爸吃完饭再来接我？"说着还朝她用力眨眼睛。

北雨朝几步之遥的沈洛看过去，立刻神思清明，夸张地笑道："学长，你和小桐去吃饭吧，我带小飞船回家玩儿，我家离这里不远，你吃完了来领人就好。"

沈洛皱了皱眉："行。"

北雨道："我把地址和电话告诉你。"

沈洛："不用了，我知道国有厂的位置。"

小飞船笑嘻嘻从身后的小背包里掏出一个小手机："我给爸爸打电话就好了。"

北雨耸耸肩，拉起小飞船朝沈洛与李桐挥挥手："那我们走了，你们慢点吃，不用急的。"说完就带着小飞船拦下一辆出租车，绝尘而去。

沈洛的目光一直跟着出租车，直到它消失在车流中，才慢慢收回来。站在他身后的李桐笑道："小飞船好像很喜欢北雨，你和她很熟吧？"

沈洛淡淡嗯了一声。

李桐怔了下，笑道："那她说你们不熟，就见过几次，原来是骗我。"

沈洛看了她一眼："她这样说？"

李桐讪讪笑了笑，摊手。

回到家，北父北母正在做饭，听到女儿回来，从厨房走出来迎接。

小飞船立马笑眯眯走上去："爷爷奶奶好！"

北母年过半百，处于准退休状态，每天上班一杯茶一张报纸，下班后就跟家属院的一众中老年妇女打牌跳广场舞，谈论各自孩子的工作和婚姻大事。最近她的几个老伙伴陆陆续续当了奶奶或外婆，北母艳羡不已，出门见到小孩儿就两眼冒光。

现下看到家里出现个漂亮可爱的萌娃，还甜甜地叫她奶奶，心肝儿都快化了。

北母捧着小飞船的小脸蛋，笑眯眯问："你是哪家的孩子啊？"

"我是沈洛家的孩子。"

北母咦了一声，这才抬头看向后面进来正在放包的女儿："沈洛是谁？"

"一个……一个高中的学长，他有点事，让我帮忙看着孩子，晚点来领。"

"你看看，你高中学长孩子都这么大了，你连个对象都没有。"

178

又来了，自从家属院里几个同龄的孩子先后结婚当爹当妈，北雨就开始进入了北母花式逼婚状态，前两年还好，一来是确实年纪不大，二来她辞职创业，北母的焦点还聚集在她的工作上，一时半会儿没来得及考虑到个人大事。如今她事业也算小有成绩，年岁又渐长，虽然她自己觉得还年轻，但在父母辈眼里，这是个必须开始考虑婚姻的年纪了。

她有点后悔把小飞船带回家了。

北母才懒得管她是不是后悔，自己还没外孙，就先逗逗别人家的孩子解解馋，也不管厨房里的菜了，打发北父一个人忙活，然后拉着小飞船在沙发上坐下，给他拿出饮料、酸奶，一张脸快笑成太阳花了。

北雨洗完澡换好衣服出来，一老一小已经打成一片，而北母显然也知道了小飞船的身世，还知道他在这里，是因为爸爸在约会。

于是看到女儿，北母又是一脸幽怨："你看看你学长，这都快要第二春了，你还连个对象都没有。"

小飞船附和道："姐姐，奶奶说你都二十七岁了，那真得找对象了。"

北雨忽然打了个寒噤，感觉到一种深深的恐惧。

还是北父出来拯救了她："吃饭吃饭。"

因为北雨告诉过二老今晚自己回家吃饭，所以餐桌上的菜很丰盛。

平日里，北母总会说她工作太辛苦，让她多吃点。

如今有了小飞船，北母就直接把自己亲女儿给忘了，一直不停地给小飞船夹菜。

小飞船还特别给面子，吃得特别香，明明是很普通的菜，非得夸好吃。

其间北母倒是想起过女儿两次。

"我跟你说，我像你这么大的时候，你就跟小飞船这么大，也吃得可香了。"

"你要是以后生个孩子，能像小飞船这么乖，我这辈子也就别无所求了。"

小飞船还在一旁煽风点火："姐姐，你快结婚吧，等有了小弟弟或小妹妹，我保护他们。"

五十岁和五岁。

真是忒可怕了！

吃过饭，北母的例行活动，就是去跳广场舞消食。

不承想小飞船对广场舞很好奇，兴致勃勃要跟着去。

于是，二十分钟后，坐在家属区小广场花坛边的北雨，看着广场舞队伍中，她老妈和身边五岁的孩子，生无可恋。

还别说，小飞船节奏感非常好，跳得十分不错，逗得一众大爷大妈乐得不行。

北雨正无聊透顶时，口袋里的电话响起，她拿起来看了下，是个陌生号码，随手接听："你好！哪位？"

"在哪里？"

北雨皱了皱眉："你是哪位？"

"是我。"

"你是……"后面的谁字还没说出来，她忽然反应过来，"学长，你怎么知道我的电话？"

沈洛没回答她的话，只问："你在小广场那边？"

应该是听到了电话里嘈杂的音乐。

"啊？是。"

"好。"说完对方已经挂断电话。

北雨看着手机，撇撇嘴，有点莫名其妙。

她抬起头，广场舞的音乐换了一首，小飞船又迅速融入新动作当中。

180

就在她哭笑不得时，有人在她旁边坐下。

她转头一看，夜灯下的人，正是沈洛。

"学长，你来了！"

沈洛点头，眉头蹙了蹙，显然是不太喜欢这样的嘈杂，然后目光看向夹在大爷大妈中间的儿子，却难得勾唇浅笑了笑。

北雨笑："你家儿子都快成精了。"

沈洛点头："他是比较喜欢热闹。"

北雨上下打量了下他："看不出来。"

一个少言寡语的单身爸爸会养出一个这么开朗喜欢热闹的孩子，在北雨看来，确实是一件很神奇的事。

沈洛察觉到她的眼神，转头看过来，她赶紧避开。

"那个……和小桐吃饭吃得怎么样？吃了什么好吃的？"

"吃了法餐。"

"哦，还挺浪漫啊！"北雨笑道，"听说小桐也是海归，是一家地理杂志的副主编，跟你的兴趣挺搭的。"

沈洛没有出声。

"爸爸！"小飞船发现了沈洛，蹦蹦跳跳地朝他跑过来，扑了一个满怀。

沈洛抱住他，掏出纸巾给他擦脸上的汗，虽然仍旧是没有表情的一张冷峻脸孔，但俨然是个温柔的父亲。

北母气喘吁吁跟上来，看到沈洛，眼睛一亮："你是小飞船的爸爸啊？难怪小飞船这么可爱，有其父必有其子。"

北雨嘴角抽了抽。

沈洛彬彬有礼道："我叫沈洛，谢谢阿姨照顾小飞船。"

北母连忙摆摆手："不用不用，有空再带小飞船来家里玩，这孩子真是太招人喜欢了。"

沈洛点头："谢谢阿姨。"

181

母女俩目送沈家父子离开，北雨觉察到一股幽怨的目光朝自己射过来。

她无奈地转头："妈！我现在真的很忙。"

北母白了她一眼："你是要当首富吗？"

"不敢不敢。"

"你看看你这学长，年纪轻轻一表人才，孩子都这么大了。"

北雨清了清嗓子："他是单身父亲。"

北母看了看她，好奇地问："孩子妈呢？我之前听小飞船说自己没妈，怎么回事？"

北雨摊摊手："不知道，要么死了，要么就是这孩子是试管代孕出来的。"

北母眼睛一亮，上下打量了下女儿："如果是这样的话，也不是不可以，毕竟孩子爸一表人才，有这么个便宜儿子也不错。"

北雨无语地翻了个白眼："妈，我才二十七岁，我还是个宝宝。"

"你是二十七啦！"北母哼了一声，重重强调这个数字，又道，"你一个二十七岁的女人，让个五岁的孩子叫你姐姐，你良心不会痛吗？"

"你是我亲妈！"

北母道："不行，我必须得给你找对象了。"

北雨一个头两个大，将她重新推入广场舞大军中，一溜烟跑了。

这厢的沈洛和小飞船站在路边等出租车。

"爸爸，你以后约会就把我送到姐姐这里吧！"

沈洛摸了摸他的头："爸爸不会约会的，爸爸陪你。"

小飞船噘了噘嘴："可是不约会，怎么娶老婆？"

沈洛想了想，问："你喜欢姐姐吗？"

小飞船点头："喜欢。"

182

"为什么？"

小飞船抓了抓脑袋："不知道，反正就是喜欢。"想了想，低声嘀咕道，"要是姐姐喜欢爸爸就好了，这样爸爸就可以娶姐姐当老婆了，还可以给我生小弟弟小妹妹。"

沈洛失笑。

小飞船又道："看来只能让姐姐等我长大娶她了。"

第五章
住在对面的父子

第二天傍晚，北雨下班回家正赶上饭点，然后就发觉家里餐桌上多了个人，一个年轻的陌生男人。

其实也不算完全陌生，如果没记错，之前在厂区见过一次，是她爸手下的工程师，好像是去年研究生毕业刚进他们这个国企的。

北雨放下包换鞋，狐疑地朝餐厅看了看。

北母在里头笑着招呼："赶紧洗手吃饭，别让客人等你。"

"没关系的师母，还没饿呢！"男人声音温和，听起来颇有礼貌。

听到自己老妈那兴奋的声音，北雨心里的狐疑就尘埃落定了，猜到了是怎么一回事。

十有八九是在给她介绍对象。

北母虽然对女儿的婚事着急，但亲自撸袖子着手干这件事，还是头一回。

毕竟在她这个亲妈看来，女儿漂亮又有钱，隐约也听说有人追求，还不至于要父母安排相亲。只是这两年她等了又等，北雨没半点动静，唯一带回家的异性，就只有昨晚那个五岁的小男孩。

于是被小飞船一刺激，北母终于忍不住出手了。

北雨无语地撇撇嘴，洗完手慢条斯理地来到餐桌前坐下。

北父乐呵呵地开口给两个年轻人做介绍："小雨，这是我徒弟小张，去年刚研究生毕业进我们单位的。"

年轻男人朝北雨点点头，笑道："北雨你好，我叫张瑞，经常听师傅提起你，今天终于见到了。"

男人戴着眼镜，温文尔雅的模样，虽然称不上英俊，但五官周正，是让人很难反感的那种类型。

北雨也笑："你好，当我爸的徒弟，可得有你受的。"

张瑞道："师傅很好啊，帮助我很多。"

礼貌周全，确实很难让人讨厌。

北父得意道："就是，来来来快吃饭，尝尝我们家的饭菜。"

因为张瑞和北父北母都颇熟悉，省去了尴尬，席间言笑晏晏，很是和谐，倒是北雨比平日里少了些话。

吃完饭之后，张瑞殷勤地主动收拾。

北母在餐厅里用手肘戳北雨，小声道："这小伙子不错吧，跟你一般大，研究生毕业，长得也挺周正，正好没女朋友，让你爸给介绍对象，咱们就干脆近水楼台了。"

北雨木着脸看向自己的亲妈："你能不能提前跟我打声招呼？"

北母道："跟你打了招呼，估摸着你今晚就不会回来了。"说着又道，"我和你爸已经商量好了，你的终身大事从现在开始就是咱们家的头等大事，我们不会再让你吊儿郎当下去。"

"我的亲妈，你女儿我每天都在累死累活忙事业，什么时候吊儿郎当了？"

"你这么忙，我和你爸就更加要帮你打点了。小伙子人不错，挺老实的，你们待会儿好好聊聊，熟悉熟悉。"

185

北雨无奈地叹了叹气。

北母刻意提高声音："小张，我和你师傅出去走走，我那台老式收音机就麻烦你了。"

张瑞从厨房出来，北家二老已经出门了，北雨朝他摊摊手，又指了指客厅茶几上的收音机。

张瑞笑了笑，在沙发上坐下。

北雨倒了杯水给他，坐在另一旁看他拆收音机。

张瑞倒是坦诚："我之前让师傅给我介绍对象，没想到他把自己女儿介绍我，吓了我一跳。"

北雨笑道："我很吓人吗？"

张瑞看了她一眼，摇头道："我听说你自己开公司，之前也见过你，就想着像你这样的女孩，怎么可能要父母介绍对象？"

北雨笑："看不出你一个工科男还挺会夸人，不过我确实没有对象。"

张瑞道："我实话实说，你应该是不打算找。"

"其实……也不是。"北雨想了想，话锋一转问道，"那你找对象是为了什么？"

张瑞似乎是觉得这个问题有些好笑："还能是为了什么？当然是结婚生子。"他笑了笑，"大部分男人的理想不外乎如此，升职加薪买房买车，娶老婆生孩子。"

北雨若有所思地点头，没错，谁不是这样呢？

张瑞好奇地问她："你呢？"

"我？"北雨笑，"想攒够钱花个三五年时间环球旅行，去南极看企鹅，去赤道看星空，去非洲观赏动物大迁徙，去南美寻找玛雅文明……"

她顿了顿，挑眉看向张瑞："我这个年纪说这个是不是很幼稚？"

186

她这个年纪应该考虑的是结婚生子，多买两套房抗通胀。

张瑞点点头，又摇头："是我们这个年纪，很少还有你这种浪漫的人。"

北雨眨眨眼睛："你不觉得我的想法很可笑吗？"

她很少和人谈起自己的人生理想和计划，小时候说这些，人家会觉得你浪漫天真，一笑了之。长大之后再谈这些，别人会说你有病。

她有朋友听过她的打算，说花两三百万去受罪，还不如拿来买套房。

房子是安稳，看世界是折腾。

而她大概天生就是个喜欢折腾的人。

张瑞笑："这有什么可笑的！说实话我还挺羡慕你这种浪漫的。对比之下，我就觉得像我这种存钱买房结婚生孩子的人生计划，实在是有点俗气。"

北雨轻笑出声："千万别这么说，谁还不是俗人？你是难得的不觉得我这种想法好笑的人，我还蛮高兴的。"

收音机在张瑞手中修好，他看了眼北雨，笑道："放心吧，我会跟师傅说清楚的，就说咱俩不合适。"

北雨想，若不是因为她对结婚生孩子这种事毫无兴趣，这个人其实真是一个不错的对象，国企工程师，模样周正脾气又好，应该会是个好丈夫、好父亲。

"好父亲"三个字在自己脑海里冒出来时，她忽然想起了沈洛。

他是不是好丈夫不知道，但肯定是个好父亲。

不过话说回来，这跟她有什么关系？

她对谈情说爱都毫不向往，更何况是结婚生孩子这种还远远没有被她列入人生计划的事。

父母回来时，大概是已经在外面遇到张瑞，和他聊过相亲结果了，那个看着温文尔雅的工科男，想必也说服了北家二老，他和北雨确实不适合。

北母道："没事没事，这才开始，你二姨前几天还说她那边有个小伙子见过你的照片，想和你见面呢！小伙子年纪轻轻，是投资公司的总监，咱们约个时间再见。"

北雨被她老妈一句"这才开始"吓得打了个冷战，赶紧道："妈，我们工作室马上要准备秋装上新，很忙很忙，我得去工作室住一段时日，这些事以后再说。"

北母还想再说什么，她已经溜回卧室开始收拾东西。

她没料到自己年仅二十七，就要沦落到被父母催婚离家出走的地步。

想到以后每天晚上家里饭桌上可能都会出现不同的男人，她就止不住打了好几个哆嗦。

平日里忙的时候，她也时常会在工作室住，但最多也就两三天。工作室这边自己的家当不多，这回她估摸着是要常住了，所以把用得顺手的东西都打了包。

打开柜子收拾衣服的时候，忽然又看到叠放在柜子最下层的那件男式冬衣。

已经十余年，因为没有人穿过，她又很小心地保存着，衣服看起来还很新。

每当觉得这个世界很糟糕的时候，她就会看看这件衣服，然后想起曾经遇到危险时，有素昧平生的人送给了自己一份珍贵的温暖。

于是她又会觉得这个世界似乎也没那么糟糕。

她将衣服放进箱子，连夜拖着行李去了工作室。

江越也因为被催婚已经在工作室安营扎寨多日，看到她如今被催婚离家，先是幸灾乐祸大笑，被她揍了一顿后，把啤酒和点的麻辣小龙虾贡献出来，两个人跑到楼顶的天台对酒当歌。

"咦？对面什么时候搬来人了？"北雨看到对面那栋小楼亮着灯，问江越。

那楼的主人去年移民之后，就一直空着。

江越不甚在意道："好像前两天有人搬家，不过没看到人，今晚才开始亮灯。"

"是吗？"北雨也只是随口问问，没放在心上。

喝酒助眠，北雨很早就睡了，早上醒得也很早。

然而喝过酒的后遗症就是头疼，她打着哈欠去天台活动筋骨，清醒头脑。

正闭着眼睛伸展胳膊，迷迷糊糊中，她似乎看到对面天台有人在活动。

她睁开眼一看，差点儿一个趔趄摔倒。

整个人一下清醒过来。

她几乎以为自己看错了，赶紧揉了揉眼睛再睁开，对面一大一小正认认真真做着广播体操的，不是沈洛和小飞船还能是谁？

两人看到她，动作也没停下来，仍旧十分统一协调。

沈洛还是面无表情一脸冷峻，不过小飞船看到她，倒是眼睛一亮，边跟着爸爸做操边叫道："姐姐，你怎么在这里啊？"

我去！什么情况？

北雨趴在栏杆前看向对面的两人："学长，你住在这里？"

沈洛没有回答，小飞船替他答了话："姐姐，我和爸爸刚搬来新家。"

北雨脑子有点蒙，也不知是宿醉的缘故，还是忽然发现对面搬来的新邻居是沈洛。

她讪讪笑了笑，朝父子俩挥挥手："你们继续！"

她刚转身要往回走，忽然和光着膀子跑上来的江越撞了个满怀。

"我去！北大嘴你撞鬼了？"

北雨摸了摸鼻子："撞了你这个鬼。"

"咦？对面有人在做操。"江越是个自来熟，看到对面邻居出现，跑过去准备打招呼，忽然发觉那人有点眼熟。

毕竟过了十余年，虽然沈洛除了成熟一点，五官变化不大，但他还是一时没认出来，摸了摸脑袋："那个……你们好啊？刚搬来的吗？"

沈洛把最后一个动作做完，走上前面无表情开口道："江越。"

江越睁大眼睛，片刻之后，终于认出来："沈洛！洛神！我去！真的还是假的？"

小飞船走上前笑嘻嘻挥手："叔叔好，我是爸爸的儿子。"

江越回头看了眼朝他讪笑的北雨，又转头看向对面的父子，挥手干笑道："你们好啊！"

沈洛目光越过他，看向他身后的北雨，没有再说话，拉着小飞船转身下楼。

小飞船边走边朝北雨喊道："姐姐，我待会儿来找你玩儿。"

等父子俩消失，江越摸了摸鼻子，走到北雨跟前："这家伙还是跟以前一样惜字如金啊！儿子倒是很可爱！他还真是单身爸爸啊？"

北雨耸肩摊手。

江越上下打量了一下她，坏笑道："暗恋对象住在对面，请问你内心是心如止水还是波涛汹涌？"

北雨翻了个白眼没搭理他，转身下楼。

办公室是两层小楼，楼下是办公室和仓库，楼上是她和江越的私人领地。

九点不到，江越出了门去工厂，工作室的员工陆陆续续上班。

北雨换了衣服下楼，却见设计师小昭牵着个笑眯眯的小孩进来。

小昭见了她，贼兮兮笑道："小雨姐，我刚在门口捡了个孩子。"

北雨看了看背着个小书包的小飞船，笑着问："什么情况？"

小昭道："刚刚进来时，遇到对面的大帅哥带着小帅哥出门，然后那大帅哥就让我把这个小帅哥带进来。没办法，抵不住美色诱惑。要是这小孩子被遗弃了，咱们工作室就一起养吧！"

北雨对她的脑补无语地抽了抽嘴角："小飞船，你爸爸呢？"

小飞船脆生生道："我爸爸去见前天那个阿姨，我不想打扰他，就来找姐姐你了。"

前天那个阿姨？看来李桐和沈洛有戏了！

她挑了挑眉，将心头那点异状赶走。

小昭张大嘴巴："原来你们认识啊！害我白高兴一场，还以为捡了个小帅哥。"

小飞船嘴巴乖，一圈哥哥姐姐叫下来，办公室十来个人的心都被他俘获了。不过到底是上班时间，大家也不敢懈怠，玩了一会儿就开始工作。

小飞船也懂事，并不去打扰大家，坐在一张空桌子上，开始安安静静地看书写字。

北雨忙完一阵才顾得了他，走过去见他桌上摆了三个本子，一个语文，一个英语，还有一个数学。

她随手翻了翻，不由得吃惊："小飞船，你上的是什么幼儿园？怎么已经学了这么多？"

语文的诗词，英语的单词，还有数学的应用题，恐怕已经是小学四五年级的水平。

小飞船道："不是幼儿园教的，是我自己学的。"

"你自己学的？"北雨看着这个五岁的天真稚童，不由感叹：天才的儿子果真还是天才。

小飞船点头："我不懂的就问爸爸，不过爸爸让我不要学太多，但

191

是我喜欢学习知识。"

北雨笑，随口问："那你为什么还读幼儿园啊？可以让你爸爸送你去小学了。"

小飞船笑眯眯道："爸爸说大朋友不喜欢和小朋友玩儿，就让我留在幼儿园和小朋友玩儿，我喜欢上幼儿园，里面的小朋友都听我的。"

北雨想起沈洛就是从少年班退学，以同龄人的身份回到高三。也许天才并没有那么快乐，所以他才让小飞船按部就班地成长。

到了快十二点时，众人准备点餐吃饭，小飞船放下书本，跑到门口看了下，又回来将北雨拉住："姐姐，爸爸回来了，我带你去家里参观！"

一个孩子的邀请，北雨不好拒绝，跟着他出门去了对面。

沈洛刚刚回来，正站在开放式厨房的冰箱门口拿东西，大概是准备做饭。

小飞船道："爸爸，我带姐姐来参观我们的新家了。"

沈洛抬头看了眼北雨，一如既往没有表情。

北雨笑问："不打扰吧？"

他摇摇头，拿了菜筐开始择菜。

小飞船拉着她上楼，将自己的卧室打开："姐姐，你看，这是我的房间。"

这是一间标准的儿童房，里面堆着各种乐高玩具，连小床都是小汽车的形状，墙上挂着许多小飞船的照片。

看得出来，沈洛非常宠爱自己的儿子。

小飞船拿了一张照片塞到北雨的手中："姐姐，送给你，你放在床头，一睁眼就可以看到我了。"

北雨哭笑不得，但还是喜滋滋地将这份心意收下。

小飞船又拉着她到隔壁，推开门有点嫌弃道："这是爸爸的房间，爸爸最无趣了，里面什么都没有。"

果不其然，对比刚刚那间热闹的儿童房，这间卧室实在是单调得过分，床单、柜子一律米白，墙上也没有任何装饰。

她勾了勾唇，觉得这风格十分符合沈洛的品位。

两人参观完下楼，小飞船跑到厨房里，在沈洛旁边大声道："爸爸，你多煮点饭，再多炒两个菜，我要请姐姐吃饭。"

北雨失笑，有这么请人吃饭的吗？

她朝沈洛看了眼，见他低低嗯了一声，算是应允了儿子的请求。

沈洛做饭很快，三菜一汤，色香味俱全。

因为有小孩子，所以这几道菜的口味比较清淡。正好北雨刚刚从户外回来，这两天又口味太重，昨晚还和江越喝了酒吃了麻辣小龙虾，今天上火。于是这清淡的菜，很是对她的胃口。

小飞船坐在北雨旁边，笑道："姐姐，我请你吃爸爸做的菜，爸爸做的菜可好吃了。"

"谢谢小飞船。"北雨笑着点头，说罢又朝对面的沈洛道，"麻烦学长了。"

沈洛看了她一眼，淡淡道："不麻烦。"

小飞船吃了两口沈洛夹给他的菜，忽然想到什么似的道："爸爸，你和阿姨约会怎么样？"

沈洛神色莫辨地抬头看了眼北雨，道："大人的事小孩子别管。"

小飞船嘟了嘟嘴："不管就不管。"然后又看向北雨，"姐姐，你不是不想结婚吗？那你就不要急，等我长大了我娶你。"

北雨眨了眨眼睛，被他这童言无忌的话逗乐了："真的啊？那姐姐就不急了，等你慢慢长大。"

对面的沈洛眉头微微蹙起。

小飞船凑过来，在她脸上狠狠亲了一口："那我盖章了。"

"沈飞舟！"沈洛忽然冷冷低喝一声。

北雨和小飞船都吓了一跳。

小飞船知道爸爸叫自己全名的时候，就意味着他生气了，但他不知道爸爸为什么生气，想了想跳下椅子跑到沈洛身旁，在他脸上也亲了一口："爸爸，你是不是看我亲姐姐没亲你？"

沈洛蹙眉道："小飞船，你已经五岁了，是大男孩了。大男孩不能随便亲人，尤其是女孩子，知道吗？"

小飞鼓着嘴巴点头："知道了。"他回到自己的位子，"姐姐，等我长大后娶了你再亲你。"

北雨失笑摇头，看了眼冷着脸的沈洛，忍不住道："小飞船才五岁而已。"

沈洛没有回答她的话，目光落在那盘她吃了很多的西芹百合上，放下筷子走进厨房。

过了几分钟，一盘新炒好的西芹百合端了上来。

北雨赞道："学长，你的手艺真好，你都不知道天天吃外卖有多痛苦。"

沈洛看了她一眼，没说话。

北雨在做家务这件事上，基本上是能偷懒就偷懒。但吃人的嘴软，吃完饭后，她主动收了碗筷去洗。

沈洛拿了块洗碗布，站在她旁边擦灶台。

两个人各自干着活，一时都没说话。

"我平时不出门的话，都会自己做饭。"

"啊？"北雨没反应过来，看了一眼他面无表情的脸，又哦了一声，随口道，"家里有小孩子，做饭是比在外面吃安心，羡慕你们会做饭的人。"

沈洛又道："加双碗筷不麻烦。"

"什么？"北雨还是没听懂他这言简意赅的话。

"你可以来我这里吃饭。"他顿了下，又补充一句，"小飞船很喜欢和你一起吃饭。"

北雨愣了片刻，回过神，笑着摇头："这怎么好意思？算了算了。"

在客厅玩儿的小飞船听到两人的谈话，大声道："姐姐，好意思好意思的。"

北雨嘴角抽搐了下，悄悄看了眼沈洛。只见他微微低头，脸上看不出任何情绪，大概是觉得这不是一件什么大事，不过是为了儿子开心罢了。

她想了想，试探地问："真的不麻烦？"

沈洛轻描淡写地摇头。

"不会觉得打扰吗？"

沈洛道："不打扰。"

北雨想了想："那这样吧，我给你交伙食费，不然就太不好意思了。"

沈洛点头嗯一声。

北雨忽然想到什么似的又问："你和小桐怎么样了？"

沈洛转头看她，眉头微微蹙起，似是有些不悦。

北雨赶紧道："我不是八卦，就是随便问问。"

晚上十点，都市的喧嚣与这条古巷的清静泾渭分明，只隐约看到远处闪烁的霓虹。

北雨本质上是爱玩乐的性子，只是这两年不知是不是年岁渐长精力差了些的缘故，已经没有了二十出头那种疯劲儿，晚上和一大伙人出去唱歌、喝酒、通宵达旦这种事，干得越来越少。

工作室人去楼空，江越也不知要浪到何时才回来。

她一个人无聊，洗完澡后，拿了一罐江越的啤酒，坐在天台吹风。

咔嗒一声，对面小楼有人推门上了天台。

北雨抬头看过去，是穿着家居服的沈洛，他端着一杯象征健康的牛奶。

想到如今竟然和这个少时暗恋、前不久滚过一次床单的男人成了邻居，北雨就觉得世事很奇妙。

更奇妙的是，在沈洛万年不变的疏淡冷漠面孔之下，她甚至觉得那一晚不过是自己做的一场梦。

倒也省去了尴尬。

"嗨！学长，今天中午谢谢你的招待。"她主动和沈洛打招呼。

沈洛站在栏杆前，点点头，不紧不慢喝了口杯中的牛奶，看向她一言不发，让北雨觉得这不过是他站着的一个姿势罢了，并不是在看自己。

北雨对他的惜字如金有着很深刻的认知，所以也没指望对面出现的这个人，会和自己夜聊，干脆低头边喝酒边玩手机，也懒得找话。

静谧的夜晚安静无声，不知过了多久，久到北雨都以为对面的人已经离开，沈洛忽然出声："晚上不要总喝酒。"

"啊？"这冷不丁的一句话，将北雨从手机中拉出来，她抬头看过去，他还是之前那个姿势，她一时不确定，"你说我？"

沈洛淡淡嗯了一声："对身体不好。"

北雨看了看他手中的牛奶，再联想他早上带着小飞船做早操的场景，嘴角忍不住抽了抽。

他的语气听起来很平淡，但也非常认真，以至于北雨都不好意思用她那无所谓的态度去敷衍，只笑着道："只是偶尔。"

她话音刚落，楼下忽然传来扑通一声。

北雨急忙起身去看，门口夜灯之下，赫然趴着一个醉酒的男人，正是喝酒回来的江越。

"江二狗，你干吗呢？"

"我……去，谁……撞我？"江越趴在地上，含混嚷嚷着。

北雨无语地摇头："你撞的是垃圾箱。"

江越醉得厉害，事后也没打算爬起来，只用脚踢那个垃圾箱："没长眼睛啊？我跟你说老子当年可是二中'一哥'，连我江越都敢撞，我看你是不想混了。"

北雨翻了个白眼，匆匆下楼。

江越还趴在地上胡言乱语，因为面朝下，嘴巴蹭了一嘴灰。

北雨走上前先拿手机拍了两张丑照，发微博后，才上前踢了踢他："江二狗，赶紧起来，小心待会儿有人来投诉你扰民！"

江越酡红着脸抬头看她，嘻嘻笑道："是北大嘴啊！别吵我睡觉，小心你哥我揍你！"说着又趴在地上，眼瞅着要呼呼大睡的架势。

北雨无奈，只得弯身去扶他："要睡回你房间，地上脏死了！"

他一身酒气，烂醉如泥，加上一米八几的大个子，她没将人拉起，反倒是被他一扯差点滚在地上。

"江二狗！"北雨好不容易站稳，气得揪他耳朵，但地上的醉鬼无动于衷，她愤愤道，"你这个白痴到底喝了多少？"

又不能放他睡在门口，北雨只能深呼吸口气后，再次试着去拉他。

在她的龇牙咧嘴中，手中的分量忽然一轻，原来是被不知何时走进来的沈洛给接了过去。

男人毕竟力气大，何况是沈洛这种做早操喝牛奶的健康男人，轻松地将人高马大的江越给扛了起来。

没错，是整个人扛了起来。

北雨目瞪口呆跟着进门。

"洗手间在哪儿？"前面的沈洛问。

北雨用手指了指左边，意识到他看不见，赶紧开口回应："左边。"

沈洛转身向左，将人扛了进去。

江越还是醉得一塌糊涂，口中也不知胡言乱语些什么。

进了洗手间，沈洛把人放下，将江越的头摁进盥洗池，打开冷水劈头盖脸去冲。

北雨简直要对他这一气呵成的动作吹一声口哨了。

江越终于被折腾得稍稍清醒，哇哇乱叫两声后，站起身靠在盥洗池边，顶着一头湿漉漉的头发，一脸茫然地看向面前的沈洛，片刻之后，似乎是反应过来，咧嘴一笑："哟呵！这不是我们的洛神吗？"

江越一把将他的肩膀揽住，仿若在和朋友说话："你小子这些年去哪里了啊？亏我当年还把你当兄弟，竟然都不联系我们，是不是瞧不起哥们儿我啊？"他边说边打了个酒嗝，又转身笑嘻嘻朝北雨一指，"还……还有我妹，当年暗恋你，为了看到你天天晚上跑到操场弹琴，要不是跟着你去小山上，也不会被张金刚他们抓到，被人误以为和人钻小树林。你看看我妹多好啊！你当年竟然看都没多看一眼。"

神啊！来道闪电将这货劈了吧！

北雨生无可恋。

沈洛微微拧眉，转头朝她看过去，脸上还是一如既往没有表情，只是眼睛里多了点探询。

北雨讪讪一笑，故作无所谓地摊摊手："别听江二狗胡说八道！"

江越嘿一声："我……我可没有胡说八道！你就是暗恋咱们

198

洛神!"

北雨扯了扯嘴角,木着脸嗤了一声:"几百年前陈芝麻烂谷子的事,我都忘了,亏你还记得。"她又朝沈洛笑道,"都十几年了,谁还记得当时到底干过什么傻事。"

沈洛道:"我记得。"

北雨愣了下,干笑:"哦,那是因为你记性好,我记性可差了,十几岁喜欢过的人,长什么样子,都不记得了。"

其实十几岁也就喜欢过这么一个人。

沈洛皱了皱眉,没再说话。

北雨不想江越再胡说,赶紧走过去,将他的头摁在水池里醒酒,佯装随意道:"学长,麻烦你了,这里我搞定,你回去吧!"

沈洛看了看在北雨手中挣扎的江越,默默出门。

两分钟后,江越终于从北雨的魔爪下将自己解救出来,这回也终于彻底清醒了。他摇着头发上的水,哇哇大叫:"北大嘴,你要谋杀亲哥啊?"

北雨避开他弹过来的一头水,瞪着眼睛,做了个抹脖子的动作:"你要再在沈洛面前乱说话,就死定了!"

江越一脸蒙:"我说什么了?"眨了眨眼睛,想起刚刚自己干了什么,拍拍脑袋心虚笑道,"酒后失言,酒后失言!"

北雨哼一声:"我看你不是挺清醒的吗?"

江越嘻嘻笑道:"都十几年前的事了,我就当个笑话说说,你在意个什么劲儿?"说着朝她眨眨眼睛,"还是说……你对某人余情未了?"

北雨木着脸看他:"你觉得我是情圣吗?十几年前的破事,要不是沈洛出现,我早都忘了。"

江越戏谑:"话不能这么说,现在人家就住在咱们对面,又是单身,指不定你哪天又对人家动了春心了!"

北雨挑挑眉,不以为意道:"怎么可能?我又不是当年十五六岁的

199

无知少女，还迷恋这种高冷帅哥。和他说十句能有一句回应就不错了，跟这种人在一起还不得被闷死？我又不是买不起空调，干吗找这种男人制冷？"

江越摸摸下巴："也是，当初他转来我们班时，班上很多人一度以为他是哑巴，起码过了半个月才听到他说话。"他说着又笑，"还是像我这种热情如火的帅哥适合当男朋友，可惜我是你哥，不能乱伦，哈哈哈哈哈……"

走到门口的沈洛，听着身后小楼里的打闹声，本来蹙着的眉头，不自觉挑了挑，站了片刻，才走向对面自己的房子。

屋内很安静，他上楼悄无声息看了眼睡得正香的小飞船，然后回到自己那间单调的卧室。

他将窗户打开，小巷子里烟火味的人语，在夜深人静处，若隐若现。

他从来都刻意与这个世界隔绝，厌恶所有的嘈杂和喧嚣，于是他皱了皱眉，将窗户关上。

但沉默了片刻，像是想到什么似的，他又推开。

对面亮着灯的小楼，还在闹着。

"江二狗，大半夜你又偷吃我的牛肉干！"

"我这不是为了你的减肥大业着想吗？免得你吃多了发胖，拍照得死命P。"

"哎！有话好说，别动手，明天赔你两箱还不行吗？"

"三箱！"

"成交，你把我的PSP还给我。"

沈洛唇角勾起，冷峻的脸上浮现一丝浅淡的微笑。

隔日早上，北雨照旧起床后去天台呼吸新鲜空气。

对面的父子仍旧在整整齐齐做早操。

小飞船一见着她，就朝她嘻嘻笑，叫道："姐姐！"

她朝他挥挥手，正要开口打招呼，沈洛出其不意地先和她打招呼："早上好！"

北雨愣了下，有点意外："早……早上好！昨晚谢谢你，不然江越估计就只能睡门口了。"

沈洛风轻云淡道："举手之劳，江越是你哥哥，也是我的老同学，我应该做的。"

北雨习惯了他惜字如金，一时有点意外，只讷讷道："反正谢谢你。"

沈洛又轻描淡写道："今天天气不错，很适合户外活动，我下午准备带小飞船去公园。"

北雨看了看天空，蓝天如洗，清风徐来，确实不错，太阳也没从西边出来。

所以……她看向对面仍旧一本正经做操的男人，为什么会忽然主动说这么多话？

小飞船打断她的疑惑："姐姐，你喜欢吃什么？我叫爸爸中午做。"

北雨昨天其实也只是随便说说，并没有真的打算蹭饭，但显然对方当回事了。

她笑了笑："随便，我不挑食。"

沈洛问："清蒸鱼？菠萝肉？白灼虾？"

北雨赶紧道："都可以，都可以。"

沈洛做完操，走到栏杆边，看向她："那就都做一份，你看喜欢吃什么？"

若不是他的表情仍然是她熟悉的平淡无澜，她都要怀疑这个男人是不是在跟自己套近乎献殷勤了。

她讷讷点头："麻烦你了！"然后跟撞鬼似的匆匆离开。

什么情况？

北雨被沈洛早上的举动搞得有些晕。上班没多久，小飞船又背着小书包跑来工作室。

"姐姐，阿姨来找爸爸了，我来找你玩。"

北雨微怔，下意识地问："是之前那个阿姨吗？"

小飞船嗯了一声："爸爸从来没有和哪个阿姨见面超过两次，看来爸爸很快就能找到老婆了，我也放心了。"

北雨忽略掉心中那点莫名的异样，笑道："那就恭喜你爸爸了。"

小飞船笑眯眯点头。

她看着小家伙拿出书本，乖巧地在自己旁边学习，想了想，将椅子滑到窗边，手指掀开一点百叶帘朝对面看去。

她想，自己就是好奇而已！

二楼一扇窗户里，似乎有两个人影闪过，然后她看到沈洛站在窗边，朝自己这边看了眼，不知道是在看什么。

片刻之后，李桐似乎走上来，在他旁边说了句什么话，他点点头，伸手将帘子拉上。

大白天拉帘子，看不出来这位冰山天才速度还挺快的嘛！

北雨暗自啧啧两声，挑挑眉，滑回自己办公桌前。

快到中午时，北雨再次退到窗户边，对面的沈洛正好拉开了厚厚的帘子，又朝对面看了眼，李桐走上前笑着和他说了两句，两人一起消失在窗前。

片刻之后，消失的人出现在楼下。

李桐一直在说着什么，北雨的窗户关着，听不清楚，只从女人的侧脸看得出她满面兴奋。

沈洛倒是一如既往没有任何表情，甚至也没有目送李桐离开，等人一转身，就朝对面的小楼看了会儿，转身回了屋内。

北雨想起小飞船在自己这里，大概是心系儿子吧。

她放下帘子，回到桌前有点替李桐不值，这都快中午了，也不留人家女孩子吃午饭，什么人啊。

正腹诽着，她接到一家面料供货商的电话，说是在本城出差，想请她吃饭，顺便再谈谈新季面料订单的事。

其实订单的事，在网上和电话里基本已经敲定了，不过她想着今天也没什么重要的事，便答应了对方的邀约。

打完电话，她朝身旁的小家伙道："小飞船，我送你回家，今天中午姐姐有事要出去，不能和你一起吃饭了，我们去跟你爸爸说一下。"

小飞船自是没放在心上，哦了一声，收起小书包就拉着北雨的手，蹦蹦跳跳往外走。

"爸爸爸爸！姐姐今天中午不能和我们一起吃饭了，你不要做多了哦！"刚进客厅，小飞船就大声叫道。

正在料理台前切菜的沈洛愣了下，转过身，看向玄关处站着的北雨，淡声问："有事要出去吗？"

北雨点头："和供应商约了吃饭。"

她朝里面走过来，看到料理台上放着收拾好的鱼和虾，明白他是替自己准备了一份，有点歉意道："不好意思学长，我也是刚刚接到电话，是不是准备多了？"

沈洛摇头："没事。"

北雨想了想，又试探道："怎么不留小桐吃饭？"

沈洛看着她皱了皱眉，没回答她的话，只转过身继续切菜，轻描淡写道："明天想吃什么提前告诉我。"

"啊？哦！"北雨对他的反应有些莫名的疑惑，朝他的背影看了看，"那我走了，你和小飞船用餐愉快。"

"姐姐再见！"小飞船脆生生和她道别，送走她后，又跑到沈洛旁边，"爸爸，我们今天吃什么啊？"

沈洛还没回答，他的眼睛已经看到料理台上的食材，哇了一声："这么丰盛啊！"

沈洛嗯一声："你待会儿要多吃点。"

五菜一汤，对于一大一小来说，委实太多了点。

小飞船流着口水，看着桌上的美食："爸爸，你不是说不能浪费的吗？姐姐又不在，这么多菜我们怎么吃得完？"

沈洛道："慢慢吃，多吃点，把姐姐那份一起吃了。"

小飞船点头："好吧。"

北雨和供应商吃完饭，已经快下午两点了，想着工作室没什么忙的，便去附近的购物中心逛逛。

逛完街在一家高档咖啡厅装了会儿文艺女青年，准备回去时，忽然接到北母的电话。

"你现在在哪里？"

"星光璀璨这边，刚逛完准备回工作室呢！"

"正好正好，你先等等，别回去。"

北雨莫名其妙："好什么好？"

"我不是跟你说过你二姨介绍的那个男孩子吗？他公司就在附近，这两天联系了几次，想约你见面，我问你你老说没时间，择日不如撞日，我看就今天吧！"

"妈，我工作室还有事呢！"北雨简直无语了。

"你少诓我，我看到你微博发的照片了，又是逛街又是喝咖啡的，哪里像是有事的？就见一面，又耽误不了多少时间。"

学会了玩微博的父母真是可怕！

北雨撇撇嘴："你怎么知道人家现在有空？"

"我这不赶紧打电话给你二姨问吗？"

说完她就挂了电话。

北雨看了看手机屏幕，正要起身埋单遁逃，那头她老妈的电话又响起了，她刚按下接听，老妈就劈头盖脸兴奋道："可以可以，那男孩子现在马上就过去和你见面。"

"不是吧？"北雨苦着脸。

北母笑道："就见一面又不会少你几斤肉，你二姨说了那男孩子特别优秀。"

北雨唉声叹气："我倒是希望少几斤肉啊！"

挂了电话，她有点悻悻地撑着脑袋看落地窗外。

本来晴好的天空，不知何时渐渐沥沥下起了雨，她想走估计也走不了了。

她忽然想起上次就是在这里见到沈洛带着小飞船相亲。

时隔十多年，再见面是隔着一扇玻璃落地窗，她一眼就认出了他。

"北……雨？"一道试探的男声打断了她的神游。

北雨转过头，看到对面站着一个正看着她的年轻男人。

模样英俊，西装笔挺，一副社会精英的模样。

北雨的目光落在那张温文尔雅的俊脸上，觉得有点眼熟。

这种眼熟，让她觉得这个西装革履的男人，有点衣冠禽兽的味道。

男人大概是确定自己没认错人，眉头舒展开来，微风和煦地笑开，在她对面坐下："我是赵阿姨介绍的。"

北雨恍然大悟，这是相亲对象来了，她点点头："这么快？"

男人笑："我公司就在旁边。"

北雨点头，上下打量了他一下。她老妈没骗她，这个男人看起来条件确实不错。

男人歪头定定看着她，嘴角挂着一丝意味不明的笑，半晌没再说话。

北雨皱了皱眉，不知道这人玩的是哪出套路，好在她也不是矜持内向的小姑娘，自然而然随口打破沉默："喝点什么？"

男人轻笑出声："北雨，你不认识我了？"

北雨愣了下："我们认识？"

男人笑："给你一分钟时间好好再想想。"

现在相亲都流行这种套路了？

北雨思忖片刻，笑："我是觉得你有点面熟，不过可能是因为长得帅的男人都多少有点相似之处吧！"

谁还不会点套路？

男人被她逗笑："这么多年没见面，我就当你这是夸奖了。"他歪头看着她，继续笑着，修长的手指轻点桌面，像是在卖关子，顿了片刻，终于开口，"我是邵云溪，你高一同学。"

北雨怔住。

男人见她不说话，脸上的笑微微敛起，有些小心翼翼地问："你不会真不记得我了吧？"

其实两人同学不过半年，十几年过去，她对他毫无印象，也在情理之中。

邵云溪忽然觉得自己有点紧张。

片刻之后，北雨重重舒了口气，嗤笑一声："是你啊！真是男大十八变，我都认不出来了。"

难怪她第一眼见他，就有种一表人渣的感觉，原来是毁了自己高中生活的罪魁祸首。

但她不得不承认，比起十五岁脸上长着几颗青春痘、唇上一圈绒毛，以及刚刚变声的公鸭嗓，面前这个成年后的邵云溪，确实是变化很大，以前那种帅哥的雏形，完全显现出来，于是整个人脱胎换骨。

邵云溪摸了摸鼻子，开门见山道："我转学后，你发生的事情，我后来听说了。"

北雨微微一愣。

其实那段糟糕的时光，她早已经不在乎，也早不会去想起。但见到这个人，那段晦暗的青春，又浮现在她的脑海里，实在是很难对他有好脸色，于是阴阳怪气道："所以呢？"

邵云溪抿抿嘴，脸上的笑容收敛："当时张金刚给我父母打了电话，我父母对我管得很严，恰逢他们工作调动，当晚就把我从学校接走，将我关在家里不让出门，然后直接把我带去了别的城市，我当时年纪小被我爸削了几顿也就妥协了。后来去了国外遇到高中同学，才知道因为我的突然转学，你遭人误解，被各种流言蜚语包围，过得很不好。"

北雨挑挑眉，不甚在意道："我过得挺好的，谁在乎什么流言蜚语啊！"

邵云溪笑了笑："我因工作调动才过来几个月，在网上看到你，一直想找机会和你见面，对你说声对不起。"

"没关系！"北雨马上回道。

其实她也能理解当年的邵云溪，因为父母误解而被强行转了学。一个十五六岁的孩子，还没有反抗父母的能力。本来不过是件谁都没太在意的小事，可谁能想到会因为众口铄金，让她的整个高中都变了味。

恐怕邵云溪转学的时候也万万没想到，至多是哀悼一下自己还没开始就被棒打鸳鸯的早恋。

想通了，她刚刚认出他的那点怨气也就烟消云散了。

年少时谁不会犯错，何况邵云溪也没有犯错，不过是阴差阳错。

邵云溪见她神色轻松坦然，也稍稍舒了口气，笑道："我在网上看到你现在过得挺好的，已经有自己的工作室，恭喜你啊！"

北雨无所谓道："混口饭吃而已，没什么好恭喜的，网上的照片看看就好，不过是为了拉流量。"说着又上下打量他，挑眉笑道，"看起来我们的邵同学如今是社会精英了，不过也是，当年你可是咱们班学霸。"

邵云溪笑："也不过是混口饭吃。"顿了顿，又道，"说起来也到吃饭时间了，这里的套餐还不错，你想吃什么？"

北雨随便点了份鳗鱼饭，随口问："你和我见面，就是为了高中那点破事给我道歉吗？"

邵云溪微微正色："这对我来说不是小事，当时在国外听说之后，心里特别内疚难受，一直想找机会，又怕你怨恨我。说实话，我真希望你骂我一顿！"

北雨嗤了一声："有这么夸张吗？"

邵云溪道："你要理解，当年喜欢的女孩被自己害成那样，真不是一件好受的事。"

他说得很自然，因为有"当年"两个字，北雨自是没放在心上，挥挥手笑道："过去的事就过去了，别再提了。"

邵云溪摸摸鼻子，笑着看向她，问："你现在也属于被催婚大军中的一员吗？"

北雨愣了下，想着他话里的意思，无奈地笑道："说多了都是泪，为这事我已经搬到工作室住了，就这样我妈还天天打电话让我见这个见那个的。"

邵云溪问："你不想结婚吗？"

北雨点头："暂时没兴趣，一想到这种事就觉得好麻烦。"

邵云溪笑："那男朋友都不愿交吗？"

北雨道："这个年纪谈恋爱都是奔着结婚去的，还是算了。"

邵云溪沉默了片刻，叹了口气："咱们都一样，你说我也才二十多岁，我爸妈就天天想着抱孙子。"

北雨觉得有点不可思议："你这个年纪对男人来说，还很年轻啊！"

邵云溪苦着脸道："所以说跟父母之间的代沟实在可怕。"

北雨摇摇头叹气："在长辈的眼中，大概只有生殖繁衍才是人生大事吧！"

邵云溪喝在口中的一杯水差点喷出来，他明白，对面的女人是真的对恋爱结婚没有兴趣，所以才会对男人如此坦诚。

他思忖片刻，忽然笑了笑："我有个主意，能让咱们暂时摆脱长辈的催婚魔咒。"

北雨来了兴趣："什么主意？"

邵云溪道："大家不是以为我们在相亲吗？我们干脆就假装相亲成功，反正交往到结婚还需要一段时间，至少能让他们先消停一阵。"

北雨皱眉，虽然觉得这馊主意不太靠谱，但想着她妈最近的阵势，就差学小飞船拿着征婚传单去大街上发了。

邵云溪继续道："反正就是假装约会应付应付长辈，你也不想三天两头被父母拉去相亲吧？"

北雨思忖片刻，笑着点头："这主意好像还不错。"

邵云溪朝她伸出手："那么咱们合作愉快？"

北雨没和他握手，只笑着象征性地在他手上拍了一下："行，合作愉快。"

一顿饭下来，北雨发觉邵云溪和自己记忆中的那个少年，其实没什么变化，仍旧是开朗热情、能说会道，只不过比当年成熟稳重了许多，少了那种总是带着点兴致勃勃的青涩，很难让人反感。

他对北雨说起自己在英国留学时，一个人背包搭车旅行的趣事，听起来好玩又精彩。

不知不觉就华灯初上了。

北雨想着明天上新的照片还没修好，不好回去太晚，便和邵云溪告别。

"你开车了吗？"邵云溪随口问。

北雨摇头："这里打车很方便。"

邵云溪笑："开什么玩笑，我这种绅士会让女士独自打车回去吗？走，我开车送你。"

北雨也没客气："那就多谢了。"

江越在工厂盯货忙了一天，回到工作室已经天黑，也懒得出去鬼混。北雨不在，他一个人无聊，拿了罐啤酒和花生，跑到楼上乘凉。

他看到对面开着灯的窗户里有人影，叫道："洛神，要不要来喝酒啊？"

沈洛朝他看了眼，没回应。

江越摸了摸鼻子，好在十几年前就已经习惯他这种作风。

哪知没过多久，沈洛拉着小飞船朝这边走来。

他赶紧下楼开门。

小飞船举起手中的扑克，笑道："叔叔，我们斗地主吧？"

江越嘿了一声："你还会斗地主啊？待会儿输了可不准哭哦！"

三人上楼。

沈洛边摸牌边似是随口问："你妹妹呢？没看到她回来。"

江越嘻嘻笑道："据可靠消息，她去相亲了，果然是离家出走也躲不掉。"

沈洛眉头微蹙："相亲？"

江越点头："是啊，下午去了，也不知怎么现在都还没回来。"说着似乎是想起什么，"我打个电话问问。"

210

他刚拿起电话，忽然咦了一声，来到天台围栏处往外一看，看到巷子入口处，北雨和一个男人正说说笑笑走进来。

"我去！有情况！"他鬼鬼祟祟蹲回来，压低声音说。

小飞船好奇地问："叔叔你在说什么？"

江越道："我妹她跟个男人一起回来了，不会是相亲看对眼了吧？"

"你在说姐姐吗？"小飞船大声问。

江越手指放在唇上做了个嘘声的手势："先看看什么情况，千万别让她发现了我们。"

小飞船睁大眼睛捂住嘴巴，跟着江越上前，鬼鬼祟祟趴在栏杆边。

沈洛皱了皱眉，放下手中的牌，也来到两人旁边。

巷子小道中，一男一女正谈笑风生走进来，对天台上的三人浑然不觉。

江越低声道："这男的看起来不错啊！啧啧啧，挺能说的嘛！瞧把北大嘴逗得花枝乱颤的样子，这是铁树开花了！"

小飞船奶声奶气道："姐姐要交男朋友了吗？她不等我了啊？"

北雨在小楼门口停下："我到了，谢谢你送我回来。"

邵云溪笑："应该的。说实话今天我特别高兴，压在心里几年的事，终于算是解脱了。谢谢你没有记恨我，以后请多关照。"

北雨笑："彼此彼此。"

邵云溪背在身后的手，忽然伸上前，变戏法似的变出一朵花："晚安！"

北雨有些惊讶："你哪里弄来的？"

邵云溪笑："刚刚结账时咖啡厅服务生送的，我没来得及给你。"

北雨摇头失笑："谢谢啊！"

邵云溪道："再见。"

“再见。”

邵云溪看着她转身进门。

年少时被棒打鸳鸯，他曾经伤心了好一阵子。但到底只是一场还没来得及开始的早恋，时间稍长，也就渐渐淡忘了。

直到在国外留学时，遇到二中同级的校友，他忽然想起来问那人认不认识北雨。

那校友不知道他就是当年钻小树林事件的男主，眉飞色舞地告诉他北雨如何如何。

非常不堪的描述，皆缘于那场乌龙事件。

他当时惊讶不已，才知道因为自己的突然转学，那件本来应该谁都不知道的小事，发酵成了那种不堪的样子。

他很愧疚，一直想找北雨道歉，但又不太敢去找她，担心她因为那件事情真的已经堕落。

直到前不久在网上认出她，知道她并没有变成自己想象的样子，才想办法和她见面。

见到她后，他终于大大松了口气。

她没有变。

过去这些年，他经历过几段无疾而终的感情，不再是当年那个情窦初开的少年。

还喜欢她吗？当然谈不上，毕竟已经十来年未曾见面。

只是再次见到她，他还是觉得她有些可爱。

当然，傲娇如她，可能是不喜欢这种形容的。

他摇头笑了笑，慢慢走开。

走进小院的北雨，忽然听到楼顶有动静，抬头一看，又没看到人。

这么鬼鬼祟祟一定是江越。

她拿着花，噌噌上楼，一把推开天台的门，大声吼道：“江二狗！

212

你搞什么鬼？"

"北大嘴，我都看到了。"江越笑嘻嘻拍手唱道，"恭喜恭喜恭喜你啊恭喜恭喜你！"

北雨太阳穴直跳。如果不是因为他旁边还站着一脸天真无邪的小飞船，以及小飞船那位面若寒霜的爸爸，她真的很想将这个白痴一脚踹下天台。

"学长，小飞船，你们怎么在这里？"北雨将白痴一般的江二狗忽略。

小飞船噘着嘴道："姐姐，你怎么不等我了啊？"

北雨一头雾水："什么不等你？"

小飞船闷闷道："二狗叔叔说你有男朋友了，所以你不等我了吗？"

二狗叔叔？

江越："……"

北雨扑哧笑出声："江二狗，你到底胡说八道些什么？"

江越笑道："我听你妈说你下午相亲了，刚刚看到有帅哥送你回来，有说有笑的，我掐指这么一算，你这事儿是八字至少有一撇了。"

北雨白了他一眼："你不如说我相个亲四舍五入约等于结婚算了。"她看到桌上的扑克，打了个哈欠，"你们在打牌啊？那你们继续，照片还没修完，我干活儿去了。"

沈洛拉起小飞船："时间不早了，爸爸带你回家睡觉。"

江越哎了一声："这就走了啊？咱们这地主一局都没斗完呢！"

小飞船朝他摆摆手，唉声叹气："二狗叔叔，姐姐有男朋友，我就失恋了，我好难过啊，没心情斗地主了，明天再来和你玩吧！"

北雨被他逗笑，待他和沈洛走过来时，伸手揉了揉他的头，从口袋里掏出一块巧克力递给他。

小飞船接过巧克力，立刻眉开眼笑，喜滋滋道："现在不难过了。"

北雨笑着摇摇头，借着楼顶暗淡的夜灯，不经意看了眼沈洛，却见他神色紧绷，没有任何表情。

虽然她也没见过他笑，但现下这模样，似乎比平日里更为冷峻，心道：是遇到什么不大开心的事了吧，不然也不会跑来跟江二狗斗地主。

她走在父子身侧，与他们一起下楼，想了想，语气轻松道："学长，晚安！"

小飞船趁爸爸不注意，悄悄将巧克力放进嘴里。沈洛看在眼中也没阻止他，只转头看了眼北雨，轻描淡写地问："明天中午吃什么？"

北雨愣了下，没料到他还真把中午搭伙吃饭当回事了。她反应过来，耸耸肩笑道："随便吧，你们吃什么我就吃什么，反正就是加我一双碗筷。"

沈洛点头，又问："你有什么忌口吗？"

他的语气很认真，以至于北雨都开始怀疑，这难道是件什么重要的事？

虽然她被他弄得一头雾水，但难得见到这个人说这么多话，也不知为何竟有点受宠若惊，赶紧摇头："没有没有，我一向百无禁忌。"

沈洛嗯了一声："好。"

北雨不动声色地打量了他一下，实在是没从他脸上看出任何异常，想了想拿出钱包，掏出几张粉色钞票，递给他："我先把伙食费给你，不然指不定就忘了。"

沈洛没去接，只淡淡道："以后再说。"

北雨问："那月结？"

沈洛沉默了片刻："再说吧。"

北雨悻悻地将钱放回钱包，总觉得气氛有些怪异，于是摸了摸小飞船的脑袋，故作轻松道："以后中午终于不用吃快餐了，真是多谢学长和小飞船。"

沈洛和小飞船异口同声地回她："不用谢。"

北雨："……"

隔日上午十一点多，北雨刚刚忙完手中的活儿，就见小飞船兴冲冲跑进来报告："姐姐，爸爸买了好多好吃的菜哦！"

"是吗？"北雨想了想，"走，我们去帮你爸爸洗菜去！"

作为一个合格的蹭饭者，还是应该主动干点活的。

来到对面的小楼，沈洛已经开始在料理台前准备。

北雨道："学长，有什么要帮忙的吗？"

沈洛回头看她："不用。"

北雨径自走过去，和他并肩而立，看到料理台上的食材，哇了一声："这么丰盛啊？"说完又笑着随口道，"学长，你真是十项全能啊！学习好不说，还是顶级摄影师，连做菜都做得这么好，你前妻肯定会后悔！"

说完她立刻觉察到了自己的失言，小飞船说过没有妈妈，那沈洛有没有前妻，前妻是过世还是离异，一切不得而知。

自己嘴里一下冒出"前妻"两个字显然不大适合。

沈洛确实很厉害，不过话说回来，嫁给这种少言寡语、又不知道在想些什么的天才，可真不是人过的日子。

不然他也不会成为单身父亲吧！

沈洛转头看她，脸上虽然没有表情，但黑沉沉的眼睛却眸色深邃，北雨近距离对着这双眼睛，莫名有点不自在，干笑了笑，扭头强行转移话题："还有什么菜要洗的？"

"我没结过婚，没有前妻。"

"啊？"

所以是未婚先孕，生了个孩子就分手？

北雨知道国外这种情况很多，她也不是太八卦的女人，反应过来哦了一声，没再继续问，只拿过来没洗的菜开洗。

两个人并肩而立，一个人切菜，一个人洗菜。

开放式的厨房里，一时变得很安静，只有水声和切菜声，以及客厅传来的动画片声。

北雨忍不住悄悄打量旁边的人，他微微低着头，鼻梁高挺，轮廓分明，侧脸十分英俊。而因为连切菜都看起来很认真，又给这英俊加了几分。

她的目光移到手上。

他的手指修长，切菜的动作娴熟，如同行云流水。

其实她是有点想象不出来沈洛这种丝毫不接地气的男人竟是做菜好手。但现在看他站在厨房里，却觉得丝毫不违和。

而想到她此时和他站在一起，她忽然觉得有点暧昧。

她想起有个大学好友有次跟她抱怨过，说只要想到男友和前女友一起做过饭，她就受不了。因为在她看来，男女一起做饭比上床可怕得多。

而此时她就在和一个男人一起做饭。

北雨意识到这个，忽然打了个寒噤。她草草洗完菜，甩干手上的水："学长，我去和小飞船玩儿，我一厨房白痴就不给你添乱了。"

沈洛点头，目送她匆匆离开厨房，眉心不由得微微蹙了蹙。

沈洛速度很快，半个小时，四菜一汤已经搞定。

北雨看着餐桌上的香辣蟹、松鼠鳜鱼、糖醋排骨、小炒藕尖儿、清汤豆苗，还有一个瓦罐菌菇汤，双眼冒光："学长，你这是大厨水平了吧？"

小飞船咂了咂嘴巴："我最喜欢爸爸做的菜了。"

沈洛默默给她和小飞船盛好饭放在他们面前，轻描淡写道："你看有什么不合口味的，我明天再改进。"

"不会不会！"北雨想到以后工作餐由快吃吐的快餐变成这种水准，简直要喜极而泣，旋即又想到自己的身材，开玩笑道，"学长，我要是跟你们搭伙一阵子，估计会吃成个大胖子。"

因为自己要当模特，她还是比较注意身材的。虽然保持身材的方法是运动，但饮食也不能太放纵。

沈洛抬头看了看她："你胖一点应该更好看。"

北雨笑着随口道："我现在这样不好看吗？"

她本是一句玩笑话，不想沈洛却点头："也好看。"

"……"这下轮到北雨怔住了，有点不敢相信自己会得到沈洛的夸奖。

要不是他面无表情地说出这句话，她都要怀疑沈洛是不是在和自己玩暧昧了。

好在小飞船适时打破了北雨的不自在："姐姐最好看了！"

北雨笑了笑："谢谢你啊，小宝贝儿！"

正说着，她的手机响了。

她看了眼来电显示，接起来："邵云溪同学，有事？"

"我中午正好过来你们这边办事，想问你有没有空，一起吃个饭？"

北雨笑："你要早点说还行，我这都已经吃上了。"

邵云溪在那头笑道："我就是撞撞运气，既然你已经开吃了我就不打扰你了。"又似想起什么，问道，"对了，明天你有什么安排？我刚回来没多久，这边也没什么朋友，想看周末能不能跟你混？"

北雨想起明天是周六："我和教练约了去攀岩馆。"

"好啊好啊，好久没玩过了。"

"那行，明天攀岩馆见。"

挂上电话抬头，她发觉对面的沈洛看着她。

她笑了笑："一个老同学，明天说跟我去攀岩。"

沈洛点头："我明天也正好打算带小飞船去玩这个，一起？"

北雨笑："好啊！"

小飞船咦了一声："爸爸，你不是说明天带我去海洋馆吗？"

沈洛淡声道："上午去攀岩，下午去海洋馆。"

小飞船点头："哦！这样啊！"

酒足饭饱之后，北雨回到对面，躺在椅子上小憩，稍稍回味了下现在的情形，只觉得有些荒诞。

她竟然可以和沈洛如此云淡风轻地一起搭伙吃饭。

一个自己曾经暗恋的人。

一个不久前曾稀里糊涂睡过一晚的人。

她不知道是该佩服自己还是佩服沈洛。

不过她觉得沈洛这个人，似乎没有看起来那么冷漠。

晚上，北雨和江越从工厂拉了一小皮卡新装回来。因为时间有些晚了，工作室的人都已经下班，卸货这种事自然是由四肢发达的江越承包，然而他刚搬了两箱回仓库，忽然接到一个电话，拿了北雨的车钥匙，就急匆匆地跑了。

218

北雨用脚指头想也知道是谁的电话。

能一个电话就让他丢下手中的活，也只有江越那个梦中情人李柔了。

北雨摇摇头，看夜色里起了风，约莫很快要下雨了，只得捋起袖子准备干活。

上百个箱子，一个人搬下来，不是件简单事，但若是被雨淋了，会更加麻烦。

北雨只能边腹诽江越边爬上车子。

抱了一个箱子，正要下车，不知何时出现在车尾的沈洛，朝她伸出手。

"不……不用了！"北雨愣了下，反应过来沈洛是要帮她。

然而沈洛没理会她的婉拒，直接将箱子接过去，淡淡道："我来吧！"

"学长，这太不好意思了！"

这么热心实在和你的高冷形象不符啊！

沈洛道："小飞船睡了，我本来打算去夜跑，正好当锻炼身体了。"

北雨哦了一声："那谢谢你!"说着自己又去搬。

走到车侧的沈洛回头看了她一眼："你下来，我一个人就够了。"

"啊？"

"下来吧！"

"哦！"

北雨虽然觉得这个人的热心有点诡异，但还是下了车，带着他进了一楼的仓库。

沈洛一次搬三个，来来回回几十趟，在他搬完最后两个箱子时，大雨随之而至。

北雨虽然没搬东西，但也一直在整理仓库，听到窗外哗啦啦的雨声，长长舒了口气，又见灯光下的沈洛满头大汗，赶紧拿了水给他。

"学长，太麻烦你了！"

沈洛喝了口水，看她累得坐在货堆上，也随她坐下。

北雨自己拿了罐啤酒，打开喝了一大口，发出嘶的一声，道："死江二狗，溜得还真是时候。要不是学长你帮忙，估摸着我们得损失不小。"

沈洛淡淡道："举手之劳。"

北雨看着他笑了笑，越来越觉得这个人跟看起来不大一样，于是在他面前也放松了不少。看沈洛将水放下，北雨举了举手中的啤酒："喝吗？"

沈洛点头："来一罐吧！"

北雨笑嘻嘻跑去茶水间，从冰箱里把所有的啤酒都抱到仓库："这是江二狗的存货，咱们今晚一起把它们干掉。"

沈洛勾了勾唇，露出一个类似于笑的表情。

因为太迅速太浅淡，以至于北雨没分辨出他是不是在笑。不过这不重要，重要的是沈洛点了点头，显然是认同她的计划。

北雨喜欢没事喝点酒，但其实酒量很烂，几罐啤酒就会酩酊大醉，而且喝了酒还爱说话，也不管对面是那个高岭之花沈洛。

沈洛喝得很慢，一直盯着她，待她说了一堆乱七八糟的话，忽然冷不丁开口问："你昨天相亲去了？"

"是啊！"北雨瘫在纸箱子上。

"怎么样？"

北雨摆摆手："别提了，原来是高中害得我被人误会跟人钻小树林的那家伙。不过男大十八变，那家伙现在看起来还真是一表人才。"

"是吗？你和他准备交往吗？"

北雨已经有些醉，半坐起身，双颊酡红，目光迷离地看了看他，又左右看了看，手指放在唇上，小声道："我跟你说，我相亲都是被我妈逼的，你都不知道大人逼婚有多可怕。为了省去麻烦，我和邵云溪商量好，假装交往迷惑长辈，免得他们再催。"

沈洛看着她醉眼蒙眬的模样，喉咙动了动，片刻之后，才蹙眉哑声问道："所以你不想结婚吗？"

北雨嗤了一声："完全不想，这种事就不在我的人生计划中。男人没一个好东西，好吧，我自己可能也不是什么好东西，才懒得把精力花在虚无缥缈的爱情和无趣的婚姻中。"她顿了顿，拍拍胸口，豪迈道，"要是哪天觉得有生理需要，就找个长得帅活好不黏人的情人？，或者再有钱点，去包养几个小鲜肉哈哈哈哈！"

沈洛嘴角抽搐了下，看着她问："是吗？"

北雨含含糊糊点头："是啊！反正我不想谈恋爱更不想结婚，太麻烦。现在这个社会谈什么都别谈感情。你没看到江二狗，跟你们班以前那个班花，拉拉扯扯十几年，人家都要结婚了，还是一个电话就屁颠屁颠跑去，一点自我都没有了，我看着都鄙视。我才不想变成江二狗那种傻蛋，我可是刀枪不入的北雨……"

她断断续续说着，慢慢睡了过去。

沈洛见她歪倒在纸箱上，正要起身将她抱起来，江越忽然咋咋呼呼闯进来："我天！终于让我逮到一回。"

说着他拿出手机，咔嚓咔嚓将北雨的丑态拍下。

他正要将照片发上微博，手机却被沈洛拿过去，将照片删掉了。

江越哇哇直叫："干吗删了啊？你不知道她发了我多少丑照，我好不容易逮到这么一回！"

沈洛斜了他一眼："幼稚！"

江越闻言，本来打算继续拍的手放下，悻悻地摸摸鼻子："算了算了。"说着又问，"对了洛神，你怎么在这里？"

"你说呢？"

江越这才发现仓库里码好的货物，反应过来，笑着拍拍他的肩膀：

221

"我见下雨了，匆匆赶回来，一看车上已经空了，还想着我妹挺厉害，原来是你帮忙，多谢多谢！"

沈洛拿下他的手，淡淡道："不谢。"

目光又落在纸箱上已经睡得人事不省的人身上。

江越嘿嘿一笑，上前在北雨额头用力一掐，本来睡着的人顿时发出一声惨叫。

"江二狗！你干什么！"北雨摸着受伤的额头，从纸箱上弹起来，朝江越一拳挥过去。

江越闪开："北大嘴，我好心叫醒你，免得你明天腰酸背痛，你还恩将仇报，还有没有良心？！"

北雨刚刚从酒醉中醒过来，只顾着和江越决斗，全然忘了旁边还有个人。

直到沈洛低低的笑声响起，她才反应过来，转头一看，有点蒙地眨了眨眼睛："学长，你还在啊？"

她竟然看到他在笑，虽然那笑容浅淡得让人怀疑是不是在笑，但她还是有点意外。

沈洛恢复惯常的面无表情："你们好好休息，我回去了。"

北雨道："今天太谢谢你了。"

沈洛摇摇头，神色莫辨地看了她一眼，折身出了门。

等到沈洛的脚步声消失，江越才凑在北雨耳边，贼兮兮小声道："这人不错啊！有没有再次为他动了芳心？"

北雨像看白痴一样看了他一眼："你以为我跟你一样傻吗？十几年吊死在同一棵树上？人家都要结婚了，你还执迷不悟，你以为你真是情圣？上赶着不是买卖，你懂不懂？"

江越摸了摸鼻子："我也没想干什么，你也知道小柔的婚事自己做不了主，她爸现在又病了，她这段时间人都瘦了一大圈。"

"所以你就心疼了？要是她真喜欢你，当初她爹妈棒打鸳鸯，她就不会听话跟你分手，和家里安排的人相亲订婚。这都什么年代了，不听父母的话会死吗？我看她当初也是怕和父母闹掰，跟你一个三四千块工资的体育老师吃苦，毕竟人家可是千金大小姐。"

江越面色微红："你别这么说，我要是有个女儿，也不会让她嫁给我这种不靠谱的人。她跟你不一样，你跟你爸妈对着干习惯了，他们越是压制你越是反抗得起劲儿，自然觉得她这么听话不可思议。可有些人的性格天生就比较软弱，而且人家还不是亲爸。"

北雨皮笑肉不笑道："所以就需要你这种骑士发扬做备胎的精神了？"

江越嘿嘿笑着转移话题："好好好！我是傻帽不行吗？对了，你昨天相亲的事，还没跟我说呢。"

北雨漫不经心道："没有的事，那人是邵云溪，找我是跟我道歉呢！"

"邵云溪？这名儿有点耳熟啊！"

"就是高一跟我钻小树林后转学的那个。"

"我去！这家伙还有脸见你？当年要不是他突然转学，你能有口说不清，被人误会成那样子？"

北雨不甚在意地摆摆手："他爸妈听了张金刚打的报告，强行给他转的学，他也没办法，再说他也没料到会变成那样子，只能怪我倒霉。"

江越愤愤道："最好别让我见到他，不然我肯定揍他一顿。"

北雨嗤笑："多大的人了还揍这个揍那个的，你能揍几个人啊？他为人看着其实挺不错的，我和他达成协议，假装交往，好让我爸妈消停下来。"

江越哼哼："假装可以，可别假戏真做。"

"明白明白。"北雨打着哈欠上了楼。

第二天，北雨是早上八点多出的门。

出来时，沈洛和小飞船已经在门口候着。

父子俩今天穿着浅色的运动装，各自背着一个背包，十分养眼。

沈洛虽然还是一张冷峻的脸，但这身装扮，让他看起来多了几分柔和的年轻朝气。

北雨不得不承认，在自己的审美里，沈洛是她见过的长得最好看的男人。

看着门口的一大一小，她整个人心情都变得好起来，简直想吹声口哨。

颜控就是如此无可救药。

"姐姐，早上好，你今天真漂亮啊！"小飞船笑眯眯看着她，嘴巴跟抹了蜜似的。

北雨掐了掐他的小脸蛋，笑道："哎呀！这是谁家的小帅哥，怎么这么帅啊？"

小飞船嘻嘻笑道："我是沈洛家的小帅哥。我爸爸是大帅哥，我是小帅哥。"

北雨被逗得大笑，抬头看了眼沈洛，这人还是一如既往没什么表情。

唉！长得是无可挑剔，可惜是个面瘫。

北雨开车，父子俩坐在后座。

全程小飞船叽叽喳喳和北雨说个不停，沈洛则做了一路的人肉背景。

不过北雨从后视镜偷偷打量了几次，发觉他虽然面无表情，但看起来神色轻松，显然是心情不错。

他们到攀岩馆的时候，邵云溪已经先到了。

他今天穿着运动休闲装，比起之前西装革履的模样，没有了那种衣

224

冠禽兽的味儿，十分阳光帅气，甚至还多了几分少年感。

也是，他这个年龄，也还能称得上大男孩。

北雨走上前，上下打量了他一下，故意啧啧两声："这不是传说中的小鲜肉吗？"

邵云溪还没开口，她身后的沈洛先皱眉低声道："小鲜肉？"

邵云溪这才发现，北雨旁边的一大一小是跟她一起来的，愣了下反应过来，笑道："咦？你带了朋友？不介绍一下吗？"

北雨道："沈洛和小飞船，我的邻居。"

"沈洛？"邵云溪上下打量了一下对面面色冷淡的男人，"不会是当年二中的那个沈洛吧？"

北雨笑："正是。"

邵云溪似是有点意外，朝沈洛伸出手："邵云溪，北雨老同学。"

沈洛没伸手回握，只淡淡嗯了一声。

邵云溪有些尴尬地收回手，打着哈哈道："走，去玩儿吧。"

因为儿童区和成人区是分开的。小飞船拉着北雨陪他，便只剩下沈洛和邵云溪两个男人先玩儿。

邵云溪看了看旁边的男人，笑着开口："学长，我听说过你，四年前你们有跟我们公司谈过融资，不过我当时刚刚实习，不太清楚怎么回事，只是无意中看到过你的履历，发觉是二中的学长。"

沈洛淡淡道："你弄错了！"

"是吗？"邵云溪抓了抓头，看了他一眼没再追问，只笑着道，"好久没玩了，咱们比一局怎么样？"

沈洛绑好安全绳："好。"

两人一起走上前，邵云溪随口问："你和北雨很熟吗？"

沈洛转头，眯眼看了看远处正在陪着小飞船的人，点头。

邵云溪笑："以前上高中的时候，我觉得她很可爱，现在这么多

225

年过去了，好像都没怎么变。"他顿了顿，继续道，"我打算追求她，可是她好像没有交男朋友的打算，学长你是她邻居，以后还麻烦你多多关照。"

沈洛转头冷冷看了他一眼，拉了拉绳子，淡声道："开始吧。"

两个人隔得很近，同时开始迈步，但显然沈洛动作敏捷许多，很快就处于邵云溪的上方。

他并没有爬得很快，只一直稍稍超前，在邵云溪上方故意挡着他的方向。邵云溪看中哪块攀岩岩点，他就用脚踩住，让对方寸步难行。

邵云溪一开始也没太在意，因为说了是比赛，这也是一种比赛方式。于是他就往旁边挪动躲开，可是无论往哪边，沈洛都故意挡着他。

两人就这样折腾了半晌，终于攀到了中间。

因为总是被挡住，邵云溪渐渐被弄得有些烦躁，想反击，哪知技不如人，速度一快，手脚打滑，整个人摔了下去。

虽然绑着安全绳，但还是把他吓了一大跳。

落下后，他沮丧地坐在地上，气喘吁吁昂头看去，却见沈洛轻松爬到顶端，然后居高临下地看着他。

那眼神分明就是带着讥诮的寒意。

邵云溪不由得打了个寒噤，他好像没得罪沈洛吧？

沈洛从上方下来。

邵云溪站起身，笑道："学长厉害！甘拜下风。"

沈洛不置可否。

北雨带着小飞船朝这边跑过来："刚刚你们俩是比赛了吗？"

邵云溪摆摆手："我输得太惨了，看来还是平时缺乏锻炼。"

北雨心道：沈洛是资深户外玩家，还不得完虐你这个坐办公室的菜鸟？

她开玩笑道："一个二十几岁的年轻男人竟然不锻炼，小心哪天就发福变成个胖子。"

邵云溪赶紧打蛇随棍上："那以后我都跟你混，有什么户外运动都带着我。"

北雨还没回答，沈洛开口打断两人的对话，朝她道："你要和我比吗？"

北雨挑挑眉："好啊！"

绑好安全绳后，她朝沈洛笑道："学长，不用客气哦！"

沈洛微微笑了笑，点头。

两个人一起开始。

北雨经常锻炼，算是攀岩好手。

两个人看起来不分伯仲，几乎是并驾齐驱。

北雨是个矛盾的人，看起来什么都不在乎，然而又喜欢争强好胜。

她见怎么都甩不开沈洛，咬牙切齿道："我就不信赢不了你！"

她手脚并用，爬得更快，沈洛渐渐落后了一点。

快爬到顶端时，北雨见自己就要赢了，顿时有点得意忘形，哪知在加速时，脚下一滑。千钧一发之际，落后她一个头距离的沈洛，眼明手快地将她抱住："当心！"

北雨好不容易在他怀中稳住，脚下踩中石块，长长舒了口气道："差点。"

转头恰好对上他一双黑沉沉的眼睛，也不知为何心跳就差点漏跳了半拍，掩饰性地笑了笑："还是你赢了。"

沈洛松开她："我输了。"说完就拉着绳子往下滑去。

北雨看着他矫捷的动作，很显然，这人刚刚分明就是在让着她！

她觉得自己刚刚有点傻。

就像是当年为了引起他的注意竭力表演的那个少女，在他眼里大概是有点可笑的。

邵云溪走到沈洛旁边，看着北雨慢慢下来，笑着低声道："我还以为学长可以做我的帮手，原来是竞争对手啊！"

他是男人，所以沈洛再如何不动声色，刚刚那一幕他看在眼里，也看得出这个男人对北雨的心思。

沈洛睨了他一眼，又转过头，目光随着北雨的身影移动，没有回应他的话。

因为绑着绳子，北雨健康玲珑的曲线便一览无余。

沈洛目光微微跳动。

待人落地，邵云溪快速跑到她跟前，笑嘻嘻道："果然是高手，以后就真的跟你混了。"

刚刚爬得太快，北雨喘得厉害，随口道："无所谓。"

结束攀岩馆的活动，北雨本来有点累，想回去休息，哪知小飞船拉着她陪他去海洋馆，她哪里能拒绝小飞船的请求。

邵云溪已经打定主意跟北雨混，自是跟着。

于是一行人吃了午饭，又驱车去海洋馆。

小孩子劲头十足，饶是北雨精力一向不错，一个下午陪着小飞船折腾下来，也是累得够呛。她再次觉得有孩子真是件可怕的事，不由得对单身父亲沈洛生出了几分敬佩之情。

玩了一下午，到了吃饭时间，晚餐自然又是在外面吃的。

北雨心情不错，加上累得厉害，在饭桌上便喝了点酒。

结束后，邵云溪见她有了醉意，提出送几人回去，却被沈洛拒绝："不用了，我开车带她回去。"

邵云溪还想说点什么，又困又累的北雨摆摆手："我们自己回去就行，你也早点回去休息吧！"

说着钻进了车后座，闭着眼睛，一副快要睡过去的模样。

228

沈洛让小飞船坐进去，自己绕到前面的驾驶座，边启动车子边道："小飞船，你照顾好姐姐。"

小飞船看了眼歪倒在座位上的人，用力点头："我会的。"

车子绝尘而去，给还站在原地的邵云溪留下一团尾气。

他摸了摸鼻子，有点郁卒。

他这想重温少年美梦的计划才刚开始，就冒出个敌我形势完全不明的情敌。

出师不利！出师不利啊！

第六章

志趣相投的伴侣

半个小时后。

沈洛开着北雨的车，抵达巷子里。

他开得很稳，北雨早就睡得人事不知，而答应照顾她的小飞船，也靠在她旁边睡着了。

沈洛下车，看了眼对面的小楼，黑漆漆一片，显然江越又不知去哪里鬼混了。

他唤了声北雨的名字，酒意加困意，让人睡得太深沉，她没有任何反应。倒是旁边的小飞船揉着眼睛醒过来："爸爸，到家了吗？"

沈洛点头，将他抱下车放好，又弯身将北雨抱出来。

睡着的人咕哝了一声，还是没有醒来，大约是觉得他的怀抱舒服，还往他胸口靠了靠。

"爸爸，你把姐姐抱去哪里？"小飞船见他抱着北雨回屋，跟在后头问。

"姐姐太困了，家里又没人，我抱她去我们家先休息。"

小飞船点头："那我们不要吵醒姐姐。"

小孩子总是太单纯。

沈洛抱着人径自上了二楼，把北雨放在自己床上后，去照顾小飞船洗漱。

再回到自己卧室已经是半个小时后。

而原本躺在床上穿戴整齐的人，此时只身着一条内裤趴在床上。光裸的脊背和双腿直矗矗露在外面。

北雨睡觉不喜欢束缚，迷迷糊糊觉得身上不舒服，便将碍事的衣服裤子全脱了。

她的身材很好，不算太瘦，但因为喜欢运动，四肢紧致纤长，身体的曲线很漂亮。

此时趴着，漂亮的蝴蝶骨微微凸起，沿着往下是渐渐变细的腰肢，与翘起的臀之间有着诱人的弧度。

沈洛喉咙动了动，想起那次在山上的场景。

那时他其实不算太清醒，整个人有点处于云里雾里的飘忽，仿佛是做了个春梦，但那半梦半醒的意乱情迷，这段日子无数次出现在他的梦里。

身体中的某些东西似乎在那一晚彻底打开，伴随着这么多年心中那点说不清道不明的牵挂。很多他曾以为不甚真切的感觉，渐渐变得真实。

那些陌生的、他曾经以为跟他没有关系的情绪，成为实实在在的感觉，引诱着他，牵动着他，让他迫不及待想要抓住。

他走上前，目光落在北雨光裸的脊背上，闭眼深呼吸了口气，拉起被子给她盖上。

然后他走到旁边的写字台坐下，将电脑打开，点开空白文档，开始打字。

北雨这一觉着实睡了很久，还是因为想上厕所才醒来的。

也没完全醒过来，整个人仍旧迷迷糊糊，闭着眼睛摸到房内的洗手间。

上完厕所出来，还是闭着眼睛，然后一骨碌继续趴在床上。

只是两分钟过后，她忽然睁开眼睛，目光落到床边陌生的台灯上，脑子瞬间清醒了几分，猛地坐起来，然后就看到了正在看着她的沈洛。

"学长，我这是在哪里？"

"我的房间。"

"哦！"毕竟是刚刚醒过来，北雨脑子还不算太清明，对这句话没太大反应，直到她后知后觉发现自己竟是光着身子才大叫一声，双手捂住胸口，不敢置信地看向沈洛，试探地问，"我们是不是又做了什么？"

沈洛仍旧是一脸平静，看了她一眼，淡淡道："你在车上睡着了，我没叫醒你，你家里又没人，就把你暂时抱回来。衣服是你自己脱的，我没碰你。"

北雨暗暗数了数手指，一句话得有二三十个字，而且叙事清晰，来龙去脉说得很清楚。这说明这个人并没有表达问题，只是不爱说话而已。

她松了口气，悄悄背过身，捡起地上的衣服套上："学长，不好意思，又麻烦你了。"

沈洛道："我觉得你以后在外面不要喝酒。"

"啊？哦。"

她手忙脚乱地穿好衣服，起身往外走："那我回去了。"

"等等！"沈洛叫住她。

"有事？"她转头看他，竭力让自己看起来面色如常。

沈洛指了指面前的沙发椅，示意她坐下。

北雨见他表情一本正经，似乎是有正事要说，便从善如流在他对面坐下。

沈洛好整以暇地看着她："你没有计划结婚？"

北雨不明白他为什么问自己这个，但还是如实点头："目前没这个打算。"

"也不想谈恋爱？"

"嗯，觉得麻烦。"

这个人到底想说什么？

"所以准备以后有钱了包养个小鲜肉，或者找个长得帅活好不黏人的情人？"

什么鬼？

北雨看着他严肃正经的神色，一头雾水，但是又觉得这些话有点耳熟，思忖片刻，忽然想起昨晚和他喝酒时，好像自己就说过这些。

她讪讪笑了笑："那个……也就是随便说说。"

沈洛道："酒后吐真言。"

北雨崩溃，完全不明白这个向来少言寡语的男人，为什么一本正经和自己谈这些。她揉了揉自己有些发疼的额头："是是是，这是我的真实想法，也没犯法吧！"

但是这么一本正经地讨论，还是很尴尬的好不好？

沈洛拿出一张纸给她："你看看这个！"

"什么？"

北雨接过来，低头看到最上面的"协议书"三个字。她不明所以地往下看，然后整个人就风中凌乱了。

沈洛道："我和你正好一样，目前也对恋爱结婚没兴趣。既然你打算找一个情人，我应该是那个合适的人选。"

他站起身："我长得应该算得上帅，也不黏人。"

说着他开始脱衣服。

"你干什么？"北雨从巨大的震惊中回神。

沈洛道："你要是不放心，可以验一下货。"

北雨觉得整个世界都要错乱了。

男人找床伴不是什么奇怪的事，但是拿着一张协议书，还一本正经说这么多，估计全世界只有沈洛一个人干得出来。

天才的世界凡人果然难懂。

她从床上跳下来，抓了抓蓬乱的头发，将纸张丢在床上，歪头看向沈洛："学长，你认真的？"

沈洛点头："这不也是你想要的吗？还是说你觉得我不合格？"

北雨忙不迭摇头："我先回去了。"

然后跟撞鬼似的闪了人。

北雨抓狂地跑回自己房间，一头栽倒在床上。

可大概是刚刚睡了太久的缘故，现在整个人清醒得很，以至于不得不意识到，刚刚沈洛对她说的话，不是自己在做梦。

她用力捶打了下枕头，又坐起来，发觉自己跑回来时，竟然还把沈洛给的那张纸给捎了回来。

她把那张纸拿起来，低头又扫了眼上面的字。

言简意赅，和沈洛的为人风格如出一辙。

男女双方基于恋爱婚姻观上相同的认知和观点，秉着自愿、公平、诚实的原则，今达成一致协议，正式成为彼此的情人，并遵守以下几点：

第一，双方承诺不干涉对方的生活，不给对方制造任何感情麻烦。

第二，此协议具有绝对排他性，双方承诺保持一对一的关系。

第三，协议有效期限为永久。

北雨无语地勾了下嘴角，这一本正经的行文，不知道的人还以为是什么结婚协议呢！

如果换作别人对她说：你不想结婚不想恋爱就想找个床伴是吗？那好啊我也是这么想的，咱俩正好搭个伙！她指不定就会觉得自己被冒犯了，恼火地怼过去。

然而这个人是沈洛，就完全不同了。

因为她在他身上看不到半点游戏人间的轻浮，也没有任何猥琐的意思，完全不像是要占她的便宜。

而是似乎在做一件很正经很正常的事。

她说不想恋爱不想结婚，可能只是对爱情对男人失望后半赌气的戏言，而沈洛却似乎是真的有这个认知和计划，因为恰好遇到了一个他以为跟他一样的女人，所以就提出了这个建议。

他的这种严肃正经，虽然看上去荒谬又可笑，但也让她有种还算被尊重的感觉。

什么乱七八糟的？

北雨瞟了眼那张协议，忽然有点悻悻然。

她知道这种悻悻然来自何处。

曾经喜欢过的男人，如果向自己表白，无论她如今对他是什么感觉，她肯定都会暗自欣喜。

但若只是邀请她做他的床伴，这多少还是让人有些一言难尽。

她脑子里冒出沈洛刚刚说那些话时一本正经的俊脸，然后撇撇嘴将那张纸放在一边，重重躺在床上。

世界太玄幻，她决定好好睡上一觉。

隔日，北雨因为和两个发小有约，早早就出了门。

出门时，沈洛和小飞船正在天台做早操。

小飞船听到楼下的动静，跑上前趴在栏杆上大声道："姐姐，你出去啊？"

北雨朝他挥挥手，干干笑了笑，见到沈洛走上前，赶紧钻进停在门口的车子里，一溜烟开走了。

这次聚会是因为赵晓静失恋，本来她和男友已经谈婚论嫁，可哪知未婚夫出轨，还被她捉奸在床。

婚事黄了，几年感情只能当喂了狗。

北雨赶到的时候，邹淼正在劝她："我之前就跟你说过黄忠那狗玩意儿不靠谱，你非得死心塌地跟着人家。不过呢，现在分了总比结婚后发现好，你又不是找不到比他好的！"

赵晓静抹着眼泪道："我要是有你和北雨这么潇洒就好了？"

邹淼不以为意地扯了扯嘴角："什么潇洒不潇洒的，我是看透了男人，就没一个好东西。与其被男人玩弄感情，我还不如什么都不想，痛痛快快花他们的钱就好。"

邹淼长得漂亮会打扮，这几年男朋友换得比衣服还勤，并且只找有钱的男人，反正也不当真，被甩还是甩人都无所谓，给她买包花钱就好。

她看到北雨过来坐下，道："我要是有小雨那么能挣钱，都懒得跟那些男人周旋，直接包养个小白脸多爽。"

北雨讪笑了两声，忽然就想起沈洛，回过神来，赶紧摇摇头，将男人的面孔驱散，看着还在抽泣的赵晓静道："淼淼说得对，幸好是婚前发现，也算是及时止损。"

赵晓静止住抽噎："说是这么说，但是这三年我掏心掏肺地对他，以后只怕是再也没办法爱人了。"

邹淼嗤了一声，拿出根烟点上："都多大年纪了还爱不爱的，动什么别动感情，这世上最不靠谱的就是爱情，你要把感情寄托在男人身上，那就是傻子。我跟你说，比起所谓虚无缥缈的感情，一个名牌包或一款好看的口红，或者一场酣畅淋漓的性爱，都要实在许多。小雨，你说是不是？"

北雨失笑："邹老师说得对。"

邹淼拍拍赵晓静："你要不相信，迟点我给你找个帅哥，你睡一晚比较一下，保管明天就忘了黄忠那个狗东西。"

赵晓静破涕为笑："我可没你那么潇洒。"

邹淼嗤了一声："得了，你十几岁就被男人拐上床了，就少在我面前装纯。你要说小雨纯，我还勉强相信一下。"

赵晓静道："小雨那是眼光高，谁都看不上。"

赵晓静擦了擦眼睛："是啊小雨，你看我这就是前车之鉴，把感情投在男人身上，真是太愚蠢了，你长得好看又有钱，完全可以过自己想要的生活。我们公司的老总就是个女强人，快四十岁了还没结婚，不是嫁不出去，就是不想结婚。她经常换情人，那些男人个个还都把她供着，也不是都看中她的钱，就是心甘情愿。哪像我们对男人掏心掏肺，还不被珍惜。"

邹淼挥挥手："你眼光太高，遇到个看得上眼的不容易，就继续用着呗！"

"啊？哦！"

北雨低头喝了口咖啡掩饰脸上的不自在。

237

想到沈洛，她总有点心虚。

她其实对发小这番歪理并不以为然，她确实对恋爱结婚没兴趣，但并非是真的没有渴望，只是少时的经历，让她始终有些草木皆兵般的悲观，加上还有不被人认可的天真梦想还未完成，这些事情自然暂时不在自己考虑之列。

不过为了不影响朋友聚会的和谐七分，她还是跟着邹淼痛批了一通爱情和男人，然后三人结伴去逛逛吃吃买买，夜幕降临时，赵晓静失恋的痛苦已经被治好了七八分。

之后又去了酒吧狂欢。

北雨本来是打算喝酒的，但是忽然想起沈洛建议她在外面不要喝酒的话。

她酒量差确实容易出事，于是让酒保换成了果汁。

邹淼问为什么，她只说最近身体有恙，遵循医嘱。

北雨独自驱车回家。

这些年，她和两个发小其实见面不多。

圈子不同，生活方式也不同，自然会渐渐疏远。

她不认同邹淼的那套歪理，但也不得不承认，她对爱情的悲观态度，其实与邹淼的游戏人间并没有什么不同。

而她至今还洁身自好，也不过是心中有骄傲，对这种太随便的随波逐流不以为然，而能让她看中的男人实在是少之又少。

人生在世短短几十年，青春就更加短暂，何必刻意去压抑自己。

虽然话糙了点，但也不是没有道理。

她不是十几岁的小姑娘，在空虚寂寞的夜晚，也有压抑的欲望想要释放。

回到家，她洗完澡躺在床上，目光瞥到床头柜上的那张纸，拿过来看了一眼，又扔开。

可过了一会儿，又忍不住拿起来。

明明就觉得十分荒唐，可又忍不住蠢蠢欲动。

"你眼光太高，遇到个看得上眼的不容易，就继续用着呗！"

邹淼的话回荡在她的脑海里。

于是，拿起来。放下。拿起来。放下。

有毒！

北雨蒙在枕头里闷声尖叫了两下，然后一骨碌坐起来，再次将那张纸拿起，穿上拖鞋匆匆出门。

此时已经快十一点，她踏着夜色来到对面，深呼一口气，按响了门铃。

沈洛走出来开门，大概是刚刚才洗澡，短短的头发上还散发着些微湿气。

北雨举起手中的纸，微微清了清嗓子，努力让自己看起来淡定从容："这上面的条款需要再探讨一下，我才能签字。"

沈洛看着她微微一怔，侧身让她进门，点头："你可以把你想到的条件都加上去。"

夜色寂静。

亮着灯光的古朴客厅中，北雨和沈洛坐在沙发两端，中间隔着一张茶几。

两个人都正襟危坐，北雨面前还摆了一杯沈洛给她倒的热水，看起来像是在进行一场正式的谈判。

北雨端起面前的水杯喝了一口。

第一次干这种事，不能说一点都不紧张。

吞入腹中的热水，让她稍稍镇静。

她清了清嗓子，开口道："我是一个很怕麻烦的人，所以在签这份协议前，我有几个问题想弄清楚，以免日后有不必要的麻烦。"

沈洛点头："你问。"

北雨微微犹豫，试探道："你之前和李桐？那个……我没别的意思，就是不想产生不必要的感情纠葛。"

沈洛皱了皱眉，默默起身，再回到座位上时，手上多了一份文件。

他将文件推到北雨面前。

北雨奇怪地拿起来翻开，赫然是一份合同，一份与李桐所在的杂志社签订的合同。

沈洛道："李桐找我是要签下我摄影作品的独家代理权。她从几个月前就一直在联系我，态度很诚恳，给的条件也很优厚。本来我不打算签约的，但我没有固定收入，又需要养孩子，所以最后就把代理权给了他们。"

北雨想着他虽然是个单身父亲，但是小飞船却不像她想象中的单身父亲养成的孩子。小家伙白白净净不说，穿着用度看起来都非常高档，光那一屋子乐高的价格恐怕都不是个小数目。加上父子俩租住的这栋小洋楼，一年房租也得二十来万，确实花费颇大。

她撇撇嘴，将合同还给他，却还是忍不住道："既然只是谈工作，那天大白天你们孤男寡女在楼上屋子里拉窗帘干吗？"

这话中带着点她自己都没意识到的酸味。

沈洛看着她道："那是暗房，李桐在等我洗照片。"

"啊？哦。"北雨抿抿嘴，又道，"我还有个重要问题要弄清楚。"

沈洛点头。

"我得确定你和前妻或者前女友没有任何感情纠葛，我不想惹麻烦。"

沈洛语气平静道："这个你完全可以放心，我没有前妻或前女友。"

北雨大惊："啊？那小飞船怎么来的？不会是一夜情的产物吧？"

沈洛皱眉："不是。"

本来北雨也不是那么八卦的人，但听他说没有前妻没有前女友，小飞船也不是一夜情的产物，脑子里不由得冒出之前开玩笑的戏言，脱口而出："难不成小飞船是你试管代孕的？"

一个不想恋爱结婚、离群索居的男人，用这种方法制造出一个孩子，在这个时代，确实不是什么稀奇事。

沈洛看着她片刻，有点神色莫辨，然后微不可察地点点头。

难怪小飞船说自己没有妈妈，北雨面露不可思议："让孩子一出生就没有妈妈，你不觉得这样很自私吗？"

沈洛淡淡道："我没有考虑那么多。"顿了顿，继续道，"现在小飞船总想让我找老婆，我才意识到他需要一个妈妈。你放心，我不是让你担任这个角色，只是他很喜欢你，我希望我们可以在他面前充当伴侣，让他不再为这件事烦恼。你也可以让我做你的挡箭牌，应付你父母的逼婚。我觉得这对我们都是最好的选择。"

北雨想了想上次她老妈的态度，也不知是想她结婚生孩子走火入魔的缘故，还是太喜欢小飞船，似乎对自己找沈洛这个单身父亲也没什么太大的排斥，要是知道小飞船是沈洛借助高科技手段制造出来的，估计更加不在乎。

用他来做挡箭牌，似乎比邵云溪还方便呢。

她略微思忖，便豁然开朗，拿起茶几上的那张纸，扫了眼上面的条款，然后指着最后一条："这个要改，哪有这种关系的期限是永久的？"

沈洛稍稍倾身，目光定定地看着她，低声问："那应该多久？"

北雨道："当然是任意一方想要结束就自动失效。"

没等到沈洛的回应，北雨抬头看向他。

沈洛对着她的眼睛，沉默良久，终于点头："好。"

北雨挑眉，手指在纸上弹了弹："那就这么定了。"

沈洛起身："那我们上楼改好签上名字。"

北雨想到那间她到过的卧室，犹豫片刻还是跟了上去。

其实这种事不过是口头说好就行，哪需要签协议。也许沈洛思维方式异于常人，但她好歹是正常的，怎么就跟他跑到一个频道了？

北雨自己都觉得很荒谬。

而走在前面的沈洛，来到写字台前，认认真真地将协议修改好打印出来一式两份，让北雨过目之后，自己先在上面签了名字，再递给她。

北雨接过那两张薄薄的纸，看到沈洛俊逸的签名，犹豫片刻，也将自己的大名写上去，然后还给他一张，故作轻松道："合作愉快！"

沈洛扫了眼手上的纸，拉开抽屉放进去，然后转身定定地看向站在原地的人。

北雨也不知道为何被他看得有些发毛，指了指门口，道："……我回去睡觉了。"

沈洛问："那我们什么时候开始？"

他的语气十分寻常，没有任何猥琐龌龊的味道，若不是北雨知道他的意思，还以为他是在说一件再普通不过的事。

她到底是新手上路，还没有适应狗男女这个新身份，脸上不由得蹿上一丝红晕，支支吾吾道："再……再看吧！"

沈洛道："小飞船每天九点睡觉，之后的时间我都方便。要是你不想来我这边，我也可以去你那里。"

北雨胡乱点头，要不要这么一本正经啊？

她转身出门，沈洛跟在她后面送她。

到了门口，北雨见他还跟着，道："不用送了，就几步而已。"

沈洛却仍旧跟着她走到大门口："你明天想吃什么？"

"啊？"北雨才想起来，在成为狗男女之前，他们还是搭伙的饭友，她摆摆手，"我说了你们吃什么我就吃什么，我不挑食的。"

沈洛想了想："那做菠萝饭吧，小飞船喜欢吃，女孩子应该也会喜欢吃。"

北雨啊一声："你还会做这个？"

"我会做的菜很多，你以后想吃什么告诉我就好。"

你厉害！

北雨只觉得这气氛怪怪的。这种关于吃饭的讨论，听起来实在是有种诡异的亲密——虽然他们确实也是饭友。

直到北雨回到对面的小楼，打开了二楼卧室暖黄色的灯，沈洛才转身回屋。

他坐在书桌前，打开抽屉，将那张单薄的协议书拿出来。

纸张的下方，两个人的名字靠得很近。

他轻声笑了笑，将纸张叠好放回抽屉，打开窗户看向对面。

小楼的二层亮着灯，北雨和江越不知为了什么又争吵起来。

沈洛向来厌恶嘈杂，却忽然觉得这种带着世俗温情的声音，让他心驰神往。

这厢的北雨和江越例行一吵之后，回到自己床上躺下，可竟然有点睡不着。

辗转反侧半晌，从床头柜摸出那张A4纸。

她真是疯了，竟然和沈洛签了一份伴侣协议。她虽然经常戏言找不到真爱，以后就去包养小鲜肉，或者找个长得帅的床伴，但到底也只是说说而已，万万没想到自己真的做了一件类似的壮举。

而且对象还是沈洛，一个自己曾经暗恋过的男生，一个有过一夜情缘的男人。

她想了想沈洛这人虽然高冷、话少、压根不知道他想什么，但学历高、长得帅、会摄影、还会做饭，男女关系也简单。

竟然有种与有荣焉的感觉，好像找到这样一个人，还挺让她骄傲的。

于是她对自己即将踏入狗男女行列这件事，就彻底释然了。

隔日，因为忙着上新的准备工作，好不容易喘口气，已经到了中午十二点。

北雨赶紧跑去对面。

小飞船看到她，兴奋地叫道："姐姐，爸爸今天做的菠萝蒸饭。"

北雨点头，她已经闻到了菠萝香甜的味道。

小飞船吸了吸鼻子，跑到沈洛旁边："爸爸，做好了吗？我想吃了。"

沈洛道："马上就可以吃，你去洗手，在餐桌旁坐好。"

"好。"小飞船踮脚在旁边的盥洗池洗手，然后朝北雨招招手，两人来到餐桌旁坐下。

沈洛将两份菠萝饭端过来，还做了一个汤两个菜。

他也不让北雨动手，自己给她和小飞船将饭盛好，还一个人盛了一碗汤。

北雨对这种和五岁小孩的同等待遇，简直有点诚惶诚恐。

也不知是不是他照顾孩子照顾多了，所以习惯去照顾人。

北雨用勺子吃了口甜香软糯的菠萝饭，哇了一声，由衷称赞："学长，太好吃了！比我在云南餐馆吃的还好吃。"

小飞船有点得意道："我爸爸做的菜最好吃了。"

沈洛倒是很平静，轻描淡写道："那你们多吃点。"

北雨悄悄打量了他一下，他微微垂眸，慢条斯理吃着饭，看起来少了点平日的疏淡，多了些平和的温柔。

不过她觉得可能是自己的错觉。

毕竟吃人的嘴软，难免会将人美化。

她忽然想起他说自己没有工作，又联想到那次婚礼上有教授邀请他去大学任职被他婉拒的事。本想好奇地问一下，但想起协议上写的不干涉对方生活，又把好奇吞了下去。反正他的摄影作品价格不菲，也不至于不工作就生活窘困。

饭毕，吃饱喝足的北雨自告奋勇要洗碗，被他拦住："不用了，你下午不是还要上班吗？去休息吧！"

要不要这么善解人意？

北雨一张老脸都有点不好意思了："那我回去了。"

沈洛点点头，忽然又问："你今天过来吗？还是我过去？"

北雨还没回答，小飞船一头雾水问："过来过去什么？姐姐不是在这里吗？"

北雨看了眼纯洁的小孩，干笑了笑："没什么。"顿了顿，又看向沈洛，"我过来。"然后飞快出了门。

她摸了摸烫得厉害的脸，重重舒了口气。

果然没有当狗男女的经验，被小飞船一问，她就心虚得不得了。

这个忙到飞起的下午，对北雨来说简直过得贼快。

明明是加班加点到八九点，还是觉得一眨眼就过去了。

工作室人去楼空，江越也跑得不见踪影，十有八九又去见他的女神了。

北雨洗完澡回到房间，看了看墙上的时钟，已经过了九点。她悄悄打开一点窗帘，看到沈洛的房间亮着灯，窗户开着，窗帘随风而动，他人倚在窗边，似乎是拿着书在看。

北雨怕他发现自己，只看了一眼，就赶紧放下窗帘。

她站起来，深呼吸了几口气，为自己壮胆。

既然已经选择了和沈洛开始这样的关系，就要有踏出第一步的勇气。

思及此，她拍拍自己的脸，让自己振作起来，然后英勇就义一般踏出了房间。

她走到对面的大门口，还没敲门，沈洛已经从里面将门打开。

245

北雨想努力装作淡定的样子，但心跳得实在太快，最后干脆放弃，沉默地跟着他上楼。

进了房间后，沈洛关了窗户，拉好窗帘，转头看向站在床边的人，犹豫片刻，试探地问："你害怕？"

北雨想来是那种死鸭子嘴硬的性子，听他这么一问，顿时有种被看扁的感觉，梗着脖子道："这有什么好怕的？"说着往床上一坐，用力躺下去。

沈洛默默看着她，床上闭着眼睛的人虽然假装不在意，但僵硬的身躯出卖了她的内心。他有点想笑，而且也确实低低地闷笑了一声。

北雨半睁开眼看向他："你笑什么？"

所以这个人是在嘲笑自己菜吗？

沈洛摇摇头。

沈洛将空调温度调低了点，半爬上床，单腿跪在她旁边，伸手去解她的衣服。

北雨看着他，反射性地抓住他的手。

明明上次是顺其自然，为什么现下面对清醒的沈洛，她反倒厌了。

沈洛没有移开手，只定定看着她，虽然还是面无表情的样子，但那双黑沉沉的眼睛里，却似乎泛着浅浅淡淡的温柔。

"我……我自己脱。"北雨红着脸支支吾吾道。

沈洛微微勾了勾嘴角，目光从她的眼睛移动到那张嫣红的唇上，忽然俯下头，轻轻吻着。

北雨整个人僵住，一动也不敢动。

上回虽然也是沈洛主动，但因为是醉酒，吻上来时，就颇有些杂乱无章的粗鲁，毫无技巧可言。

她当时更多的是错愕和震惊，完全是稀里糊涂跟他搅在一起，等回过神早就大势已去，除了身体的疼痛再无其他。

而这次的沈洛完全清醒着，因为洗过澡，整个人泛着清爽的气息。

他很清楚自己的行为，动作轻柔缓慢，那种酥酥麻麻的感觉，北雨想忽视都难。她几乎不敢呼吸，脑子里渐渐一片空白，只剩下唇上那暧昧撩人的触感。

沈洛吮了会儿她抿着的唇，稍稍抬头，隔着咫尺的距离居高临下深深地凝视着她。

北雨被这个吻弄得双颊嫣红，一时不知云里雾里，待他离开，她下意识要松口气，微微张嘴呼吸时，沈洛却忽然又贴上来，趁机探入了她张开的唇。

本来只是暧昧的轻吻，现下彻底变成天雷地火的深吻，唇舌的纠缠黏腻濡湿，空气骤然变热。

明明已经经历过一次，但北雨却忽然有点胆怯起来，甚至有点想逃跑。

然而沈洛没给她这个机会，因为他用他的吻很快让她在他身下软成了一团泥。

在迷离中，她微微睁开眼，看到上方晃动的男人半眯着眼睛看着她，抿唇喘息，暖黄浅淡的灯光下，那张本来疏淡的脸，竟然分外性感迷人，于是本来就压抑不住的感觉更加汹涌。

二十七岁的北雨，第一次体会到了传说中的小死一回。

身体舒服了，心情自然就不错。

北雨虽然累得连手指都不愿动，但整个人神清气爽。

结束后，她彻底摒弃了之前的那点不自在。她本身就不是什么矜持的人，成功迈出这一步后，只觉得身心都豁然开朗。

虽然她自认这与爱情无关，但不得不承认，和沈洛在一起，从前那种对男人的抗拒和排斥，荡然无存。

这种体验真实再好不过。

她微微喘着气，靠在枕头上，看着下床的男人那颀长精瘦的背影，恨不得吹声口哨，再抽根事后烟。

沈洛下了床后，给她端来一杯热水放在床头柜上。

她刻意轻佻地看了他一眼，心道：不仅人帅体贴还懂得照顾伴侣感受，简直就是完美情人，而且他们签了协议，这个完美情人还是排他的，只属于她北雨一个人。

于是她到底没忍住，得意忘形地朝他吹了声口哨。

沈洛不明所以，看向她问："怎么了？"

北雨赶紧摇摇头："没事。"

沈洛沉默了片刻，又试探地问："刚刚舒服吗？"

北雨想说太爽了，但毕竟这样显得太不矜持，于是只微微笑着点头，想到他那么娴熟的前奏，忍不住笑着随口道："看不出你经验还蛮丰富的。"

沈洛微微一怔，淡声道："我一向很擅长将理论应用于实践。"

北雨才懒得管他什么理论实践，反正自己作为一个享受者，让她舒服了她就知足了。要是再经历上回那种痛苦，她很可能会考虑单方面撕毁协议。

她拿起床头的手机看了下时间，啊了一声："快十一点了，我得回去了。"

作为一个懂得进退的情人，当然是睡完之后，穿上衣服各回各家各找各妈。

沈洛看着她光着身子跳下床，手忙脚乱地寻找被他扔掉的衣服，不动声色地伸脚，将落在床边的睡衣踢进床底。

"我的衣服呢？"北雨翻着被子嘀咕。

沈洛道："我刚刚看弄脏了，丢在了洗衣机里。"

“啊？那我怎么回去？”

沈洛道：“反正就两步路，明天早上衣服干了再回去，不耽误你上班。”

“可是——”

北雨总觉得他们现在这种状态同床共枕实在是有点奇怪。

“啊？”北雨还没决定，人已经被他压倒。

最后的结果是，北雨累得一根指头都动不了，只能在沈洛的床上睡下。

运动过度自然是睡得很香。

北雨一觉醒来已经是翌日早上，她揉了揉惺忪的眼睛，看到旁边坐着的男人，一时没反应过来。

“早！”沈洛开口和她打招呼。

北雨的神思归位，想起了昨晚的事，到底还是有那么一丢丢羞涩，她爬起来笑了笑：“早啊！”

沈洛道：“现在还早，我去做早餐。”

“不用了，我回去洗漱换衣服。”

沈洛道：“我做好了叫小飞船给你送过去。”

北雨都有点心虚了：“学长，咱们这种关系，你不用做这些的。”

沈洛低头看向她，轻描淡写道：“我们不是动物，就算不是谈情说爱，也不用只限定在肉体的关系，何况这些只是举手之劳。”

北雨觉得他说得有些道理，毕竟他们还是邻居，也是一起搭伙的饭友，除了炮友关系，他们也可以做朋友，只是不用谈情说爱就好。

想通了，她也就释然了，笑着点点头：“那就麻烦你了。”

她坐起来，看到床头柜上叠放得整整齐齐的衣服，伸手拿起穿好，然后蹑手蹑脚出门，路过小飞船房间时，那门恰好打开，小家伙揉着眼睛从里面走出来，看到鬼鬼祟祟的北雨，咦了一声：“姐姐，你怎么在

249

我们家？"

北雨干笑着跟他打招呼："小飞船，早啊！我来看你啊！"

小飞船嘻嘻笑道："这么早来看我，是不是要给我巧克力啊？"

北雨故意哎呀了一声："我的巧克力呢？怎么不在身上？一定是忘在家里了，我待会儿给你拿来啊！"说完就匆匆跑下楼，一副心虚的样子。

小飞船伸长脑袋朝她的背影看了看，转头看向自己的爸爸，小声道："姐姐肯定是在骗我，她肯定是昨晚又喝醉了酒，二狗叔叔不在家，爸爸就把她带回咱们家睡了。"

沈洛揉了揉他的脑袋："小飞船真聪明。"

小飞船得意地笑了笑，又想到什么似的严肃道："不过爸爸，你不会是让她睡在你的房间吧？"

"怎么了？"

小飞船急了："你连这个都不知道吗？男人女人不能一起睡的！姐姐又不是你老婆，也不是你女朋友。"

沈洛揉了揉额角，清了清嗓子："小飞船，以后你不要再给爸爸找老婆了。"

"为什么啊？"小飞船急道，"你都快三十岁了，要是再没老婆，人家会笑话你的。"

沈洛道："因为爸爸和姐姐在一起了。"

小飞船不明所以："什么叫在一起了？"不等沈洛回答，他忽然夸张地睁大眼睛捂住嘴，"你是说姐姐要当爸爸的老婆吗？"

沈洛道："哪有一来就当老婆的。"

小飞船道："那就是女朋友，可是前天那个叔叔不是姐姐的男朋友吗？"

沈洛道："他不是。"

"不是啊！"小飞船长长舒了口气，又跺跺脚，"哎呀爸爸终于不是光棍儿了，可是为什么是姐姐呢？我还想要姐姐等我长大呢！"

250

沈洛轻笑一声，揉了揉他的脑袋："你在幼儿园不是有小女朋友吗？"

小飞船点头，叹了口气道："是哦！放假太久差点忘了。那好吧，姐姐就让给你了，谁让你是我爸爸呢！你都不知道我为你操了多少心。"

"……"沈洛，"那我谢谢你啊！"

北雨回到对面，洗完澡出来，恰好遇到起床出门上厕所的江越。

看到她一头湿漉漉的头发，江越哇哇鬼叫道："一大早洗澡，你是不是有病啊？"

北雨道："谁规定早上不能洗澡的？很多人都是早上洗澡，早上洗澡清爽一天懂不懂？"

江越上下打量了她一番："别人早上洗澡很正常，问题是你可没有这种习惯。"

"我突发奇想不行啊？要你管！"

江越嗤了一声："事出反常必有妖。"

他又歪头看了看她，见她面目含春神清气爽，啧啧笑道："告诉你哥我，是不是遇到了什么喜事？谈恋爱了？真和邵云溪在一起了？"

北雨翻了白眼："江二狗，你想太多了！"

等北雨吹干头发下楼，小飞船正和江越吃着早餐说说笑笑。

看到她下来，小飞船赶紧大声道："姐姐，爸爸让我来给你送早餐！"

说完还和江越贼兮兮相视一笑。

什么情况？

北雨狐疑地走过去，看了眼桌上放着的吐司鸡蛋和鲜榨果汁，又看向两个满脸贼笑的人："你们俩干什么？"

江越嘿嘿一笑，朝她眨眨眼睛："北大嘴，连你哥我都瞒着，不够

251

意思啊！"

　　"什么瞒着？"北雨一头雾水。

　　江越道："你和沈洛啊。"

　　北雨心里咯噔一下，心道：她和沈洛的那点龌龊事难道被发现了？

　　正要否认，只见小飞船笑眯眯开口："姐姐和爸爸在一起了，我终于不用为爸爸找老婆操心了！"

　　江越坏笑着接话："北大嘴不错啊！过了十几年洛神还是没逃出你的手掌心！"

　　"什么鬼？"北雨心虚地否认，看到小飞船脸上满足的表情，忽然又想起沈洛说的话，两个人在小飞船面前假装正常的情侣关系，可以让小家伙以后不用再操心他的事，也可以在她家人面前假装，省去被催婚的麻烦，所以皆大欢喜。

　　想必他已经对小飞船说了，毕竟父子俩住在一起，是不可能瞒住的，早晚都得说。

　　于是她耸耸肩，拿起早餐，假装不在意道："我还以为什么事呢，瞧你们俩贼兮兮的样子。"

　　江越道："我妹终于找到男人了，我还不能兴奋点？"

　　北雨白了他一眼："你少管我，赶紧把自己那摊事搞定吧！"

　　江越嘿嘿一笑，赶紧转移话题，不知从哪儿弄出个五子棋的小盘，朝小飞船道："会不会下五子棋啊？叔叔教你！"

　　小飞船摇头，但一副感兴趣的样子："不会。"

　　北雨无语地叹了口气，去办公室干活。她坐在座位上发了会儿呆，不由自主退到窗边，拨开一点百叶窗，见对面没什么动静。

　　她撇撇嘴，回到桌前打开电脑，可是脑子里却止不住出现昨晚的场景。

　　她抱着头无声叫唤了几下，赶紧将这些念头挥走。

她深呼吸几口气，强迫自己进入工作中。

可惜没能成功，脑子里乱得厉害，身体也十分躁动，简直就是坐立不安。

她走出办公室，看到小飞船和江越下棋下得兴致正高。

江越抱头哇哇直叫："不会又输了吧？你不是才学会吗？"

小飞船道："这个好简单的哦！二狗叔叔你太笨了！"

北雨嘴角抽了抽，对江越十分同情，五子棋输给一个刚刚学会的五岁孩子，真是不辜负他四肢发达头脑简单的形象。

江越道："不下了！不下了！没意思。"

小飞船笑眯眯道："那我回去找爸爸了。"

北雨叫住他："那个……小飞船，你跟你爸爸说一声，我中午有事，不过去吃饭了。"

小飞船点头："好的。"然后蹦蹦跳跳跑了。

此时还没到上班时间，偌大的办公室里只剩下江越和北雨两人。

江越挑眉坏笑着看她："我就猜到你和洛神肯定会有奸情。"

北雨给了他一个白眼："你这么会猜，怎么不去天桥下摆个摊儿！"

江越摆摆手："行行行，说正经的，你真打算和他在一起了？"

北雨支支吾吾，含混点头。

江越收回平日里的吊儿郎当，稍稍正色："虽然我挺喜欢小飞船的，沈洛也确实很优秀，毕竟当年可是我们高三空降的第一，但他是个单身爸爸是不容抹杀的事实，你准备好了给人家当后妈？"

北雨不甚在意道："这才哪儿跟哪儿，难不成在一起等于要结婚了？"

江越道："我这不是见你妈开始催婚了吗？"

北雨道："还早呢！反正我现在是能暂时打发我妈了，你自己那点破事还不早点搞定。"

江越摸摸头，心虚道："我心里有数。"

"你有个鬼！"

江越起身："哎呀！我得去工厂催货了！"

北雨摇摇头，看到有人来上班，也就没再继续。

中午北雨当然没什么事，于是她干脆把下午的工作安排好，中午直接出门去逛街。

购完物，自己一个人看了场电影，吃了晚饭，又去美容院做了大保健，一天就这么过去了。

回到家已经是十点钟，北雨将车子停好，下意识看了眼对面的小楼。

沈洛那间屋子亮着灯，大概是听到楼下的动静，他走到窗前，掀开帘子朝她看来。

北雨赶紧低头，跟做了亏心事般钻回屋内。

江越难得没出门鬼混，看到她回来，奇怪道："你怎么现在才回来？"

北雨佯装随意道："才十点多不是挺早吗？"

江越点头："也是。"

要江越发现自己的异常，可能还是有点难度的。

她拿着战利品回到房间，正收拾好衣服要去洗澡，手机显示短信提醒。

打开一看，来自一个陌生号码：今晚过来吗？

莫名其妙，她还以为是发错了。

只是刚放下手机，忽然想起什么似的又拿起来，往前翻了下通话记录。

有过一次接听记录。

果真是沈洛的电话。

她撇撇嘴，哪有狗男女天天一起睡的？想了想，回过去：不了。

她把他的手机号码存下，但是不知道用什么名字，干脆写了小飞船他爹。

存完看了会儿才放下手机跑去洗澡。

洗完澡躺在床上，也不知为什么格外兴奋，翻来覆去，半点睡意都没有。

可是脑子里明明什么都没想，就是躁得很。

她摸过来关了机的手机打开。

刚刚开机，里面又有一条短信马上进来。

小飞船他爹：真的不过来？

北雨抿了抿嘴，起身掀开一点窗帘，看到对面的灯还亮着。

她抱着手机纠结了片刻，打字发过去：还是不过去了吧！

沈洛很快回过来：我有点希望你过来。

北雨看着这几个字，小心脏颤了颤，犹豫良久，最终还是咬咬牙：那我还是过去吧！

反正都已经加入狗男女行列了，不如就彻彻底底放纵，遮遮掩掩压根就不是狗男女的作风。何况她这种喜欢争强好胜的性格，就算是做狗男女也要做最名副其实的那类。

想到这里，她就释然了，高高兴兴跑出了门。

照旧是不等她敲门，沈洛已经从里面打开门迎接她。

他侧身让她进去，随口问："今天很忙吗？看到你很晚才回来。"

北雨摇头又点头："有点。"

其实就是在外面瞎晃了一天。要不是刚刚加入狗男女行列，还没太适应，也不至于逃避。

不过她刚刚想通了，既然做了这个决定，就要坦荡一点。

她是谁？她可是潇洒不羁的北大胆。

于是她转头朝沈洛一笑，轻佻地揽住他的脖子，凑上前亲了他嘴唇一下。

让自己看起来颇为豪放。

她这突如其来的动作，让沈洛微微一怔。

好吧，还是有点尴尬！

北雨摸摸头，佯装不在意的样子，转身上前轻快地往屋内走去。

沈洛摸了摸嘴唇，鹅毛般拂过的感觉，撩得他心头发痒。

他无声笑了笑，跟上她。

北雨轻车熟路来到沈洛的房间，里面开着幽幽的暗灯，点着沁人心脾的熏香，音响中放着音乐。

整个房间洋溢着浪漫优雅的气氛。

她记得他昨晚说过"我们不是动物"。

不得不再次承认，沈洛是一个完美情人。虽然两人顶多只能算作情人关系，但他的这些小细节，让她觉得自己被重视和尊重，不会有任何廉价的感觉。

她听着那音乐，随口道："苏联曲子，好久没听过了。"

沈洛点头："我以前很喜欢听。"

北雨道："我也喜欢。"想到什么似的又道，"我高中弹手风琴，你听过的吧？"

其实她有点怀疑他早就忘记了。

沈洛点头："听过，你在晚会上还弹错了两个音。"

是啊，他说过自己记忆力超群。

沈洛走到音响前换了一首苏联舞曲，朝她伸出手："要跳舞吗？"

北雨心中觉得好笑，滚床单之前还跳支舞，这哥们儿大概是最浪漫最有情调的炮友了。

好吧，她配合。

她挑挑眉走上前，将手交给他。

舞曲悠缓，两人跳得很慢。

沈洛一双漆黑如墨的眼睛，定定看着她，带着一点若有若无的笑意。

北雨本来已经放飞自我，但在这样暧昧温馨的气氛中，被他这样近地看着，不知为何还是有点心跳加速，干脆将眼睛闭上。

哪知下一秒，唇上有一抹温热触来。

一段曲子结束，这个绵长的吻也随之结束。

北雨整个人已经浑身发软，几乎是靠在沈洛怀里，被他抱着带动着脚下的步子。

两具身体紧紧靠在一起，那种亲昵比真刀真枪的床上运动有过之而无不及。

北雨其实并不喜欢人与人之间身体的亲密触碰，因为她认为这种近似于依赖的行为，十分不符合她追求潇洒自由的价值观。

滚床单是纯生理层面的东西，无非为了愉悦身体，而这种缠绵的拥抱，则跨过了她设立在自己心里的那道三八线。

没想到沈洛一个吻，她自己就先跨过了自己设好的三八线。

她几乎是大梦惊醒一般，从莫名眷恋的怀抱中抬头，然后勾着沈洛的脖子，轻桃地笑了笑："情调差不多了，咱们进入正题吧！"

情调只是为了让狗男女行苟且之事更加完美一点，她可不能太沉溺其中。

沈洛神色莫辨地看了看她，点头。

北雨松开手，想着昨天今天都是他在努力，他是个完美的合作伙伴，她这个搭档当然也不能输。

虽然她没什么经验，连理论知识都乏善可陈，但到底看过一些书和片子。

她退到床边坐上去，脱了睡衣，只留下一件短裤，然后将披在身后的长发撩在一旁，微微侧头，朝沈洛笑着看过来。

她其实不是性感的身材，但因为常年运动，所以胖瘦均匀，加上有一头蓬松微卷的长发，虽然看不到自己此时的模样，但自我感觉还是非常不错的。

沈洛唇角微微动了动，走上去，站在她面前，沉默着将身上休闲的家居服脱下来。

结束之后，沈洛仍旧和昨晚一样，没有马上离开她，而是将她抱在臂弯里，轻轻抚弄她的背，帮她顺气。

平复下来，北雨那点争强好胜的心思又涌上来，抬眼看向神色平和的沈洛："我和你以前的女人比起来，怎么样？"

沈洛怔了下："无与伦比。"

虚荣心得到满足，北雨愉悦地吹了声口哨："你也是。"还奖励般地在他的脸上亲了下。

"嗯，谢谢。"他一本正经地应道。

北雨忽然觉得这人有点可爱。

有一个帅气活好体贴还可爱的情人，她真是赚大了。

想到这里，她有点忍不住想笑，但又不好在沈洛面前表现出来，只得钻进被窝捂着脸偷乐。

沈洛看着床头抖动的被子，无声地扯了扯嘴角，将她捞出来："出了很多汗，去洗澡吧！"

他边说边将北雨抱下床。

几分钟后，偌大的按摩浴缸里，北雨靠在沈洛的怀里，闭眼享受。

不过她到底不是喜欢安静的人，过了一会儿就开口打破两人间的静谧，随口问："你为什么不想谈恋爱结婚啊？"

沈洛沉默片刻，不答反问："那你呢？"

北雨不甚在意道："我啊！就是想要自由，觉得恋爱结婚很麻烦。男人没几个可靠的，而且我自己可能也不怎么可靠。所以过了少女时代就已经不相信持久不变的爱情了，既然恋爱结婚的初衷是为了这个恒久不变，那么对我来说就是伪命题，我为什么要去尝试一个伪命题？"

沈洛点头："你说得有道理。"

北雨来了兴趣，笑盈盈转头看向他："你也是这样认为的吧？难怪咱们俩能达成共识！而且能让我喜欢的男人，估计这世上都没有，你也是吧？"

沈洛照旧是不答反问："你喜欢什么样的男人？"

"我啊——"北雨自然而然靠在他的胸前，数着指头道，"要长得帅，人品好。最重要的是只许对我一个人好，要宠我，不能骗我，答应我的每件事都要做到，对我讲的每一句话都要真心，不许骗我，不许骂我，要关心我，别人欺负我时，要第一时间出来帮我，开心时要陪我开心，不开心时要哄我开心，永远觉得我是最漂亮的，梦里也要见到我，心里只有我。"

她剽窃电影里的经典台词，一顺溜说了下来。

这话她之前在江越面前说过，被他深深地鄙视了一番，说她这是玛丽苏附体，肯定是要注定孤独一生的。

她对此深以为然。

这天底下哪会有这种男人？可是作为女人，难免都会有这种幻想，只不过大部分女人最终都会对生活妥协，在爱情或婚姻里选择将就，这样的想法甚至都不敢说出来。

她说完这句话之后，就有点心虚，毕竟沈洛不是什么话都能说的江越。

她稍稍转头看了他一眼，只见他眉头微微拧起，她赶紧笑嘻嘻道：

"我是不是很幼稚？很好笑？"

沈洛摇摇头，低声将她的话重复了一遍，看着她认真地问："只许对你一个人好？是都不可以对其他亲人朋友好吗？"

北雨莫名其妙："当然不是，是说不能对其他女人好，因为我会吃醋啊！"

沈洛点点头，似是舒了口气，又问："那如果是一些没有恶意的谎言呢？"

北雨漫不经心道："我也就是这么一说，谁一辈子不会说几句谎，我的意思是不能故意欺骗。"

沈洛嗯了一声："那我觉得你的要求很正常。"

北雨转头睁大眼睛看他："是吗？"她想了想又问，"你呢？是不是也是要求太高，所以放弃恋爱结婚？"

沈洛道："也还好，就是觉得你说得很对。"

这句莫名其妙的回答，让北雨不太明白，不过听出来似乎是在夸她，所以也就没再继续追问。

这算起来是除了高中观星那一夜，两人第一次说这么多话。

北雨觉得沈洛这人虽然话不多，但也算是深得她心，连自己那可笑的择偶要求都觉得正常，难怪两人能一拍即合。

啊！现在真是一切都好，只缺烦恼。

剧烈运动加按摩浴，这一觉北雨终于是没在生物钟的时间醒来。

睁开眼已经八点半，沈洛穿戴整齐地站在旁边，看她醒了，开口道："洗手间放了新牙刷，你洗漱好就下楼吃早餐。"

北雨眨了眨眼睛，哦了一声。

这么体贴的情人，她真是上辈子烧了高香吧？

下楼时，已经吃过饭的小飞船，笑嘻嘻和她打招呼："姐姐，我知道你昨晚是和爸爸睡的哦！"

北雨老脸一红，看了眼沈洛，却见他一脸平常。

好吧，还是他道行高。

她在沈洛对面坐下，吃了两口早餐，想起来自己穿着睡衣，道："那个……你帮我去我家里拿套衣服出来，马上要上班了，我穿这样有点不雅。"

沈洛点头，喝完手中的豆浆，便起身出门。

几分钟后，他便去而复返，不过手中拿着不止一套衣服，而是拿了好几套。

北雨不解："你拿这么多干什么？"

沈洛道："多放两套在我这边，有备无患。"

好吧！

好像也没有什么不对。

吃完早餐换了衣服，北雨回到对面工作室，便见江越带领着一众员工，以拍桌子欢呼代替敲锣打鼓迎接她。

"热烈庆祝霸道总裁北雨顺利脱单！"

"庆祝庆祝热烈庆祝！"

办公室响起整齐的起哄声。

北雨知道沈洛过来二楼拿自己的衣服，肯定有人看到了。加上江越这个大嘴巴，只怕是早就传开了。

传开了也没事，但自己一大早从对面过来，明摆着昨晚是干什么勾当去了！

她要面子的啊！

于是她故意板着脸："干活干活！"然后昂着头进了自己的办公室。不过那脸上的春风得意，和脚下的轻快，明眼人一看就知道这分明就是恋爱中的蠢女人。

这一天北雨的心情都很好，再没有任何纠结，中午轻轻松松去了对面，和沈洛、小飞船一起吃午餐，之前的那点不自在一扫而光。

她本来就是一个追求享受的人。

现在这种状态再享受不过。

下班前，她接到邵云溪的电话，说下午在附近和客户见面，结束后约她一起吃晚餐。

她想起之前和他说好假装交往的事，如今她和沈洛已经签了书面协议，正好得和他说清楚。

邵云溪订的是一家高档西餐厅，他今天大约是上班的缘故，又是西装笔挺，一副人模狗样的装扮。

看到北雨来，他绅士地站起来给她拉椅子，随口道："看起来心情不错！是不是有什么高兴的事儿？"

北雨心道：我去！这么明显？

不过一个二十七岁的女人过上了性生活，而且还是质量颇高的性生活，确实也算是件高兴事。

当然，这种事也就是自己心里猥琐地想想，不可能说给别人听。

她稍稍敛了敛神色，让自己看起来正常点："每天也都差不多吧！"

"是吗？"邵云溪在她对面坐下，打开菜单让她点菜，"这几天太忙了，也没找到时间约你出来，我这个准男友当得实在不太好。"

"咦？"北雨接过菜单，伸出食指摆了摆，"不要乱用词哦！"

她随便点了两个菜，才又看向邵云溪，继续道："之前咱们说的计划我退出了，你再找人吧！"

邵云溪愣了下才反应过来："为什么？"

北雨当然不能说因为自己有了沈洛这个炮友所以她得换搭档了，只笑着道："我有准备交往的对象了。"

说得这么冠冕堂皇，她自己都心虚。

邵云溪表情一僵，好在很快又恢复，笑着道："那就恭喜了，是前几天那个沈洛吗？"

北雨吓了一跳："你怎么知道的？"

邵云溪勉强地笑了笑："我神机妙算啊！"

他和北雨重逢见面之后，也许是长大后见过太多虚与委蛇和虚情假意，北雨这种坦率和颇有些傲慢的不拘小节，让被遗忘到少年时代的感觉，又蠢蠢欲动地复苏了。

反正男未婚女未嫁，他决定再次追求她。

哪料到第二次见面，他就遇到了跟着她一起出现的沈洛。

他在二中只待过半年多，但当年的沈洛他还是有所耳闻，而且后来也看到过沈洛的履历。

那样的履历，普通人望尘莫及。而自诩还算优秀的他，也只能算作普通人，因为毕竟不是天才。

他本以为沈洛是单身爸爸，对他的计划没什么威胁，但那次在攀岩馆，沈洛表现出的敌意，显然并非如此。

他知道那个看起来冷漠疏离的男人对北雨也有企图。

想不到过了几天，他的想法就变成了事实。

他都怀疑是自己的出现，成了两人的催化剂。

思及此，邵云溪真是哭笑不得。

他想了想问："你不在乎他有儿子，是单身父亲吗？"

北雨不甚在意道："小飞船多可爱啊，而且又不是要马上结婚当后妈，想那么多干吗？"

邵云溪道："这样啊！"

北雨道："你还以为怎样？及时行乐不就好了？"

没错啊！她现在就是及时行乐。

而且还特别乐！

邵云溪看着她翘起来的唇角，挑挑眉道："说得是，不过我们以后做朋友没问题吧？我高一离开这里现在才回来，这边实在没什么朋友。我还是想跟你混呢！"

北雨无所谓地点头："当然没问题。"

两人吃过饭，邵云溪自然是要发扬绅士风度，以朋友的名义送北雨回家。

将车子停在巷子入口后，两人步行走进去。

此时时间尚早，不过八点多。

到了门口，北雨本来准备发扬友爱精神，邀请邵云溪去家里喝杯茶，可还没开口，对面大门里，一个小身影就冲了出来，站在她身边抱着她的手。

"小飞船，你干吗呢？"北雨不解地看向身旁的小家伙。

小飞船抱着北雨的手，一脸戒备地看向邵云溪，开口道："大哥哥，我知道你不是姐姐的男朋友。"

邵云溪笑："我是姐姐的朋友啊！"

小飞船小脸严肃地道："那你不能追求姐姐。"

邵云溪笑问："为什么？"

小飞船道："因为姐姐是爸爸的女朋友，以后的老婆，你不能当小三。"他顿了顿，又继续嘟囔道，"本来我让姐姐等我长大的，但我爸爸都快三十岁了，好不容易才找到老婆，我就把姐姐让给他了，哥哥你不要和爸爸抢！"

北雨被逗得大笑。

邵云溪嘴角抽了抽，揉了把小家伙的脑袋："你真是你爸爸的乖儿子呢！"

小飞船又抬头看向北雨，义正词严道："姐姐，你要对爸爸忠诚，千万不要三心二意哦！"

北雨失笑摇头："你都从哪里学来的这些话？快回去准备睡觉吧！"

小飞船用力点头，笑嘻嘻跑了。

被他这一打岔，北雨也忘了邀请邵云溪喝茶这件事了，和他说了再见就回了屋。

邵云溪叹了口气，转身欲离开，却看到对面不知何时抱臂靠在门边的沈洛。

他笑了笑，走过去和他打招呼："学长，恭喜你啊！"

沈洛淡淡道："谢谢。"

邵云溪道："学长，我上次回去问了下，你是寰宇航天的创始人之一，当初你们还来我们公司融过资。据说现在民营航天领域已完全开放了，你们应该会受到更多关注了吧？"

沈洛道："你搞错了。"

邵云溪耸耸肩："那可能是我搞错了。"然后又意味不明地笑了笑，"学长速度挺快，前几天和北雨还只是邻居的关系，今天就变成了情侣，我自叹不如。"

沈洛道："既然知道不如，以后就麻烦离我的女人远一点。"

邵云溪笑道："有人说只要锄头挥得好，不怕墙脚挖不倒，离太远怎么方便挥锄头？我虽然慢了点，但世界上不是还有句话叫后来者居上吗？"

他也不知道为什么自己这么贱，非要给人点不痛快才爽，尤其是这种自己望尘莫及的天才。

沈洛道："如果我是你，应该会自觉地远离北雨。"

邵云溪："为什么？"

沈洛道："因为你不知道你当年的行为，给她造成多大的伤害。她不在乎，不代表其他人也不在乎。"他顿了顿，"比如我！"

邵云溪微微一怔，收起脸上的笑意："我当然知道，所以会尽最大的努力弥补。"

"我觉得你离她远一点就是最大的弥补。"

邵云溪笑："看来我和你观点恰好不同。"他舒了口气，"不过还是要谢谢学长的指点。"

他没有说再见就离开了。

沈洛靠在门边看了眼他的背影，又抬头看向对面的二楼。

北雨的房间开着灯，窗户后的身影若隐若现。

他拿出手机拨了她的号码，看到她站在窗户后接起来。

"今晚过来吗？"

"不过去了吧，今天有点累，想早点睡了。"北雨接了电话，哼哼唧唧道，言语中有她自己都未觉察的娇嗔。

她是要工作的人，不像沈洛每天做做饭带带孩子就行，连着两天晚上的剧烈运动，加上白天的兴奋，她确实感觉有些累了。

再说，哪有夜夜笙歌的？

她边打电话边找睡衣去洗澡，但翻了半天却没找到一套，她明明就今天换了一套放在沈洛那边。

然后她听到他在电话里轻描淡写说："我早上帮你找衣服的时候，看到睡衣就顺便拿了过来，想着以后换着方便。"

"你拿了几套？"

"应该是三套吧！"

北雨无语："我总共就这几套，全部在你那边了！那我过去拿吧！"

她挂上电话，匆匆出门。

走到对面，看到他站在门口，她忍不住有点抱怨："你怎么把我睡衣全拿了？"

"我随手拿的，不知道全部拿走了。"

北雨嘟囔抱怨：“累得要死，害得我还跑一趟。”

沈洛道：“那不如就在我这里洗了睡吧，省得再过去。你不是喜欢我的按摩浴缸吗？正好可以让你舒缓一下。”

北雨想了想也是，转头看他：“但是我今天不想做了，太累。”

沈洛点头：“嗯，今天什么都不做，早点睡。”

不做还一起睡？又不是谈恋爱过日子！

但是想了想那个舒适宽敞的按摩浴缸，北雨也就算了。

毕竟她是一个追求怎么舒服怎么来的人！

而沈洛恰好能给她提供舒服。

等雨停

DENG
YU
TING

蔚空
作品

[下册]

青岛出版社
QINGDAO PUBLISHING HOUSE

第七章
奋不顾身的相助

清晨的阳光从窗帘透进来。

北雨迷迷糊糊醒过来，惺忪的眼前赫然是一张男人英俊的脸。

他还没醒来，窗外的光，浅浅地照在他干净的面容上，显得轮廓比平日里柔和了几分。而他的手搭在她的身上，呈现一个拥抱的姿势。

北雨还记得昨晚自己困得厉害，洗了澡头发都没吹干，就趴在床上呼呼大睡。半梦半醒间，她隐约听到吹风机低低的声音，还有男人手指拂过自己头发的感觉。

应该是沈洛替自己吹干了头发。

两个人昨晚确实什么都没做，但醒来却是被他抱在怀里，像是相互依偎着。

这感觉让北雨有点奇怪，她还不习惯这种超出了他们关系的亲昵。

她正要移开目光时，沈洛忽然睁开了双眼。

那双漆黑的眸子离北雨只有咫尺的距离，她几乎清楚地看到了他眼中的自己，以至于忽然就有点无所适从。

她佯装打了个哈欠以掩饰自己的尴尬，坐起身道："早啊！"

"早。"

沈洛低低应了一声，刚刚醒来的声音，带着点慵懒，听起来有些莫名的性感。

因为昨晚睡得早，也睡得沉，北雨这一觉质量极高，于是刚刚那点不自在很快就一扫而空，她下床伸了个懒腰，随口道："你的床挺舒服的。"

沈洛道："嗯，你要是喜欢，以后就睡在这里，反正也方便。"

"……"北雨总觉得有哪里不对，但好像又没什么问题。

接下来两个星期，北雨就在这种总觉得哪里不对劲的心理之下，稀里糊涂地在沈洛三言两语的诱哄中，一直在他那里睡着。

除了兴致高昂滚床单之外，其实更多的时候是纯睡觉。

快进入秋季，她经常忙得分身乏术。

工作室今年进入一个跳跃性的发展期，每天要和设计师讨论新款，要忙着跟进采购、制版、打样、生产、拍照上新，还要和挑剔的顾客周旋。

她并不能经常在办公室，自然也不是每天和沈洛一起吃午饭，有时候从郊区的工厂回来，已经是晚上九、十点钟。

这样的生活，好的睡眠比滚床单更重要。而在沈洛的那张床上，她似乎总能睡个好觉。

她不知道是他的床舒适，还是他的怀抱让人安心。

她也懒得多想，每天工作已经让她一个头两个大，再纠结于这些细枝末节的小心思，她还不得累死？

270

因为忙，她快三个星期没回家了。好在她老妈临退休的业余生活很丰富，有广场舞和麻将陪伴，也不至于跑到工作室这边来实施老妈的催婚魔咒，只在打麻将没钱的时候，想起来给她打个电话，让北雨赶紧给发个红包。

现在中老年人打牌也与时俱进，输赢都走微信，玩得不亦乐乎。

终于是忙过黑色的两周，北雨本来回了家准备好好休息两天，哪知北母也不知找谁看了个黄道吉日，让她开车送二老去郊外一百多公里远的白龙寺烧香。

北雨建议她去网上转发锦鲤代替，被严词拒绝，只得打起精神，大热天开车带着二老去郊外。

哪知这黄道吉日一点都不吉，车子开到半路熄火打不起来了，而且这还是前不着村后不着店的半路。

"车怎么熄火了？"北母问。

北雨："我怎么知道？"

"你出门都不检查的吗？"

"开了一半才出问题，我能检查得出来？"

北雨不会修车，开了门一家三口下来，先站在路边树荫下躲太阳。她拿出手机："我叫拖车。"

北母想到什么似的："先别叫，你让江越来把我们先送去白龙寺，等烧完香再回来叫拖车。烧香也讲究吉时的，过了就白来了。"

北雨无语地抽了抽嘴角，只得改拨了江越的号码。

"江二狗，你在哪里呢？我和我爸妈去白龙寺烧香，车子半路抛锚了，你赶紧来接我们。"

"我去！不是吧！我这还在邻壁市没回来呢！"

他的声音从电话里传来，北雨也不用转告，只扬了扬手机，看向她老妈，摊摊手："来不了。"

北母道："这死孩子，早上还看到人呢，怎么一转眼跑去邻市了？"

北雨心道：那是因为他女神老家在邻市啊！

北母忽然想到什么似的道："对了，你不是和你二姨介绍的那男孩子在谈吗？是叫邵什么来着吧？你打电话让他来，正好看看他的表现。"

北雨扶额："那个……妈，我和邵云溪没成。"

"啊？"北母大惊，"不是说谈得挺好的吗？是人家没看上你还是你没被人家看上？我今儿主要就是为了你的事去还愿的。"

您可真是亲妈！

北雨好整以暇地道："因为我有其他的对象了。"

"谁啊？你怎么没说？"

"就是小飞船他爸爸，你之前见过的。"

"啊？"北母吃惊，反应过来，"那你叫他过来。"

"妈——"

"赶紧的，这种事都不帮忙，还谈什么？"

"妈，我还是叫拖车吧。"

"快打电话！一年一度的吉日吉时错过了，我饶不了你。"

"我不！"

又不是真的情侣，这种事麻烦沈洛，她还真做不出来。

不想北母直接抢过她的电话，从通信录里调出来小飞船他爹的号码拨了过去。

"北雨？"那头很快接起，听起来有点意外。

北母呵呵笑道："小沈啊！我是北雨妈妈，我们今天不是去白龙寺烧香嘛，开到半路车子抛锚了，你看看你方不方便，能不能找车来接送我们？要是不方便就算了，我再找别人。"

"方便的，你们等等，我马上过去。"

北母喜笑颜开："那真是麻烦你了！"

"不麻烦。"

挂了电话，北母得意地将手机递给一脸生无可恋的女儿："这人听着还行。"

北雨木着脸道："妈，我觉得我要真谈恋爱，也会被你搅和掉。"

北母道："我这也算是为你把关，这点小事都做不了的，要来何用？"顿了顿，又道，"不过话说回来，你真打算和这个人好？虽然看着是一表人才，你也提过是国外回来的，但毕竟带着个孩子。你看你年纪轻轻，自己又能挣钱，犯不着给人当后妈吧？"

北雨笑："你不是说我一把年纪再不找，就嫁不出去了吗？"

北母白了她一眼："我这是未雨绸缪，要真再过几年，畅销品就变成了滞销品。"

北雨哭笑不得："那你是不愿意咯？"

北母犹豫："哪个当妈的愿意看到女儿去给人家做后妈？再说了人家亲妈要是回来，你这身份多尴尬。"

北雨道："上次小飞船不是说过自己没妈妈吗？放心吧，他亲妈回不来。"

"所以是鳏夫？"一直当布景的北父脱口而出。

北雨正拿出一瓶水喝，差点没喷出来，赶紧摆摆手："那倒不是。"她想了想，找到二老能接受的语言，"是这样的，你们也知道沈洛是国外回来的，在美国生活了很多年，跟咱们思想不一样。很多美国人结婚不要孩子，也有很多要了孩子不结婚的。沈洛他呢本来是不婚主义，但是自己又想要个孩子，就试管代孕造出了小飞船。"

北父北母听得目瞪口呆。

北雨一本正经道："国外文化跟咱们不一样，所以我们要理解。"

北母点头："理解理解。"顿了顿，又道，"但你说他是不婚主义才自己要个孩子，那为什么现在跟你在一起？"

北雨清了清嗓子，脸不红心不跳道："因为他遇到我这个真爱，所

273

以改变了想法。"

北母点头:"我女儿就是不一般,不过他到底还是个单身父亲。"

北雨道:"小飞船这么可爱,你不是说还能白得个儿子吗?以后要是我们生了个女儿,那就直接儿女双全了。"

北母被拐进沟里,一听豁然开朗:"还真是!本来我想着条件虽好也不尽如人意,但小伙子确实是一表人才,小飞船我也喜欢得很,比起咱们院儿里那些倒霉孩子,这小家伙简直就是个小天使,所以也挑不出什么毛病了。"她大大舒了口气,"我这心头大事终于放下来了,今天果然是个黄道吉日,我就说白龙寺灵得很,今天得好好还个愿。"

若是换作别的父母,大约是不大愿意让女儿尤其是不差钱的女儿,找个单身父亲的。但北雨太了解她妈,就是标准的外貌协会的,五十多岁还天天对着电视里的小鲜肉花痴的那种。所以她才放心让沈洛当挡箭牌,毕竟上回见过一次后,北母就提过好几次,说什么从来没见过那么标致的小伙儿。

果不其然,被她随便一洗脑就搞定了。

她暗暗舒了口气,想着至少有很长一段时间她耳边能清净清净了。反正明年她就要开始自己的三年环球旅行计划了。

日头渐高,越来越热。

沈洛来得比预想的快。

见到他从出租车下来,北母眼睛一亮,赶紧迎上去:"小沈,太麻烦你了!大热天还让你赶过来救援我们。"

沈洛微微笑着摇头:"不麻烦!"然后目光越过她,看向坐在路边、一脸痛苦状的北雨。

北雨扶了扶额,不紧不慢走上前,趁着她妈没注意,小声在沈洛旁边道:"真是不好意思。"

沈洛低头看她:"遇到这种麻烦,你可以直接打给我的。"

北母正要上出租车,沈洛却道:"我看一下车子怎么回事,要是能

274

修好，还是自己开车方便。"

北雨："你还会修车？"

也是，人家可是擅长理论应用于实践的天才。

沈洛让北雨上车，自己走到车前打开引擎盖，捣弄了两下，抬头示意她打火。北雨点头，车子发出了呼呼的响声。

她惊喜地朝他比了OK的手势。

北家二老见状，乐得合不拢嘴。

北母上车后笑道："小沈看起来斯斯文文，没想到还会修车。"

北雨启动车子，转头看了眼副驾驶座上的男人，也笑："你还真是十八般武艺皆通啊！"

"我学的专业跟这个有相通的地方。"

北雨随口问："对了，你不是双学位博士之前在NASA工作过吗？除了天文还有什么？"

沈洛沉默片刻："航空航天工程。"

北雨哇了一声："难怪能进NASA！"

北父是典型干技术的工程师，素来话少，在家里都是乐呵呵听老婆女儿插科打诨，听到沈洛的背景，难得叹道："小沈真是了不得，你是美国身份吧？那么好的发展机会，怎么就回国了？"

沈洛道："我虽然是在美国出生，但一直在国内长大，亲人都在国内，而工作机会哪里都有，所以还是决定回国。"

北雨才知道原来他竟然是在美国出生的。

北父认同地点头："没错，以前出国大家都拼命留在国外，现在咱们国家条件好了，好多优秀学子都愿意学成归来，建设祖国。"

北雨："……"

北母才不关心这些，知道自家未来女婿足够优秀就好了，笑嘻嘻问："对了小沈，小飞船怎么没跟你一起来？"

沈洛道："被他表叔带去玩儿了，正好让我清静两天。"

北母道："小飞船这孩子真是太讨人喜欢了，小沈你放心，我们家北雨以后肯定会是个称职的妈妈的。"

北雨默默翻了个白眼，她妈还真是对自己女儿去当便宜妈妈无所谓，也不知是该说善良开明还是缺心眼儿。

沈洛点头："我知道。"

北雨斜眼瞥他，恰好对上他看过来的眼神。

那眼神深沉如水，看不出到底在想什么，但看得出里面有少见的温柔。

北雨别过眼睛，不甚在意地挑挑眉，认真去看前面的路况。

到了白龙寺，北母拉着老伴去烧香还愿许愿。北雨就在大殿烧了把香，便去了寺庙后面。

白龙寺依山傍水，后院对着河流，有一棵古树，不知从何年开始，变成了许愿树。

她买了一个宝牒，但站在树下，却不知道要许什么愿望。

她看着满树的红色宝牒，想起很多年前自己也来许过一次愿，应该是很重要的愿望，不过现在已经完全不记得了。

就好像是人生一样，少时觉得重要的事，随着年纪渐长，终有一天都会变得微不足道。

她想了想，在上面写了一行愿望：希望父母身体健康，开开心心。

然后走过去，抛上了树。

沈洛不知何时走过来："许了什么愿望？"

北雨笑："希望我爸妈身体健康。"

沈洛点头，将手中的宝牒抛上去。

北雨好奇地问："你许了什么？"

沈洛看了她一眼："心想事成，万事如意。"

北雨愣了下，失笑："还是你聪明，刚刚我还想着不知该许什么愿呢，早知道应该向你学习的。"她摇摇头，指着不远处的长椅，"去坐一会儿吧，我爸妈一时半会儿肯定完不了事。"

两个人在长椅上坐下，前方的河流静静流淌着。

也许是佛门清净，本来炎热的天，此时却有丝丝凉意。

沈洛似是随意开口问道："为什么不给自己许愿？"

北雨看了他一眼笑道："许什么愿？希望找到一个我跟你说过的那样的男人吗？"

沈洛挑挑眉，不置可否。

北雨轻笑："我爸妈都年过半百，临近退休。他们这么热衷于来烧香许愿，能是为了什么？难不成是为了发大财？还不都是为了我。我不用猜都知道他们许了什么愿，无非就是希望我婚姻美满、家庭幸福、事业有成、身体健康，然后平安喜乐。总之我能想到为自己许的愿望，他们肯定都会替我许了，我就只好替他们许愿了。"

沈洛难得笑了笑："你的家庭氛围很好，难怪你是这样的性格。"

北雨道："我什么性格？"

沈洛想了想，似乎在找措辞："就是……还挺开心的。"

北雨不甚在意道："人活着不就是为了开心吗？不开心还活着干吗？"顿了顿，她又道，"虽然我没许愿，但谁心里没有几个愿望呢？不过是不需要老天和菩萨帮忙罢了。"

沈洛问："你有什么愿望？"

语气带着点难得的好奇。

北雨伸手指向远处的山峦："我想去山那边看看！"

"嗯？"沈洛不太明白。

北雨笑道："就是……想去远方。"

等北家二老拜完各个大殿小殿的菩萨，又跟大师求签算命，已经是半个多小时后。

因为到了中午，沈洛便请一家人在寺庙门口的素斋店吃饭。这家素斋店很有名，价格也不菲。北母为了考验未来女婿，点菜时下手一点都没收着，还是北雨爸爸看不下去，将菜单抢过来还给服务生："够了够了，就四个人点多了吃不完浪费，小心菩萨不高兴。"

北母道："吃不完就打包回家，怎么会浪费？"

北雨默默扶额，幸好沈洛不是自己的真男友，不然照她妈这个搞法，还不把人给吓走！

等着上菜时，北母笑嘻嘻从包里摸出一大把各式各样的护身符，分成两份，递给北雨和沈洛。

"这个是保平安的。

"这个是保健康的。

"这个是辟邪的。

"这个是保佑你们事业和前途的。

"还有这个最重要，是保佑婚姻家庭的。"

北雨虽然知道这是伟大母爱的表现形式，但看着手中的各种护身符，还是有些无语，她忍不住撇撇嘴吐槽："妈，这些就是骗钱的。"

"呸呸呸！我这都是烧香捐了功德钱，一个一个为你们求来的。"

沈洛倒是很认真地将护身符一个一个收好，语气温和道："心诚则灵，谢谢阿姨！"

北雨斜眼看了他一下，这人平日高冷话少，在长辈面前倒是表演得不错。

不过仔细想想，好像自从两人有了那层龌龊的关系后，沈洛在她面前确实不怎么高冷了，有时候睡觉前两人还能聊许久的天，虽然多是她说沈洛听，但明显听得很认真。

这次烧香之行，北家二老对沈洛赞不绝口。

想着耳根子终于能清净了，北雨也算是大大松了口气。

送完二老回家，北雨和沈洛一块回了工作室。

到了巷子口下车，她自然是要感谢他："今天谢谢你，我妈这个人是比较夸张，可能是搞了几十年后勤工作的关系吧，有时候真是热情过度。"

沈洛微微勾了勾唇角："我觉得挺好的，你父母很疼你。"

北雨叹了口气："是啊！"

她对爱情对人性的态度有些悲观，但她知道父母对她的爱，毋庸置疑。从小到大，她并不算个乖小孩。小时候做了十几年第一名，是大人们口中别人家的孩子，被人夸奖得多了，性格难免骄纵。北家父慈母不严，她爸是个老好人，对她有求必应，她妈虽然唠叨喜欢管东管西，但是北雨打小就很少听，经常和她妈对着干，所以最后都是她妈妥协。上了高中，她的成绩没那么好了，父母也从来没说过什么，反倒是怕她心里有负担。到后来工作后偷偷辞职，父母也只是忧心忡忡，别说骂她，就是一句重话都没说过。她养成这种随心所欲、我行我素的性格，大概就是跟父母的宠爱和纵容有关。

她走了会儿神，想起来从包里拿出手机："今天吃饭让你破费了，我把钱转给你，还有这些日子每天中午的饭钱，一起给你。"

沈洛脱口而出："不用了。"

北雨抬头看他，笑："我不能总占便宜吧！不然以后都不好意思去吃饭了。"

沈洛沉默片刻："这样吧，以后要是你有空，我们一块去买菜你付钱，反正我常去的超市走过去就十几分钟。"

北雨想了想，觉得也有道理，自己吃了多少不好算，还不如负责买菜，于是她点点头："那行，这段时间我应该都没那么忙了，你什么时候买菜叫上我。"

沈洛道："冰箱里没什么菜了，我现在正打算去，然后买完菜去接小飞船。"

北雨点头："好啊！"

于是两人一起去了超市。

北雨自己不做饭，逛超市就很少去生鲜蔬菜区，这家超市更是第一次逛，难免觉得有点新鲜。

她看到陌生的食材就好奇，拿起来问沈洛："这个好吃吗？你会做吗？"

等到沈洛点头后，她就放进购物车。

因为一时新鲜好奇，她对男女逛超市看起来有多亲密，便浑然不觉。

"Pluto！"两人正挑选水果，一个声音插进来。

北雨和沈洛同时转头，看到推着购物车的李桐距离他们两步之遥，脸上的表情看起来有些惊讶。

"你好李小姐。"

北雨虽然知道沈洛和李桐之前的几次见面是因为工作关系，但李桐有没有别的居心，她作为女人不会不明白。

这些日子，她和沈洛相处愉快，也没听到李桐的消息，倒是把李桐这茬给忘了。

李桐推着车走过来，看了眼北雨，又笑着朝沈洛道："我今天正好路过这边，还想着去登门拜访呢！没想到在这里遇到了，对了，你们怎么在一起？"

沈洛轻描淡写回道："买菜。"

明明有点答非所问，但又好像是回答了她的问题。

北雨笑道："我们是邻居。"

"哦。"李桐恍然大悟地点点头，"上次没听你说。"

北雨道："沈洛搬来没多久。"

李桐再次点头，但看着她的眼神，却有些意味不明。

沈洛没再搭理李桐，只忽然拉起北雨的手，指着面前的水果问："你喜欢吃葡萄还是提子？"

北雨不防他忽然的动作，下意识将手挣开，呵呵笑道："都可以。"

沈洛转头看她，她则佯装去看别的地方。

北雨自己都觉得这心虚来得莫名其妙，难道是怕人知道她和沈洛是合约情人？明明他们的关系是排他的，也说好了在外人面前可以扮演正常情侣。

这些小细节自然没逃过李桐的眼睛，在她眼里，北雨虽然算得上美貌多金，但就是个开网店的，大概类似于网红。

她当然不讨厌北雨，相反觉得北雨的性格很有意思，也适合做朋友。

但她不太相信沈洛这种可以称为不食人间烟火的男人，会和这种过于接地气的女人在一起。

她勉强笑了笑："那个……Pluto，不知你什么时候方便，我们准备筹备一个你的作品拍卖会，想和你商量一下。"

沈洛头也没回："工作上的事，你发邮件给我就好。"

李桐被他冷淡的态度弄得有些尴尬，只得转头看向北雨："对了北雨，俱乐部月底的酒会，你去吗？"

俱乐部每年这个时候都会举办一次酒会，北雨是高级会员，自然都会去。她点头："去的。"

李桐笑："那太好了，据说酒会邀请了美女摄影师安璐，还蛮期待的。"说着又问沈洛，"Pluto，你认识安璐吗？上次她接受我们杂志社采访，还提起过你，我看过她的照片，和你去过好几个相同的地方。"

"不认识。"沈洛言简意赅。

北雨狐疑地瞥了眼正低头挑选水果的沈洛，见他面色平淡，似乎对李桐的话和话中的人没什么兴趣。

她倒是知道安璐，不过拍摄风格不是她喜欢的类型，所以没怎么关注，就知道美女摄影师是她的标签。

李桐虽然不过二十五六岁，但到底已经是一家杂志社副主编，也算是职场女精英，见沈洛态度冷淡，不好自讨没趣，笑了笑道："那你们忙着，再见。"

待人离开，北雨看了看沈洛，见他那张冷峻的脸还是没什么表情，戳了戳他，故意戏谑道："你怎么对小桐这么冷淡啊？我感觉她好像有点喜欢你。"

沈洛道："是吗？那就更应该冷淡了。"

"为什么？"

"因为我们的协议是排他性的，我是一个很遵守契约的人。"

北雨不知是高兴还是悻悻，她哦了一声，又道："其实也不用这么严肃，反正我们双方随时可以解除关系。"

沈洛转头看她，神色有些冷："你见过什么合同，有效期只有不到一个月？就算是租房协议也是一年一签。"

北雨掐指一算，两人在一起好像是还差两天才一个月。

她摸了摸头，小声嘀咕："我就是觉得咱们这种关系也不用太严肃，又不是谈恋爱结婚，随心所欲点没什么不好。"

沈洛没再说话，沉默地推着车往前走。

接下来一直到结账，沈洛都一言不发。北雨开始还没意识到有什么问题，因为他向来就很少说话。

但当她正在结账时，沈洛默默将东西装好，一只手提一大袋，也不等她直接先走了。

北雨这才意识到不太对劲，结完账，赶紧跟上他："你怎么不等我？"

沈洛惯有的疏淡冷漠，此时越发明显。

他没有回她的话。

北雨皱了皱眉，一头雾水。

他走得很快，北雨只能跟在后面。

直到走到巷子里，她看着顾长挺拔的背影，才有些回过味来。

莫不是因为她刚刚说的话？

从他让她签协议，以及这些日子以来的种种行为，北雨看得出他是很严肃认真，甚至一根筋的性格，大概就是他说的契约精神。

所以他对他们之间基于协议的这种关系自然也很认真。而她刚刚说的话，显然会让他觉得自己不认真。

一个认真的人和一个不认真的人签了协议，这个认真的人大概确实会不高兴，甚至觉得不值得吧！

也对，明明沈洛就是一个完美情人，她简直是撞了大运才遇上，她刚刚干吗把人往外推？

要是他真跟别人跑了，她再去哪里找这么好的男人给她做饭睡觉！

她这是脑子被驴踢了吗？

思及此，豁然开朗的北雨挑挑眉，跑上前从后面抱住他的脖子，亲了他一下："我刚刚就是试探你有没有违背协议的倾向，可别忘了咱们的协议是排他的，要是你和别的女人有什么，那就是违背协议，得赔偿。"

沈洛转头看了她一眼："真的只是试探？"

北雨点头："当然，而且试探结果不错，证明你没有这种倾向，我很满意。"

沈洛面色稍霁："那是我误会了。"

智商高学历高的人果然是有点一根筋，北雨有些得意地点头："本来就是你误会了，我可是一个很遵守契约的人。"她顿了顿，又随口问，"你真不认识安璐？"

沈洛看向她："这也是试探？"

北雨怔了下："当然不是，我就是随口问问，安璐在你们摄影界不是很有名吗？传说中的美女摄影师。"

她的语气轻描淡写，却有着自己都觉察不到的阴阳怪气。

沈洛神色莫辨地打量了她片刻，淡淡道："我不是摄影界的。"

虽然语气平常，但听得出颇有些倨傲的味道。

北雨想着他一个MIT双博士，摄影也确实只是玩票，而且只专注于星空摄影，大概是对摄影师这个身份并不在意的。

她撇撇嘴："小桐说采访时，人家还提过你，听起来不像不认识的啊！"

沈洛似乎真的认真思忖了一下，然后还是摇头："确实不认识。"

北雨也不知为何心生喜悦，不由自主去挽住他的手臂："咱们可说好了，都要守约才行。"

她决定了，他们的关系至少在明年自己的环球旅行计划开始之前要维持，毕竟她现在十分享受这种状态。

人嘛，不仅要及时行乐，还要抓住当下的快乐。

因为已经忙过秋季上新的事，接下来北雨的生活就变得比较规律，每天中午和沈洛、小飞船吃饭，晚上在他那边睡觉。

有时候两个人还一起带着小飞船去游乐园，或者到儿童中心找小朋友玩儿，好几次被人认作一家三口，她也懒得解释，还经常臭不要脸地开玩笑：我老公和儿子帅吧？

沈洛虽然话不多，她也经常看不懂他在想些什么，但他确实是个完美情人，甚至还在她生理期给她准备红糖水。

北雨对这种生活几乎可以用享受来形容。

转眼到了月末的俱乐部酒会。下了班，北雨换上礼服准备出门。

礼服是一件红色V领长裙，后背也露出大片春光，很是性感。虽然她无意去酒会勾搭男人，但女人难免有虚荣心，既然去了就不想做壁花。

开车出门时，恰好遇到沈洛，他刚刚送完小飞船去表叔家，此时穿着一身休闲装。

北雨从车窗和他打招呼："我去参加酒会，晚点再见。"

沈洛站在车旁自上而下看向她，在她身上淡淡扫了眼："你稍等，我也去。"

北雨咦了一声："你之前不是说你没兴趣不去吗？"

沈洛道："反正今晚也没事做。"

北雨不甚在意，哦了一声："那你去换衣服，我等你。"

沈洛再出来时，已经是一身黑色正装。

这是北雨第一次看到他穿这么正式，他身材颀长挺拔，再简单不过的白衬衣黑西服，却衬得他气质斐然。

北雨眼睛一亮，手指忍不住按了按喇叭，差点耍流氓般吹声口哨。

沈洛面无表情拉开门上车，也不知从哪里拿出一条丝巾，搭在她肩上："晚上凉，披着这个。"

北雨笑道："我这是要风度不要温度。"低头看了眼那条丝巾，是一个她还蛮喜欢的牌子，于是欣然接受，"不过你这丝巾和我的礼服还挺搭，对了，你一个男人哪里来的女式丝巾？"

沈洛轻描淡写道："前段时间去带小飞船买衣服，路过时看到，觉得还不错就顺手买了一条。"

北雨开玩笑道："不会是给我买的吧？"

沈洛嗯一声。

北雨愣了下，有些意外，然后笑着眨眨眼睛："那你喜欢什么？我下次送给你。"

沈洛道："我喜欢……没什么，以后再说吧！"

北雨启动车子，喜滋滋道："学长，我觉得你真好。"

沈洛转头神色莫辨地看了她一眼，没有说话。

到达酒会现场，因为有不少熟人，北雨兴奋地和人寒暄热聊，就没太在意沈洛，不知何时两人就分散了。

等她回过神来，酒会已经正式开始。

俱乐部负责人站在台上讲了一串致辞和感谢的话后，开始介绍嘉宾："今晚非常荣幸请到了两位重量级嘉宾，有请我们的知名摄影师Pluto先生和安璐小姐。"说着伸手朝右首边做了个有请的姿势。

北雨越过衣香鬓影的人群，看到一身黑色正装的沈洛和一个身着翩翩白裙身材高挑的美女，想必就是安璐了。

她拿着杯香槟，默默喝了一口，目光盯着那位带着文艺气质又不失美艳的女人。

确实是美女。

她不得不承认。

沈洛和她一黑一白一前一后走上去，看起来十分登对。

安璐先发言，面容微微带着笑，却看起来有点不可接近，那双略微挑起的眼角，又十分勾人。

从头到脚她给人的感觉大概就是——男人太容易迷恋但又得不到的那种。

她声音也好听，说话如泉水流动娓娓道来，虽都是些常见的场面话，但所有人都听得很认真。

"安大摄影师果然是名副其实的美女摄影师。"北雨正听着，耳边忽然响起一个低低的声音。

她转头一看，是不知何时出现的邵云溪。

邵云溪笑着继续道："有没有觉得安璐和Pluto看起来还挺相配的？"然后看了看北雨今日的装扮，笑，"就跟咱俩今晚一样。"

北雨皱眉:"你怎么在这里?"

邵云溪嬉皮笑脸道:"前段时间刚加入了高级会员,我之前不是说跟你混的吗?我才来这里又不认识什么人,今晚你千万要带着我,不然我怕自己会孤独无助。"

北雨无语地看了看他,这家伙自来熟的性格她还不清楚!

邵云溪对上她的表情,夸张地咧嘴一笑。

北雨很不客气地朝他翻了个白眼。

安璐发言完毕,朝旁边有几步之遥的沈洛看过去,嫣然一笑:"今天非常荣幸与Pluto同台,下面有请我的偶像Pluto来给大家说几句。"

她说的自然是玩笑话,在所有人看来很合时宜的玩笑话,于是下面的人都十分配合地笑着鼓掌。

北雨勾了勾唇角,喝了口杯中的香槟。

沈洛一如既往没有什么表情,他走上前言简意赅道:"祝大家今晚愉快。"说完就走了下去。

会场响起音乐,灯光打下来,舞会开始。

偌大的酒会厅百余人,许多人走入舞池,衣香鬓影,人头攒动,北雨一下就看不到沈洛在哪里了。

她有些悻悻地退到边上,忽然就看到被几个人包围着的男人,除了刚刚的安璐,还有李桐和两个她不认识的男女。

暖黄的灯光打在几个人的位置上,表情一览无余,安璐微微勾着唇,一双含水双眸正笑盈盈看着沈洛。

几个人不知在说什么,沈洛主要是在听,间或点点头,表情自然,显然与这些人都认识。

北雨愤愤:还说不认识人家!

"请问美丽的小姐,是否可以赏脸与在下跳一支舞?"邵云溪又不知从哪里冒出来,还做了个绅士的姿势。

北雨嘴角抽了抽，漫不经心道："你不是想认识人吗？邀请我干吗？这里美女多着呢！"

邵云溪道："我有点怕生！"

北雨道："邵云溪同学，你还能再鬼扯点吗？"

邵云溪摸摸鼻子，朝沈洛那群人的方向瞥了眼："难不成你还等着Pluto来邀请你？我看有点悬。"

北雨看着与安璐、李桐几人谈笑风生还久久没有离开的沈洛，不满地腹诽：还唐僧呢！我看是西门庆还差不多。

北雨喝完杯中最后一口香槟，将杯子放在旁边服务生的托盘上，又把身上的丝巾丢在跟前的小沙发上，朝邵云溪道："走吧！姐心情好，带你！"

邵云溪被逗笑，跟着她滑入舞池。

这厢还在和李桐几个人聊天的沈洛，心中早已不耐烦。

但几个人是在谈作品代理和拍卖的工作，他只能耐着性子听下去。

其他人说话的时候，他转头寻了北雨几次，一直没看到她，心里越发烦躁。等到终于搜寻到她，发觉她在舞池和男人跳舞。

那男人不是别人，正是邵云溪。

而且他给北雨的丝巾已经不知去向，邵云溪的手就覆在她光裸的背上。

沈洛眉头深深蹙起，太阳穴猛地跳了几下。

"沈洛，我觉得李桐的建议很不错，我们合作开巡回影展，效果应该比我们单独开更好。"安璐笑盈盈看向他。

沈洛敷衍道："我暂时没有开影展的打算。"

安璐耸耸肩："反正也不急，你慢慢考虑就是，今晚咱们也就是随便谈谈。"说着眉头轻挑，"去跳个舞怎么样？"

不等沈洛回答，已经将他的手拉起往舞池走。

两人刚刚走进舞池，就被隔着好几对人的北雨看到。

她心头一震，忽然觉得有些呼吸不过来，稍稍推开邵云溪："不想跳了。"说完就往外走。

邵云溪从后面追上她："怎么了？看到沈洛和安璐吃醋？"

北雨道："当然不是。"

她只是觉得沈洛这种不遵守他们之间协议的倾向，让她很不爽，非常不爽。

邵云溪笑："我怎么觉得是啊？"

北雨转头看他："我怎么觉得你在幸灾乐祸？"

邵云溪立马正色："绝对没有，不过要是你真的失恋，我绝对做你的知心好友，陪你渡过难关。"

"我说你咋上不了天呢？我和你很熟吗？"她往酒会厅外走，看到邵云溪还跟着她，伸手指了指他脚底下，"别跟着我啊！"

邵云溪摊摊手。

北雨确定他没跟着，才转身快速走了出去。

这是一家会所式的酒店，后面是一个古色古香的小花园。此时除了一两个服务生，就没有其他人了。

北雨找了个石凳坐下，努力深呼吸了几口，心里的憋闷才缓解了一些。

她才没有吃醋，是他自己说了要遵守契约排他的，现在是要怎样？李桐还没完，现在又来了个安璐，还说不认识！

真是脑子进水了才相信男人的话。

北雨愤愤然想着。

一阵夜风吹来，她狠狠打了个喷嚏。

只是接下来，肩膀上便是一阵温暖传来，身上多了件带着体温的衣服。

她转头一看，看到沈洛那张微微蹙着眉的冷峻脸。

本来的憋闷又涌上来，她将披在自己身上的男式西服拉开，阴阳怪气道："不是和美女摄影师在跳舞吗？"

沈洛道："没有跳，不喜欢跳。"说着又将衣服给她披上，"别着凉了。"

北雨扯了扯嘴角，抬头看他："你不是说不认识安璐吗？我看你们挺熟的啊！"

沈洛道："是不认识。"

北雨试图从他脸上找出说谎的痕迹，但很遗憾，没能成功。

她想了想又梗着脖子道："是吗？那你还真是挺受欢迎的，身边的美女前赴后继，李桐还没完，安璐又来了，我现在严重怀疑你是否能遵守咱们协议的排他规定！"

沈洛低头看她，良久才低声开口："你在生气？"

北雨也不知自己怎么了，像是被踩中尾巴的猫，恼羞成怒道："没有！"

"沈洛，你怎么在这里？"安璐忽然走过来。

夜灯下白衣飘飘的红唇女人，像个清纯又动人的妖女，那眼神的柔情和企图再明显不过。

北雨心头一阵烦闷，站起身将衣服丢给沈洛："协议结束了！"

谁还不是个小公主啦！

说完她就越过安璐朝酒会厅走，哪知还没走两步，人就被拉住，沈洛连衣服带人将她抱住，在她脸上亲了一下："对不起。"

这回轮到北雨莫名其妙了："你对不起什么？"

沈洛道："你在生我的气，那肯定就是我做错了什么。"

他的语气太过一本正经，以至于北雨听不出来这是他对事情的认知，还是就是哄她的甜言蜜语。

不过此时那个对沈洛充满企图的安璐就在旁边。而他做出的这番亲密的行为就在安璐眼前，忽然就让北雨的心情阴转晴。

沈洛甚至没有去看安璐，抱着她直接往外走："这里没意思，咱们回去吧！"

被完全忽视的安璐，轻笑一声，对着即将离开的人道："沈洛，你真不记得我了？不记得十四年前在人民医院的那一年？"

沈洛身子微微一僵，这才回头微微眯着眼睛去看安璐，手却没忘记将北雨握住。

北雨闻言也好奇地转身看过去。

此时的安璐和之前那优雅文艺的感觉已经不太相同，那双本来略带风情的眼睛里，似乎有惊涛骇浪在翻滚，定定地看着沈洛，热情而激动，甚至已经涌上一层薄薄的水汽。再开口时，她的声音也已经有点哽咽："沈洛，我是安安。"

北雨想到她刚刚说的十四年前，一瞬间已经脑补出几百集的言情大剧。年少至爱阴错阳差分开，十几年后意外在这个夜晚重逢。

真是感天动地！

刚刚那不愿承认的醋意消失殆尽，取而代之的是莫名的紧张。

她将目光从安璐脸上移向沈洛。

比起安璐的激动，沈洛除了刚刚似乎是因为意外而眯了下眼睛，但很快就又恢复平常，表情仍旧是惯有的冷峻疏淡，语气也十分平淡："哦，是你啊！"顿了顿，又道，"有事吗？"

安璐大概没想到自己表明身份后，沈洛仍旧是这种冷淡的态度。她深呼吸了口气，将激动压下去，勉强笑了笑："就是很高兴见到你。"然后看向北雨问，"这是你女朋友？"

沈洛点头："如果没有其他事，我和我女朋友就先走了。"

安璐急忙道："我给你写了很多邮件，为什么你后来都不回了？"她的语气明显有些激动。

沈洛淡声回道："可能是换了邮箱吧。"

安璐的笑容越发僵硬："那你给我留个电话号码吧，我以后方便联系你。"

沈洛道："如果是工作的事，你直接找李桐就好，他们杂志社全权代理我的作品。我不是专职摄影师，我们可能也很少有合作的机会。"

安璐轻笑："不是工作，只是老朋友有缘重逢，希望以后能多联系。"

沈洛淡淡道："不用了。"说完就拉着北雨往酒会厅走。

安璐在后面提高了几分声音："沈洛，你是不愿面对当年的自己吗？"

沈洛没有回应。

北雨悄悄看了眼他，见他面色沉沉，显然是刚刚安璐的话影响了他。

她用脚指头想也知道，安璐和他的关系，并不是他刚刚表现的那么疏淡。

他应该是在逃避什么。

她觉得自己又可以脑补一百集言情狗血剧了。

两人刚刚走进酒会厅，迎头碰上大约是来寻北雨的邵云溪。

沈洛握着北雨的手，不动声色地移到她的肩膀上，将她整个人揽进怀里，呈现一个占有的姿势。

北雨下意识想挣开，却被他抱得很紧，握在她臂上的五指，几乎将她箍得有些疼。

邵云溪本来对北雨贼心不死，今晚看到安璐和沈洛，还想着趁机挖挖墙脚松松土，现下看到沈洛的目光，不由得一怔。

不仅仅是敌意和示威，这眼神里甚至还带着点隐隐的攻击性。

不过在北雨看了他一眼后，那攻击性明显就缓和下来。

邵云溪摊摊手，朝北雨笑："看你半天没回来，正想着去找你。"

北雨被刚刚安璐那一出弄得很是怏怏然，没心思应付他，随口回道："我们准备回去了。"

邵云溪："这么快吗？"

北雨点头："没什么意思。"

沈洛揽着她："咱们走吧！"

也没等她和邵云溪再说话，沈洛直接将人带走了。

要上车时，北雨才想起他送的丝巾被她丢在沙发上："丝巾！我去找回来。"

沈洛却拉着她往副驾驶门口走："不用找了，下次再送你。"然后打开车门，让她坐了进去。

北雨虽然向来神经大条，但还是觉察到安璐刚刚说了那话之后，沈洛的心情似乎就变得不太好。

其实除了他在二中高三那一年，她对他的过去一无所知。

本来她觉得两人这种关系，也不用交代过往，所以她除了问了小飞船的事，从来没好奇过他的过去。

但是刚刚安璐出现后，看到他明显被影响，她忽然就有些烦躁。

她不知道自己为什么会这样，总之不太喜欢这种感觉。

回去是沈洛开的车。

北雨靠在窗边小憩，没了往日的聒噪。

到了家后，两人下车。

北雨欲往工作室走，被沈洛叫住："你干什么？"

北雨佯装打了个哈欠："有点困了，回去睡觉。"

沈洛皱眉，试探地问："你还在生气？"

"没有啊！我生什么气？"这回北雨不像之前那样恼羞成怒，刻意说得漫不经心。

沈洛看着她沉默了片刻："那个安璐，我之前确实以为自己不认识。"

北雨勾着唇轻笑了笑："所以现在是想起来了吗？"

沈洛点头，如实道："想起来了。"

北雨抱臂靠在车边，看着他似笑非笑道："初恋吗？你不是记性很好的吗？这都能忘记？"

沈洛本来就蹙着的眉头，痕迹更深了："当然不是。"

北雨忽然灵光一闪，玩笑道："难不成你之前是骗我的？其实她是小飞船的生母？"

沈洛难得露出一个看白痴的眼神看向她："小飞船今年五岁。"

好吧，北雨承认自己这玩笑开得很没水平，之前安璐说的可是十四年前。

沈洛思忖片刻，走到她面前，将她的双手握住："因为不是什么重要的人，所以就没想起来。"

"是吗？"北雨轻笑。

当她是傻子？

虽然经过刚刚一路车程，他的神情和状态已经恢复如常，但她不会忽略之前安璐自报家门后，他那微不可察的失态。

但她马上又意识到，当初两人的协议里第一条就是不干涉对方的生活，所以无论安璐和他在十四年前发生过什么，都跟她没有任何关系。

十四年前？十五岁。

真巧，也正好是她曾经暗恋他各种卖蠢的年纪。

果然大家都是英雄出少年！

她将心头的不快挥走，笑道："我就是随便问问，就算她是小飞船的生母，也跟我无关。反正咱们的关系如果要终止，也就是彼此说一声的事。放心吧，你不用给我交代我任何事。"

沈洛看着她沉默了片刻，忽然将她打横抱起："不是困了吗？我们去睡觉。"

北雨想挣脱，他却抱得很紧。

两个人几乎是暗暗较劲，当然最后以北雨的失败而告终。

到了楼上，沈洛终于将人放下。

北雨看了他一眼，他还是那副没什么表情的鬼样子。她总觉得气氛莫名诡异和尴尬，讪讪笑了声："我去洗澡。"

躺在喜欢的按摩浴缸里，身体放松下来，心情却还是烦躁。

然而北雨知道，自己完全就是自寻烦恼。

明明这只是一场狗男女关系，为什么她要自寻烦恼？

她捂了捂眼睛，抱住膝盖坐起身，无聊地玩着浴缸里的泡泡。

因为处在失神当中，沈洛进来她都浑然不知，直到身后响起水声，有人给她擦背，她才反应过来。

她随意推开他的手："不用了，我自己会洗。"

沈洛却置若罔闻，继续给她擦。

北雨又推了一次。

他再次覆上。

她再次推开。

几次下来，北雨心中的那点烦躁终于被点燃，转头用力将他的手打开，几乎是吼道："我说不用了，你听不懂人话吗？"

沈洛似乎不防她突然的发怒，怔了半晌，才哦了一声，起身从浴缸里出去："那你慢慢洗。"

北雨从他眼中看到了一丝黯然和惊慌的东西，她忽然就有点后悔自己的举动。

等他出去，她重重地躺在浴缸里，懊恼地捂住眼睛。

她到底是怎么了？

等到她从浴室出来，已经是半个小时之后，而她也稍稍收拾好了自己的情绪。

看到沈洛站在窗前，换了衣服，头发还有些微微的湿意，应该是去别的卫生间洗了澡。

她深呼吸了一口气，故作轻松道："刚刚我不是故意的。"

沈洛转头看她，淡淡道："没事。"

北雨笑着耸耸肩："我今晚好像有点无理取闹了。那个协议取消我就是随便说说而已，你不要当真。"顿了顿，又道，"不过要是你想要终止的话，告诉我一声就好。"

沈洛走过来，定定地看着她，良久才开口："不会终止。"

北雨嗯了一声，不明所以对上他的眼睛："什么？"

沈洛一字一顿道："在我这里不会终止。"

北雨怔了下，笑道："那就好。"她往床上一躺，"我这个人最怕麻烦了，终止了还要重新找别人，想想就觉得好烦。"

沈洛转头默默看着床上闭着眼睛的人。

她四仰八叉地躺着，一头长发倾泻在枕头上，紧致的长腿露在睡裙外。

他走上前，在她微微屈着的膝盖上吻了吻。

北雨睁开眼睛："要做吗？"

沈洛摇摇头："你睡吧！"

北雨复又闭上眼睛。

只是片刻之后，他又吻上来，从她的腿一直往上亲。

北雨因为这暧昧的触碰，身体微微颤抖，却没有睁开眼睛。

他从下到上吻着她的身体，一直吻到她的唇。

一个缠绵的深吻结束后，他才稍稍离开她。

北雨双颊嫣红，微微睁开眼睛，看向覆在上方的男人。

沈洛伸手将她额头的发丝撩开，低低道："我的人生从十二年前才真正开始，之前的十几年，对我来说没有任何意义。"

他定定地看着她，过了良久，又开口继续道："那个安璐是我十五岁在人民医院住院的时候认识的，她住在我隔壁病房。出院之后就没有联系过，所以她如果不自报家门，我确实是不认得她了。"他的声音越发低沉。

北雨想起来之前在高中听说过，他是因为身体状况从少年班退学，然后才来的他们高中。

她想了想低声问："你当时生了很严重的病吗？"

沈洛点头，然后又摇摇头："是生了一场大病，不过你放心，去了二中之后，我就完全好了，我的人生也焕然一新，绝对没有任何后遗症。"

北雨看他如此认真，之前那点不快一扫而光，至少这个男人对待这段关系，对待她这个人，是非常严肃认真的。

而且十五岁在医院能发生什么惊天动地的事？若真有，也不至于后来没有和安璐联系，而且还认不出人来，他可是过目不忘的天才啊！

明知道不应该追根究底，但北雨还是忍不住问："那你为什么听到安璐自报家门后，表现那么奇怪？"

沈洛默了片刻，道："因为当时住院的样子很丑，忽然遇到一个当年看到过自己丑态的人，会有点不太舒服。"

北雨愕然般眨眨眼睛，总觉得哪里不对，可好像又找不出毛病。

不过想到他一个少言寡语的人，会因为自己的不高兴而这么认真地解释，她就有点释然了。

她弯唇笑了下，一只手揽住他的脖子，一只手从他的睡衣衣摆探下去，摸到他勃发的身体："真不想做？"

沈洛一张万年不变的冰山脸，也难得微微笑了笑："想，特别想。"

北雨很快就后悔了，她哪里知道这个男人根本经不起半点撩拨。

这一夜沈洛格外凶猛，压着她做了大半夜。

到后来，她都快发不出声了，他才放过她。

什么叫人不可貌相？

这位就是。

以前还说他像禁欲系唐僧，哪知原来就是头出闸猛兽。

这次小风波之后，沈洛对北雨越发体贴。

即使他们并非真正的情侣，但北雨也知道一个男人对一个女人的极致宠爱，大概也就是如此。

她本来也就是个洒脱的性子，再想起之前自己那点莫名的吃醋，便觉得有点荒谬。

中秋节那日，北母打电话让她带沈洛和小飞船一起回家吃饭。

下班两人会合时，北雨看到他领着小飞船，两人的穿着显然是精心挑选的，一大一小两手都提满了礼品盒。

她哭笑不得："就是去吃个饭，要不要这么夸张？"

沈洛淡声道："第一次正式上门，礼数一定要有的。"

小飞船举着手里的礼品附和："这是我自己买给爷爷奶奶的哦。"

北雨笑着摸摸他的脑袋，边打开后备厢边道："爷爷奶奶肯定高兴坏了。"

来到北家，北家二老一看到帅气的沈洛父子，以及他们手中的礼品，果然都笑得合不拢嘴。

北母乐呵呵道："人来就好了，带这么多东西干吗？"

沈洛微笑："一点心意而已。"

小飞船将手里的东西举高："爷爷奶奶，这是我用零花钱给你们买的礼物，你们要喜欢哦！"

北母看到可爱嘴甜的小家伙心花怒放，赶紧接过礼品盒，拉着他进屋："我家小飞船真是太贴心了！

北雨嘴角抽了抽：这就成我家的了？

做饭时，沈洛主动去帮忙，最后变成了北家主厨，一个人做完了色香味俱全的十道菜。

北母知道自家女儿不喜欢做家务，看到他厨艺如此了得，越发满意，加上小飞船一直嘴甜地逗二老开心，本来心里对单身爸爸的那点芥蒂荡然无存。

之前每次回来，北雨都要接受北母和尚念经似的催婚大魔咒，虽然她也没放在心上，但到底耳根子不怎么清净，烦得很。

这次带了一大一小回来，沈洛做饭，小飞船哄父母，北雨一个人乐得自在，摊在沙发里看电视，别提多自在。

到了饭桌上，北母到底忍不住，拐弯抹角道："现在年轻人也不知怎么回事，就喜欢谈恋爱不结婚，同居好久也不谈结婚，我觉得这种风气实在不大好。小沈啊，你对结婚有什么打算？"看到沈洛看过来，她赶紧补充，"当然你和北雨才刚刚在一起，也不用急的，我就是随口问一问。"

北雨不动声色地瞥向沈洛，想听他如何回答。

沈洛转头对上她的目光："我以前没想过结婚的事，不过和北雨在一起后，就觉得什么时候都可以，一切看她的打算。"

还挺聪明！自己妈的皮球到底还是踢向自己这里。

她撇撇嘴："妈！你又不是不知道我也没怎么谈过恋爱，你就让我多谈会儿享受享受不行吗？我可不想太早变成黄脸婆。"

沈洛点头："虽然我认为黄脸婆和结婚没有必然联系，不过女孩确实都比较享受恋爱过程。"

北母看着女儿漫不经心的样子，笑道："我这不就是随口问问吗？反正年轻人的事我们也管不着，什么时候结婚也无所谓，只要你们感情好就好。"

小飞船笑眯眯插嘴："姐姐和爸爸结婚的时候，我要当花童。"

北母道："那是当然，我们小飞船肯定是全世界最帅的小花童。"

北雨扯扯嘴角，哪里会有什么婚礼？她明年就要开始自己的环球旅行计划，此后至少三年，大部分时间都会花在旅途上。

她一直没有将结婚列入自己的人生计划，就是知道没有谁会愿意忍受她这种不切实际的浪漫和天真。

她看了眼沈洛，之前她随口提过自己的梦想，他倒是没什么太大反应，不像其他人一听就觉得她太疯狂。

一家人正在其乐融融地吃着饭。

有人按响了门铃。

北雨起身去开门，来人是江越爸，看到北雨，忧心忡忡道："小雨啊，江越这两天在干吗呢？今天说回来吃饭的，到现在都没个影儿，电话又没人接。"

北雨咦了一声："江越没回来吗？我说怎么没来我们家呢！他这几天好像有什么事挺忙的，每天都回来得很晚，问他干什么，也没告诉我。放心吧，江厂长，他这么大个人了，不会有事的。"

江厂长叹了口气："他前段日子说看中了一套房子想买，手上还差点钱，问我和你姨要钱，我们就把存折都给了他，这两天问他房子的事，他总是支支吾吾。我怀疑他是不是在外面干了什么坏事？"

北雨微微错愕："你们不是都把结婚房子给他准备好了吗？怎么他还要买房？而且我都没听他说啊！"

江父大惊失色："他买房没告诉你？"说着焦急地跺跺脚，"这死孩子不会是真的干了什么坏事吧？"

北雨道："江厂长，你别太担心，我看着江越呢，他一不赌二不嫖的，干不了什么坏事的。估计现在还没回来，是有事去忙了，你也知道他这个人朋友挺多的。"

江父点头："希望是吧，反正他要是联系你，你告诉他让他赶紧回来。"

北雨嗯了一声："行！"

送走了江父，她心里却开始犯嘀咕，因为她想起来，前段日子，江越跟她提过，李柔家里的生意出了大问题。

这傻子不会骗了他爹妈的养老钱，去帮助李柔家了吧？

也不想想当初李柔那对势利眼父母，见他是初中体育老师，如何棒打鸳鸯的。

回家的路上，北雨越想越不对劲，给江越打了几个电话，都是关机。

沈洛觉察到她的担心，问："江越是出了什么事吗？"

北雨摇头："我不确定，不过我怀疑这货是有事瞒我。"

自从李柔因为父母的阻拦离开江越之后，她对李柔就没有什么好印象，她一直记得那段时间江越整天喝得烂醉的鬼样子。这两年两个人也不知怎么又勾搭上了，而且李柔还是在有未婚夫的情况下——虽然那未婚夫是她父母的意思。

大约是听说她过得不好，江越三天两头偷偷摸摸去见她安慰她。

北雨愈加对李柔心有不爽，对江越恨铁不成钢。

如今李家的生意出了大问题，若是江越真拿钱而且还有江父江母的钱去帮他们，她都不知该说什么好。

沈洛道："江越这个人心地很好很仗义，我觉得他做事一定有他的道理。"

他想起那年刚刚到二中，有一回回宿舍，在路上遇到几个找碴儿的不良少年。不知从哪里冒出来的江越，将那几人给赶走了。

在他十七岁之前的人生中，尤其是在校园里，所遇到的善意微乎其微，那是他第一次对活了十七年却仍旧陌生的世界，多了另外一份认知。

北雨龇牙咧嘴："他知道个鬼！要是他真拿他爸妈的钱救济李柔，我饶不了他。"

回去后，北雨洗完澡躺在床上，等到十点多，江越还没有回来。

她打江越的电话，仍旧是无法接通。她不得不开始担忧。

沈洛洗完澡出来，问："还没联系上？"

北雨皱眉点头。

北雨正要去想办法联系认识李柔的人要号码，一个陌生号码打进来。

她咦了一声接起，那头却是江越急切的声音："小雨，你快借给我点钱，有急用。"

"你到底在哪里？"

"你别管我在哪里，快给我把钱转过来。"

北雨深呼吸了口气："好吧，你要多少？"

"一百万吧！"

"什么？你到底要干什么？"

"小雨你别问了，我真是有急用。"

"是不是因为李柔？我不会给你钱的，你赶紧给我回来！"

江越在那头急道："小雨，我求你了。"

北雨道："江越，我限你马上回来说清楚，江厂长也让你赶紧回去。你把他们的钱骗了给李柔，你良心过得去吗？"

江越道："这事你千万别给我爸说，我先挂了！"

"喂！喂！喂！"

里面传来嘟嘟的声音，北雨气得将电话摔在床上。忽然她又想起什

302

么似的，将手机拿起来登录网上银行。

工作室的账户里本来的四百多万，只剩下一个零。

沈洛见北雨面色铁青，问："到底怎么了？"

北雨啊地大叫一声："江二狗，你死定了！"

她深呼吸了两口气，努力让自己平静，抖着手回拨刚刚的那号码，然而传来的是关机的声音。

北雨气得浑身直发抖。

四百多万是他们工作室的所有流动资金，其中两百多万是马上要付给供应商和工厂那边的钱。

她不敢相信江越为了李柔，会做出这么丧心病狂的事。

沈洛皱眉，问道："江越把钱拿走了？"

北雨点头，崩溃地抓了抓头发："这浑蛋偷偷把工作室的钱全部取走，去帮他那个女神前女友了。"

沈洛："你先别着急，等他人回来再说。"

北雨叹了口气："我急也没用，总不能去报警把他抓回来吧？他最好给我马上回来，不然我要跟他绝交。"

她知道自己也只是说说气话，江越跟她一块长大，不仅是朋友还是亲人，怎么可能真的不管。

沈洛安抚性地拍拍她，没有再说话。

隔日，江越没有回来，电话仍旧打不通。

北雨从愤怒转为担心。

第三天，江越还是音信全无。

江越爸妈那边一天打无数个电话给北雨问情况，她怕二老担心，只能先敷衍应付着，心里却越来越担心。

江越从小是个二皮脸，不是那种干了坏事不敢露面的人，她不得不怀疑他是惹上了麻烦。

晚上九点多，工作室人去楼空，她清点了库存，想着江越那钱不知

303

道还拿不拿得得回来，正打算和供应商商量这期的货款延迟支付，忽然就接到一个江越发的视频邀请。

她赶紧接起来："江二狗！你死……"

后面的"去哪儿了"还没说出来，已经被视频的场景给噎了回去。

视频里还是江越，但却是被人绑在一张椅子上，浑身上下都是血。

北雨吓得手机差点掉地上，慌慌张张握紧，问："江越，你怎么回事？"

江越勉强睁开红肿的眼睛："小雨，他们是高利贷。小柔家里公司资金链断了，银行停了贷款，他父母借了三百万高利贷救急周转，我凑了八百万还给他们，他们又涨了。你别管我，要钱没有了，要命有一条。"

他话音刚落，迎面就被人打了一拳："小子骨头挺硬的嘛，本来我们是打算把李家那美女送去夜总会的，不过我们行走江湖的，也要讲道义，既然你把账扛下来，我们就不会再去找她，但是防止你耍滑，那美女的裸照还是先放在我这里。你要明天拿不出来，我们也不要你的命，卸掉你一只手就好了。"

那人边说边拿着一把寒光闪闪的匕首在他面前晃着。

江越道："你要卸就赶紧卸，反正我们没钱。"

北雨算知道是怎么回事了。李柔家濒临破产，借了三百万应急周转，利滚利还不了，要逼李柔去夜总会卖，江越这个傻帽就赶紧把账扛了下来。

这些人显然不是普通的高利贷，而是涉黑团伙。

北雨叫道："你们快放了他！不然我就报警。"

一个三十多岁的板寸男人出现在手机屏幕中，咧嘴笑道："欠债还钱天经地义。你要报警，我们也没意见，反正等警察来，见到的这位哥们儿肯定是少一只手的。一只手判不了几年，咱们这里兄弟多，随便一个顶下，进去待几年就行。"

江越脸红脖子粗地吼道："要卸就卸！"

那板寸男猛地将刀子往他椅子扶手上一插，转头对着视频道："美女，你自己看着办，是报警等着这小子少只手回去，还是明天五点之前拿五百万把人完好地带回去。"

江越吼道："你们有本事现在就把我卸了！"

板寸男抬手又给了他一耳光。

北雨吓得心脏都快跳出来了，闭着眼睛不敢再看江越的惨状："好好好，你们把地址给我，我明天去送钱。"

板寸男笑道："这还差不多，不然家里多了个残废总是不好的。"

板寸男说完挂断电话，片刻之后，一个地址发了过来。

北雨一个小老百姓，哪里遇到过这种事？想报警又怕害得江越以后变成一只手，只能慌慌张张上网查自己的存款，想着先把人救出来，其他的以后再说。

工作室真正赚钱也就这两年，她所有存款加起来，也不过两百来万，短短一天时间不到，她去哪里再找那两百多万？

正一筹莫展时，对面二楼那间自己熟悉的卧室亮起了灯。

她咬咬牙，出门下楼。

还没敲门，沈洛已经从里面打开："江越有消息了吗？"

北雨点头，满脸焦急："他被高利贷绑了，要明天准备五百万才放人，不然就砍断他一只手。"

"报警了吗？"

北雨摇头："那些人说要是警察找上门，就给警察一个断手的江越，反正断一只手也坐不了几年牢，那些人是黑社会，人又多，根本不怕警察的。我只有两百多万，你有钱吗？可不可以先借给我？我想把人救出来再报警。"

沈洛思忖片刻，点头："行，我们拿钱先把人救出来，其他再说。"

这一夜，北雨根本就没合眼，满脑子都是江越那满脸是血的样子。

愤怒生气又能怎样？

总不能真的因为五百万，让江越少一只手吧。

她和江越从小一起长大，不是亲兄妹胜似亲兄妹，他有好东西总会想着自己，看到自己被欺负，一定第一个挺身而出。他比自己年长两岁，小时候两家父母忙碌的时候，他还会照顾北雨，虽然不怎么靠谱，但也是尽心尽力。

钱可以再赚，反正他们工作室现在还能赚钱，但手断了就再也长不回来了。

因为大额取款要提前一天预约，隔日一早等银行上班，北雨就打电话和几家银行协商，好不容易协商好，等到她和沈洛跑了七八家银行把钱取齐，装满两大箱子放在车后备厢，已经是下午了。

两个人一路奔波，连饭都没吃。

高利贷给的地址是一处郊区的废旧厂房，因为担心北雨关心则乱，是沈洛开的车。

看着车子驶入往郊区的车道，北雨大大松了口气，不管怎样到底是凑够了钱。她靠在椅背上，看向面无表情的沈洛："今天多亏了你！要是没有你，我真不知道半天时间去哪里找这么多钱。等事情解决，我会尽快把钱还给你的。"

"先不要说这个，江越也是我朋友，把人救出来再说。"

北雨捂住眼睛："江越怎么就这么白痴？几百万的高利贷就这么替人家扛了，还准备让人卸只手了事，也不知道李柔到底给他下了什么迷魂药！你说爱情的力量就这么伟大吗？为了喜欢的人，可以什么都不管不顾？"

沈洛淡声道："男女之间的事，只有两个人自己明白，外人是看不懂的。"

北雨轻笑一声："说得你好像很懂似的，这么懂怎么会对爱情和婚姻没有向往？"

沈洛道："不向往不代表不懂。"

北雨摇摇头，看向窗外："反正我是不懂的，也不想懂。"

夕阳西下之前，两人终于抵达目的地。车子在废旧厂房前停稳，两人下了车。

几个在门口打牌的男人见状，朝里面大叫一声："铁哥，人来了。"

片刻之后，昨晚手机里那个板寸男人带着两个人大摇大摆走出来，想来就是这帮人的老大。

板寸男笑道："美女，钱带来了？哟呵！还带着个助手，这么信不过我们？我们又不是黑社会，就是把欠我们的债讨回来而已。"板寸男的目光在沈洛脸上扫了下，咦了一声，"这位哥们儿有点眼熟啊，好像在哪里见过。"

北雨看了眼身旁的沈洛，却见他的脸色比平日里更冷，似乎压抑着强烈的怒气。不过她现在一门心思担心着江越，对他的异样没放在心上。

她朝那叫铁哥的男人道："钱我们带了，江越在哪里？"

铁哥打了个响指，过了一会儿，浑身是血的江越被人搀扶着走了出来。见到她，江越懊恼地叫道："你来干什么？这些人是黑社会，根本就是敲诈勒索，他们要卸掉我的手就让他们卸好了！谁怕谁啊？"

铁哥转头看了眼，笑道："小子真有种，我陈铁敬你是条汉子，不过还钱天经地义，说我们敲诈勒索就不厚道了。"

北雨懒得和这些人啰唆："钱在后备厢，你们把他放了，把欠条给我们。"

陈铁笑道："好，爽快！"说完，他挥手示意手下放开江越。

被松了绑的江越，跌跌撞撞走过来，北雨恨铁不成钢地白了他一眼，走到车后打开后备厢。

陈铁走过来，打开箱子拉链看了眼："多少？"

307

"五百万，要是不放心你们可以当场点。"

陈铁笑："不用不用，咱们都是生意人，这点信任还是有的。"说着让人将钱提走。

江越咬牙切齿道："借条和照片呢？"

陈铁从身上拿出一张借条和一个文件袋，却不给他们，挑挑眉道："哎呀！我昨天说错了，不是五百万，没还完的本金加上利息还差一百万。所以借条和照片就先放在我这里，等你们给完最后一百万，我一起还给你。"说着，他恶意地笑道，"放心，这绝对是最后一百万，反正你们一千多万都已经拿出来了，也不至于拿不出这一百万，对吧？"

北雨算是知道了，这是真遇上敲诈勒索了！

江越听了这话，气得额头青筋直跳，大吼着挣开扶着他的人朝陈铁扑过去："浑蛋！老子今天和你们拼了！"

江越是体育生出身，从小是个混混，打架这门手艺自然不一般。陈铁猝不及防间，被他给掀翻在地，手中的借条和照片都被江越抢走了。

江越又去抢装钱的箱子，涨红脸大吼大叫："这是我妹准备环球旅行的钱，你们给老子还回来！"

但陈铁这伙人总共七八个，手上都带着武器，很快反应过来，几个人拿着铁棍蜂拥而上，江越腹背受敌，很快就吃了几棍子。

北雨站在车边，愣怔之下，连尖叫都忘了，只眼睁睁看着陈铁爬起来，拿起一根棒子，气冲冲上前，朝被围攻的江越的脑袋敲下去。

只是那根铁棒还没落下，已经被一只手握住。

原来是站在北雨身边的沈洛，不知何时冲了上去。

陈铁朝沈洛恶狠狠瞪了一眼："不想挨揍就一边待着，不然老子连你一起弄死！"

沈洛冷笑一声："果然三岁看老，这么多年过去了，你真是比上学时更有出息。"

不等陈铁反应过来，沈洛已经夺过他手中的铁棒，一脚将他踹开，然后拿着铁棒，去帮江越解围。

他身手非常标准，绝非江越那种野路子，很快打倒三个人，将江越救了出来。

局势迅速逆转。

江越刚刚本来是凭着冲动，不要命豁出去了，现在看到沈洛来帮自己，顿时精神大振，打架的手法也正常了许多。

他抹了一把鼻子上的血："哥们儿！这个情我记住了！"

沈洛夺过一根铁棍丢给他，冷冷看了他一眼："先解决再说。"

两个人对八个人，并没有处于下风。

北雨屏声静气不敢出声，赶紧拨了报警电话。

那被踹倒在地的陈铁，爬起来啐了一口："我去！原来是我的小天才老同学！我还以为你永远都是个毛都没长齐的小豆丁呢，居然长这么大了！老子都快认不出来了。还记得当年被老子按在马桶里有多爽吗？"

他不知从哪里抽出一把长刀，朝沈洛和江越冲过去。

一刀砍下去！

江越和沈洛险险避开，陈铁一个趔趄，看到手下处于下风，个个露出狼狈状，顿时恼羞成怒。他隐约听到北雨躲在车边打电话，忽然就掉转方向，举着刀朝她冲过去。

北雨觉察后赶紧往后退开，那刀堪堪落在车身上，溅起一阵火花。

她吓得心脏都快跳出来了，顾不得其他，拔腿就跑，然而她怎么跑得过一个怒火中烧的大男人？

她跑了没几步，陈铁就追了上来，眼见那长刀要落在自己身上，身体却忽然一轻，被跑过来的沈洛拉进怀中将她整个人挡住，然后抱着她

309

往旁边用力一偏。

可惜还是差了一点，陈铁毕竟也是个擅长打架的，他的长刀砍中了沈洛的肩膀。

北雨看到那瞬时溅出的血，吓得脸色惨白，也不知哪里来的力气，竟然一脚将陈铁踢倒在地。

沈洛似乎对肩膀上的伤浑然不觉，反手夺过陈铁手中的刀，然后将他踩在脚底，弯下身一拳一拳砸在他的脸上和身上。

其他几个人都已经倒在地上，看到老大被人踩在地上打得毫无还击之力，也不敢再爬起来反抗。

陈铁脸上渐渐被染成了红色，有鼻子和嘴巴里被打出来的血，也有沈洛身上流下的血。

他一开始还骂，很快就承受不住了，只哭着求饶："沈洛沈洛，你放了我！是我错了！我给你道歉，我跪着给你道歉！我叫你大哥，不，我叫你爷爷。"

然而沈洛对他的话置若罔闻，硬硬的拳头仍旧一下一下砸着，仿佛永远不会停止。

江越处理完其他人，走过来："小雨，你怎么样？"

北雨摇头，看着沈洛身上的血已经染红了衬衫，她反应过来，赶紧拉住他的手："沈洛，别打了，你伤得很严重。"

然而沈洛完全不理会她，继续一拳一拳打在陈铁的脸上。

地上的人，眼见只有出的气没有进的气。

就在此时，刺耳的警笛声传来。

警察来了。

江越见沈洛状态不对劲，赶紧将他拉住："沈洛，快住手，别把人打死了！"

然而沈洛却将他推开，继续将陈铁踩在脚下一拳一拳挥下去。

江越知道这样下去不行，咬咬牙，直接将人抱住，大吼道："快别打了。"

好在他力气大，终于勉强将人拉开。

北雨从刚刚的惊慌错乱中回过神，看向沈洛的脸。

此时的他，不再是平日的冷峻疏淡，而是狠戾得吓人，连眼神看起来都很可怕。

她觉得这是沈洛，可又好像不是自己认识的沈洛。

警车在旁边停下，几名警察下车冲过来。

其中一名警察看着地上满脸模糊的男人："陈铁，你涉嫌绑架勒索，被逮捕了。"

"江越！"紧跟着后面一辆警车里，冲出来一个女人，朝江越跑过来，红着眼睛道，"你怎么样？你怎么这么傻？"

江越摇摇头："我没事。"然后看向沈洛，"就是连累了别人。沈洛，你流了很多血，咱们赶紧去医院。"

北雨没去看李柔，江越和她的那点破事，北雨一点都不想管，只想赶紧将这件事处理干净。

看到警察将地上的人铐起来，她总算是松了口气，扶着沈洛："我送你去医院。"

沈洛点点头。

北雨见他神色平静，想着大约没什么大事。但下一秒，他整个人就朝地上倒去。

"沈洛！沈洛！"她惊得大叫。

有警察见状，赶紧过来给他止血包扎："他失血严重，得马上去医院。"

沈洛伤得比想象中更严重。

去往医院的路上，他没有醒过来，到医院后，便被直接推进了急救手术室。

跟到手术室门口的北雨，一路上脑子都是蒙的，现下看着手术室门上的灯，仍旧觉得像是在做梦。

但她没忘记，刚刚陈铁举着刀朝自己砍过来时，是沈洛替自己将那一刀挡了下来。

如果只是借钱给自己救江越，还算在情理之中。但是在那种危急时刻，他毫不犹豫地替自己挡下一刀，这无论如何都不在情理之中。

北雨再迟钝，或者说这些日子再怎么自欺欺人享受他的好，如今也不可能说服自己——沈洛只是把自己当成一个床伴。

这世间的一切行为都有据可循，只是她没有在意罢了。

她心中有些发酸，又有些温暖。

心酸的是，直到发生这件事，她才明白过来沈洛对自己的心意。而手术室里的男人，还不知道情况如何。

温暖的是，她终于也意识到，沈洛对自己的意义。她之前不敢承认自己的心意，不过是还保存着点莫名的自尊和骄傲，不想做那个先动心的人。

她长大了，不再是从前那个勇敢的少女，十五岁的自己至少还敢承认自己的喜欢，哪怕只是暗暗喜欢。如今的她，自诩潇洒，其实是个连自己的内心都不敢面对的懦夫。

所以在他提出协议关系后，她就可以堂而皇之享受他的好，又故意视而不见。

她捂住眼睛，无力地靠在医院白色的墙壁上。

包扎完毕的江越，被李柔扶着走过来："警察那边说了，陈铁涉嫌敲诈勒索，钱应该能追回来大部分的。对不起，这次是我闯了大祸。"

北雨拿下捂住脸的手，本来想扇他一耳光，可看到他受伤的猪头脸，又生生忍下："滚！带着你的心肝宝贝给老子滚远点，暂时别让我

312

看到你。"

江越没敢再开口。

扶着江越的李柔怯生生道:"小雨,是我连累了你们,我父母借高利贷我是被抓走才知道的,要不是江越救我,我只怕是……你放心,我会把这件事处理好的,我会跟我继父他们走法律程序断绝关系。我一定会尽最大的努力,给你们补偿。"

北雨露出怕了她的样子:"李柔,我求你了!你要对江越是真心的,要么就走远点,去一个他找不到的地方,要么就和他赶紧结婚。你隔三岔五出个幺蛾子,他是心甘情愿,我们这些家里人可真陪着折腾不起。"

李柔闻言眼泪滚下来。

北雨看了就烦,挥挥手:"你们俩赶紧滚!暂时不要在我眼前出现,不然我保不准会做出什么。"

李柔还想说点什么,却被江越拉走了。

北雨摇摇头舒了口气,脱力般刚刚在长椅上坐下,手术室的门打开了,里面的医生走出来。

她赶紧起身迎上去:"怎么样?"

医生拿下口罩:"放心吧,没有生命危险,伤口已经处理好。就是肩膀刀伤太深,失血过多,暂时还没醒过来,好好养伤,不会有大碍的。"

北雨胸口提着的一口气,长长舒了出来:"谢谢医生。"

护士从手术室将沈洛推出来。

北雨走到病床前,低头看向他。此时双目紧闭的男人,因为失血过多而脸色苍白,连双唇都没有半点颜色。

北雨伸手摸了摸他的脸:"你快点醒过来,醒过来我就告诉你我的真心话。"

第八章
小白楼里的男孩

沈洛是隔日清晨醒来的。

除了警察来做了笔录，北雨就一直守在他旁边，大半夜没合眼，直到快天亮时，终于熬不住，不知不觉趴在床上睡着了。

她到底睡不踏实，不过十几分钟，忽然一个激灵醒过来，便对上了沈洛那双漆黑如墨的眼睛，也不知看了她多久。

"你醒了？"她惊喜道。

沈洛微不可察地点头，试图坐起来，北雨赶紧扶住他道："你别乱动，小心碰到伤口。医生说你的伤口很深，必须好好休养。"

沈洛看着她沉默了片刻："那些人怎么样了？"

北雨道："警察说这是个涉黑团伙，之前在首都犯过事，出来后就跑到这边放高利贷敲诈勒索，之前已经得手过几回。他们抓了李柔拍了裸照，还要让她卖身还债，江越这个白痴就脑门一热，把债给扛了下来，让他们放了李柔自己顶上。哪知几个月利息超过了百分之三百，而且还坐地起价，江越就不干了，赌气让人卸了他的手，好在李柔出去后报了警。这家伙从小就冲动，做事不顾后果，本来脑子就不好使，以前替人出头被人开瓢，脑袋缝了十几针，估计更蠢了，不然怎么快三十了还能干出这种冲动事？这回还连累你！幸好你没大碍，不然我非得撕了他不可。"

她话音刚落，病房的门被人小心翼翼推开，缠着纱布的江越，鬼鬼祟祟冒出头："小雨，我给你们送饭来了！"

北雨转头看了他一眼，怒道："滚！"

江越赶紧缩回去，只露出一只手，摸索着将两只保温桶放在地上，然后带上门，飞速跑了。

北雨昨晚没吃饭，此时也觉得有些饿了，走过去将保温桶拿过来，咬牙切齿道："我就不该拿钱去救他的，让他给黑社会卸掉一只手长点记性也好。"

沈洛嘴角微微动了动，似是笑了下："其实江越虽然冲动了点，但也情有可原。喜欢的人被黑社会抓走，为了把人救出来，他也只能先用欺骗的手段凑到钱再说。"

北雨没好气道："明知道是敲诈勒索，他怎么不去找警察？"

沈洛看着她："那你为什么不去找警察，而是先拿钱去救他？"

北雨被噎了一下："要不是他爸是我亲表舅，他是我亲表哥，我怕他出了事他爸妈受不了，我才懒得管他。"

沈洛道："因为江越是你的亲人，所以你可以感同身受，担心他出事，就选择拿钱先去救他而没有第一时间报警。而李柔对江越来说，也是非常重要的人，所以他才会这么做。"

北雨想了想，忽然灵光一闪，勾唇笑了笑："那如果是我出了这种事，你会像江二狗那样做那种傻事吗？"

沈洛轻描淡写道："解决问题的办法很多，我不会走到这一步。"

北雨扬起眉头："那如果没有别的办法呢？"

沈洛想了想："那应该也只能跟江越一样了。"

北雨抿嘴笑开，定定地看着他，若有所思地点头："哦——原来我对你来说是非常重要的人啊！"然后又仰头笑道，"不过也是，要不是重要的人，那把刀砍下来的时候，你也不会毫不犹豫就替我挡了。这样说来，我肯定是你特别重要的人。是不是啊？"

沈洛看着她，仍旧是惯常的面无表情，只是苍白的脸上浮现一丝可疑的红色，然后闭上眼睛稍稍歪向另一边："我再睡一会儿。"

他竟然不接自己的话！北雨撇撇嘴，问："你不饿吗？"

"不饿。"

北雨轻笑了声："那你睡吧，饿了再起来吃饭。"

病房是带卫生间的单人间，她去里面洗漱的时候，看到镜子里的人，吓了一跳。一个晚上没怎么睡，整张脸憔悴得吓人，肤色暗沉，双眼无神，像个女鬼一样。

"啊——"她崩溃地尖叫一声。

"怎么了？"沈洛的声音从外面传来。

"没事没事。"北雨用力洗了把脸。

刚刚他面对的就是自己这副丑样子，难怪她说那种暧昧的话时，他明显有点逃避。估计觉得被骗了！毕竟平时的她还是非常光鲜靓丽的。

北雨懊恼地洗完脸，从包里翻出隔离霜和粉底液，对着镜子化了个淡妆，气色看起来好多了，整个人也就看着顺眼了几分。

她走出卫生间，沈洛已经坐起来。

北雨大惊："你起来怎么不叫我？"

沈洛道："我没问题。"

北雨道："医生都交代你要静养，你还担心我照顾不好你？放心吧，你是因为我才受的伤，我一定会尽心尽力把你照顾好的。"

说着她拿起保温桶，撇撇嘴："有粥还有排骨汤，一看就不是来自餐馆。江二狗那蠢货顶着张猪头脸肯定不敢回家，十有八九是那个李柔弄的。算了，不吃白不吃。"她尝了一口，"味道还不错。"

她将粥和汤盛出来，忽然发觉沈洛要下床，吓得赶紧问道："你干什么？"

沈洛道："我去洗漱。"

北雨一副怕了他的样子："我的大哥，您就消停点好吗？要干什么叫我一声就好了。你别动，我去给你打水洗漱。"

沈洛沉默了片刻："我想上厕所。"

这回轮到北雨怔了下："那我扶你去厕所。"

沈洛有些无奈："我伤的是肩膀，腿又没受伤。"

北雨支支吾吾道："医生……交代你右手不能动，我得帮你解裤子！"

沈洛难得地失笑："那好吧！"

北雨瞅了他一眼，觉得自己好像有点被调戏了，想着两个人都是一起洗过澡的，有什么不好意思的，于是挑挑眉，佯装一副臭流氓的样子道："你浑身上下我哪里没看过，你还不好意思吗？"

沈洛勾了勾唇，没有说话。

北雨扶着他来到卫生间，在马桶前站定后，他那只可以自由活动的左手也不动，就那样歪头静静看着她。

目光隐约还带着挑衅。

谁怕谁！

北雨挑挑眉，伸手帮他拉裤子，拉下之后，她还故意看了眼，才抬头问他："要我转身回避吗？"

沈洛没说话，只是伸出左手将她的眼睛轻轻捂住。

北雨唇角弯起，无声笑了笑。

从卫生间出来后，北雨小心翼翼扶着他在床上坐好，端着碗坐在他旁边，笑着给他喂粥："宝宝乖，张嘴吃饭饭。"

沈洛白了她一眼，面无表情地张嘴吃下。

他越是一本正经，北雨越是玩得起劲，一顿饭喂下来，自己笑得不亦乐乎。

沈洛终于忍不住："这么好笑？"

"本来就很好玩，你这个人就是太无趣。你跟我一样，会发觉这世上有很多乐子。"

沈洛定定地看着她，失笑，然后摇摇头。

北雨从来没照顾过人，在她的想象中，觉得这是件非常麻烦的事，但是照顾沈洛，却让她非常有成就感，除了担心他的伤，昨日的阴霾一扫而光。

收拾完毕，她就坐在他旁边和他说话。

她忽然想起昨天沈洛的失态，不由得好奇地问："你认识那个黑老大陈铁？"

那是她第一次见到那么可怕的沈洛，要不是警察赶到，江越使出吃奶的劲儿将他抱开，只怕那个陈铁已经没命了。

沈洛闻言沉默了片刻，才轻描淡写道："高中的时候一个学校。"

"同学？"北雨有些意外。

沈洛点头："算是吧！"

北雨试探地问："你们有仇？"

沈洛显然不愿意回答这个问题，闭上眼睛："我累了，想再睡一会儿。"

北雨点头："那你好好休息，我就在你身边待着。"

沈洛呼吸渐沉，北雨就趴在旁边默默看着他。

他双眼紧闭，眉头微微蹙起。

他似乎总喜欢皱眉，像是有太多化解不开的忧愁。她对沈洛其实一无所知，所以不知道他的忧愁来自哪里，只是忽然觉得有点心疼。

她忍不住伸手摸了摸，想抹平那眉头的郁结。

房门响起低低的声音，北雨抬头看到小飞船小心翼翼探进来的脑袋，北雨赶紧将手指放在唇上做了个嘘声的手势。

小飞船会意地点头，拉着身后的表叔周煜进屋。

周煜看向北雨，露出询问的眼神，低声问："怎么回事？为什么会受伤？"

北雨不知道他怎么得到消息的，小声道："说来话长，等他醒了再告诉你吧，总之都是因为我。"

周煜扯了扯嘴角，看了看床上的男人，又看向她："你就是他的女朋友？"

北雨点头。虽然名义上还不是，但本质上早就是了，所以这样说当然也无可厚非。

小飞船跑到床头，亲了亲沈洛的脸，红着眼睛小声道："爸爸，你怎么生病了？你要快点好起来，不然我会心疼的。"

周煜看了眼北雨："你昨晚守了一夜吧，回去休息一下吧，我在这里看着他。"

北雨犹豫，周煜有点无奈："他是我表哥，亲的。"

"那好吧，我回去洗澡换身衣服，给他带饭过来。"

北雨一步三回头，不太放心地出门。而门刚刚合上，床上的人就睁开了眼睛："你怎么知道我住院的？"

周煜道："这是人民医院，我妈曾经是这里的外科主任，现在的副院长是我妈曾经最好的朋友，也是你曾经的主治医生，她昨天看到你进急诊室通知我的。"

沈洛道："是吗？"

周煜道："事情我都听说了，那个陈铁就是高中欺凌你的那个人？"

沈洛冷眼看了他一下："我不想再提。"

周煜道："你把人打成重伤，现在还在重症病房，如果不是因为你被他砍了一刀，而且他犯了重罪，那就是防卫过当。"他顿了顿，"你是不是又犯了？"

沈洛左手捂住眼睛，淡淡道："我很好。"

"哥!"

"你烦不烦？"

周煜：“哥，如果你真的有问题，就去找陈院长，他对你以前的情况最清楚。”

沈洛移开手，看向他："你觉得我还跟十几年前一样？生过病就不会变好？"

周煜道："我不是这个意思，只是你将人打成那个样子，我不得不担心。"

沈洛轻笑一声："要是宋南风差点被人伤害，而且还是你曾经最憎恨的人，你不会冲动？"

周煜摊摊手："好吧！"顿了顿，又问，"你真的和那个北雨在一起了？"

"有问题？"

"那倒不是，就是觉得你们不像是一个世界的人。"

"所谓我的世界是被你们所有人构造出来的，我现在只是想回到属于我的正常人生。"

周煜轻笑了笑，看了眼一脸懵懂的小飞船，道："难怪你不让小飞船跳级上学。"

沈洛闭上眼睛："你先带小飞船回去，小孩子待在医院不好。"

周煜道："你一个人能行？"

沈洛道："我只是肩膀受伤。"

小飞船拉着他的手："爸爸，我要留在这里照顾你。"

沈洛伸手摸了摸他的头："乖，跟表叔回去，等我出院了再去接你。"

小飞船噘了噘嘴："可是我想照顾你。"

"听话！"

"好吧。"

周煜拉着小飞船往外走，到了门口，又不放心地转头："哥，你要有问题就赶紧找陈院长。如果你想过正常人生，就绝不应该让北雨承受可能的风险。"

沈洛闭着眼睛没有说话。

等到病房变得安静，他才慢慢睁开眼。盯着白色的天花板发了会儿呆，他慢慢起身下床来到窗边。

窗户对着的不远处有一座独立的白色小楼，小楼独门独院，有穿着白大褂的医生和条纹装的病人，在院中的草坪上行走。比起医院的主楼，白色小楼显然冷清安静许多，一看就是这座三甲医院里一个特别的存在。

十五岁那年，他曾经在那里住过一整年。

沈洛闭了闭眼睛，想起周煜刚刚的话。

"如果你想过正常的人生，就绝不应该让北雨承受可能的风险。"

生命快进入第三十年，其实他仍旧不喜欢这个光怪陆离的世界，可是在孤独而苍白的世界封闭太久，总还是会想走出去看看阳光。

他十二年前遇到北雨和江越他们，已经迈出第一步，后来这些年算不上太成功，但至少像是在枯井中坐久的人终于看到了一点阳光。

再次遇到北雨，好像一切豁然开朗。就像是等了这么久，终于有一根绳子丢入了枯井，让他可以爬出去了。

只是没想到那些他已经完全忘却的前尘往事，忽然又冒出来，提醒他，自己曾经是什么样的人。

沈洛用力闭上眼睛，将那些久远的往事摆脱掉。

正在这时，有人敲门。

他深呼吸一口气，转头道："进来。"

来人是安璐，长卷发，高跟鞋，精致的妆容，冷艳风情又不失文艺，有点不食人间烟火，只是不知是仙女还是妖精。

沈洛皱了皱眉："你怎么来了？"

安璐道："今天来拜访陈医生，听他提起你受伤住院。你怎么样？"

沈洛走到床边坐下："没事。"

安璐笑着走过来："真是凑巧，我已经很多年没来过这里，一来就碰到你，看来这里确实是我们的缘分之地。"

沈洛淡淡看了她一眼："安璐，我们并不算熟悉。"

安璐笑："如果我们没有失去联系，应该比这世上所有人都熟，毕竟我们见过彼此最糟糕的状态。"

沈洛道："我们周围的病友，状态都很糟糕。"

安璐道："但我们和别人不一样，我们年龄相仿，都有不好的经历，甚至都曾接近死亡。我还记得当时我偷偷跑出病房，来到这栋楼的楼顶轻生，是你发现了我将我救下来。我十五岁之后的生命是你给我的，你出院后我一直在找你，直到前些年偶然得知Pluto就是你，便一直追随着你的脚步，去你去过的地方，看你看过的风景，放弃画画，专注摄影。我查到了你的经历，发誓要以最好的状态出现在你面前。"

沈洛淡淡看了她一眼："你看起来不错。"

安璐轻笑一声："我也觉得是，可明明你是独自带着孩子的单身爸爸，为什么等我出现在你面前，你身边已经有了别人？"她顿了顿，"我忍不住打听了一下北雨，怎么都想不通你为什么会喜欢那样的人？她和你根本就不像是来自同一个世界。"

沈洛皱眉："安璐，我早已经从那栋小白楼走出来，而你看起来还没有。"他站起来，再次来到窗边，"你在小巷子里的路边早餐摊坐下来用过餐吗？"

安璐摇头。

沈洛又问："那你吃大排档时听过周围的人说话吗？"

安璐再次摇头："我很少吃大排档。"

沈洛道："我有过。"

安璐笑："所以呢？"

沈洛没回答，只继续问："那你有没有吃过别人送给你的廉价巧克力糖？"

安璐道："有收到过，不过我不吃廉价的巧克力。"

沈洛看了她一眼笑道："我吃过，味道很美妙。"

安璐奇怪地看着他的背影："沈洛，你到底想说什么？"

沈洛转头："你说我和北雨不是一个世界的人，但你知不知道她的那个世界是什么样子的？就像早晨的露水，刚刚出来的朝阳，像路边早餐摊盛出的第一碗馄饨，像大排档里嗞嗞冒着热气的烤串，一切都生动而鲜活。也许有人不以为意，但我很喜欢那个世界。"

安璐脸色微僵："也许你只是一时好奇。"

沈洛摇头："不，因为我已经体会过那个世界的好，所以不想再回到自己的世界。"

安璐道："沈洛，我们才是一个世界的人。"

沈洛冷笑："安璐，你确实应该去看陈医生。"

安璐深吸了口气，努力让自己的语气平静："沈洛，这么多年，我一直在追逐你的脚步，如今终于追上，我不会这么容易放弃。"

沈洛道："你也应该从自己的世界走出来，别太把自己当回事。你对我来说，只是一个很多年前在医院认识的故人，当初救你也只是因为恰好发现你要跳楼，你完全不用放在心上。"

安璐摊摊手，笑道："没关系，你说的这些都不重要。因为我知道你不愿面对我，不过是因为不想面对你的过去。但是沈洛，有些事情是逃避不了的。"

沈洛冷声道："我没有逃避什么，只是向前走。"

看到沈洛回到床上闭目养神，安璐也不好再停留："我不打扰你了，等你好些了我再来看你。"

沈洛对她的话置若罔闻，连眼皮都没抬一下。

安璐走出病房，本来带着笑意的表情完全沉下来，走到电梯门口时，恰好遇到提着保温桶的北雨。

两个人俱是一怔。

还是安璐先笑着开口："北雨小姐，还记得我吗？"

北雨笑："当然记得，美女摄影师。"

安璐笑："也可以说是沈洛的老朋友。有空吗？我们聊聊。"

作为一个女人，即使不那么敏感，北雨也觉察出了严重的情敌氛围。如今她已经明白沈洛和自己的心意，当然不能消极抵抗。

谁怕谁！

她点点头："没问题。"

两人来到走廊一端的窗边站定，安璐先开口："那次俱乐部酒会后，沈洛在你面前提过我吗？"

北雨点头如实道："说你是他以前在人民医院住院时隔壁病房的病友。"

安璐笑："倒也没说谎。"顿了顿，又问，"他说过当年他生的是什么病吗？"

北雨摇头，不甚在意道："谁还没生过几次重病，他现在健康就好。"

安璐笑："看来你的性格确实挺豁达的。"说着，她指了指不远处的那栋小白楼，"你知道那是什么地方吗？"

北雨道："听说过，人民医院的精神科，据说在业内很有名。"

安璐点头："是很有名。"说着看向她，"我和沈洛当年就住在那里面，他的十五岁就是在那种半封闭的环境中度过的。"

北雨看向她，面露惊愕。

安璐耸耸肩，勾唇笑道："没错，当年我们住在精神科。我抑郁症几次自杀未遂，被家人送到那里。而沈洛是因为……"她顿了顿，才继续道，"自闭、躁郁症以及严重的暴力倾向。"

语气云淡风轻，她就像是在叙述一件再平常不过的事。

见北雨面露怔忡，半晌没有反应，安璐笑了笑，又道："你应该知道他十四岁上大学，一年后退学。那你知道是什么原因吗？"

她显然并没有要等北雨的答案的意思，自顾自地继续道："因为重伤三人。如果不是未成年加上精神鉴定为限制刑事责任能力，当年的他应该会去少管所，而不是来这里的小白楼。"

北雨终于回神，问道："那你现在还想自杀吗？"

安璐没料到她忽然问这一句，下意识摇头："当然不会，我的抑郁症已经治愈多年，如今的生活我很满意。"

北雨道："是啊！你现在是知名美女摄影师，确实没什么不满意的。和你的十五岁截然不同不是吗？所以沈洛十五岁做过什么、生过什么病有什么重要的呢？因为他也已经和他的十五岁截然不同。"她顿了顿，"我十五岁之前还以为自己有朝一日会成为特别厉害的人呢，但十几年过去了，我只是个卖衣服的网店店主。"

安璐微微眯眼："你不在乎他的过去？"

北雨道："我为什么要在乎一个人十五岁发生过什么？"

安璐笑："那你不怕他的病会复发？"

北雨道："我猜想你的抑郁症也并非天生，而是生活发生了变故。我从小父母恩爱，家庭幸福，可能感受不到。但我想一个十五岁的女孩患上抑郁症，很大的可能是因为遇到无法抗争的家庭变故。既然能在小白楼住一年，我猜你家境一定很好，想必也备受宠爱，家庭变故无非父母关系破裂或者出轨，诸如此类。"

安璐本来带着笑意的脸，微微僵了僵，因为北雨说得没错，她曾经有一个非常幸福的家庭，她以为父母是恩爱的且对她万分宠爱。但在十四岁那年，她撞见父亲出轨，而且还有了一个私生子。十四岁的少女完全无法承受生活突如其来的打击，她对生活万念俱灰，自杀几次未能成功，最终被父母送到小白楼治疗。

她眉头皱起："你想说什么？"

北雨道："你十五岁承受不了的事，对现在的你来说，想必早已经不算什么。"

安璐点头："没错，我已经快三十岁，有绝对的能力承受生活中的变故。"

北雨道："既然你是这样，为什么沈洛就不是？他当年出事，肯定也是因为遇到了他那个年龄无法抗争和解决的困境。而他十五岁无法解决的困难，对三十岁的他来说，绝对不会再是问题。"

安璐脸色微变，随即又笑了笑："你可看得真开！"

北雨一本正经道："说实话，沈洛在我的眼里，本来就跟普通人不一样，所以无论发生过什么，我都不惊奇，甚至也不好奇，我只负责他的现在和将来。"

安璐道："你负责得起吗？"

北雨挑挑眉："他给我，我就负责得起。"

安璐讥诮一笑："那我祝你好运。"然后踩着高跟鞋转身离去。

北雨看着她的背影愣了会儿，转身靠在窗边，朝不远处的小白楼看过去。

综合医院的精神科和专科的精神病院不一样，收治的病人多是抑郁症等精神病患。他们有一部分是遗传天生的器质性病变，但很大一部分是因为生活中无法摆脱的痛苦。

北雨想起之前沈洛说过，他的人生从十二年前开始。

十二年前，不就是他来二中的那一年？

而十二年前是怎样的，她虽然不得而知，却也能从传闻和这些日子他的只言片语中勾画出来。

五岁父母双亡被爷爷奶奶从美国接回国抚养。因为智商超群，频频跳级，十岁上初中，十二岁上高中，十四岁上大学，在周围的人不急不缓地经历属于自己的童年和少年时，他看起来就像是个异类。

小飞船说过，爸爸不让他跳级，因为大朋友不喜欢跟小朋友玩。这是他自己的亲身经历。

父母双亡，没有朋友，顶着天才的光环，孤独地长到十五岁，也许还承受着其他不为人知的痛苦，比如那个让他失控的陈铁。

北雨自小家庭和睦，和家属院里的一群伙伴一起长大，只有在高中那两年，她体会过一点类似的孤独，哪怕只有一点点，哪怕那时的她已经十六七岁，有了足够的承受能力，但她已经觉得那样的生活面目可憎，何况沈洛的遭遇比她要悲惨千百倍。

今日秋高气爽，小白楼前面的草坪上，几个穿着病号服的人，正在护士的带领下做操。

她不知道有没有人是曾经的沈洛，但是她希望他们的未来可以像今天的天气一样，阳光明媚。

她深呼一口气，转身来到病房，推门而入。

沈洛躺在床上，似乎已经睡着。

北雨悄无声息地走过去，在他旁边坐下，静静地凝视他。

他面色苍白，双眼紧闭，扇子一般的睫毛覆下来，整个人看起来宁静祥和。

北雨伸手摸了摸他微微蹙着的眉头，刚刚要收回时，却被沈洛猛地抓住，然后睁开了他那双黑沉沉的眼睛。

北雨咧嘴一笑："想趁你睡觉占点便宜都不行。"

沈洛松开她的手，她又故意在他的脸上揉了揉。

男人虽然皱了皱眉，但是却没有说什么，也没有挪开脸。

北雨占完便宜，将床头柜上的保温桶举了举："给你带了猪脚汤，我亲手熬的哦！"

沈洛露出一个狐疑的表情。

北雨挑眉："不相信吗？我跟你说，别看我平时不下厨，厨艺绝对不比你差，我这叫深藏不露。"

说完，她将盖子打开，凑在他面前，让他闻了闻："怎么样？很香吧？"

沈洛点头："很香。"

北雨将他小心翼翼扶起来："来，我喂你。"

沈洛道："你把小桌子搭上，我左手能用。"

"不行，我要喂你。"北雨笑眯眯道，"因为你现在是宝宝啊！"

沈洛一张扑克脸微微抽搐了下，白了她一眼。

北雨自动忽视，坐在他旁边："你昨天虽然输了不少血，但到底失血过多，要多补补，才能快点养好。我上网查了下，猪蹄汤胶原蛋白丰富，有利于伤口恢复。"她喂了沈洛一口，"好不好吃？"

沈洛点头："很好吃。"

北雨舒了口气："果然网上口碑没骗人。"

沈洛皱眉看她。

北雨扯了扯唇角："好吧，我承认这是在一家私房菜馆定制的，我自己开始做了一锅，实在太腥了，只能另谋出路。"

见沈洛面无表情，她又继续道："放心，我明天再试。"

沈洛道："别试了，浪费食材。"

北雨不服气道："我跟你讲，我今天绝对是失手，照着食谱谁不会做。我上小学就自己煮面了。"

沈洛问："能吃吗？"

北雨道："江越吃了一大碗。"

"估计也就他能吃。"

北雨笑："其实我今天准备把自己煮的汤带来的，我想你肯定会吃，但我舍不得，所以才去私房菜定制。"

沈洛道："要是不好吃，我才不会吃。"

北雨龇牙咧嘴："言情小说里，女主角做得再难吃，男主角也会开心地吃完。"

沈洛木着脸看她："白痴！"

北雨道："你才白痴。"

然后她愤愤地塞了一口汤在他嘴里，沈洛没注意，呛了两口，脸上露出疼痛的表情，大约是伤口被牵扯到。北雨吓了一跳，赶紧轻轻给他顺了顺背："对不起，对不起，我忘了你是脆弱的伤患，不跟你开玩笑了。"

她本来是因为刚刚听到安璐说的那些，看到他后，就故意活跃气氛，让他开心点，但自己到底是没照顾过病人，好心办了坏事。

看到沈洛脸上吃痛的样子，她不免自责。

沈洛见她一脸愧疚的模样，轻轻舒了口气道："我没事，不用大惊小怪。"

北雨不动声色看了看他，没有从他那张扑克脸上看出任何情绪和心事，她想了想道："你当初在二中上了一年学，觉得开心吗？"

沈洛有些奇怪地看了她一眼："还行。"

"有哪些开心的事？"

沈洛沉默了片刻："江越他们挺好玩的。"

那是他第一次走进正常的同龄人世界，对他来说，那是一个完全陌生的世界，让他手足无措又茫然。他一开始对江越的印象十分糟糕，因为在他过去十几年的认知中，这种校园混混，最擅长的就是恃强凌弱，好在他已经不是从前那个弱小孩子，所以不再畏惧。

然而他想不到的是，在新校园第一次因为格格不入与人差点发生冲突时，是江越跑过来将人赶跑，不准人欺负新同学。

再后来，无论是打球还是别的活动，江越总会叫他。

而在之前那些年，他听得最多的是：

"叫他干什么？小豆丁一个，别拖咱们后腿！"

"人家可是小天才，怎么会跟咱们一起？"

诸如此类。

于是他永远坐在讲台旁的特殊课桌那儿，是老师的宠儿，是同学中的异类。

从十七岁开始，他坐在了教室最后一排，和同龄的男生同进同出。江越让他改变了对他那类学生的认知，虽然逞凶好斗，但本质单纯善良。

江越是他人生中第一个朋友。

虽然他那时还不明白友情是什么。

北雨有些意外他会说江越，笑问："所以你后来已经拿到了offer，但还是在学校待到毕业，是因为觉得和江越他们好玩儿？"

沈洛看了看她，点头。

北雨玩笑道："我还以为你是因为我呢！"

沈洛看着她，嘴唇嗫嚅下，到底没说什么。

北雨想了想，又笑着问："你说你记得当年的我，那我在你印象中是个什么样的人？"

沈洛道："就……还好。"

"什么叫还好？"北雨不满地嘟囔，"我跟你说，当年我可是暗恋你的。天天在你跟前刷存在感，大冷天晚上跑到操场在你旁边弹琴，每天从你面前经过一百遍，还不敢明目张胆看你一眼，竟然就换来一句还好。"

沈洛犹豫了片刻："真的？"

北雨点头："当然。"

沈洛道："那你为什么不像其他女生那样给我递纸条，或者当面表白。"

北雨道："当然不行，我又不是没看到你怎么拒绝别人的，我一个十五岁的美少女，不要面子的啊？"

沈洛道："那你不说我怎么知道？"

北雨道："我就是想引起你的注意，等你先对我表白。"

"哦。"沈洛喝了口汤，淡淡点头。

虽然语气听起来很随意，但天知道她用了多大勇气，才把这些话如此轻描淡写地说出来。如果不是因为知道他对自己的心意，打死她都不会承认当年暗恋他做过的那些蠢事。

没错，她从来都是死要面子的人，害怕落花有意流水无情。

当她说完这些话，其实心里还是很忐忑的，悬着的一颗心不动声色地注意着沈洛的反应。哪知却只迎来他一声轻描淡写的"哦"。

她撇撇嘴，不满地道："你哦什么哦？"

沈洛抬头看她，唇角微微弯起，又"哦"了一声。

他一张扑克脸，素来没什么表情，此时却罕见地浮现了一点类似喜悦的坏笑，连看着她的漆黑眼睛里都带着点笑意。

北雨是第一次看到他这样笑，干净得甚至还带点孩子气。

她想，那个住在小白楼的十五岁少年，真的已经不重要了。

再也不重要了。

她看着他，轻笑出声，舀了一勺汤，送入他的口中："赶紧吃吧，多吃点快点养好。"

沈洛："哦！"

还没完没了了？

北雨本想用力塞他一口，但想到刚刚自己的粗鲁差点让他呛到，只得生生忍下。

一时间，病房静默无声，两人都没再说话，但却没有丝毫尴尬。

沈洛脸上始终带着点若有若无的笑意。

等到北雨给他喂完汤和饭，他本来苍白的脸色，终于有了一点血色。

因为失血过多，他到底还是很虚弱，吃过饭，北雨扶着他慢慢在病房里走了几步，消食后就又躺回床上休息。

好在身体底子实在不错，傍晚再醒过来，沈洛的状态已经好了许多。

吃过晚饭，他还让北雨扶着他下楼去小花园散步。

"沈洛？"

两人在小花园走了几分钟，忽然一个声音传来。一个穿着白大褂的中年女医生，走到两人面前，声音中带着点试探，似乎不太确定。

沈洛抬头看她："陈医生！你好。"

陈医生舒了口气："昨天看到急救室的名字，还差点以为不是你，专门给周煜打电话问了下，刚刚几乎没认出来。这么多年没见，你长这么大了！"

沈洛道："谢谢陈医生关心。"

"应该的。"陈医生看向他的肩膀，"你怎么受伤的？"

沈洛微微笑了笑："一点意外。"

陈医生又问："我听周煜说你之前一直在美国。"

沈洛道："已经回来一段时间了。"

陈医生点点头："这些年你还好吧？"

沈洛微微笑道："陈医生不用担心，我挺好的。要是不好，就早该来找你了。"

陈医生笑："说得也是。"说完才注意到他身旁的北雨，"这是你妻子吗？"

沈洛看了眼北雨，笑了笑，不置可否。

陈医生了然地点点头："好好好。安璐前天来看望过我，她现在看起来也不错，都认不出来了，半点都看不出十几年前的样子。不过看到你们都过得好，我就放心了。"

沈洛道："谢谢陈医生。"

陈医生道："那我去工作了，就不打扰你们了，有什么问题尽管找我就是。"

沈洛点点头，目送她离开。

她去的方向就是不远处那栋小白楼。

北雨见他看得出神，拉了拉他的袖子："累吗？累了就上楼休息吧，康复也要循序渐进的。"

沈洛沉默地点头。

时值秋日，天黑得很早。

两人回到病房没多久，夜幕便降了下来。

沈洛见北雨从包里清理东西，道："你回去吧。医院有护士和护工，我有需要叫他们就好，你不用在这里陪我。"

北雨歪头戏谑："你现在可是宝宝，我怎么能把你一个人留在医院呢？再说了，这些日子以来，我们都是一起睡的，我要是一个人回去，可能会失眠的。"

说完她就拿着洗漱用品去了洗手间。

待她洗漱完毕出来，沈洛不知何时已站在窗前。

北雨知道他在看什么。

不远处的那栋小白楼，包裹在医院外面的橘色夜灯下。

她轻轻咳了声："我洗好了。"

沈洛转头看过来，神色晦暗不明。

北雨笑："早点睡吧。"

沈洛沉默地点头。

北雨小心翼翼扶着他上床，照顾他躺好后，自己在旁边新加的床上躺下。

但她想了想，又爬起来把床移到他旁边，让两张床紧紧挨着。

沈洛睁眼看她。

北雨笑："和你靠近点。"

沈洛牵起嘴角，笑了笑。

两张床合并，看起来就像是一张双人床。

北雨再次爬上去，侧身对着他。

他微微歪头看向北雨。

房内的灯没有关，两个人就那样隔着一点距离相互凝视着。

北雨问："睡不着吗？"

沈洛嗯了一声："可能白天睡多了。"

北雨笑："那我给你讲故事吧！"

沈洛点头。

北雨想了想："我就讲个小男孩和恶龙的故事吧。"

沈洛："好。"

"从前有一个小男孩，有一天他去一个陌生的森林玩，不小心遇到了一条恶龙。他好不容易从恶龙的魔爪下逃出来，伤痕累累，拼命往前跑。他跑出了森林，跑到了人群中，跑了很久很久，可他一直以为恶龙还跟在身后，以为永远都摆脱不了，也不敢回头。后来有人看到他，觉得奇怪，就问他跑什么，小男孩说：'恶龙在抓我，就在我身后。'人们往他身后一看，什么都没看到，就说：'没有恶龙啊。'小男孩说：'就在我身后，不信你们看。'他捋起袖子，向众人展示他被恶龙抓伤的伤口，但是手臂却完好光洁，哪里有什么伤口。小男孩急道：'恶龙就在我身后，我不骗你们。'众人道：'哪里有恶龙？你回头看看。'小男孩鼓起勇气回头，果然没有恶龙的影子，只有一道挂在半空的美丽

334

彩虹。他这才想起来，恶龙已经被自己杀死在森林里，再不会有恶龙追他了。"

简短的故事讲完，她笑盈盈看着他："你听过这个故事吗？"

沈洛摇头。

说完，北雨问："那你觉得有趣吗？"

沈洛轻笑："我又不是小孩子。"

北雨道："故事里的小孩子，终有一天也不会再是小孩子。"

沈洛微微一怔，伸手盖住自己的眼睛，沉默了许久才冷不丁问："恶龙真的被小男孩杀死了吗？"

北雨道："有没有杀死不重要，因为小男孩不用再去那片陌生的森林了。"

"那他如果想再去呢？"

北雨道："那也没关系，因为他长大了，有足够的能力杀死恶龙。"

沈洛沉默，没有再说话。

北雨伸出手握住他："很多人小时候都遇到过恶龙，长大后才发觉，其实恶龙并没那么可怕。"

沈洛点头："也许是吧！"他顿了顿，才又道，"可是如果小时候被恶龙有毒的牙齿咬过，虽然伤口痊愈，但是毒液却留在身体里，你觉得可怕吗？"

北雨道："我要是有本事杀死恶龙，还怕那点毒液吗？"

沈洛反手将她的手握住，睁开眼睛看向她，良久之后低声道："你说得没错。"

北雨笑了笑，屈起手指在他手心刮了刮："睡吧，今晚你的梦里肯定不会有恶龙。"

沈洛点头，将眼睛缓缓闭上。

北雨却没有马上睡去，只朝他凑近了些，静静看着他。

两人隔着不过一尺的距离，浅浅的气息缠绕在一起。

他神色舒展，眉目平静。

一室安宁。

北雨知道，今晚一定不会有恶龙。

以后的每一天都不会有。

伤筋动骨一百天，北雨在医院安营扎寨，每天除了回去拿日常用品，其他时间都陪着沈洛。

小飞船在上幼儿园，隔三岔五放了学会让表叔带他来看爸爸，各种逗沈洛开心。加上身体底子好，在医院住了三个星期，就可以出院回家休养了。

出院那天，是个秋高气爽的晴朗日子。

两人走出住院大楼，准备上车时，沈洛忽然道："你在车上等我一下，我很快就回来。"

北雨点头，看着他转身走向住院大楼的背面。

她知道他是去哪里。

比起主楼的人来人往，小白楼安静得像是另一个世界。

因为是半封闭式，院门关着，保安室的年轻保安正在玩手机，没留意走近的沈洛。

沈洛站在门口，看向里面。

院中的草坪上，几个穿着病号服的病人，正在散步闲聊。

有个十五六岁的少年对人道："希望病好之后，可以回到学校，把学业都补上，考一个好大学。"

另一个年长的男人道："你那么聪明，一定可以的。"

少年笑："承你吉言，也希望你快好起来。"

男人道："会的。"

336

少年忽然道："看，彩虹！"

沈洛循声看去，原来是草坪边的喷泉，在阳光下映出了一道浅浅的彩虹。

他想起北雨说的那个故事。

男孩回头，恶龙早已不在，男孩看到的是一道彩虹。

他自顾笑了笑，转身离去。

北雨坐在车上等他，见他去而复返，从里面给他打开车门，等他坐进来，笑问："去看什么了？"

沈洛看了她一眼："彩虹，看到了一道彩虹。"

"是吗？"北雨挑挑眉，启动车子，"漂亮吗？"

"很漂亮。"

北雨笑着看他："今天你出院，我待会儿送你一个礼物。"

沈洛问："什么礼物？"

北雨神秘兮兮道："先保密。"

回到巷子，下车后，北雨也没管沈洛，自己一溜烟钻进了工作室。

沈洛皱眉看了她一眼，也不知道她搞什么鬼，先转身回了家。

此时的工作室中，江越和员工们正在拉横幅准备。

"小雨，快准备好了。"江越笑嘻嘻跑过来，将一面锦旗递给她，"这是按你的要求给你定做的。"

北雨笑着拿起来，看到上面的字，无语地抽了抽嘴角："我让你定做这么夸张的吗？"

江越笑道："这不是挺符合你的吗？"

北雨白了他一眼："符合你还差不多。"

"反正咱俩也差不多。"

北雨怒道："我能像你做那种蠢事？跟你差了十万八千里好不好？"

江越赶忙讨好道："我蠢我蠢，我天下第一蠢。"

他再二皮脸，这些日子也很自责。

事情发生后，一开始北雨一见到他就叫他滚，后来变成见到他就追着骂，这几天态度终于好了些。

毕竟是打断骨头连着筋的关系，他知道北雨不会真的不理他。

当时北雨带着钱去救他，虽在他意料之中，但还是很感动，以至于当时他头脑一热，就要和那些涉黑团伙拼命。因为他知道北雨的钱，是存着明年环球旅行的，他不能拖累北雨从小到大的梦想。

可万万没想到却连累沈洛被砍伤，就算钱如今追回来差不多了，他知道自己也是罪不可恕。

这些日子在医院，北雨和沈洛相处愉快，也明白事情若再发生一次，江越这白痴定然还是会做这种傻事。

既然沈洛没和他计较，自己和公司的钱，还有江家二老的钱也追了回来，她骂够了江越发泄完之后，也就没再为难他，只说如果李柔家里那摊子烂事和拿女儿当换钱筹码的极品父母解决不了，不允许他和李柔再来往。

他表面上答应了，但背地里如何，她用脚指头想想也知道。

如果是之前，看到江越这种爱情里的白痴，她会连带着觉得爱情本身都面目可憎，但如今因为沈洛，她便觉得一切都情有可原。她想如果沈洛出了什么事，她应该也会不顾后果地去救他。

她看了看锦旗，虽然嫌弃，但也觉得好笑，便让江越继续准备，自己上楼去换衣服。

医院毕竟不是谈恋爱的好地方，这些日子她基本上都是不修边幅。此刻她在衣柜里挑来拣去，换了一件最近工作室出的新款长裙，又化了一个精致的妆容，这才不紧不慢地下楼。

楼下的横幅和彩带已经拉好，蛋糕和香槟也已经摆好。

这时外面响起一大一小的声音。

"爸爸，你快点！"

"干什么？"

"你快来就知道了。"

是沈洛和小飞船。

两人刚刚走进来，就听到一阵砰砰的声音。绚烂的彩条喷在两人跟前，然后就是欢呼和鼓掌。

小飞船放开沈洛的手，兴奋地大跳大叫。

沈洛眉头蹙起，将头上的彩条拨开，抬头看过去。

只见北雨和江越带着十几个员工，面前摆着蛋糕和香槟，头上挂着一个横幅，上面写着："热烈庆祝洛神康复出院！"

沈洛站在原地，眉头微微跳动，北雨笑盈盈走过来，将手上的锦旗放在他面前："送给你！"

沈洛垂眼看去。

那锦旗上写着一行大字：你是我最美好的遇见。

抬头是致天下第一帅沈洛，后面的署名是你永远的迷妹北雨。

众人见状又是一阵起哄，还有人大叫"姐夫"。

北雨笑着眨了眨眼睛，歪头看向沈洛。

她没真正谈过恋爱，所以总觉得应该有一些仪式性的东西，觉得只有这样，两个人的关系才算盖棺定论。

十几年前，她没有勇气表白，是因为害怕拒绝。

但现在，她知道了沈洛的心意，就没什么好害怕的了。

沈洛不是那种会表白的男人，甚至连思维都异于常人，她要沈洛给自己仪式，显然不可能。

可真的要直接表白，她就算号称北大胆，也好像会有点不好意思，毕竟是大姑娘上花轿头一回。在江越的馊主意下，干脆就用这种玩闹的方式，对他表明自己的心意。

她笑盈盈等着沈洛的反应。

他一如既往面色冷峻，眉头微微蹙起，露出了一丝说不清道不明的神色。

身后再次起哄时，他似乎有点不悦地皱皱眉，忽然转身离去。

北雨不防他是这种反应。

给他举办出院派对，当众表白，难道不是应该很感动，然后热泪盈眶地抱住她来一个深吻吗？

为什么会转身离开？

太……太不给面子了！

北雨正要生气地追上去，走到门口的沈洛，忽然又想起什么似的，转身大步走过来，将她扛在左肩上，在众人的目瞪口呆中，大步朝外走去。

因为他右肩膀还没痊愈，北雨也不敢挣扎。直到到了对面小楼，被他放下来，她才不爽道："你干什么？"

沈洛道："这就是你送给我的礼物？"

北雨点头："没错啊！出院派对，加上爱的锦旗。"

说着，她又将那面锦旗举到他面前。

沈洛无语地看了眼："幼稚！"

北雨本想反诘，却发现他耳根有点发红，顿时不可思议地睁大眼睛："你不会是害羞了吧？"

她知道沈洛离群索居，性格孤僻，但应该也不至于是害羞的性格。之前两人还没成为狗男女时，她不小心看到过沈洛洗澡，也没见他不好意思。

沈洛瞪了她一眼，将锦旗夺过来。

北雨不满地道："你就不能有点什么特别的反应？"

沈洛木着一张脸："你要什么反应？"

北雨道："比如对我爱的锦旗发表点评论。"

"你要什么评论？"

要不是北雨知道他的经历异于常人，不对他的恋爱智商抱有幻想，早就暴走了。

她深吸了口气，耐着性子道："比如，你也是我最美的遇见。"

沈洛面无表情，一副看白痴的样子看她。

北雨继续厚着脸皮道："又比如，你是我见过的最美的人。"

沈洛还是没有反应。

北雨："再比如，我很喜欢你，特别特别喜欢你……"

话还未说完，沈洛忽然凑上来吻住她。

因为要养伤，这几个星期在医院，两人除了偶尔亲吻，什么都没做过，规矩得完全不像是一对狗男女。

沈洛这个吻又凶又狠，北雨许久未曾体会，忽然就有点招架不住。

眼见着一点即燃，她怕他碰到伤口，赶紧推他没有受伤的左肩，但沈洛却将她的手抓住。北雨不敢再挣扎，直到两个人都呼吸不过来，他稍稍退开，她才红着脸喘着气道："你干什么？不怕碰到伤口啊？"

沈洛道："你不是要反应吗？"

北雨愣了下："这算什么反应？"

沈洛将她的手拿过来，往自己身下一放："那这算不算？"

北雨大笑："看不出来你还会耍流氓！"她捏了他一把，将手收回来，"估计工作室那边已经翻天了，我去看看情况，给你拿块蛋糕过来，你先休息一下。"

沈洛点头。

北雨起身走到门口，忽然又回头朝他说道："沈洛。"

沈洛看她。

341

"我喜欢你，特别特别喜欢你！"

说完，也不等他反应，飞快地跑了。

沈洛看着她的背影消失，唇角微微牵起，摇头笑了笑，又去看手中的锦旗。

"你是我最美好的遇见。"

一句本来酸溜溜的情话，因为用这种方式表达出来，便显得荒诞又滑稽。这是她能干出的事，天马行空，与众不同。

沈洛将锦旗拿好，折身上楼。

北雨回到工作室，果然众人已经翻了天，都用蛋糕打起仗来了。要不是北雨避开得及时，小飞船手中的一块蛋糕，差点就飞到她身上。

她摇摇头，走到蛋糕车前，弄了一块，转身又走，不忘提醒大家："浪费粮食可耻，你们都悠着点。"

江越笑嘻嘻点头："知道知道，洛神好不容易出院回家，你赶紧去和他那啥啥吧。"

"江二狗！"北雨大吼一声。

江越举手投降："你赶紧去照顾洛神，他还要好好休养呢！"

北雨拿着蛋糕来到对面，沈洛已经上了楼。

她走上去，推开卧室虚掩的门，见他正从床上下来，而那面锦旗已经被他挂在床头。

北雨本意只是搞笑，不想自己的表白看起来太尴尬，可没想到他会来这么一出。

她无语地看了看白墙上那面红色锦旗，想到以后每天睡觉都会看到这面锦旗，也太羞耻了吧。

"那个……放在抽屉里就好了。"

沈洛看了她一眼，一本正经道："你不是要反应吗？以后每天都能看到，这个反应应该已经足够了吧？"

这不是反应，是公开刑罚好吗？

北雨嘴角抽了抽，思忖片刻，走上前笑道："我更喜欢你刚刚的反应。"

她凑上去，吻了吻他的唇角，笑盈盈看他："咱俩现在是什么关系？"

沈洛低头看她，唇角微微弯起："你觉得呢？"

北雨道："我要你说。"

她都已经送锦旗表白了，还被他挂在床头，他好歹也该说点甜言蜜语哄哄自己吧。

沈洛道："你觉得是什么关系就是什么关系。"

算你狠！

北雨笑："我觉得咱们就是狗男女，毕竟咱们可是签过情人协议的。"

沈洛眉头微蹙，似是有些不满。

北雨："你说是不是？"

沈洛转身，从抽屉里将那张协议书拿出来，站在她面前一言不发撕成两半。

北雨笑得更甚："你这叫单方面毁约，你撕了也没用，我那里还有一份。"

沈洛道："协议书上写了任意一方可以随时终止。"

"哦，我差点忘了。"北雨笑着点头，"那这样的话，咱们岂不是就没有任何关系了？也不能这么说，至少还是邻居呢！那邻居先生你好好休息，我回去了。"

说完她就要转身离开，哪知才走了一步，忽然就被沈洛拉回来，劈头盖脸吻下去，然后一把将她丢在床上。

他爬上来时，北雨怕碰到他还未痊愈的右肩，只打了个滚，滚到另一侧，笑道："你都不说咱们现在是什么关系，就想跟我滚床单，一看就是不想负责的渣男，我拒绝。"

沈洛看着她，从嘴里吐出来两个字："结婚！"

本来玩得起劲的北雨，以为自己听错了。

沈洛又道："我不是渣男，我负责，明天就去结婚。"

北雨吓得差点从床上掉下去，赶紧道："我跟你开玩笑的，你看不出来吗？我就想让你说咱们现在什么关系。"

沈洛一本正经道："就是可以结婚的关系。"

北雨摆摆手："谁要结婚了？！而且哪里有还没谈恋爱就直接结婚的？"

她真不知道沈洛是故意的，还是一根筋。

她又问："所以我们现在到底是什么关系？"

沈洛忽然将她拉到自己身下，勾唇一笑："谈恋爱。"

北雨还没来得及满意地笑出来，沈洛已经覆下来。

两个人太久没做过，此刻终于天时地利人和，自是一点即燃。

不过沈洛右肩还未痊愈，北雨不敢乱动，生怕碰到他，只能由着他在自己身上折腾。

两人正在兴头上，忽然楼下传来一声奶声奶气的叫唤："爸爸，你还要不要蛋糕啊？"

北雨吓了一跳，下意识伸手推人，哪知不小心碰到他的右肩。

伴随着身体的颤抖，沈洛闷哼一声，也不知是吃痛还是身体达到顶点的缘故。

他一向泰山崩于前而面不改色，此时也难得懊恼地咬咬牙，从北雨身上爬起来，凑到窗边往下看去。

小飞船正站在楼下，笑嘻嘻仰着头，一脸天真无邪，看到他探出脑袋，举起手中的蛋糕，笑道："爸爸，只剩下这一块蛋糕了，二狗叔叔让我留给你！"

沈洛木着脸道："你拿去让二狗叔叔全吃了。"

小飞船笑眯眯点头，欢快地跑去找江越了。

躺在床上的北雨哈哈大笑："你真不应该帮忙救江二狗的，我是没的选择，毕竟我和他有血缘关系，你有的选，千万别告诉他你把他当朋友，不然他有恃无恐，指不定哪天会把你烦死。"

沈洛点点头："我也觉得是。"

他坐在床边，目光深深地看向她。

北雨半坐起来，伸手摸了摸他留着长长刀疤的肩膀："刚刚有没有碰疼你？"

沈洛摇头，将她的手拿起来，放在唇边吻了吻，过了半晌，冷不丁道："谢谢你！"

北雨佯装不明所以："谢谢我什么？我谢谢你才是，你可是因为我才受伤的。"

沈洛道："反正谢谢你。"

北雨其实知道他在说什么，有些事情两人心照不宣。

她当时给沈洛讲的那个恶龙的故事，其实是自己瞎编乱造的，不过是想告诉他，她知道且不在意他的过去，所以他也不用在意。他那么聪明，一定听得懂。

北雨笑了笑，忽然想起什么似的道："你说咱们现在是谈恋爱的关系，可是哪里有还没约会就先滚床单的？"

沈洛道："好，明天开始约会。"

说是这样说，但这一夜，北雨仍旧留在沈洛的床上。

这些日子，北雨一心照料沈洛，工作室的事管得不多，全都是江越忙进忙出，他再也不敢下班后出去鬼混。有时候小飞船回家，他还得帮着带孩子。小飞船很喜欢和江越玩儿，因为和他下棋，无论是五子棋还是跳棋、军棋，包赢不输，十分有成就感。

如今沈洛出了院，北雨也得开始忙起来。

这日忙到下午四点多，背着小书包的小飞船从外面跑进来，抱着江越的手道："二狗叔叔，爸爸说今晚要和姐姐约会，你带我玩儿。"

他声音很大，工作室的人听得一清二楚，发出一阵戏谑的笑声。

虽然沈洛的事，大家都知道，但北雨也不知怎的，忽然有点不好意思："笑什么笑？还没下班呢，好好干活!"

"哦——"她旁边的设计师小昭，故意拉着长长的声音。

北雨故意板着脸上楼，到了卧室开始化妆挑衣服，却不知道为何有点兴奋，也有点激动，还有些微微的紧张。

明明她已经和沈洛睡过这么久，听到说约会，竟然像个初恋少女。

她挑来挑去，总觉得哪件衣服都不满意。

简直要命!

最后好不容易挑好衣服，又开始化妆。太浓艳的妆容，不适合自己，沈洛肯定也不喜欢，太清淡的妆，又怕不够惊艳。

等到一切都搞定，已经是一个小时后，正好是下班时间。

下楼后，工作室已经人去楼空，只剩下江越和小飞船在下跳棋，江越下不过他，正不要脸地悔棋，小飞船十分宽容地让了他。

北雨撇撇嘴："江二狗，你丢不丢人？"

江越转过头准备反诘，看到她的模样，啧了一声，笑道："告诉洛神，回来晚一点没关系，不回来也不要紧，小飞船有我呢!"

北雨道："你靠不靠谱啊？"

小飞船笑眯眯道："姐姐放心吧，我会照顾二狗叔叔的。"

江越佯装怒目："小孩子瞎说什么呢？"

小飞船道："本来就是，上次你不刷牙就想睡觉，是我提醒的你，还有上上次你被烫伤，还是我给你找的药。"

北雨笑："那二狗叔叔就麻烦小飞船了。"

小飞船点头嗯一声。

北雨走出小楼大门，正是夕阳西下的时候。

沈洛已经站在门口等她。

头发明显精心修剪过,整个人看起来十分干净利落。一件崭新的英伦风格子衬衣,搭配休闲裤,简单的打扮,穿在他身上,却英俊不凡。

他手中抱着一束玫瑰,身边还停着一辆车,也不知是从哪里借来的。

乍一看,还以为是泡妞高手。

见北雨走出来,他上前将玫瑰递给她。

北雨闻了闻笑道:"谢谢!"

沈洛微微勾了勾唇:"我订了餐厅,吃完饭我们再去看电影。"

北雨哇一声,表示很满意:"想得还挺周全啊!"

沈洛订的是一家高级西餐厅,包下了一间雅房。

北雨对西餐没什么兴趣,不过也不排斥这种恋爱酸臭味的小情调。

然而她本来以为是二人世界的浪漫晚餐,才刚刚点餐,就有一队乐手进来开始弹奏古典乐。等到菜上来,穿着打扮绅士范儿的服务生便站在一旁悉心服务。

北雨风中凌乱地看向长桌另一侧的沈洛,这人带着微微的笑意,似乎在询问她喜不喜欢。

北雨无语问苍天,浪漫不等于装啊,这家伙到底是怎么想的?

这顿饭北雨到底是没吃饱。

从餐厅出来,她在路边摊买了一份凉面,才终于填饱了肚子。

接下来两人又去看电影。沈洛买的是刚刚上映的一部恐怖片。

两人坐的位置靠边上。电影一开始就进入恐怖氛围,旁边不少女孩子尖叫着躲进男友怀中,北雨却面不改色地吃着爆米花,直到察觉沈洛时不时地看她,才奇怪地转头问:"怎么了?"

沈洛摇摇头。

北雨不甚在意,继续吃爆米花看电影。

从影厅出来，北雨见沈洛看自己的眼神，还是有点奇怪，不由得推了推他："你到底怎么了？"

沈洛摇头："没什么。"

只是话音未落，身上掉下来一个小本。

北雨眼明手快，先于沈洛从地上捡起来，随手翻开，却见上面几个大字：约会指南。

小本上列着几条，诸如：

穿着打扮该注意什么？

第一次约会应该去什么样的餐厅才最浪漫？

看电影选择恐怖片可以让女友依赖你。

她想着今晚沈洛的种种行为，笑得眼泪都快出来了："你从网上抄下来的？"

沈洛面色有些不豫，伸手将小本子夺过来："对你一点用都没有。"

北雨知道他是想让自己高兴，试图让两人的约会更加浪漫。她敛了笑："其实也不是没用。"她顿了顿，"最后那条我还蛮喜欢的。"

最后一条是，开房一定不要贪图便宜，如有条件就去四星以上酒店的高级套房。

"沈洛！"

北雨正笑盈盈看着他，忽然一道声音传来，打断了两人的你侬我侬。

沈洛转头看过去，影厅出口暖黄的灯光下，安璐不紧不慢朝两人走过来。

北雨眯了眯眼睛，心道：第一天约会就遇到情敌，真是出门忘了看皇历。

她不动声色地挽住沈洛的手臂宣示主权，待安璐走近，笑道："安大摄影师，好巧啊！"

安璐也笑："是挺巧的。"又似是随口道，"来看电影？"

北雨点头："是啊！"

安璐挑挑眉，有些挑衅："介不介意我和沈洛单独说几句话？"

北雨正要抽出手，却被沈洛握住："你有什么话直接说吧！"

安璐轻笑："你怕什么？不敢单独面对我吗？"

北雨看了眼沈洛，安抚性地握了握他的手，将自己的手抽出来："我去车里等你。"

沈洛点点头。

待北雨离开，安璐指了指旁边的一个茶吧，笑道："去那边坐坐吧。放心，我不吃人！"

沈洛面无表情地跟着她来到茶吧里的卡座。

"你想说什么？"坐下后，他淡声问。

安璐笑了笑："你不要对我如临大敌。你在医院的时候，后来我又去看了你几次，每次都看到北雨在你身边，就没去打扰你们。但是看到你们，我就总是想起当年我们住院的日子。"

沈洛皱眉："安璐，那不是什么值得回忆的日子，实际上充满了阴暗和绝望，即使过了这么多年，你也不用美化。"

安璐摇头："我没有美化，那些日子本来确实是阴暗和绝望的，但它让我认识了你，所以也就没那么糟，甚至让我觉得很美好。"

沈洛眉头蹙得更深："安璐，已经过去十几年了。我早已经从小白楼走出来，你还没走出来吗？"

安璐敛了脸上那略带妖冶的笑，怅然道："因为我不想走出来，我以为那里面还有你。可是现在才知道，你早已不在。"她定定地看向他，"沈洛，我不是一个死缠烂打的人，我只是想知道，你为什么会喜欢北雨？明明我们才是一个世界的人。"

沈洛不答反问："那你为什么要追逐我？"

349

安璐道："因为当年你救了我，陪我走过最晦暗的时光。"

沈洛轻笑："所以这就是你所谓的爱吗？不，这只是感激。而这个问题对于我来说，比宇宙大爆炸还深奥，因为我永远都给不了一个明确的答案，甚至还要穷极一生去探寻。"

安璐沉默片刻，问："所以，我永远不会有机会了？"

沈洛直接道："不会。"

安璐笑了："好，这才是我喜欢的沈洛，绝不会拖泥带水。"

沈洛沉默了一会儿，道："其实刚刚你的问题，也不是完全没有答案。因为她是我走出小白楼后，看到的第一缕阳光。"

他五岁时父母因车祸双亡，被爷爷接回国抚养。因为一开始中文说得不太好，总是被小朋友排挤。爷爷发觉他学习天赋过人，便让他频频跳级，哪怕后来在少年班，年龄也算是小的，更别提中小学，从来都是比周围的同学小几岁。

成年之前，两三岁的差距就已经非常大。当周围的同学开始蠢蠢欲动进入青春期时，哪怕他思想再早慧，也因为年纪小个子矮，仍旧被人当作小屁孩。

而当班上有个小天才时，很多人便会好奇地逗弄和戏弄，却没有人会真正和他一起玩儿。这种逗弄和戏弄，以及无形的排斥，让他感到孤独和恐惧。他只能更加努力，希望快点逃离，于是跳级更快。进入高中时，周围的同学十五六岁，而他只有十二岁。

一个孤僻、不说话且不缺少零用钱的小天才，自然成了校园里那几个混混欺凌的对象。

那是一段不堪回首的噩梦。因为脾气倔强，他时常被打得满身是伤，冬天被脱光了按在马桶里，甚至被烟头烫下体。

他越来越自闭，受了欺凌也不对老师和家长说，看到的学生，也没有人会出来为他主持公道。面对那些混混，人人自危，人人明哲保身。

他开始默默练习散打和搏击，然后用了一年多时间考上少年班，逃离了那种令人绝望的困境。

到了十四五岁，他的身体开始发生急剧的变化，不再是那个受人欺凌无力还击的弱小男孩，但长期处于自闭和受欺凌的状态下，精神也已经趋于崩溃。那种带着暴戾的厌世情绪，渐渐压制不住，在一次和学校里几个男生发生冲突后，他将三人打成重伤。

直到警察介入，爷爷和舅舅们才知道他出了问题，不得不将他送到小白楼里治疗。

一年后，他出院了，精神状况恢复良好，可以完全控制自己的情绪，但对外界仍旧排斥，也没有与这个世界和解的兴致。江越算是他对以往的认知稍稍改观的一个开始，让他觉得这个世界好像也没那么糟。

然后他就遇到了北雨。

因为在过去的十七年里，他比同龄人走得都急，没有与同龄人相处的经验，更谈不上对异性有什么遐想，他的荷尔蒙潜伏在身体中，从来没有蠢蠢欲动过。但是一个女孩，天天在他面前用各种方式出现，他不想注意都难。在北雨的琴声陪伴了他几个夜晚后，他开始注意她。

他才知道，原来有人活得那么单纯而鲜活。她不是天才，也没有闪闪发光，甚至身上的缺点一览无余，可就是让他觉得生机盎然。

他死气沉沉的生活，似乎也有了点生气。

因为没有正常的成长经历，那时他不知道什么是喜欢，也不知道北雨那些看似有些傻气的举止，是因为暗恋他。

他只是觉得这个女孩很有趣，看到她心情就会变好。为了有更多机会见到她，他甚至开始经常参加江越他们的群体活动。

小树林事件后来的发酵，超出了他的预期。那时他已经拿到了offer，但仍然留在学校，不过是怕她经历和自己一样的欺凌，怕她成为从前的自己。好在她比自己想象的洒脱太多，哪怕沈洛知道她是在用满不在乎武装自己，至少他可以预见，这个女孩不会因此沉沦，她仍旧会用自己的方式鲜活地活着。

有些人天生是向阳的生物，根植土壤，向阳而生。

安璐看着他，他的神色冷峻，但是那眼里，明显有一丝让人难以觉察的温柔。

她知道那温柔不是对她，而是对另外一个女人。

她从来不是一个服输的人，在她眼里，北雨的成长背景、学历以及从事的职业，毫无突出之处，至少与沈洛的背景比起来，完全就是两个世界，跟金钱无关，跟层次和精神追求有关。

但她知道，隔着十几年的光阴，自己早已出局。

其实在小白楼里，她就注定出局。

因为小白楼外面那个纷繁嘈杂阳光明媚的世界，对常年生活在潮湿阴冷世界的沈洛，有着莫大的吸引力。

她笑了笑，起身："那好吧，今晚我就正式和小白楼说再见。"

沈洛看向她，语气冰冷无情："是再也不见。"

安璐黯然地勾了勾唇："嗯，再也不见。"说完便头也不回地离去。

沈洛在卡座发了片刻呆，也走出大门。

到了室外的停车场，北雨并没有坐在车里，而是站在车外靠窗玩手机，大概是看得出神，连沈洛走近也没有觉察，直到沈洛将她抱进怀中。

"别打扰我，我正欣赏你的年少美照呢！"

沈洛皱眉，朝她的手机看过去，却见是他十五岁时的照片，随着她手指的翻动，还有他和安璐在一起的合照，看起来颇有些亲密。

当时在小白楼，安璐被他救下来之后，就经常缠着他。也许是人都天生带着怜悯之心，他对那时生病的安璐十分照顾和包容。

她喜欢拿相机拍沈洛，他也就没拒绝。她要求合照，即使他自己并不是一个喜欢照相的人，他也总是会答应。

北雨啧啧两声："看起来还真有点'郎骑竹马来，绕床弄青梅'的味道，金童玉女啊！"

沈洛问："安璐发给你的？"

北雨点头："是啊！大概是想证明你们有过一段不为人知的故事吧。"

沈洛沉声道："你别听她挑拨，赶紧删了。"

沈洛说完就要去夺手机，却被北雨避开："干吗删？我还想看呢！你看看你十五岁就一脸苦大仇深的样子，拍照都不会笑。"她边说边将有安璐出镜的合照删掉，留下几张他的单人照，又笑嘻嘻道，"反正我没你以前的照片，这几张这么好看，正好给我留着，没事就拿出来养养眼。"

北雨说完还在手机屏幕上亲了一口。

沈洛歪头看她，试探地问："你不吃醋？"

北雨一脸莫名："安璐出现时你都没认出她，你觉得我要去吃她十五岁的醋？"

沈洛怔了怔，忽然笑道："走，咱们去开房，五星级酒店总统套房。"

北雨："这么豪？"

沈洛道："约会宝典说了，舍不得孩子套不着狼。"

北雨哧哧地笑开："你什么时候也有幽默感了？看不出来啊！"

沈洛轻笑一声，有些倨傲地道："你看不出来的事情多着呢！"

第九章
向阳而生的爱人

沈洛订的房间是五星级酒店的豪华江景房。

"哇！太棒了！"北雨刚走进房间就被房内典雅精致的设计给惊呆了。

她将脚上的高跟鞋随便一踢，跑到落地窗前。外面是城市江景夜色，二十多层的高空，俯瞰下去，夜灯船舶，杨柳扶风，美不胜收。

沈洛从后面走上来："喜欢吗？"

北雨点头，转身笑着看向他："不对啊！咱们这可是第一天约会，你的约会宝典怎么就说到开房了，你这不是耍流氓吗？"

沈洛想了想道："小说里不是有那种第一天约会遇到大雨，两人不小心被淋湿了，只得就近开房的剧情吗？"

北雨兴奋地点头："没错没错，然后我去洗手间洗澡的时候，不小心摔倒，你听到声音赶紧跑进来，就不小心看到了我美丽的胴体，于是天雷地火一发不可收拾，完成了我们的第一次。"

沈洛嘴角抽了抽。

北雨来了劲儿，跑到房间里转了转，看到茶几上放着两瓶红酒，又看到床上的心形玫瑰花瓣和床头柜上的安全套，随口问："这房间一晚多少钱？"

沈洛道："就……还好。"

"还好是多少？"

"好像是一万多点。"

北雨眼珠子快掉下来，本来以为一间高级套房也就是两三千，没想到比自己以为的贵了这么多。

她深吸了口气，随手指了下红酒和床头的小雨衣："那这些还要额外加钱吗？"

沈洛摇头："不用。"

北雨舒了口气："剧本变了，现在是我们遇到下雨，你带我开房，我洗完澡觉得冷就喝酒取暖，然后在酒精的刺激下想起许多伤心事，忍不住喝多了，你看着心疼，抱着我安慰我，一个寻求慰藉，一个没抵住诱惑，酒后乱性干柴烈火，于是第一次约会就顺理成章滚了床单。"

沈洛皱了皱眉："你想起了什么伤心事？"

北雨翻了个白眼："想到你花一万块钱开房，我心肝脾肺肾都疼好吗？你别看我现在不缺钱了，但刚开始辞职创业时，不敢问家里要钱，为了省钱，和江越三天两头吃泡面，长那么大终于知道了赚钱的艰辛，以至于现在完全不敢乱花钱，连名牌包都买二手的。所以房间里提供的免费物品，我们今晚都得用完，坚决不能浪费。"

沈洛沉默片刻，走到床头柜边，拿起那个精致的小盒子，看了看："十二只装的，这个也要用完？"

北雨咬牙切齿点头："必须用完。"

沈洛若有所思地点点头："有点难度，我努力吧！"

北雨握了握拳："加油！"然后抱着衣服跑去洗澡，沈洛跟上她。

"你干什么？我们现在是第一次约会，遇到下雨才开房，一起洗澡不符合剧本。"

沈洛想了想："剧本可以把顺序调一下，就当是我们已经干柴烈火完毕，然后一起洗澡。"

北雨觉得有道理："也行。"

为了不浪费，北雨在浴缸里泡了快一个小时的泡泡浴，还是被沈洛给强行抱出来的，最后又用洗发水洗了三遍头发，这才满意。

北雨虽然喜欢喝酒，但酒量委实不怎么样，一杯下去就有点微醺，但秉着不浪费的原则，接连喝了几杯，沈洛试图阻拦，没有成功。

最后她毫无意外地一脸酡红，醉倒在床上。

沈洛将剩下的酒喝完，拿起床头的小盒子看了看，又看向床上四仰八叉，露出一双光洁的长腿，但是烂醉如泥、人事不知的女人，木着脸将被子给她盖上。

沈洛从床头柜上拿起那本约会宝典，撕成两半丢进了垃圾桶里。

第一次约会，彻底以失败告终。

也不知是喝了酒的原因，还是星级套房的大床太舒服了，北雨第二天到了九点多才醒来。

北雨睁开眼就看到沈洛面无表情地戳在自己眼前，看起来有点不高兴。

北雨跟他说了一声"嗨"，发觉满嘴酒气，赶紧捂住嘴巴爬起来，一时还没搞清楚身在何处。等到看清房间装饰，她才想起昨天的事，然后转头忐忑地问："昨天我喝醉睡着了？"

沈洛道："你说呢？"然后拿起床头柜上的小盒子，"一个都没用上。"

北雨坏笑："我醉了你也可以用的啊！"

沈洛道："按着你的剧本，昨晚是我们第一次约会，如果我趁你喝醉做坏事，那就是犯罪！"

北雨笑："也是。"她想了想，"你等我一下。"

她跑到洗手间漱口刷牙，整个人清爽之后，又跑回房间，扑在还未起来的沈洛身上："剧本继续，看到你没有乘人之危，还照顾我一晚上，早上起来的我很是感动，于是决定以身相许。"

说完她俯下身，在他唇上亲了亲，又笑盈盈道："这就是咱们第一次约会的结局，满意吗？"

沈洛被她逗笑，翻身将她压在身下："差强人意，还有不到三个小时退房，我得努力多用几个，不能浪费。"

当然，一盒十二只装的小雨衣三个小时肯定是用不完的。饶是这样，到了退房的时候，北雨也是两脚打战。

抠门儿伤身。

下午回到家，她在一工作室人戏谑的目光下，佯装面不改色上楼去睡觉了。

等到再次醒来，已经是夕阳西下，工作室人去楼空，连江越都不知死去了哪里。

她打开窗去看对面的小楼，大门紧闭，窗户的帘子拉着，想必沈洛带着小飞船出门了。

她一个人有点百无聊赖，换了衣服出去觅食，刚刚走出大门，就看到一个穿着打扮土了吧唧的男人，站在两栋楼之间东张西望。

工作室开在这里两年，对于巷子里的人，北雨都算眼熟，但这个人完全陌生。

她本来没注意，但无意间看向那男人时，见他立刻转头，看起来鬼鬼祟祟的样子。

北雨狐疑地打量了这人一番，看起来不到三十岁，戴着一副厚底眼镜，头发像是上个世纪的造型，一身休闲装土得让北雨这个做服装的不忍直视，脚上的一双球鞋估计是来自土鳖NO.1。

357

男人悄悄转头看了眼，见她站在原地，赶紧又将头转回去。

北雨犹豫片刻，往前走了几步，然后又忽然回头，却见那男人正探头探脑往自己这座小楼看。

她走回来问："你找谁？想干什么？"

男人看到她，赶紧低下头，脸上唰地变红，结结巴巴道："我……我……"

北雨声色俱厉道："你要不说我报警了！"

男人更加结巴："我……我……我……我……"

"你什么你？你到底想干什么？"

男人终于说出来："我……找人。"

"找谁？"

"沈……沈洛。"

"沈洛？"北雨见他低着头不敢看自己，越发狐疑，"你找沈洛干什么？"

"我……是他大学同学。"

北雨再次上下打量了这人一番，好像确实不像个坏人，就是像从上个世纪穿越来的土包子。

"干爹……"

北雨正狐疑着，小飞船清脆的声音忽然从巷子口传来。北雨转头，便见小家伙兴高采烈地朝这边飞奔而来。

小飞船跑到男人身边，一把将他抱住。

男人笑着蹲下身子："小飞船，好久没见了啊！干爹真想你。"

"干爹，你都不来看我。"

北雨："小飞船，那个……"

小飞船赶紧牵着男人的手道："姐姐，这是我干爹。"

"……"北雨干干笑了笑，想到方才自己对人家的误会，诚恳道，"你好，刚刚是我误会了！"

男人扶了扶眼镜，一脸赧色，仍旧不敢直视她："没……没关系！"

小飞船朝北雨招招手，北雨俯下身。小家伙在她耳边道："我干爹特别害羞，一见到女孩就不会说话，快三十岁了还没女朋友，我都愁死了。"

这孩子……老毛病又犯了！

"知远，你怎么来了？"提着菜的沈洛，不紧不慢走过来。

李知远看向他："好久没看到小飞船，怪想他的，正好有时间，就来看看你们。"

沈洛点头："走，进屋吧，我正好要做饭，咱们一起吃饭。"说着又自然地拉起颇有点呆如木鸡的北雨，"这是我女朋友。"

"女……朋友？"李知远一脸惊讶。

沈洛点点头。

李知远反应过来，抓抓有点乱糟糟的头发，傻傻笑道："你有女朋友了啊？"

"是啊！"

李知远忽然又想起什么似的道："对了，程素素打电话给我了。"

沈洛停下脚步，转头看他："她打电话给你干什么？"

"就是……问小飞船的事。"

沈洛脸色沉下来："以后你别理她。"

"可是……"

"没什么可是。"

"哦，好吧。"

北雨默默听着两人的对话，总觉得哪里有点不对，可是又搞不清到底哪里不对。

但她知道程素素是个女人。

沈洛提着菜去厨房，随口吩咐北雨："你去给知远倒杯水。"

北雨嗯了一声，倒了杯热水拿给坐在沙发上的李知远，然后在他旁边不远处坐下。

"谢……谢谢！"李知远拿起杯子喝了口，低头不动声色挪到了沙发最边上，像是觉得旁边的女人是洪水猛兽一般。

"……"北雨扶额，没话找话问道，"你和沈洛是同学？"

李知远点头。

"MIT的同学？"

李知远继续点头。

北雨笑："好厉害啊！"

李知远忙不迭摇头："不厉害不厉害。"

北雨见他面红耳赤结结巴巴的模样，怕自己再跟他说话，得把他吓到沙发底下去，于是笑了笑起身："小飞船，你跟干爹玩，我去帮你爸爸做饭。"

"好的。"小飞船乖乖跑到李知远身边。

她离开时，明显听到身后的李知远大大舒了口气。

北雨好笑地摇头。

她来到厨房，凑到沈洛身旁小声道："你同学真有意思！"顿了顿，又戏谑道，"果然是物以类聚。"

传说中的技术宅，不过是一个显性，一个隐性。

沈洛斜了她一眼。

北雨笑嘻嘻趴在他肩膀上："还好你是个高冷扑克脸，一般人看不出。"

扑克脸沈洛懒得理她了。

北雨想了想，又问："刚刚他说的程素素是什么人？"

沈洛淡声道："不是什么人。"

北雨一听就有问题，眉头微蹙："我看是女人吧！"

"应该是。"

北雨气结，佯装严肃地问："你是不是有什么事瞒着我？"

360

沈洛偏头看她："你觉得我和程素素有关系？"

北雨点头。

沈洛冷嗤一声："那我可以告诉你，我和她没有半点关系。"

北雨道："那刚刚你同学怎么提她？"

沈洛一脸不以为意："他要提跟我有什么关系？"

北雨无语，虽然知道他一定有事瞒着自己，但他不想说，她也不好死缠烂打，于是想了想笑着转移话题："我帮你洗菜。"

沈洛看了她一眼："也好，不然你待在客厅，知远估计还会不自在。"

四菜一汤上桌。

小飞船拉着李知远来餐厅。

李知远笑眯眯道："好久没吃过你做的菜了，看起来厨艺比以前更上一层楼了。"

小飞船脆生生接话："因为爸爸要给姐姐做午饭。"

李知远羞赧地摸了摸后脑勺，感叹道："没想到几个月没见，你已经有女朋友了，也没在电话里告诉我一声。"

沈洛淡声道："又不是什么大事，没必要专门通知吧！"看到北雨瞥来的眼光，沈洛又改口道，"主要是怕刺激你！"

北雨心道：算你狠！

北雨悄悄去打量李知远，这家伙倒仍旧是一副憨傻笑着的样子："这有什么好刺激的，虽然咱们以前经常混在一起，但一直以来喜欢你的女孩子又不是没有，是你自己不想谈恋爱。所以看到你忽然交了女朋友，还挺吃惊的。"

沈洛轻笑："吃惊就不用了，吃饭倒是可以多吃点。"

三大一小在餐桌前坐好，小飞船殷勤地给李知远夹菜："干爹，你要多吃点菜哦，才能长得帅帅高高，像爸爸一样，找到和姐姐一样漂亮的女朋友。"

李知远嘿嘿傻笑："谢谢小飞船。"然后就低下头闷头闷脑吃饭。

吃到差不多的时候，他才再次说话："沈洛，我打算回寰宇了。"

沈洛怔了怔，只淡淡哦了一声。

李知远又试探道："你……"

沈洛道："我没打算。"然后轻描淡写转移话题，"你吃饱了吗？要是没吃饱，我再给你盛一碗。"

李知远哦了一声："那就再来一碗吧！"

北雨暗暗看了他一眼，这人看起来很清瘦，却饭量惊人，已经吃了三大碗饭，真是人不可貌相。

这顿饭吃完，天已经黑透，李知远和小飞船玩了一会儿就告别了。

沈洛在门口送他离开，再进屋时，北雨佯装随意道："我过去理一下货，待会儿再过来。"

沈洛："要我帮忙吗？"

北雨摇头："不用不用，就是对对货单。"

沈洛点头："那行，我等你。"

北雨瞥了他一眼，快速出了门，等到门关上，借着夜灯看向快走到巷子口的男人，立马蹑手蹑脚追上去。

李知远走得不快，还没出巷子，已经被北雨追上。

北雨用力在他背上拍了一把。

李知远猝不及防地吓了一跳，转身看到是北雨，惊魂未定地拍拍胸口，红着脸道："你……你有事吗？"

北雨道："有点事想问你。"

李知远道："什……什么事？"

北雨犹豫了片刻，才问："你之前提到的程素素是什么人？"

李知远越发结结巴巴："沈洛没告诉你吗？"

北雨摇头。

李知远哦了一声。

北雨白了他一眼："你哦什么？我问你她是什么人？"

李知远抓着脑袋："不是什么人，我和她不熟。"

北雨咦了一声："你和她不熟？所以沈洛和她熟？难不成是他前女友？"

李知远连忙摇头："不是不是！沈洛和她也不熟。"

北雨问："既然都不熟，你为什么在他面前提起？"

李知远涨红了脸支支吾吾道："反正我们都不熟，她和沈洛没有关系。沈洛……沈洛他以前和我一样，没有女朋友的。"

虽然沈洛之前说过没有前妻，也没有前女友，但有个小飞船在，她其实并不太相信是他用试管代孕的。偶尔她还会想，他十有八九有秘密瞒着她。

现下听到李知远这么说，她甚是满意，以至于程素素是谁，她也就不那么在乎了。

反正不是沈洛的前女友就行。恋爱中的女人就是如此狭隘。

她笑着点点头："好了谢谢你，你慢点走，外面就能打车。"

李知远如蒙大赦，红着脸一溜烟跑了。

北雨正步履轻松地往回走，口袋里的手机响了。

她拿起来接听，邵云溪的声音从里面传来："好久不见，最近怎么样？"

北雨道："挺好的啊！"

邵云溪："我前天遇到二中的同学，说下个星期举行同学会，你去吗？"

北雨愣了下，下个星期同学会却没有人通知她，好在那种无奈和心酸只是一闪而过，又只剩下满不在乎："不去，同学会什么的最没意思了。我说你就在班上待了一个多学期，不会想去吧？"

邵云溪笑道："我其实也没什么兴趣，但是想着当年是我让你被人误会，正好有个机会给人解释清楚。"

北雨嗤笑："十几年前的事了，你有什么好解释的？这件事对我不重要，对别人更加不重要。"

邵云溪语气变得正经："但对我很重要。而且我觉得你向所有人证明'你没有被流言打倒，过得不比任何人差'更重要。"

北雨愣了下，支支吾吾道："再说吧！"

她挂了电话，想了想回去打开电脑，果然看到邮箱里躺着一封当年的班长公式化的同学会通知。

她毕业后换了手机号，没有在网上加过同学的群，联系的人只有吴楠楠一个。班长要通知她，大概也就只有当年通信录上的邮箱地址。

她确实没兴趣参加同学会。高中那两年，是她人生中最晦暗的一段时期，被人排挤，没有朋友，几乎每个人都戴着有色眼镜看她。

不得不说，刚刚邵云溪的话，确实让她动心了。

因为她这个人就是有着该死的虚荣心。她没有变成那些人以为的样子，她有自己的事业，虽然不是那么高大上，但也是靠自己打拼，不用依附任何人，没有随波逐流，还能够让自己过得光鲜靓丽。

当然，最能让她在那种场合满足虚荣心的是，她现在的男朋友是沈洛。当年空降二中的高三年级第一的传奇人物沈洛。

谁不想在那些诋毁、鄙薄过她的人面前扬眉吐气呢？

不过片刻工夫，北雨就改变了主意。

她决定去同学会，而且决定携带沈洛这个家属。

但她也知道沈洛很不喜欢出席这种虚假的社交场合，连自己工作室开派对叫他都不来，要让他跟自己去同学会，只怕是有点难度。

她在房间里发呆许久，直到沈洛在对面敲窗户，她才回过神，打开窗户见他站在对面窗前，似乎是在提醒她过去。

她斟酌了会儿语言，磨磨蹭蹭去了对面。

进门后，沈洛随口问："工作弄完了？"

北雨点头，沉默了片刻问："我们现在是在谈恋爱吧？"

沈洛用看白痴的目光看向她。

北雨讪讪笑了笑："那你是我男朋友吧？"

沈洛道："不是男朋友，难道是女朋友？"

北雨被他难得的玩笑噎了一下，继续觍着脸问："那是不是我想要你做什么，你都会为我做？"

沈洛皱了皱眉："你要我做什么直接说。"

北雨也不再拐弯抹角："我们高中班下个星期同学会，我想你跟我一起去参加。"

沈洛不以为意道："你不是挺讨厌你们班的人吗？干吗还去参加同学会？"

北雨一脸憧憬道："因为邵云溪也去，说要给我正名。然后我再带上你，在那些当年戴着有色眼镜看我的同学面前扬眉吐气。"

沈洛白了她一眼："我是不会陪你做这么幼稚的事的。"

北雨："呵呵。"

其实北雨也觉得让他陪自己满足这种可笑的虚荣心，有些荒谬。何况他本来就不喜欢那种需要虚与委蛇的热闹场合。

所以他一口回绝，她也只翻了个白眼，并没太当一回事，只盘算着去同学会要怎么才能扬眉吐气。

她从小爱美，可当华服在自己生活中变得唾手可得时，她其实已经不那么追求这些外在的东西，甚至觉得有些可笑。

但为了参加几天后的同学会，她专门让设计师小昭给她弄了一套低调奢华有内涵的衣服，又跑去商场专柜花五位数忍痛买了一个新款的名牌包，又做了一个时尚又不失优雅的新发型。

总之看起来和平面模特一样时尚靓丽，又像成功女性一样端庄大气。

虚荣心这种东西，不管到了什么年纪，总不会完全消失的，何况北雨也实在是还年轻。

同学会是周六傍晚，一身正装人模狗样的邵云溪来接她。

见她从门内走出来，邵云溪上下打量了她一番，挑挑眉吹了声口哨："你今天是要去咱班上艳压群芳吗？"

北雨白了他一眼："别咱班咱班的，你也就读了半年多。"

邵云溪笑："虽然才半年多，但我好歹也是个副班长。"

"行吧，副班长大人，还是要先谢谢你的。"

因为今晚他会去帮自己正名，即使这个正名她如今其实也不怎么在乎。

邵云溪勾勾唇："分内之事。"

两人边说边上车，对面的院门忽然咯吱一声打开，一张冷脸的沈洛戳在门口看过来。

北雨没心没肺地朝他挥挥手："我去参加同学会了，可能会晚点回来，你不用等我。"

邵云溪也笑嘻嘻道："学长，我会把北雨同学安全送回来的，你不用担心。"

沈洛冷冷扫了眼两人，一言不发将门合上。

邵云溪愣了下，低声问："你们吵架了？"

北雨摇头："没有啊！"

邵云溪又问："那他怎么看起来不高兴的样子？"

北雨摊摊手："谁知道呢？估计抽风了吧！"

沈洛的心思她一向不是很清楚，她将原因归结为天才和凡人的差距，所以也懒得每天琢磨，两人过得开心就好。

她话音刚落，那扇本来关上的门忽然又打开，沈洛黑着脸看向她："早点回来！"

北雨不甚在意道："我怎么知道什么时候回来？反正尽量吧！"说完对他挥挥手，钻进了邵云溪的车内。

沈洛面无表情目送车子驶出巷子，然后慢慢转身回了屋内。

小飞船正在地上玩乐高，抬头看了他一眼："姐姐出去了吗？"

沈洛嗯了一声："我待会儿出去一趟，你要是觉得无聊就去找二狗叔叔玩。"

小飞船点头："好的。"又随口问，"爸爸，你出去干什么啊？"

沈洛淡声道："干无聊的事。"

到了同学会北雨才知道，其实这场同学会根本就是邵云溪撺掇当年的班长举办的。至于为什么，北雨心知肚明，不免有点感动。

毕业后，北雨除了和吴楠楠偶尔联系，就再没和任何人有过联络，十来年没见过，许多人都变了样，她竟然没几个叫得出名字的。

不过因为当年的那件丑闻，倒是大部分人都还认得她和邵云溪。

其实过了这么多年，人们不再是当年的少年，在社会上摸爬滚打见惯不怪，很多人也就变得宽容和从容，虽然在他们的记忆中，北雨仍旧是一个放荡的贱女孩，却并不觉得那是什么大事，尤其是男人。

同学会本就是个微妙的场合。

同学会同学会，拆散一对是一对，传说中的奸情概率多发地。

不过北雨和邵云溪是一块来的，众人还以为两人旧情复燃，那些见她光鲜靓丽荷尔蒙蠢蠢欲动的男人，也就只是多看了几眼。

毕竟是全市最好的中学，班上不乏混得人模狗样的人。而"物以类聚，人以群分"这句话放在同学会里，也同样适用。通常都是精英与精英坐一桌，普通上班族与小老百姓坐一桌。

因为邵云溪是精英那一类，北雨自然就跟他坐到了精英一桌。

同学会，总归是热闹的，大家觥筹交错，推杯换盏，看起来十分煽情和谐。

那些活跃的同学，举杯高谈阔论。

男生们炫车炫房子，女生们秀包包秀鞋子，顺便再比比谁的老公有钱又长得帅。

北雨本来带着炫耀的心思来的，忽然就没了兴致。

同桌有女生问起她的包包，她干脆随口道是买的A货。

吃得差不多时，班长忽然站起来拍了拍掌示意大家安静："邵云溪有话要和大家说。"

邵云溪不紧不慢起身，一派绅士的模样，笑盈盈道："其实今天我来这里，有点像凑热闹，毕竟我只在班上待了半年多。"

北雨知道他要说什么，心里不知为何就有点忐忑起来。

她本来以为自己不在乎，其实还是有点在乎。

邵云溪道："大家知道当年我转学，是因为我和北雨的事情被父母知道。作为一个男人，那种行为是很不负责任的，尤其是知道我离开后发生了什么。"他本来一张笑脸，渐渐变得严肃，"我现在想说的是，当年我和北雨什么事都没有做过，所谓的小树林事件，从头到尾就是一个误会。那时只是我单方面喜欢她，那天在外面，几个同学吃完饭回校时，我看到她去小山，就好奇跟上，没想到不小心掉进土坑，她拉我起来时，正好就被张老师他们撞见，误以为我们在小树林干坏事，而且把这个误会告诉了我父母，他们对我一向管得很严，连夜将我带回去，然后转了学。虽然转学不是我本意，但久而久之我也就没放在心上了，直到前几年我遇到同年级的一个同学，才知道在我这个当事男主角离开后，北雨因为这件事遭受了多少非议和误解。"

他说到这里，席间已经开始有人窃窃私语。

邵云溪继续道："其实这件事已经过去那么多年，对在座的所有人来说，也不是什么重要事，但我还是希望告诉大家一个真相。"

"没错！"他话音刚落，另一个声音在大厅内响起。

北雨愕然回头，看到一身笔挺正装、头发打理得干净利落的沈洛走进来，直到走到她身旁才停下来。

因为时间久远，没有人认出沈洛，只觉得这人英俊挺拔，卓尔不凡。

他淡淡扫了眼周围，自我介绍："我叫沈洛，是北雨的男朋友，也是当年二中的学生，比你们高两级。"

他这样一自报家门，大部分人就想起了他是谁。

毕竟当年沈洛的大名无人不知无人不晓。

他看了眼一脸蒙的北雨，又道："你们当年肯定也听说过，我去政教处做过证，但很遗憾政教处的老师没有相信我的话，就如同你们没有相信过当年北雨的解释一样，只因为邵云溪第二天就转学了，似乎印证了那是个事实。然而事实就是，那时北雨去小树林，是因为想看我观星，跟邵云溪无关。她和邵云溪没有任何关系，从前是，现在也是。"

邵云溪嘴角抽了抽，虽然他说的是实话，但也用不着这么强调吧！

沈洛斜了他一眼，继续道："一个十六岁连早恋都没有过的女孩，因为一件莫须有的丑闻，被所有人打为异类，然后被排挤被轻视，连她的亲表哥江越都被你们这些人编进莫须有的故事里。现在的她对当年的事早已经不在乎，但我想当年一个十六七岁的女孩，要多努力才能用满不在乎掩饰自己的在乎。"他顿了顿，"在你们每个人都有份参与传播的流言中，她度过了最晦暗的两年。好在她没有被流言打倒，没有沉沦，也没有变成你们以为她会变成的那种人，她比你们任何人都赤诚，因为她绝不会去恶意诋毁别人。"

北雨从来没听他说过这么多话，一字一字，字字珠玑。

她也从来没听过他对她说过情话，但这些话足以抵得上世上所有动听的情话。

她成年后就没再哭过，此时却忍不住热泪盈眶。

当年的她，当然是在乎的，因为她讨厌孤独。

当班上的女生讨论喜爱的明星时，她也想去跟她们一块八卦自己的偶像。

当她们结伴去玩儿时，她也想加入她们。

运动会的时候，她也想和大家一起当啦啦队员，为男生加油。

当她遇到不会解的数学题时，也想和别的女生一样，去请教班上数学成绩最好的男生。

可是因为众口铄金，她成为班上的异类，从此再无法融入这个她本来准备热爱的集体。

如果说邵云溪一开始的解释，让所有人还不以为意，那么沈洛的出现，彻底让这些曾经诋毁排斥北雨的人，开始认真反思。

虽然没有人知道沈洛现在在做什么，但这些重点高中出来的学子，多数都对沈洛这种天才学霸持有敬畏心理，没有人会不相信他的话。

而且从他的话中可以听出来，当年北雨喜欢的人不是邵云溪而是他，于是这个误会就合情又合理。

坐在这桌的班长最先站起来，深深朝北雨鞠躬："北雨，我向你道歉。"

其他桌的人也走来，一个一个和她说对不起。

北雨有点承受不住这种煽情的场面，拿起包跑了出去。

沈洛淡淡扫了一眼众人，有些倨傲道："刻意的道歉就不用了，反正以后也不会有什么交集。我只是想让你们知道，在你们不自知的情况下，曾经有多面目可憎，也让你们知道我女朋友是个很好的人。"

沈洛留下这句让人哑口无言的话就轻飘飘去追北雨了。

邵云溪也讪笑着耸耸肩遁走，反正这也不是他真正的同学会。

北雨跑到酒店外面很远才停下来。

她本来只是打算扬眉吐气来的，怎么会变成这种煽情的场面？而且她还真哭了！

这对于一个将近二十八岁的女人来说，似乎有点丢人啊！

好吧，简直丢人丢大发了。

听到身后有脚步追过来，她转头看了眼是沈洛，赶紧抹了把眼泪，等他走近后，梗着脖子斜眼看他："你不是说不陪我做无聊事的吗？"

沈洛淡淡道："反正晚上在家也是无聊。"

北雨龇牙咧嘴："你就不能说句我爱听的话？"

沈洛道："刚刚在酒店里说的话你不爱听吗？"

北雨成功被噎住，扭头哼了一声。

沈洛却凑过来，在夜灯下打量了她一下："哭了？"

语气中难得带了点戏谑。

"我才没有。"北雨恼羞成怒嘴硬道，仿佛整个人忽然就变得幼稚。

好像有个可以依靠的人在自己身后，真的会变得幼稚。

"哭就哭了，有什么不能承认的。江越说你十五六岁打针还哭呢！"

北雨反诘："江二狗那货才连打针都哭。"

沈洛轻笑一声，将她从身后轻轻拥住："那你有没有觉得扬眉吐气？"

北雨怔了怔，沉默了片刻，在他怀中转头看他，好整以暇道："我本来是抱着扬眉吐气的心理来的，但是看到这些陌生的面孔，忽然就觉得没了兴致。当邵云溪和你说完那些话，大部分人选择相信来跟我道歉的时候，我虽然觉得扬眉吐气，但更多的是觉得这件事真的不重要了。因为我知道，我对他们来说并不重要，即使他们现在跟我说对不起，其实离开这里，他们也不会再记着这件事。而他们对我来说，也同样不重要。既然都不重要，我为什么要在意呢？”她忽然笑了，“你说得对，同学会确实无聊，而在同学会证明一件陈年往事更加无聊。”

沈洛道：“我就说过很无聊。”

北雨轻笑：“不过你为了我做这件无聊的事，我还是很感动的。”

喀喀！两人正抱着，身后传来一阵轻咳声。

北雨从他怀中挣开，看到邵云溪走过来，笑道：“今晚谢谢你，老同学。”

邵云溪摊摊手：“有沈学长在，我也没起到什么作用。”

北雨道：“那不一样，如果没有你这个当年的当事人在，相信的人肯定没几个。”

邵云溪点头：“这倒也是。”又笑着朝她伸出手，“那么，我们庆祝这件事彻底画上句号。”

其实自从他在国外留学时，无意中知道当年的事，确实是一直背着一道自责的枷锁。年少时喜欢的女孩，因为自己，过了两年一场糊涂的生活。

若不是看到北雨过得还不错，这种自责大概就会让他非以身相许不可。当然，以北雨的性格，他应该也没有这种机会。

今晚当那些老同学去跟北雨说对不起的时候，他身上的枷锁也终于松开，如释重负。

年少的爱恋早已不重要，但是年少的愧疚如果不偿还，那就会一直困扰着当事人。

北雨还没上前，沈洛已经先于她将邵云溪的手握住，又和他轻描淡写拥抱了一下，用力拍了拍他的背：“邵同学，你以后可以从我和北雨的生活中退场了，就跟酒店里那些同学一样。”

他力度极大，邵云溪被他拍得咳了几声，捂着胸口道：“我和北雨是朋友，为什么要和那些人一样？”

"因为你居心不良，惦记别人女朋友。"

邵云溪觍着脸笑："学长，你别冤枉我，我真当北雨是纯洁的朋友。"

"我又不瞎！"

邵云溪哭笑不得："学长，做男人别这么小气好吗？"

沈洛斜了他一眼，拉着北雨转身去打车。

北雨无奈地朝邵云溪耸耸肩，也没再理他。

两个人回到家，小飞船早已经自觉上床睡觉。

等沈洛去洗澡的时候，北雨就百无聊赖躺在床上玩手机。

正玩得起劲，床头柜上沈洛的手机响起。

她随手帮沈洛接听，那头传来一道好听的女声："请问沈洛在吗？"

北雨道："他在洗澡，您哪位？我转告给他。"

那头的女人道："哦，不用了，我过会儿再打。"说完又说了声谢谢，就挂了电话。

北雨撇撇嘴，有点好奇沈洛这人还有女人给他打电话。

等他从浴室带着一身水汽出来，北雨故意戏谑道："我刚刚帮你接了个电话，是个女人打来的，声音还挺好听的，说过会儿再打来。"

沈洛拿起手机看了下号码，是个陌生号码，便不甚在意地放回去："不知道是谁。"

话音刚落，那电话就又打来了。

他起来喂了一声。

北雨听不到电话那头讲什么，但看得出在那头说话后，沈洛的脸色就发生了奇怪的变化。

愤怒和不耐烦。

那边似乎还没说完，他就打断道："我们没必要见面。"

那头又说了一句。

373

他回道："你要是不愿意，就直接去法院起诉。"说完就挂了电话。

北雨觉察到他脸上的怒气，试探地问："谁啊？怎么还扯到法院了？"

沈洛看了她一眼："一个很讨厌的人，不想搭理。"

对少年往事彻底释然之后，北雨觉得生活简直完美无缺。不仅生活无忧，还有个虽然行为举止异于常人但对她来说美好至极的男友，简直恨不得突然冒出点狗血来，才能显得这生活更真实点。

当然，她也只是偶尔这么欠揍地想一想。

可人生似乎有时候就是好的不灵坏的灵。

那是两个星期后的周末，北雨在家里待了一天，周日傍晚赶回来。

她走到巷子里后正准备敲沈洛的门，却忽然听到里面传来男女的声音。

男人的声音是沈洛的。

女人的声音她从未听过。

"沈洛，求求你让我见见小飞船。"

"为什么要让你见？他根本就不认识你。"

"可我到底是他的妈妈，我有权利见他。"

"你觉得有权利就去法院起诉！"

"沈洛，你别这样，我知道这几年你带着小飞船不容易，我很感激你。"

"你要真感激就走远点，我不想小飞船知道自己有个不负责任的妈妈。"

"不是你想的那样，我其实早就想来接小飞船的。"

"程素素，我不知道你为何忽然产生了所谓的母爱，但是一个女人将半岁嗷嗷待哺的儿子丢下，我觉得这种人不配当母亲。"

"沈洛……"

"你走吧，我不想见你。你要是不甘心，就去法院起诉，我奉陪。"

程素素！

小飞船的妈妈！

北雨咬牙切齿，她还真是太相信沈洛了！

第十章
天真可笑的梦想

听到脚步声朝门口传来，她赶紧转身溜进了自己院内，然后躲在门口，透过门缝往外看。

对面的门打开了，从里面走出来一个女人，不算太年轻，约莫三十来岁，但很漂亮，气质知性，表情略带哀怨愁苦，还有点点泪痕，大概是刚刚和沈洛的对话不太开心。

她刚刚走出来，身后的门就砰的一声被沈洛用力关上。

女人转头，似是无奈地叹了口气。

待女人走开，北雨才悄悄打开门，鬼鬼祟祟探出头，虽然只是背影，但那个叫程素素的女人身体微微颤抖，似乎是在哭，巷子口不知何时站了一个高大的男人，看到她过来，走上前几步将她抱在怀中安慰。

北雨撇撇嘴，脑子里一团乱麻地回到屋内。

依照刚刚沈洛和女人说的话，以及这女人的穿着打扮和气质，绝不可能是代孕母亲，那肯定就是小飞船的生母。既然小飞船有妈妈，沈洛为什么要骗她？所以这个程素素是沈洛的前妻，还是前女友，抑或是一夜情对象？

她越想越觉得烦躁，不管是什么关系，反正沈洛对她说了谎。

什么试管代孕！还真是扯得出来！

这天晚上她没去对面。

到了快十点，沈洛站在小楼卧室的窗前敲了几声，因为隔得近，他经常用这种方式唤北雨。

北雨把窗帘撩起一丝缝隙，看了他一眼，没搭理他。

过了一会儿，她的电话响了，拿过来一看，是沈洛发过来的短信：还在忙吗？什么时候过来？

北雨嗤了一声，撇撇嘴没回他，直接将手机丢在床上，然后去洗漱。

等进了浴室，她这才惊恐地发觉，在沈洛那边睡久了，自己浴室里的东西跟蚂蚁搬家似的，都搬了过去，连洗发水都没了。

她郁卒地随便洗了个战斗澡，头发也没吹干，就躺在床上发呆。

这时手机又响了起来，她看了一眼，毫不留情地挂掉。

闭上眼睛怎么都睡不着，不一会儿卧室忽然响起敲门声。

沈洛在外头道："你在干什么？怎么不接我电话？"

江越咦了一声："我还以为她在你那边呢！"说着又朝房内叫道，"北大嘴，这么近还要洛神来接你，你是不是公主病犯了？"

北雨腹诽，不耐烦道："我睡了。"

江越看了眼沈洛，犹疑问："你们吵架了？"

沈洛一脸茫然地摇摇头。

江越："那就是她大姨妈来了抽风！"

"江二狗！你给我滚！"北雨大吼一声。

"行行行，我滚！"江越同情地看了眼沈洛，蹿回了旁边的卧室。

377

沈洛沉默了片刻，心平气和道："你怎么了？我做了什么让你不高兴的事吗？"

北雨道："你做了什么自己知道。"

沈洛："我不知道。"

北雨道："那就等你知道了再来找我。"

沈洛又沉默了片刻："你真不过去？"

"不去。"

沈洛道："那没有我，你一个人睡得着吗？"

北雨气结："你以为你是谁啊？别打扰我睡觉。"

然后外面就没了声音。

北雨真是觉得沈洛的话就像是咒语一样，明明她没有失眠的毛病，但就是辗转反侧睡不着，后来烦透了，起来一看时间，已经过了十二点。

她抓了抓乱糟糟的头发，干脆出门去透口气。

只是刚刚打开门，却见外头戳着个人，她吓了一大跳，拍着胸口退了两步，恼火道："你怎么在这里？"

沈洛面无表情道："我一直在这里。"

北雨道："你有病吧？"

沈洛一本正经地回她："没病，早就治好了。"

北雨被噎了一下："所以你站在这里干什么？要是我不出来，你打算站一夜？"

沈洛道："我觉得你肯定会出来，因为要是没有我你应该会睡不着。"

北雨冷笑："你还真是自信，我们才在一起多久？"

沈洛道："因为每次你都是抱着我睡的。"

北雨都恨不得骂人了："我抱着枕头也能睡。"

沈洛道："那你现在不是没睡着吗？"

北雨觉得自己和这人没法交流下去，他甚至都意识不到现在的情况是她在生他的气，他应该搞清楚原因来跟她解释，而不是继续气她。

她深呼吸了口气，让自己冷静："沈洛，我现在生你的气，难道你看不出来吗？"

沈洛面无表情道："看得出来，不然你不会不去我那边。"

北雨道："那你不想想为什么我会生气吗？"

沈洛一本正经道："我想了，但是想不出做过什么惹你生气的事。"

北雨觉得再这样气结下去，估计自己会抓狂爆炸："你对我撒谎这件事，难道你不知道？"

沈洛这回好整以暇地思忖片刻，然后皱眉看她："不知道。"

北雨气得喘粗气，退后一步进入屋内："那你就好好想想，想好了再来跟我解释。别站在门口，我不会再出来。"说完用力将门甩上。

北雨站在门后半晌，听到他离开的脚步，这才放心地回到床上躺下。

这一夜睡得还是不好，到了早上才迷迷糊糊睡着，可睡了没多久，就被楼下的吵闹声唤醒。

她揉着太阳穴起床，打开窗子往下看，只见一个男人站在对面门口和沈洛说话，他大约是想进门，但沈洛却抵着门不让他进。

"沈洛，我们好好谈谈不行吗？"

"我和一个抢别人老婆的男人没什么好谈的。"

"可小飞船是素素的儿子，你没有权利不让她见，我恳求你体谅一个母亲的心。"

"我体谅不了，你们俩都给我滚远点。"

"沈洛！"

"Get away！"

在北雨的目瞪口呆之下，沈洛伸手将男人一把推开，然后狠狠关上了门。

他是练过的人，那男人猝不及防，直接被推倒在地，过了半晌才狼狈地站起来。

他大约是意识到什么，忽然转头朝北雨楼上看过来。

北雨这回算是看清楚了男人的长相，模样很周正，算不上太英俊，但气质卓尔不凡，一看就有着养尊处优的背景。

偷看被发现到底是有点尴尬，北雨讪讪朝他笑了笑，退回了房内。

北雨向来善于脑补。

昨天的程素素是抛弃孩子，今天这个男人是抢别人老婆。

那么很有可能是这个男人从沈洛手中抢走了程素素。

抛夫弃子？

怪不得沈洛对此绝口不提，还说小飞船是试管代孕出来的。

确实丢人，但也不该瞒她啊！

她正郁闷着，忽然又听到楼下有动静，再次探出头一看，却见李知远不知何时跑来，拉着那男人道："韩先生，你们别急，我会劝劝沈洛的。"

男人点头，温和地笑了笑："那就谢谢你了。"

李知远道："沈洛脾气有点轴，你们耐心点。"

男人叹了口气："这件事确实是素素有错在先，耐心是一定要的。只是素素实在想念小飞船，我还是希望能够把小飞船带回去，让他们母子一起生活。"

李知远摸了摸头："我也觉得小孩子应该有妈妈。但是小飞船一直不知道自己有妈妈，可能还得给孩子点准备时间。"

男人点头："这是一定的，这件事还是得看沈洛。"他顿了顿，"我只远远看到过小飞船一次，这孩子怎么样？"

李知远傻傻地笑："特别可爱，见到的人就没有不喜欢他的。"

男人道："不管怎样，我会尽力补偿这几年沈洛的抚养之恩的。"

李知远赶紧摆手："你千万别和沈洛提钱，不然他指不定多生气。他生活简单，不缺你那点补偿。"

"是是是！"男人自知失言，连忙点头，"那我走了，麻烦你帮我劝劝他，现在也不是要把小飞船带走，就是想让他们母子先相认。"

"我明白的。"

见那男人离开，李知远敲门进了沈洛的小楼，北雨才随便洗漱完毕下楼。

上午上班，她一直心痒难耐，想知道真相，但又不想直接去问沈洛，偏偏那家伙早上送了早餐过来，见北雨不理他，什么都没说，放下早餐又回去了。

北雨都快被气死了。

到了中午，沈洛一脸神色平淡地过来叫她去吃饭。

她本来是不想去，但秉着吃饭时他可能会坦白真相的念头，还是冷着一张脸去了。

小飞船不在，但李知远还在。

她笑着打了个招呼，李知远还像上次那样红着脸不敢看她，支支吾吾点头应了一声。

北雨坐下来，黑着脸看了眼沈洛。这人还是没有表情的老样子，似乎对她的生气浑然不觉，没事人一样给她盛饭、倒果汁。

待沈洛忙完坐下时，李知远瞅了瞅他，试探地开口："沈洛，你真的不打算把小飞船还给程素素？"

沈洛面无表情地看了他一眼："他们到底给了你什么好处，让你游说了我一上午？"

李知远讪讪道："我就是觉得小孩子不能没有妈妈。"

沈洛道："你觉得小飞船被我养得不好吗？"

"当然不是，可人家到底是亲生妈妈，法律上你这说不过去。"

"亲生妈妈能丢下半岁的孩子跟别的男人跑了？在我看来，她只是小飞船生物学上的母亲，仅此而已。"

北雨到底忍不住，手上的筷子用力磕在桌面上。

桌边说话的两人被吓了一跳。

沈洛转头看向满脸怒气的北雨，一头雾水。

北雨冷声道："沈洛，你是不是把我当傻子？"

沈洛不明所以："你说什么？"

"程素素到底是谁？你为什么要骗我小飞船是你试管代孕出来的孩子？"

沈洛眉头微微跳动了下，嘀咕道："那是你自己认为的，我从来没有说过。"

"你……"北雨气结，仔细想想，他确实没有说过，可明明就是默认了啊！

她懒得跟他争辩，只继续道："沈洛，我说过最讨厌别人骗我，你说过你没有乱七八糟的感情纠葛，我才和你在一起。"

李知远眨了眨眼睛，红着脸结结巴巴道："你……你误会了，程素素确实是小飞船的生母，但她和沈洛没有关系，因为沈洛不是小飞船的亲生爸爸！"

"啊？"这回北雨彻底目瞪口呆。

李知远继续道："小飞船的爸爸是我们的同学……"

他还没说完，沈洛已经打断他："算了，我来说吧，虽然一点都不想提这件事。"他看了眼北雨，"小飞船的爸爸也姓沈，叫沈远航，是我和知远的同学。小飞船半岁时，程素素离开。一年后，阿航因为意外过世，小飞船就一直是我带着。一岁半的孩子没有记忆，所以他对这些一无所知，只知道我是他爸爸，我也没打算现在告诉他。"

北雨怔了半晌才理清他的话："小飞船不是你亲生儿子？"

沈洛点头。

"是程素素和你朋友的儿子，你代为抚养？"

沈洛再次点头。

"然后小飞船亲生母亲来要儿子了，你不打算给？"

沈洛继续点头。

李知远趁机插话道："北……北小姐，你……能不能劝劝沈洛？我怕到时候闹到法院不太好看。"

沈洛面无表情道："他们要告就去告!"

北雨想了想道："沈洛，我不是想劝你，但是你这种情况要是闹到法院，最后的结果肯定还是会判给生母的。弄不好小飞船会受到心灵伤害，倒不如你现在就给他做心理建设，至于以后怎么样，你可以和程素素他们协商，我看他们也不是不讲理的人。"

沈洛看了她一眼，又面无表情低下头吃了口饭，片刻之后，再次抬头看她："你说得好像有道理。"

李知远暗暗抹了把头上不存在的汗，他这劝了一上午，唾沫星子都快干了，半点用都没有，女朋友一句话他就动摇了。

果然谈恋爱是件可怕的事情，女人实在是太可怕了，他还是继续打光棍儿吧!

北雨见沈洛表情中微微带着迷茫和挣扎，她知道他是舍不得小飞船。

她想了想，又道："其实小飞船知道自己有妈妈，未必不高兴，没什么比小孩子开心更重要不是吗？"

沈洛再次沉默，片刻后又道："我也不是不愿把小飞船还给程素素，但是还给他亲生妈妈，就会多个后爸。以后程素素和韩敬有了自己的孩子，我怕他们对小飞船不好。"

383

他这话说得一本正经，却连愣头愣脑的李知远都扑哧笑出来：
"韩敬和阿航从小就认识，怎么可能对小飞船不好？你这个担心真的太多余。"

沈洛怒道："怎么多余？韩敬这种能夺兄弟妻的男人，什么事做不出来？"

李知远叹了一声："你明明知道他们三个不是那么回事。"

沈洛道："反正当年程素素和阿航在一起的时候，他对程素素的心思哪个不知道？"

李知远沉默了，不再说话。

北雨不知道这些人的关系，也不关心，现在她知道了小飞船的身世，只希望他的心灵不会受到伤害。

毕竟小飞船虽然天真烂漫，却也是个极其早慧的孩子，只怕是没有寻常五岁的孩子那般懵懂。

至于沈洛会如何做，北雨相信他有自己的打算。

几个人各有所思地结束了这顿午餐，各回各家，各找各妈。

三天后。

这几天大概是因为处理小飞船的事，沈洛大多时间不在家，只有晚上的时候，两人才能见面。

这一日夜幕刚刚降临，工作室已经人去楼空，北雨听到对面有动静，正要去找他，忽然一道小小的身影飞一般冲进来。

北雨咦了一声："小飞船，你干吗呢？"

小飞船绷着一张小俊脸，气呼呼道："家里来了一个讨厌的叔叔。"

北雨没反应过来，奇怪地问："什么讨厌的叔叔？"

小飞船坐在她旁边的椅子上，闷闷地道："爸爸前天告诉我，我有妈妈了，就是生我的妈妈。"

北雨笑："有妈妈不是好事吗？你为什么不高兴啊？"

小飞船嘬了嘬嘴："但是妈妈又不是爸爸的老婆，她身边有个叔叔，他们想把我带走。我不想离开爸爸。"

北雨道："你想跟爸爸在一起，就和爸爸说啊，没有人能把你从爸爸身边强行带走的。"

小飞船思忖片刻，小声道："但是我看那个叔叔已经找了爸爸好几次，我怀疑他想把我抢走。"

小孩子还是天真懵懂的模样，说话也是稚声稚气，只是那童真的眼睛里，显然看得出惶恐不安。在他五年的生命里，沈洛以父亲这个身份充当了他唯一的亲人。虽然性格异于常人，孤僻且离群索居，但沈洛确实是个好爸爸，他会耐心地陪小飞船玩耍。因为不愿自己的遭遇重演，即使知道小飞船智商超群，他也只是让他按部就班地当一个天真的小孩，不在幼儿园的时间，他会带小家伙去各种幼儿游乐场所，让他交朋友。所以小飞船并不会因为只有爸爸就性格孤僻胆小。相反，他热情开朗，虽然聪明，却仍旧天真烂漫。

沈洛为这个孩子所做的一切，比起大部分孩子的亲生父亲，有过之而无不及。

小飞船看起来并没有对自己突然出现的亲生妈妈质疑和排斥，想来是沈洛用了很漂亮的说辞。但再如何渴望妈妈，一个陌生的亲生妈妈显然比不上一直陪伴自己的爸爸。北雨太了解小飞船此时的恐惧了。

她笑着摸了摸他的小脑袋："没关系，爸爸会处理好的。"

小飞船想了想，跳下椅子，跑到窗边往外鬼鬼祟祟地看了看，又跑回来把北雨往楼上拉。

"干吗呢？"北雨不明所以。

小飞船一言不发，跑到她房间，将窗子打开，探头探脑地看。

北雨站在他身后，失笑摇头。

没过一会儿，对面响起开门的声音，韩敬从里面出来了。

小飞船不知从哪儿掏出一把小石子，朝他丢去。

韩敬没防备，被他砸中好几下，虽然不至于受伤，但也疼得厉害。

北雨大惊失色，赶紧制止他："小飞船，你干吗？"

小飞船拧着小脸道："打坏人！"

北雨哭笑不得，朝楼下看去，见韩敬一脸无奈地朝她耸了耸肩，她只能致以歉意的一笑。

小飞船趁她不注意，又从兜里掏出几个小石子，再次朝韩敬丢去："坏人！"

"小飞船！"北雨轻喝，"不能这么没礼貌！"

小飞船义正词严道："歌里都唱了，敌人来了有猎枪，对待坏人决不能手软。"

什么乱七八糟的。

韩敬在楼下的夜灯中道："小飞船，我是韩叔叔，不是坏人。"

小飞船大声回他："你想把我从爸爸手中抢走，你就是坏人。"

韩敬无奈地笑："我只是想要你和妈妈团聚，没有把你从爸爸手中抢走。"

小飞船哼了一声："我是不会相信你的。"说完砰的一声将窗户关上。

北雨透过玻璃，看到韩敬无奈地叹了口气缓缓离开。

她不知道这个男人会不会是一个好继父，但看他为这件事如此费心奔波，想来是很爱那个程素素。

只是她不懂，既然当年将孩子抛下，为什么如今又要要回去？

待楼下的人离开，北雨看了看小脸皱作一团的小飞船，柔声道："走，我们去找你爸爸！"

小飞船抬头看她，噘嘴嘟囔："姐姐，为什么你不是我的亲妈妈？"

北雨怔然，低头看向满眼迷惘的小男孩，暗暗喟叹一声。她其实对孩子没有概念，在她可以预见的人生计划里，生孩子这件事远远没有被

386

列入其中。但她想，如果她做了母亲，有这么一个可爱的孩子，即使一开始并不在期待中，但她也绝不会将他丢下。

她摸了摸小飞船的脑袋，没有说话，只是笑了笑。

小飞船又低下头，失落地低声道："为什么爸爸不是我亲爸爸？"

手微微僵住，北雨问："你爸爸告诉你了？"

这一回，小飞船没有再说话。

两个人回到对面小楼，沈洛正坐在沙发上发呆。

小飞船忽然一个箭步冲过去，扑在他怀中，号啕大哭起来："爸爸，我不想离开你。"

沈洛怔了怔，将他抱在腿上，给他擦了擦眼泪："没人要你离开啊！"

小飞船摇头："我知道的，妈妈和那个叔叔想把我带走。"

沈洛沉默片刻："妈妈是你的亲妈妈，怀胎十月将你生下来的亲生妈妈，你不想跟她走吗？"

小飞船头摇得像个拨浪鼓似的，说："不想，不想，我就想和爸爸在一起。"

沈洛闭了闭眼睛："那好，小飞船哪里都不去，就在爸爸身边。"

小飞船哭声渐渐止住，变成低低的抽泣，良久之后，他忽然低声道："爸爸，我其实早就知道你不是我的亲生爸爸。"

"什么？"沈洛微微愕然。

小飞船的脸已经哭花，在他怀里抬头看他："既然妈妈是我的亲妈妈，爸爸和亲妈妈又没有关系，我怎么会是爸爸生的儿子？"

北雨闻言惊呆。

显然沈洛只是告诉小飞船有了妈妈这件事，并没有说自己不是他的亲爸爸，但这孩子实在太聪明，已经用他的逻辑猜到了。

沈洛也有些意外，怔了片刻，摸了摸他的头，柔声道："你是不是我生的都是我的孩子，爸爸永远都爱你。"

小飞船奶声奶气道："我也永远爱爸爸。"他抱着沈洛的脖颈，"那如果爸爸不让妈妈他们带我走的话，警察会不会来抓爸爸？"

沈洛轻笑："不会的。"

小飞船忽然想起来什么似的，抬头看向北雨："那以后爸爸和姐姐有了自己的孩子，还会像现在一样爱我吗？"

北雨愣住，心道：她连结婚这种事都还没有考虑，孩子更不知道是猴年马月的事，甚至不知道未来的终身伴侣是不是沈洛。

好吧，应该就是沈洛了。

她还没想好怎么回答，沈洛已经笑着道："当然啊，你以后可是要当哥哥的人。"

小飞船眨了眨眼睛："那我要个妹妹。"

沈洛点头："好。"

小飞船又看向北雨："姐姐，你和爸爸给我生一个妹妹吧。"

北雨咧嘴一笑："好啊！"说完对上沈洛似笑非笑的眼神。

小飞船想了想，又道："你们现在就给我生一个妹妹吧！"

北雨一口气噎住，不知如何回答了。

倒是沈洛轻笑了笑道："好啊，我和姐姐今晚就给你生一个。"

北雨无语地斜了他一眼，什么时候了，还有心情开这种玩笑。

小飞船大概是因为情绪大起大落，又哭又笑的，很快就趴在沈洛胸口睡着了。

沈洛小心翼翼将他抱上楼，在床上放好，然后蹲在床边，一动不动地凝视着他。

北雨默默站在门口，没有去打扰他。

她知道，刚刚虽然他看起来云淡风轻，甚至还故意顺着小飞船的话开玩笑，但心中想必也是痛苦挣扎着。

无论从前的程素素做过什么，但她到底是小飞船的生母，而他的确只是一个毫无血缘关系的养父。就算程素素不会走法律途径，可从情理上来说，他大概也觉得应该将孩子还给别人。

而将一个用心抚养了几年、视如己出的孩子，亲手还给别人，这种不舍，她这个旁观者，也能感同身受。

静默良久之后，北雨轻轻走上前，弯身将他抱住，却什么都没说。

沈洛握住她的手，低声道："他生下来的时候我就见过，小小的一团，像个小老鼠。我那时对孩子没概念，看到阿航和程素素那么高兴，只觉得莫名其妙，在医院看了一眼就走了。后来他渐渐长开了，白白嫩嫩的一团，我就觉得好像小孩子也没那么讨厌。再后来，程素素走了，我们三个男人带着一个小孩子，一开始都手忙脚乱，但渐渐也越来越得心应手，工作累的时候，旁边有个咿呀学语的小团子，好像就没那么辛苦了。然后阿航也走了，那时他才一岁半，走路都还跟跟跄跄，我就一个人带着他，我没有教他，他自己叫我爸爸。我带他去雪山去海边，去了很多地方拍摄星空，看着他一点一点长大。他不是我亲生的孩子，可是他笑了我就高兴，他哭了我就难受，他生病了我也觉得痛。我不知道我是不是个好爸爸，可他一定是世界上最好的儿子。"

沈洛与小飞船说好，隔日让他正式和妈妈见面。

小孩子到底是渴望母亲的，虽然在小飞船心里其实并没有母亲这个概念，但在幼儿园，小朋友们总是说起自己的妈妈如何如何，他也曾经想象过自己若是有妈妈，应该是什么样子。

是像表婶婶那样温柔，还是像姐姐这么有趣？或是像姑姑那样喜欢捉弄他？

爸爸的怀抱很温暖，妈妈的怀抱应该更温暖吧？

小飞船很紧张，拉着北雨跟他们父子俩一起在家里等着。

北雨昨晚听沈洛说了，程素素只上次来找过他，此后都是韩敬代为前来，就是怕看到小飞船会情绪失控，吓到孩子。之前只远远看过两回，等商谈好，小飞船有了准备，再来正式见面相认。

约好的是上午。北雨早上连办公室都没回，就一直陪着小飞船。

小家伙一直坐立不安，一会儿跑到窗边看动静，一会儿又坐在地上烦躁地玩乐高。

北雨看得出小飞船一面很高兴，一面又很恐惧。

高兴的是对妈妈的期待，恐惧的是害怕离开沈洛。

她和沈洛都没去打扰他。

到了十一点，门铃声终于响起。

小飞船忽然从地上弹起来，满脸都是慌张，像一只惊恐的小猫般无措。

沈洛安抚性地摸了摸他的脑袋："你乖乖等着，爸爸去开门。"

小飞船抿嘴点头，然后跟着北雨站在客厅大门处。

沈洛对韩敬和程素素的态度，比起之前来说，好了不少，但也是神色淡淡，开了门一言不发，只微微侧身让两人进来。

从院门到小楼大门，不过几步路。

程素素一下就看到北雨身旁的小飞船，原本极力保持平静的漂亮面孔，忽然就颤抖起来，眼眶一下红了，可又不敢冲过来，只努力克制着一步一步往里走。

小飞船本是站在北雨身旁，看到来人后，忽然就紧紧抓着北雨的手，挪到了她的身后，只露出一双黑漆漆的大眼睛。

小孩子并非害羞，只是面对从天而降的妈妈，期待、欢喜、惶恐、不安纷至沓来。一个小孩子承受不了这么多复杂的情绪，所以就变成了无所适从。

北雨感觉到他暖暖的身子贴在身后，似乎是有点颤抖。

她反手摸了摸小飞船的头，给他安抚。

沈洛带着两人走近，看小飞船不安的样子，弯下身柔声道："小飞船，妈妈来了，你让她看看你。"

小飞船的一双大眼里已经雾气沉沉，犹豫片刻，试探着从北雨身后走出来。

程素素在他跟前蹲下，将手中的乐高递给他，红着眼睛却笑着道："小飞船，这是妈妈送给你的礼物，你看看喜不喜欢？"

她从沈洛那得知，小飞船是乐高的爱好者，所以买了最新的乐高玩具当作见面礼。

她说完就屏声静气，努力保持温和的笑容，等待小飞船的回答。

小飞船看了眼她手中的乐高包装盒，闷了许久，才冷不丁回道："爸爸说过不能随便要陌生人的礼物。"

程素素本来就不太自然的笑容，顿时更加僵硬，似乎是努力忍住才没让泪水掉下来。

韩敬在她肩膀上轻轻拍了拍，朝小飞船笑道："妈妈是小飞船的亲妈妈，不是陌生人。"

小飞船低头抿嘴没再说话，仍旧没有接过礼物。

沈洛伸手把程素素手中的乐高玩具接过来，淡声道："都进屋吧，刚刚见面，小孩子还要有个适应过程。"

小飞船闻言，一溜烟就跑进去了。

程素素点点头站起来，眼睛一直黏着那道小小的身影，刚刚在眼眶里打转的泪水，终于掉下来，低声道："他跟阿航小时候长得一模一样！"

韩敬微微揽了揽她，叹道："是啊，就像是一个模子里刻出来的，特别是那双眼睛。"

沈洛领着人在沙发上坐下，小飞船坐在一旁的地上玩乐高，不再去看两人。程素素不敢打扰，只一直看着他。

程素素双眼通红隐忍克制的模样，在北雨看来，她对小飞船一定也有着与大部分母亲一样的舐犊之情。不管当年发生过什么事，她丢下小飞船又是什么缘故，母爱绝非一时的灵光突现。

她去倒了两杯水放在二人跟前。

程素素看了眼她，微笑道："谢谢。"顿了顿，又低声道，"我没想到沈洛也有女朋友了，还是北小姐这样的。"

北雨轻笑，看了眼沈洛，他也一直看着小飞船，不知在想什么。

程素素喝了两口水，起身走到小飞船跟前，柔声笑盈盈道："小飞船，我跟你一块玩儿好吗？"

小飞船沉默，没有答应也没有拒绝。

见母子俩靠近，韩敬微微松了口气，朝沈洛道："之前我说的那些话，你不要放在心上，虽然我希望小飞船和妈妈一起生活，但是我们也完全尊重孩子的意见，只要他开心，我们就开心。"

沈洛还没说话，本来坐在地上的小飞船忽然将拼好的乐高用力一推，朝沈洛跑过来，靠在他怀中，怒气冲冲看向韩敬。

韩敬朝他笑了笑，又道："快到午饭时间了，我请大家一起出去吃顿饭如何？"

沈洛看了眼还在地上一脸失落地收拾的程素素，淡淡地点了点头。

一行人来到巷子外不远处的一家餐厅。

平日里叽叽喳喳的小飞船一直没有说话，直到菜上来，忽然拿起筷子乱敲，一不小心就将程素素面前的一杯饮料打翻了。黄色的玉米汁倾倒在她的身上，洒了一身。

沈洛蹙了蹙眉，淡声道："小飞船，你干吗？不是教过你在餐桌上要讲规矩吗？"

小飞船低着头撇撇嘴，绷着小脸不说话。

程素素赶紧道："不要紧不要紧，小飞船也不是故意的，擦擦就好了。"

沈洛看着小孩子低头抿嘴的模样，暗暗摇头叹了口气。

哪知小飞船只稍稍安静片刻，又卷土重来，不好好吃饭，用筷子在菜盘里乱搅和，后来干脆用手直接抓得到处都是，将韩敬和程素素的衣服上都溅了好多油汁，甚至鞋子不脱就爬到椅子上蹲着。

两个被波及的人只能尴尬地笑着，任他为所欲为。

沈洛没有制止他，只沉默地看着他反常的一举一动。

小飞船从来不是熊孩子，北雨是第一次看到他如此反常。可是这种场合，她并不适合出来阻拦，也只能像沈洛一样默默看着。

一顿饭吃得颇为狼藉，几个大人都没怎么动筷子，桌上被小飞船弄得惨不忍睹。

从餐厅出来，程素素和韩敬身上的衣服，已经没法儿看了。

这是小飞船半岁后，程素素第一次正面和自己儿子相见，虽然舍不得分开，却也知道小飞船状态不对劲，到了餐厅门口，便在他面前蹲下，笑着柔声道："小飞船，妈妈明天再来看你好不好？你喜欢什么，妈妈带给你？"

小飞船垂下头不出声。

程素素期待良久没等来回应，只得笑着伸手摸了摸他的头："小飞船，我们明天再见。"

小飞船微微躲闪了下，还是让她的手落在了自己的头上。

待两人离开，沈洛才牵起小飞船，默默往回走。

父子俩谁都不说话。

直到走到巷子内，小飞船才小声开口："爸爸，我错了。"

沈洛低头看他："爸爸没怪你。"

小飞船道："爸爸教过我不能浪费食物，要懂礼貌。"

沈洛道："以后不要再犯了就是。"

小飞船闷声道："爸爸，我不是故意的。我就想让他们看我是不守规矩没礼貌，是个坏孩子，妈妈和韩叔叔肯定会讨厌我，他们讨厌我的话，就不会想把我带走了。"

北雨这才明白小飞船刚刚异常的举动是为了什么。

这孩子看着天真烂漫，但心思确实不像五岁。

知子莫若父，平日里沈洛虽然宠爱他，但也是在原则之内，今天沈洛什么都没说，原来是猜到他的小心思了。

沈洛摸了摸他的头："傻瓜！你是你妈妈怀胎十月生下来的，就算你再淘气，她也不会讨厌你。她和我一样爱你。"

小飞船道："可是她爱我，为什么之前都不在我身边？"

沈洛道："爸爸不是说过吗？妈妈有不得已的原因才不能在你身边，现在她方便了，就马上来看你了。"

小飞船思忖片刻："爸爸，我的亲爸爸是在天堂吗？"

沈洛怔了片刻，点头："是的。"

小飞船道："我的亲爸爸和妈妈相爱吗？就像你和姐姐一样？"

沈洛点头："相爱，你是他们相爱的结晶。所以你不要让妈妈太伤心了，不然爸爸在天堂里也会难过的。"

"爸爸，你有我亲爸爸的照片吗？"

"回去给你看。"

两大一小回到家，沈洛打开电脑，从一个文件夹里找出一张照片，里面站着三男一女，女人手中抱着一个小小的婴孩。

四个人都还很年轻，年轻得几乎有点青涩。

沈洛还是一如既往没有表情，从照片里都能感觉到他的冷意。

他旁边的李知远土土呆呆的样子和现在没什么差别，笑得仍旧傻气。

抱着婴孩的程素素，一头披肩长发，比现在看起来丰腴不少，气质优雅娴静，微笑着的样子很美。

她旁边是一个浓眉大眼一头自来卷的年轻男人，长得十分好看，笑得一脸灿烂。说是男人，不如说是大男孩，因为看起来还有些少年感。他伸手揽着程素素，想必就是沈远航。

因为长得和小飞船真的像是一个模子里刻出来的。

沈洛将小飞船抱在自己腿上，还没说话，小飞船就指着那男人道："这个就是爸爸吗？"

沈洛道："没错。"

小飞船好奇地看了半晌，这才注意到程素素手中的婴孩，用手一指："妈妈手里抱的是我吗？"

沈洛点头，笑："是啊！你那时才两个月大，整天除了吃就是睡。"

小飞船默默看着那张照片，过了一会儿，又道："所以小的时候妈妈抱过我？"

"当然，那时候你可黏你妈妈了，我抱你都不让呢！"

"是吗？"小飞船似乎有点惊讶。

他想起刚刚程素素摸他脑袋时的感觉，好像很柔软很温暖，难怪他觉得有点熟悉，原来妈妈抱过他。

虽然他今天是第一次见程素素，表面上排斥，但是内心其实莫名地想靠近。也许是因为母子连心，即使是一个小孩子也感受得很清楚，何况内心柔软善良是小孩子的天性。

小飞船想了想："有没有什么办法让妈妈不难过，又可以不用离开爸爸？"

沈洛握着他的小手，轻笑："你不用想这么多，做你想做的事就好，爸爸希望你永远开开心心的。不管你在哪里，只要你想我了，爸爸就会马上出现在你的身边。"

"我不！"小飞船抱住他，"我哪里都不去，就要跟爸爸在一起。"

"好。"

待小飞船洗漱好回房睡觉，房间里只剩下沈洛和北雨两人。

北雨忍不住问："你为什么现在的态度，跟之前不一样了？"

刚刚她听着父子俩的对话，一直没打断，却暗自觉得沈洛态度变化很大。

北雨没忘记程素素刚刚出现时，他的反感和排斥。

沈洛叹了口气："想通了一些事吧！小飞船到底是她的亲生儿子，她到底是阿航喜欢的女人。当年其实是我们的错，我们为了所谓的理想，没有顾及程素素的感受。我也是最近才知道，当年她得知阿航过世的消息后，精神崩溃，神志不清，记忆一度出现错乱，这几年一直在治疗，所以才没来找孩子。他们两个人当初本来只是赌气，没想到就那样天人永隔。"他顿了顿，"我当时不太喜欢她，觉得她自私，整天就想把阿航绑在自己身边，过那点女人的小情调生活，现在想想其实自私的是我们几个。"

北雨想起来什么似的问："你朋友到底怎么过世的？"

沈洛怔了怔，闭上眼睛摇头，显然是不想细说，片刻之后冷不丁道："我现在才知道，如果喜欢一个人，和她安安静静柴米油盐地过日子其实也很好，并不需要追求一些虚无缥缈的梦想。"

他将北雨的手握住，郑重其事道："北雨，你放心，我绝不会为了自己所谓的梦想和你赌气。你要我做什么我就做什么。"

北雨猜想他这话是来自沈远航和程素素的例子。

她歪头笑道："你喜欢做什么就做什么，我才不会要你做什么。有梦想才好，就算是虚无缥缈被人耻笑，也总比随波逐流好。你的梦想就算是上天，我也支持。同理，你也要支持我。"

沈洛对她的话有些意外："真的吗？"

北雨点头，笑道："柴米油盐多没意思，咱们就要活得与众不同，我明年去环球旅行，你呢？你的梦想是什么？不会比我的看起来还好笑吧？没关系，我支持你！"

沈洛沉默片刻，摇摇头："没有了。"

北雨静静看着他。

他语气云淡风轻，表情淡漠，只是眼神里有着不着痕迹的迷惘。

她忽然想到一个问题，当年的自己是如何喜欢上这个人的？

是他的名字出现在红榜榜首，是他清高孤傲茕茕孑立走在校园中，还是他坐在双杠上拿着望远镜仰望星空？

她其实真的说不清楚。

总之在她眼中，沈洛与任何人都不同。

他什么都没做，两人也未曾有过多少交集，但那时的他却是北雨心中最亮的一颗星。

她少时曾设想过，沈洛长大后会成为什么样的人。她在天真乐观的年纪里，笃定沈洛将来一定还是会遗世独立，与众不同。

后来长大了，看到太多的人随着岁月变迁被社会磨砺得面目全非，甚至包括她自己。虽然赚钱的初衷是去实现不被人认可的幼稚梦想，过上自己完全不在乎别人看法的人生。但在这个过程中，她有时候也在随波逐流，有着自己不想承认也不得不承认的庸俗与市侩。

在过去这几年，每当自己挣扎沉浮时，她就会想起沈洛，他现在是什么样？

是不是也在现实世界随波逐流？是不是成为那种沽名钓誉、道貌岸然的精英？

还好，再次相遇，他仍旧是自己想象中的那个人。

还是那个孤傲但赤诚的少年。

她知道他一定有梦想，有和自己一样让人不以为然的梦想。

但他不说，她也就不再继续问，只伸手笑盈盈地抱住他的脖颈："那就想一想，没有梦想跟咸鱼有什么区别？"

沈洛看了看她，将她抱住："我明年和你一起去环球旅行怎么样？"

北雨歪头笑道："虽然你能陪我，我很高兴，但是我希望你去做自己真正喜欢的事。"

沈洛看着她，认真道："这是我喜欢的事。"他顿了顿，"和你一起就是我喜欢的事。"

北雨笑："但这不是你应该花三五年去做的一件事。"顿了顿，又道，"这是我的梦想，不是你的梦想，我只需要你支持我，并不需要你和我一起完成。就比如，你若是有想做的事，我会支持你，在你身边陪伴你，但不会和你一起去做，因为那只是你的梦想，而不是我的。"

沈洛默然，片刻之后，忽然释然一般，勾了勾唇笑道："以前上学的时候，我觉得你看着挺傻的，现在看来，其实你是大智若愚。"

北雨得意地挑挑眉："我以前以为你特别聪明，现在才知道你是大愚若智。"

沈洛本来笑着的脸，佯装垮下来，狠狠瞪了她一眼。

北雨稍稍正色："咱们现在不说这些，还是先想如何处理好小飞船的事，小孩子太敏感，千万不要让他的心灵受到创伤。"她思忖片刻，郑重其事问道，"沈洛，如果小飞船和程素素离开，你能承受得了吗？"

沈洛怔了怔，轻笑了声，脸上却涌上淡淡的怅然："他毕竟不是我的孩子，我其实早就知道，他总有一天会离开。这几年与其说是我抚养他，不如说是他陪伴我。人不能太贪心，我经历过太多离别，比起和父母、朋友的死别，生离真的不算什么。现在科技发达交通便利，我想见小飞船，还是很容易的。"

北雨定定看着他，沉默了片刻，忽然莞尔一笑："没关系啊！我永远不会离开你。"

"真的？"沈洛一双黑沉沉的眼睛，认真看向她。

北雨抿嘴，松开手对他伸出小拇指："不信拉钩。"

沈洛蹙了蹙眉："幼稚！"

说是这样说，却也伸出手指和北雨的手钩住。

北雨笑眯眯道："拉钩上吊一百年不许变。算了，别一百年，就有生之年吧！"

沈洛轻笑，将她抱进怀中。

一百年太虚妄，他需要的只是有生之年。

隔日程素素又来看小飞船。

小飞船还是别别扭扭的模样，想要亲近，又怕亲近。

沈洛和北雨只是静静看着，什么都没说。

一切还是顺其自然。

第三天，程素素和韩敬搬到了沈洛旁边的小楼。

因为她很明白，缺失的光阴，不是一朝一夕就能补上来的，而她也不可能强行将小飞船从沈洛身边带走，这无疑是对孩子最大的伤害。

韩敬则暂停工作，全心在小巷子里陪着她。

没有人知道，要将母子之间隔着的四年多时光补起来需要多久，但显然他们已经做好了打持久战的准备。

小飞船每天早上去幼儿园，程素素会拿着做好的小点心在门口等着他，然后送他到巷子口。

晚上等沈洛接小飞船回来，她早已经等在巷子口。

即使内心渴望这个妈妈，但强烈的不安全感，让小飞船对程素素的突然入侵很排斥。

他不接受程素素可爱的小点心，还有那些别致的小手工，也拒绝去她家里吃饭，甚至路过时，都不在她跟前多停留，每次都拉着沈洛匆匆离开。

转眼进入冬天，天气越来越冷。程素素依旧风雪无阻地等在门口和巷口。

冬天的第一场雪，在十二月中旬汹涌而来，整整下了一天，到了晚上，这座城市已经是银装素裹。

沈洛去接小飞船，在路上堵了许久，回来比往常晚了一个多小时。

来到巷口时，程素素仍旧站在每日站的地方，也没打伞，只将羽绒服的帽子戴在头上。虽然穿得厚实，裹着毛茸茸的围巾，但仍旧冷得在夜灯下跺脚打转，她旁边则站着默默陪着她的韩敬。

见到小飞船和沈洛从出租车上下来，她立刻喜笑颜开迎上去："小飞船，今天有没有被冻着？"

小飞船冷淡地看了她一眼："幼儿园有暖气，冻不着。"

程素素讪讪地哦一声："那你走路小心别摔跤了，地上有积雪很滑。"

小飞船拉着沈洛往家走，不耐烦道："知道啦！"

哪知他走得太急，一个不小心趔趄几步摔倒在地。

程素素吓得惊呼一声，赶紧跑过去将他抱起来，边拍他膝盖上的雪边心疼地问："有没有摔疼？"

小飞船将她推开："爸爸给我穿这么厚，怎么会疼？"

说完他又继续往家走，这回连沈洛都不牵了，在雪地上跟跟跄跄小跑着。

程素素失落地看着他的小身影，一阵凉风袭来，忍不住连着打了两个喷嚏。

小飞船脚步停顿了下，似乎想转头看，但到底没转头，又继续往家跑。

沈洛看了看程素素，低声道："慢慢来，不用急。"

虽然语气冷淡，但也听得出真心实意。

程素素感激地朝他笑了笑，又打了两个喷嚏。

韩敬将她轻轻揽住："赶紧回屋喝点热水，别感冒了。"

程素素点头，又朝沈洛道："其实我现在天天看到他，就已经很开心了。"

沈洛看了看她，似乎是想说一些话，但最终什么都没说，默默踏着夜色中的雪地，不紧不慢回了家。

回到家的小飞船，一进门就跑去翻箱倒柜。

"你找什么？"北雨问。

小飞船道："姐姐，上次你淋了雨，爸爸给你买的板蓝根放在哪里了？"

北雨走过去给他找出来，随口问："你着凉了吗？"

小飞船摇摇头，抱着板蓝根往外走，正好撞到沈洛进门："爸爸，我出去一下。"

"就在门口，别走太远。"沈洛没注意到他手里的东西。

"我就是看看雪。"

小飞船一溜烟跑了。

北雨奇怪道："他去看雪抱着板蓝根干吗？"

沈洛愣了下，摇头失笑："果然还是血浓于水母子连心，这是刚听到他妈妈打喷嚏，心疼他妈妈了！"

北雨也笑："是吗？那不枉费素素姐这些日子的费心。"

小飞船拿着板蓝根来到隔壁门口，按了门铃后就板着小脸等着。

来开门的是韩敬，看到他颇意外地笑道："小飞船，怎么是你？"

里面的程素素听到这三个字，立刻跑了出来，弯下身笑盈盈看着板着小脸的小孩："小飞船，你是来找妈妈的吗？"

小飞船没有摇头也没有点头，只是从身后将板蓝根递给她，硬邦邦道："一天喝三到四次，每次冲一包，可以有效预防感冒，也能治疗轻微的感冒。"

程素素眨了眨眼睛，半晌才反应过来，接过板蓝根的手都在颤抖，红着眼睛，开口的声音已经哽咽："小飞船，谢谢你。"

"不用谢。"小飞船脸上还是没有表情，说完转身就要走，但又像想到什么似的回头道，"现在天气冷，不用在外面等我。"

程素素连忙点头："好的。"

小飞船又道："如果想见我，可以来我家里。"

程素素愕然，之前她去隔壁，小飞船通常都视而不见，现在主动邀请，她几乎不敢相信自己的耳朵，只喜极而泣忙不迭点头。

她想了想，试探地问道："这个周末小飞船有空吗？妈妈想带小飞船去游乐场玩。"

小飞船犹豫了片刻还是点头了，语气僵硬道："可以，但是我要叫上爸爸和姐姐陪我。"

程素素欣喜点头："好的好的，那小飞船喜欢吃什么？妈妈提前准备好到时候带着。"

小飞船想了想："随便吧！"

他这次说完，就真的头也不回地转身回了家。

小飞船进屋时，北雨和沈洛装作什么都不知道的样子。

"玩好了吗？"北雨佯装随口问。

小飞船点头："不怎么好玩就回来了。"他想了想，又道，"爸爸姐姐，这个周末我不想去登山，我想去游乐场。"

"为什么？之前不是说好登山的吗？"沈洛奇怪地问。

小飞船道："我就是忽然想去游乐场。"

沈洛看了看他，点头："既然你想去游乐场，那就去游乐场吧！"

小飞船暗暗舒了口气，小表情在两个大人眼中一览无余。

周六一早，三人吃了早餐出门。

看到穿着厚棉服等在隔壁门口的程素素，沈洛和北雨恍然大悟。

见着小飞船，程素素赶紧走过来，将手中的小盒子递到他面前，弯身柔声笑道："小飞船，这是妈妈给你做的小熊饼干，你看看喜不喜欢？"

小飞船犹豫了片刻，终于还是接了过来。

程素素受宠若惊，想要抱抱他，到底还是忍住了。

大家心照不宣，都没说什么，只是自然地结伴而行。

沈洛开车，北雨坐在副驾驶座，小飞船和程素素坐在后排。

小飞船绷着一张小脸，严肃的表情与他稚气的面庞十分违和。他坐在沈洛身后的位置，靠着窗户，身板笔直，将饼干盒子放在右侧座位上，与程素素隔开一段距离。

程素素想靠近儿子，却又怕他反感，只得隔着那饼干盒和他说话。

无奈，她说十句，小飞船顶多回答一句，平日里开朗热情的小话痨，如今看起来颇得沈洛真传。

车内暖气十足，在摇摇晃晃中，小飞船很快靠在窗边睡着了。

车子行至一个颠簸处，小飞船的脑袋被颠得在玻璃窗上磕了一下，迷迷糊糊伸手揉了揉磕疼的地方，复又睡去。

程素素见状，赶紧伸手垫在他头侧，一直到游乐场门口停车场，她都没挪动一下。

沈洛停好车，从后视镜往后看了眼，唤道："小飞船，到了！"

小飞船惺忪醒来，觉察到自己是靠着一只柔软的手，先是愣了下，然后有点不自在地坐直身子，打开车门下车。

小家伙一直别别扭扭的，程素素又一脸的手足无措不知如何是好。

北雨见状想了想，下车后便挽上沈洛的手臂，笑嘻嘻道："小飞船，你先让妈妈陪你去玩一会儿，我和你爸爸好久没约过会了，我们去过一会儿二人世界好不好？"

小飞船看了一眼两人，又佯装不甚在意地瞅了眼程素素，笑着点头道："好吧，你们多过一会儿二人世界，不用管我。"

沈洛轻笑，摸了摸他的头："玩累了就让妈妈带你去休息。"

程素素眉眼弯弯道："你们放心去约会吧，我会照顾好小飞船的。"

她虽然还是浅浅地笑，但眼中却有压抑不住的喜悦。

她伸手去牵小飞船，小家伙别别扭扭，终于还是将手放在她的手心。

一大一小，转身离去，踏着冬天刚刚升起的太阳。

沈洛和北雨站在原地，目送两人的背影消失在人群中，沈洛方才先开口："阿航看到这一幕，应该很欣慰。"

他脸上既有忧伤落寞也有欣慰释然，北雨没有多问，只是挽着他的手臂笑道："走，我们去咖啡厅坐着约会去。"

沈洛看她一眼："你不去玩过山车之类的？"

北雨嗤了一声："我都多大年纪了，还玩那些！再说小时候游乐场刚刚兴起的时候，我们院儿的人，一到周末，就成群结队往各个游乐场钻，早就玩腻了。"

沈洛听她说完，似是欲言又止，神色莫辨，隐约藏着些艳羡。

北雨灵光一闪，弯唇笑道："你不会想玩吧？"

一个十岁上初中、十四岁上大学的天才孩子，想必是没有童年的。他虽然时常带小飞船来游乐场，可但凡刺激一点的项目，大约都不适合四五岁的孩子。

沈洛面无表情道："我是觉得约会喝咖啡没什么意思，不如去玩一下。"

北雨笑："好啊！咱们就把好玩的都玩一圈。"

冬日天寒，虽是周末，但游玩的人并不算多。

两个人基本上不用怎么排队，一圈顺利玩下来，最后一个项目是过山车。寒风凛冽，吹得人面皮发疼，高空之中极为刺激。北雨只顾着高声大叫，也没在意旁边的男人反应如何。

结束时，她还处于兴奋状态，看了眼沈洛，见他一张木头脸半点表情都没有便笑道："你第一次玩吧？就一点没觉得害怕？"

沈洛挺直身子往前走，淡声道："我又不恐高，有什么怕的？"

话没说完，他脚下的步子已经变成S形。

北雨大笑，跑上前扶住他："不是不恐高吗？"

沈洛语气仍旧平淡："本来就不恐高。"

北雨觑了眼他面如白纸还嘴硬的模样，越发想笑："那为什么走路都走不稳？"

沈洛道："那是因为我早餐吃太少，低血糖犯了。"

北雨道："我怎么不知道你有低血糖。"

沈洛道："你不知道的事多着呢。"

北雨被他这傲娇的模样逗乐了，扶着他到一处长椅上坐下，从包里拿出水递给他，随口问："好玩吗？"

沈洛喝了口水，淡声道："没意思。"

北雨嗤了一声，也不知道刚刚是谁要玩儿的！

两人正说着，却见不远处程素素抱着睡着的小飞船朝他们的方向走来。

小飞船已经五岁，被沈洛养得白白胖胖，对于纤瘦的程素素来说，分量绝对不轻。她抱着小飞船显然很吃力，每一步都走得小心翼翼，但面带微笑，神色满足，仿佛抱在怀里的是稀世珍宝。

当然，孩子对母亲来说，从来都是无价之宝。

405

程素素走过来，北雨赶忙起身让她坐下。

"玩得太兴奋，休息时就睡着了。"她将小飞船放在腿上，又脱下外套盖在他身上。

刚刚说完，小飞船已经醒过来，迷迷糊糊看清状况，赶紧从她身上跳下来，又把外套还给她，小脸板着道："这么冷，要是感冒了怎么办？赶紧穿上。"

他一副小大人的口气逗笑了北雨，也让程素素差点红了眼睛，她赶紧穿上衣服："小飞船说得是。"

小飞船看她穿上衣服，脸上的表情才放松，忽然又想起什么似的朝沈洛道："爸爸，我想去买热饮喝。"

沈洛点头："行，我带你去。"

父子俩去了饮品店，留下两个女人坐在原地等着。

北雨看了眼一大一小的背影，笑着随口道："看得出来小飞船内心很喜欢你，估计过不了多久，就会叫你妈妈。"

程素素也笑："想到我这个妈妈过去缺席的几年，我就不知道怎么才能弥补。"

北雨沉默了片刻："我听沈洛说过，你也是不得已。"

程素素似乎有些意外："他不恨我吗？"

北雨摇头："虽然我不知道发生过什么事，但沈洛对你是自责大过怨恨。他今天还说如果阿航看到你和小飞船其乐融融，应该会很欣慰。"

程素素听到这两个字，眼圈一下就红了，喃喃念了两遍，笑着道："我和阿航还有韩敬是大学同学，阿航属于天才那类，比我们小了三岁。刚上大学那会儿，他才十五岁，跑来对我表白，我觉得他就是个孩子，怕打击他，就告诉他等他成年了再说。大学几年他天天跟在我屁股后面，却没再说这件事，我也只当他是个一时兴起的孩子。哪知等他十八岁生日那天，他再次表白，说已经成年，喜欢我这件事可以重新认

406

真谈了。那几年我们上课下课吃饭几乎天天在一起，不知不觉我也早已经动心，见他如此诚挚，就和他在一起了。"

她说到这里停顿下来，回忆着美好却一去不复返的往事，哀伤中带着甜蜜。

北雨想起沈洛的照片中那个卷发的漂亮大男孩。

程素素继续道："我和阿航在一起七年，从国内到美国，感情从来没有因为时间而变淡。他年纪比我小，是典型的科研宅男，为了让他专注于学业和科研，事事都是我照顾着他，而他对我也是一心一意。后来他留在大学做科研，我也找到了高薪的工作，拿到了绿卡。然后我怀孕，他向我求了婚，我觉得这就是我想要的生活。哪知我生下孩子不久，阿航忽然说他要和沈洛他们回国自己做民营航天，我本以为他只是开玩笑，几个nerd回国创业，还是这种领域，简直是不知天高地厚。可没想到他是认真的，不久就辞了大学的工作。我当时很生气，说如果他要回去，我们就分手。我们吵了好几次，我见他心意已决，一怒之下，将小飞船丢给他离家出走，为的就是让他后悔，然而他还是回了国。我当时又生气又难过，哪怕每天都在想他想小飞船，也赌气不去找他，觉得无论如何不应该在这件事上退让，我觉得以我们的感情，他应该很快会妥协。哪知一年之后，我没等到他带着小飞船回来，而是忽然听到他因为实验事故身亡的消息。"

她说到这里，忽然埋头痛哭起来："如果当初我跟着他回来，一切就可能会变得不一样。我因为赌气，连他最后一面都没见到。他不过是做了自己想做的事，哪怕所有人都不认可，我也应该支持他的。"

北雨伸手在她肩膀上拍了拍，北雨想起沈洛说过的，得知沈远航过世的消息后，程素素精神崩溃，所以过了这么久才来找小飞船。

她自己的人生经历简单，除了高中那点荒谬事，几乎是平平稳稳地活了这么多年。虽然没有成为小时候幻想过的玛丽苏主角，但也未曾尝到真正的人生艰辛，就连开个网店，不过几年也小有所成。

就算早就泯然众人，但也不得不承认，其实上天很眷顾她，甚至还给她送来了沈洛。

所以，她想象不出如果自己遇到程素素这种事会怎么样。

大概状态不会比她好多少。

即使她自认乐观洒脱。

"姐姐，怎么了？"小飞船拎着两杯热饮走过来，看到程素素埋头似乎在哭，皱眉奇怪地问。

程素素赶紧擦了擦眼睛，抬头看向他，笑道："没事，妈妈就是有点想爸爸了。"顿了下，她又补充，"你的亲爸爸。"

小飞船想了想照片上的那个卷毛爸爸，将热饮递给她，好整以暇道："爸爸在天堂肯定也很想念我们，我们要开开心心，他才会放心的。"

程素素破涕为笑，摸了摸他的脑袋："小飞船说得没错。"

北雨转头看一眼沈洛，神色里有少见的正经、严肃。不是因为沈远航和程素素的故事，而是这个故事本身，以及故事里的沈洛。

自从两人重逢，他整天除了带孩子，似乎无所事事，因为有摄影收入倒也没有生计之忧。北雨知道他的专业，也知道他在NASA工作过，但是对他回国做民营航空这件事丝毫不知，他没提，她也没问过。

听程素素说到这里，她想起前几日她问他有梦想吗，他回答的是"没有了"，而不是"没有"。

沈远航不被程素素支持的那个不切实际的梦想，也是沈洛的梦想。

而因为沈远航的意外，他也已经放弃。

第十一章
未曾冷却的热血

　　回去的路上，小飞船啃着程素素做的小熊饼干，自然而然地挨在她身边坐着。虽然还是不算太热络，但短短几个小时，母子关系确实已经算是突飞猛进。

　　程素素对此特别开心，傍晚回到家后，邀请沈洛和北雨吃饭，两人假装征求了下小飞船的意见，小家伙十分傲娇地点头："行吧！爸爸天天做饭也怪累的。"

　　程素素和韩敬一起做了一大桌子菜，大部分菜看着都是就着小孩子口味。

　　一顿晚餐，宾主尽欢，尤其是程素素，那张向来带着点忧愁的脸，第一次由衷地开心，看着小飞船的眼神，好像都快融化了一般。

　　而她身旁的韩敬，嘴角也一直微微弯起，显然是因她的开心而心情愉悦。

　　在程素素所说的故事里，韩敬的角色一笔带过。然而北雨知道，在沈远航和程素素悲剧的结局中，这个从容稳重的男人，是她最后的救赎。如果不是这个男人，恐怕程素素无法从沈远航离世的打击中缓过来。

人活在世上，总归要向前看的，才能不辜负另一颗真心。

小飞船今日也十分开心，在隔壁虽然努力维持他的高冷萌娃人设，但回到家后，就开始聒噪不休，拉着北雨和沈洛说个不停，说在游乐场玩了什么，哪个项目最好玩，诸如此类。

虽然他没有提"妈妈"二字，但这些话语中都有程素素的身影存在。

太兴奋的结果就是，到了十点多他才上床睡着。

北雨和沈洛总算松了口气。

冬天的夜晚，最美妙的地方自然是被窝当中。

北雨先洗完澡，躺在床上刚刚吹干头发，沈洛也已经从浴室出来，她拍拍床边的位置，示意他上来。

待他刚刚坐在她身边，她就凑上前亲他一下："这些日子因为小飞船的事，我们好久没有……"

她话未说完，沈洛便点头打断她："是好久没做过了。"

说着他伸手探进她的睡衣内，却被一巴掌拍开："我是说咱们好久没怎么聊过天了。"

沈洛好整以暇坐好："聊天？是诗词歌赋，还是人生哲学？"

北雨笑："谁跟你聊这个！"

沈洛斜眼看她："那你要聊什么？只要不是娱乐八卦，我都奉陪。"

北雨佯装随意道："今天素素姐跟我说了她和小飞船爸爸的事。"

哦一声，沈洛从床头滑下来半躺着，似是对这个话题没什么兴趣。

北雨道："她说小飞船爸爸是因为实验出意外身亡的。"

沈洛闭上眼睛，淡淡地嗯一声。

沈洛皮肤白皙，睫毛黑长，在灯光下，整张脸如玉石般光洁美好。

北雨戳了戳他："我听说你们之前回来是想做民营航天，那就是你

410

真正想做的事对不对？"

沈洛沉默了片刻，缓缓睁开眼睛："只是曾经想做的事，现在再看回去，很可笑。"

北雨想了想："意外事件在科研领域时有发生，不能因为沈远航的意外就把整件事否定了。"

沈洛闭上眼睛，一副不愿多谈的样子："不是因为阿航，是因为我认清了自己。"他顿了顿，"我只是个别人口中的nerd，除了能在设备完美的实验室做点中规中矩的实验，根本就没其他长处，这件事确实是异想天开、不自量力。"

北雨笑道："谁说你没其他长处？你聪明又长得帅，会摄影，会做饭，堪称完美，这样的nerd，给我再来十打。"

沈洛转头看她："十打？"

北雨赶紧笑着摇头："我想要十打也没用，因为我的洛神是世界上独一无二的。"说完，被子下她的手开始作乱，"而且这里也是长处。"

沈洛将她的手捉住，翻身压住她，轻笑："这个我倒是承认。"

冬日寒冷的夜晚，窗外寒风大作，屋内却是一室春色。

两个人闹了一阵，停下来时，都是薄汗满身，气喘吁吁。

沈洛将北雨搂在臂弯中，有一下没一下地用手指梳理她的头发。

两个人享受了会儿这静谧的安宁，沈洛先开口说话："你真的觉得我有那么好？"

北雨睁开眼笑盈盈看向他："无与伦比。"

沈洛道："不觉得我看起来像个异类怪咖？"

北雨挑眉："为什么要和别人一样？我就喜欢你的与众不同。"她趴在他的肩头，"不管别人怎么看，但只要是你想做的，我都支持你。"

沈洛看了看她，伸手将台灯关掉："睡吧。"

两人相拥而眠，各有所思。

自从游乐场之后，小飞船和程素素逐渐亲近。

开始是接受她送的小点心，然后是三天两头就在她家吃饭，到了周末，还让程素素单独带他玩儿。

直到十二月末的一天，程素素生了一场不大不小的病，没有像往常一样在巷子口等他放学。小飞船没见着人影，松开手就跑到程素素家门口。

敲门后来开门的是韩敬，看到站在门口的小家伙，柔声道："小飞船，你妈妈生病了，所以没去接你放学。"

"妈妈生病了？很严重吗？"小飞船面露担忧。

韩敬摇头："不是很严重，休息一两天就好了。"

小飞船背着书包往屋内钻："我要去看看妈妈！"

他在韩敬面前从来没叫过程素素妈妈，不知何时已经说得自然。

韩敬领着他上了二楼的卧室。

程素素躺在床上，一副病恹恹的样子，看到小飞船进来，艰难地想爬起来，但是还未坐起，小飞船已经跑过去拉住她："妈妈，你病了别乱动。"

程素素怔了一下，还以为自己听错了："小飞船，你刚刚说什么？"

小飞船道："我让你躺好不要起来。"

程素素道："你叫我什么？"

"妈妈啊！"小飞船一脸理所当然，"不然叫你什么？"

程素素喜极而泣，一把将他抱在怀里："宝贝，妈妈太高兴了。"

小飞船从她的怀里挣脱出来，将她拉下躺好："妈妈，你病了要好好休息。"又问，"你看医生了吗？吃药了吗？要多喝热水知道吗？"

他絮絮叨叨像个小老太婆。

但程素素却觉得心里头都要融化了，温柔地看着他，眼中雾气沉沉。

韩敬靠在门口，嘴角勾起一丝欣慰的弧度。

412

母子连心，总有一天，那几年的隔阂，会被余下的岁月填平。

转眼到了年末，小飞船放寒假没两天，程素素忽然接到父亲病重的消息。

她老家在沪城，母亲早逝，父亲另娶，因为继母的存在，父女俩关系疏淡。这也是为何她和沈远航在一起后，只想安安稳稳在国外生活的缘故。

但她是父亲唯一的孩子，父亲念叨着她和未曾见面的外孙，到底让她于心不忍，便想着带小飞船回沪城。

本以为小飞船不愿意离开沈洛，只试探着商量，哪知沈洛问小飞船，小飞船考虑了两天就答应了。

因为要去的时间很长，一直到过年后才回来。

临出发前，沈洛帮着小飞船收拾行李，北雨和程素素就在一旁看着。

父子俩从未长时间分开过，收拾行李的时候，小飞船一直赖在沈洛身边，抱着他的手臂撒娇。

"爸爸，我不在你身边，你要好好照顾自己。"

"嗯，你也是。"

"你想我了，就和我视频。"

"好。"

"一天最少三次。"

"没问题。"

"你要看着姐姐点，我前几天还看到那个邵叔叔去对面找姐姐了，你好不容易找到一个漂亮老婆，可千万别被人抢走了。"

沈洛愣了下："你看到邵叔叔去对面了？"

"是的。"

沈洛转头朝门边的北雨看了眼，被看的人默默翻了个白眼，然后拉着程素素下楼，留下父子俩话别。

413

"你看到邵叔叔做了什么吗？"

小飞船摇头："没看到，好像姐姐站在门口和他说了几句话，他就走了。"

沈洛满意地点头。

下楼后，程素素环顾了下井井有条的房子，叹道："他们三个是室友，阿航性格最活跃，知远是个典型的老实书呆子，只有沈洛看起来一脸生人勿近的样子。我一度觉得他是个没人情味的机器，如今看到他把小飞船带得这么好，才知道原来他也是一个内心很善良柔软的男人。"

北雨笑："他确实外表具有欺骗性。"

程素素难得戏谑："但是你透过现象看到了本质。"

北雨摇头，笑道："那倒不是，我就迷恋他那种酷得要死的样子。哪知在一起了才发现，咦？好像哪里不对！"

程素素道："也就是你这种洒脱随意的性子，才能和他走到一起。"

北雨十分恬不知耻地点头："我还真没想到我和他能在一起，而且还这么和谐。"

程素素看了看她，叹了一声："我当年也没想到会和阿航在一起，他一个比我小三岁的男孩，整日抱着我看不懂的书籍，沉迷实验室，性格单纯，不谙世事。这种人哪里适合谈恋爱结婚？可在一起了，才知道一切都不是问题。"

北雨道："人就是要想得简单点才好。"

程素素点头，笑道："不理解他们这种人的，会觉得怪异，但是走近了就会发觉，他们很可爱。因为一根筋，所以心无旁骛，对待感情很认真，绝不会三心二意，有女人主动凑上来都觉察不到。对比他们的高智商，所有的情商大概只够爱一个人。"

北雨被她的描述逗笑："小飞船爸爸一定很爱你。"

程素素点头："但是我忽视了爱情不是生命的全部，试图用爱情绑架他。"

北雨道："那是意外。"

414

程素素轻叹一声："我知道。"

　　小飞船跟程素素去了沪城。

　　北雨怕沈洛一个人无聊，提前休假，天天和他腻在一起。虽然家中少了小飞船，难免空空落落，但难得的二人世界，倒也多了另一份温馨。

　　到了快过年时，沈洛已经不想回爷爷家。

　　除夕前两日，北雨见他蹲在地上收拾行李，随口问："你什么时候回来？"

　　沈洛瞥了她一眼，淡声道："可能会待个十天八天吧。"

　　北雨靠在床上玩手机，敷衍道："我会想你的。"

　　沈洛似是随口抱怨："我一点都不喜欢过年，爷爷家里人太多，叔叔伯伯弟弟妹妹，各路亲戚一大堆。"

　　北雨道："我们家也是，左邻右舍就没有安静的时候，不过我还蛮喜欢热闹的。"

　　沈洛道："爷爷孙子辈就只有我一个人没结婚，今年肯定又是一大家子念叨我，真烦。"

　　北雨笑："还好还好，我妈今年不会念叨我了。"

　　沈洛看了她一眼，继续道："而且我爷爷家的年夜饭一点都不好吃。"

　　北雨摊手："那我只能对你表示同情了。"

　　沈洛将箱子合上，站起身好整以暇地看向床上的人："北雨，我对你的表现很不满意。"

　　北雨放下手机，看向他，不明白他哪根神经抽风："我做什么你不满意了？"

　　沈洛道："我都说了这么多，难道你不该表现一下吗？"

　　北雨想了想，笑道："我已经表示对你的同情了啊！"

　　沈洛："我看你是幸灾乐祸。"

　　北雨大笑："天地良心，绝对没有。"她想了想问，"那你要怎样？"

沈洛木着脸道："至少也要表示一下你对我的不舍。"

北雨顺着他的话笑道："哎呀，你要离开十天八天，还要去爷爷那里受苦，我真舍不得你，真希望你留在这里跟我一起过年呢！"

沈洛昂头想了想："好吧！"

说罢，他又弯腰打开箱子，把里面的衣服一件一件拿出来。

北雨目瞪口呆地看着他的动作，半晌才反应过来，然后笑得乐不可支："沈洛，你想跟我回家过年就直说，拐弯抹角这么多你累不累啊？"

沈洛这回倒是直接了："谁让你不主动邀请我的！"

北雨道："我是想你得回去陪爷爷，合着还是我的错了？"

沈洛道："过完年再回去。"说着又看了她一眼，"带你一起回去。"

作为一个暂时的不婚主义者，北雨一听要见家长立马厌了："不用这么急吧？首都怪远的，要是哪天咱们决定结婚我再去，免得浪费机票。"说完，她打着哈欠往床上一躺，"好困，我睡觉了。"

沈洛蹙眉看了看她，放好箱子后，又一动不动坐在床边。

北雨有所觉察，睁开眼睛，看到他默默看着自己，神色莫辨，一头雾水："你干什么？"

沈洛道："你的环球旅行计划什么时候开始？"

北雨道："秋天吧！你说过支持我的，别告诉我你现在不愿意！"

沈洛摇头："我当然支持你，也愿意和你一起启程。"

北雨满意地笑："这还差不多，不过我不用你跟我一起，你去做自己的事就好。"

沈洛沉默了片刻，难得地语气严肃："北雨，你把我当成你的什么人？"

北雨理所当然道："男朋友啊！"

沈洛道："未来呢？"他顿了顿才又继续，"你马上要用三年去环球旅行，大部分时间都在路上，你不要我和你一起，那有没有想过这三年我们的关系要如何处理？"

北雨怔住，恍若大梦初醒。

是啊！她要满世界乱跑至少三年。

三年不是三天，虽然不是一直不回来，但在家的时间恐怕少得可怜。

她想了想，双手抱头，佯装不甚在意道："是我没考虑周全，那个……你不用等我，要是遇到其他人，不要大意地出击吧！"说着还故作轻松地眨眨眼睛，"而且指不定旅途上我也能遇到个帅哥，来一段浪漫的艳遇。哈哈哈……"

笑声因为沈洛冷冽的眼神戛然而止，她尴尬地摸摸头："我开玩笑的，你想要我怎么办？"

沈洛看了她半晌，轻描淡写道："你启程之前，我们先结婚。"

"啊？"北雨惊得张大嘴，"你认真的？"

沈洛道："你觉得呢？"

北雨嘿嘿笑道："我觉得带着已婚身份一个人去环球旅行，有点怪怪的。"

沈洛没好气地瞥她一眼："你是怕有艳遇的话，良心会痛吧？"

北雨苦着脸道："天地良心，我活到这把年纪，暗恋明恋就只有一个人，你就是我独一无二的男神，我要想艳遇早就遇了。"

沈洛面色稍霁，却忽然又风云突变："不对，之前那是因为没和我在一起。书上不是说得到了就不珍惜了吗？"

北雨翻了个白眼："你看的都是什么乱七八糟的书啊？"

沈洛道："反正我觉得我们必须先结婚。"

北雨懒得和他纠缠这个问题："你想结婚就结啊，我岂不是很没面子？"

两个人就结婚事宜未能达成一致，睡觉时，北雨背对着他，沈洛就一直抢她的被子，后来也不知怎么就滚在了一起，最后以北雨投降而告终。

小飞船的事，北家二老已经从北雨那儿听说。到底是做了父母，他们的高兴大过失落，对沈洛越发喜欢。

除夕那天，沈洛跟着北雨回家，北母见着未来女婿，嘴巴乐得合不拢，直接将女儿赶去干活儿。

北雨看着老妈拉着沈洛坐在沙发上说话，而自己被发配到厨房和老爸洗菜，愤愤得恨不能咬碎一口银牙，这还没结婚就这待遇了，要真结婚还得了！

好在沈洛还算有点良心，可能也是和北母没什么话聊，没过多久就跑来帮忙。

年夜饭是沈洛和北雨爸爸一块完成的，一桌子硬菜，色香味俱全。

在饭桌上，如北雨所料，北母没有催婚。

因为直接催生了。

"你看小飞船要是被他亲妈接走了，你们俩多冷清，不如趁着年轻赶紧生一个。"

北雨木着脸道："妈，你明知道我不喜欢孩子。"

北母道："我看你不是挺喜欢小飞船的吗？"

北雨道："是啊！要是自己生一个没小飞船好看没小飞船聪明，落差太大，我怎么受得了？总不能塞回肚子吧？"

北母笑眯眯看向沈洛："这个你不用担心，虽然你基因差了点，但沈洛基因好，生出来的孩子不会差的。"

您可真是亲妈！

最可恨的是，沈洛淡淡看了眼她，附和道："我也觉得是。"

北雨斜眼，皮笑肉不笑道："你不是也不喜欢小孩吗？"

沈洛面不改色道："谁说的？我要是不喜欢小孩，能一个人带着小飞船？"

北雨心道：你敢摸着良心说自己喜欢小孩吗？

北母堆着一脸笑道："对对对，沈洛一看就是有爱心的，又有带孩子的经验，你们要生个孩子，小雨也不会太辛苦。"

北雨觉得越扯越没边，只得提醒她老妈："妈，我们都还没结婚，谈生孩子是不是太早了？"

北母似乎这才反应过来，试探地看向沈洛，还没开口，沈洛已经看向北雨淡淡道："你要想快点结婚，我们年后就可以准备。"

北母果然再次眉开眼笑："好好好，这样最好。"

北雨皱眉，脱口而出："我什么时候想结婚了？"

北母闻言脸色垮下来："翻过年你就二十八了，还不想结婚，是准备当老姑婆吗？"

北雨道："我下半年就要开始环球旅行，我结什么婚？"

"环什么？"北母一时没听懂。

北雨的计划从来没和父母说过，当初辞职创业，也只是说想赚钱，到了这时候，她也不想再隐瞒。她放下筷子，慢条斯理道："爸妈，我下半年会去环游世界，大概会花三四年。当然，你们放心，我隔一段时间就会回家看你们。这些年我赚钱存钱就是为了这个计划，现在才告诉你们，是不想你们整日念叨。但我如果临出发前再说，你们到时候肯定受不了，所以干脆趁现在告诉你们。"

北家二老顿时惊愕得张大嘴，看着她半晌说不出话来。

沈洛蹙眉看着北雨，在二老发火前，开口道："叔叔阿姨，这件事是北雨从小的梦想，她也一直为这个梦想努力着，我支持她，希望你们也支持。"

这回北父先开口："你陪她一起吗？"

沈洛未答，北雨已经摇头道："我自己去，不过约了志同道合的伙

419

伴，你们不用担心。"

北母似乎终于反应过来，尖声道："不担心？你知道现在外面治安有多乱吗？非洲、中东就不说了，欧美也三天两头恐袭，你一个女孩环游世界，你让我们能放心？你辛辛苦苦挣了几百万，就是为了做这件事？你是二十八岁的人了，怎么还跟八岁一样幼稚？"

北雨早预料到母亲的反应，生长环境不同，对世界的感知也不同。她理解他们对自己的不理解，所以她只是轻描淡写道："我八岁的梦想，二十八岁终于可以去实现，不是挺好的吗？"

见北母怒火中烧，沈洛道："阿姨，你别生气，旅行能看世界长见识，是好事。人生多种多样，不是每个人都要按部就班地结婚生子，困在柴米油盐当中，最重要的是要活得开心。"

北母看了看他，又看了看女儿，愤愤地摔下筷子，回了房间。

北父讪讪笑了笑："小雨，你妈也是担心你，一个女孩子去环游世界，不知道有多危险。"

北雨笑："爸，我说了会和人结伴。而且待在家里并不比旅行更安全，去年楼下姚奶奶不是还跳广场舞摔了一跤，摔得脑溢血吗？"

北父被噎了一下，叹了口气："爸爸虽然觉得要是你喜欢旅行，就跟你之前一样，每年去几个地方度个假就好，没必要环球旅行吃这个苦，但既然是你想做的事，爸爸还是会支持你的。"他顿了顿，又看向沈洛，"那你们？"

沈洛道："我的意思是她出发前，我们先结婚。"

北雨道："我没这个打算。"

旅途有太多的未知，虽然她将不可知的危险淡化，但谁都知道长途旅行本就是一场大冒险，她不需要带着这种牵绊上路。

北雨十分了解她老妈，脾气来得快去得也快，今晚睡一觉，明天又是一条好汉。

一条骂她的好汉。

所以她没心没肺地窝在沙发里，看了一半无聊的春晚，才拉着沈洛一块回房。

这是沈洛第一次在北雨的闺房过夜，先前求婚失败的郁卒好了不少。

北雨对他在年夜饭上的表现颇为满意，所以当他坐在床边好奇地东摸摸西看看时，她四仰八叉往床上一躺，用脚蹬了蹬他："谢谢你帮我说话啊！"

沈洛瞥了她一眼，没好气道："怎么谢？能结婚不？"

北雨翻了个白眼："你刚刚不是对我妈说，不是每个人都要按部就班地结婚生子吗？怎么一转身又来了？"说完，她忽然想到什么似的爬起来，跑到书桌前打开电脑，噼里啪啦打了几行字，然后打印出来，拿着跑到沈洛面前，"要不咱们再签个协议？"

沈洛好奇地拿过她手中的A4纸。

抬头是爱情合约四个大字，下面几行简单明了。

男女双方基于相爱的原则，今达成一致协议，成为彼此一辈子的唯一伴侣，并遵守以下几点：

第一，不以结婚为目的，只以相爱一辈子为目标。

第二，无论结婚与否，永远是彼此的爱人，不因为时间长久而变成所谓的责任和亲人。

第三，此协议具有排他性且永久有效。

她恋爱经历不多，在过去的那些年里，她不愿轻易去谈恋爱，是因为在爱情中她有精神洁癖，而且还存在着可笑的理想主义——她想谈一场一辈子的恋爱。

目睹过太多男女，因为爱情走入婚姻，此后在柴米油盐的袭击之下，变成习惯和责任，再没有风花雪月，只有苟延残喘，然后她对婚姻完全失去了兴趣。

她最不喜欢听的就是爱人变亲人的理论。

真是可怕。

但是她已经二十八岁，足以知道自己想要的爱情是什么样子。

和沈洛的相遇，其实并没有怎么惊天动地，可就是她想要的状态。

很多人愿意用婚姻去承诺爱情，而不是用爱情本身去承诺，无非因为爱情比婚姻虚幻太多，婚姻的承诺可以践行，而爱情的承诺却有太多不可抗力。

她遇到了沈洛，并没有改变对婚姻的看法，却让她想单纯因为爱情去冒一次险。只因为相爱，与其他无关。

她想和他谈一次永不分手的恋爱，结婚生子这些不过是可有可无的附加，充其量不过是锦布上的一团花。

她觉得这份爱情合约，比法律规定之下的结婚协议，更加神圣。因为这是他们自己的规则，而不是这个社会的规则。

她有些忐忑地看向沈洛。

他拿着纸张，飞快扫了一眼，勾了勾唇，轻哼一声，没说话。

北雨心里凉了一下，故作不在意道："怕了吧？一般急着想结婚的，其实都是对爱情没有信心。"

沈洛瞥了她一眼，从她手中接过笔，唰唰签下自己的大名，又抬头看她："我从一开始就这么想的，若不是这么想，才不会和你在一起。不然你觉得我想和你结婚，是因为你长得像贤妻良母吗？"

两人在一起后，他时而会毒舌怼她，不过现下这句吐槽，却让北雨心里乐开了花，她嘻嘻笑道："你真的一开始就这么想的？"

沈洛道："在遇到你之前，我没想过恋爱结婚这种事。"

所以其实当时签那份床伴协议，也不算完全骗她。

他从未说过很直接的情话，但这样的话足以让北雨飘起来。

就好像有句话说的"没遇到你之前，我没想过结婚，遇见你之后，结婚这事我没想过和别人"。

其实她自己又何尝不是。

从少年到现在，她幻想中的爱情，只出现过唯一一张面孔，那就是沈洛。

她把自己的名字签上，然后喜滋滋捧着看。

沈洛瞥了她一眼："有这么值得高兴吗？"

北雨笑道："你不懂。"

沈洛嗤了一声，他确实不太懂，在他看来理所当然的事，为何她如此郑重其事？不过看在她这么高兴并且也打算爱自己一辈子的分上，他勉强不计较她多此一举的白痴行为。

他看了她一眼，佯装叹了一声："既然咱们已经签了一辈子的爱情合约，我也就不逼你结婚了，等你什么时候想结婚告诉我一声。"

北雨大怒："什么叫我想结婚告诉你一声？难道你不知道男人应该求婚这件事吗？"

沈洛一脸无辜："我求了你又不答应。"

北雨道："你什么时候求了？"

沈洛道："昨天今天都求了。"

北雨算是明白了他对求婚的定义，提出结婚就算求婚，活该他娶不到老婆。

她懒得和他计较，想了想，转而又问："你到底为什么想结婚？别告诉我你是怕我红杏出墙。"

沈洛沉默了片刻，好整以暇道："因为我想做一次俗人俗事。"

他没有细说，但北雨猜得到他的心思。他从小无父无母，在爷爷跟前长大，对家庭的概念遥远且模糊。

他想要一个家庭，一个俗世中和别人一样的家庭，而在他的概念中，结婚生子大概就等于家庭。

　　她正要说话，沈洛又抬头看她："放心吧，我会等你回来和我结婚生孩子的。"顿了顿，他又道，"不过也别让我等太久，毕竟无论男女，年纪大了之后，身体机能都会下降，生出的孩子质量会降低。"

　　北雨笑道："我的目标是不当高龄产妇就好，所以还有好几年够我折腾，你急也没用，谁叫你不去找别人生孩子呢？"

　　沈洛默默拿过她手中的协议举起来，将"排他性"三个字指给她看。

　　北雨大笑："知道知道。"

　　两个人的思想大概都异于常人，所以很容易就接受对方各种荒诞怪异的想法。之前那点不愉快一扫而空，两人笑闹着躺入被窝说话。

　　过了一会儿，北雨忽然想起什么似的从床底下掏出一本漫画："给你看个好东西。"

　　"什么？"

　　北雨打开："好看吗？"

　　沈洛看着她手中的小黄漫，很是无语。

　　北雨道："我以前天天和我妈斗智斗勇，生怕她发现我的这些私家珍藏。"

　　沈洛显然对小黄漫没兴趣："无聊。"

　　北雨嘻嘻笑道："我还有更无聊的，每次看小黄漫幻想的都是你，哈哈哈哈……"

　　沈洛白了她一眼，翻身将她压住："现在不用幻想了。"

　　"你轻点，我妈在隔壁呢！"

　　"阿姨恨不得我现在就弄大你的肚子。"

　　……好像也没毛病。

　　过了一会儿，变成沈洛捂住她的嘴了："你小声点，叔叔阿姨在隔壁。"

北雨气喘吁吁："反正他们恨不得咱俩马上就去生孩子。"

沈洛对她的厚脸皮彻底无语："我是担心你影响老人家睡觉。"

北雨怒道："你敢叫我妈老人家，信不信我告诉她老人家，看她怎么收拾你！"

然而她的虚张声势，很快就被沈洛压下去。

一夜好梦。

醒来之后，北雨一摸床边，发觉沈洛不在了。打着哈欠起床出门，却见北家二老和沈洛坐在沙发上说话。

北雨本来以为一早起床，会迎来老妈的一顿乱骂，然而北母脸上已经看不到怒气，见她走过来，柔声道："刚刚沈洛跟我和你爸谈了许久，一个人能从小到大保持初心，不管这个梦想是造飞机还是挖煤，只要为之努力并且去实现，都是一件好事。"

北雨宁愿她老妈骂她一顿，也比突然来一碗鸡汤踏实，也不知她老妈被沈洛怎么洗了脑。她不敢多话，只瑟瑟发抖继续听着。

好在知女莫若母，见她副这白痴样子，瞪了她一眼，恢复噼里啪啦的语气："反正你都已经决定了，我反对也没有用，你过得开心比什么都重要。不过我有两个要求。"她伸出一根手指，"第一，至少两个月回来一次。"

北雨连连点头："这个一定是，一直在旅途上，身体也吃不消。"

北母又道："第二，你出去这几年，工作室分红的钱全部打到我账户上。我要再不看着你点，指不定你环游完毕，又给我出什么幺蛾子。"

别说北雨，就是沈洛都难得地轻笑出声。

北雨点头："行行行，你给我当财务主管，存够钱就去帮我买房子。"

北母道："要不是因为我有个好女婿，说，你不在的时候，有空就会来看我们二老，我都要被你这个没良心的给气死了。"

北雨点头："是是是，你们的沈洛最好了。"然后她在父母二人四目注视之下，恬不知耻地上前抱着沈洛啃了两口。

沈洛一张面瘫脸，难得闹了个大红脸。

北母呸呸两声："臭丫头，也不知羞！"

沈洛配合未来岳母，嫌弃地看了一眼北雨："你还没刷牙洗脸。"

北雨嘿嘿一笑，干脆死皮赖脸抱着他。

北家二老实在受不了，先后起身出门。

北雨哈哈大笑，笑过之后，捧着沈洛的一张俊脸，深情地看着他，一本正经道："谢谢你。"

她不知道沈洛跟自己父母到底说了什么，但无非晓之以理，动之以情。

本来他们是她的父母，应该由她自己去说服，可他却帮自己做好了这一切。

她的这个梦想，这些年来，但凡知道的，除了江二狗那个白痴，所有人都觉得她幼稚可笑。在这个现实社会中，出身平凡的人都不得不营营役役，升职加薪、房子车子、结婚生子才是人生大事。

除了那些生来富有的人，没有人会愿意用辛辛苦苦赚来的几百万，花在环球旅行上。人们更愿意去用金钱换取更实在的东西。

只有沈洛，从她一开始随口提起，他就觉得再正常不过，并且用实际行动来支持她。

她以前觉得他们不是一路人，因为互补，方才吸引。

现在她才渐渐看清，他们本质上太过相似。

幼稚、天真、执着，而又随心所欲。

没有人不喜欢自己，所以他们深爱对方。

两天后，沈洛回帝都看爷爷，就如事先说好的，他没有带北雨。

他自己本身就很讨厌长辈亲戚间不得已的社交，所以也不愿北雨跟自己一起受罪。

最重要的是，他带个女孩子回家，家里还不得翻了天。指不定人人都来催婚催生，要是不小心听到北雨要去环球旅行几年，肯定又是各种劝说阻止。

想想就觉得可怕。

两个人签订的可是一辈子的爱情合约。

未来还长。

过了正月初八，程素素的父亲病情好转，她带着小飞船从沪城返回。

北雨觉得血缘真的是很奇妙，不过短短半个月，程素素和小飞船母子已经亲密无间，从前那个整天在她面前故意板着脸的小家伙，如今天天都是笑眯眯的样子。

不过两日，恰好沈洛从首都回来，北雨也开工了，程素素便把李知远叫来，请大家一起吃顿饭。

除了北雨，其他人都是旧识，但关系毕竟有些微妙，反倒是北雨这个后来者，成为餐桌上调节气氛的那一个。

总归一顿饭还算吃得融洽，只是李知远一直吞吞吐吐似乎想说什么，可直到吃完饭，沈洛起身准备领着小飞船回隔壁玩耍，他才冷不丁冒出一句："沈洛，我回寰宇了。"

沈洛表情明显一僵，片刻之后，淡淡看了他一眼："是吗？那挺好的。"

李知远道："盛先生和团队一直等着我们回去，寰宇很需要你。"

沈洛轻笑一声："他们倒是挺能坚持的。"

李知远道："寰宇是我们一手创立的，盛先生作为投资人都没有放弃，我觉得我们不应该放弃。"

这时在一旁沉默的程素素忽然开口："沈洛，阿航的事是意外，寰宇是他的梦想，我真心希望你们能继续替他完成。"

沈洛沉默了片刻，自嘲地扯了扯嘴角："我能力有限，恐怕是做不到了。"

说完，他牵着一脸懵懂的小飞船往外走。

等到他出门，还留在屋内的北雨，目光在程素素和李知远黯然的脸上扫了扫，试探地开口："我能问一下当初到底是怎么回事吗？"

李知远看了眼她，又赶紧低下头，红着脸支支吾吾道："当初我们三个人想自己做航天探索，就回国创办了寰宇航天。"说着，他自嘲一笑，"三个nerd梦想着要做中国的spaceX，哪知刚回国融资的时候，就碰了一鼻子灰。好在遇到了盛先生给我们投了资，让我们组建团队开始专心研发火箭和航天器。然而一年后，发射试验火箭的时候，出了意外，阿航……"

他说到这里，声音已经有些哽咽。

旁边的程素素，眼睛也红了一圈。

过了半晌，李知远才继续道："沈洛觉得是自己没及时发现问题才导致阿航出事，之后他就离开了寰宇。可是这种事怎么能怪在他一个人身上呢？实验出事故，我也有问题，我们整个研发团队都有问题。"

程素素道："是啊！任何事情都有风险，科研事故每年都会发生。虽然我接受不了阿航过世，但我也不希望沈洛因为这件事就彻底放弃你们几个人当初的梦想。当年我不支持阿航回国，如今后悔已经来不及，只希望他生前的梦想，你们可以继续替他做下去。沈洛是学航天工程出身，我知道这本来是他毕生想做的事，如果就这样放弃，我真的觉得太遗憾了。"

李知远叹了口气："可惜沈洛……"

北雨忽然想到什么似的拿出手机翻开日历，问："阿航出事是哪天？"
李知远道："三年前的六月二十。"
果然！

北雨想起那次在山上的天文台，沈洛把自己关在房间里整整一天，

428

小飞船说那是他爸爸的特殊日子，谁都不能去打扰。

那天晚上她到底没忍住推开了门，看到的便是满地酒瓶和颓废的男人。

她后来想，如果不是因为当时沈洛正处于脆弱迷茫的状态，他那样高冷自持的男人，也不可能和自己滚床单。

她那时因为还不知道小飞船的身份，一度猜测是不是前妻或前女友的忌日之类，可第二天就被自己否定。毕竟那种日子，男人不可能和另外的女人上床。

再后来，她和沈洛在一起，她就渐渐将这件事抛到了脑后，今天听到两人说起当年的来龙去脉，才如醍醐灌顶一般。

原来那天是沈远航的忌日。

可想而知，那场意外对沈洛的打击有多大。

几个人说了会儿话，北雨去工作室上班，李知远也告辞了。

两人一起出门。

李知远支支吾吾道："你……能不能劝劝沈洛？"

北雨道："我尽量吧。"

李知远看了她一眼，又道："我……我觉得沈洛和你在一起后，变了很多。"

北雨笑："是吗？"

李知远用力点头："他以前特别不爱说话，虽然我们是朋友，但我以前也觉得他跟座冰山似的，现在觉得他好像柔和了许多。"

北雨笑得更甚："这么说，我把冰山融化了？"

李知远羞涩地笑："是呢！看来爱情的力量真伟大！"

北雨戏谑："那你怎么不去谈恋爱？"

李知远摸摸脑袋："我追过女孩子，但是都没追上，可能是嫌我长得太丑。"

北雨上下打量了他一下，因为戴着酒瓶底眼镜，丑不丑就很难界

429

定，但土是一定的。

她都不知道他身上那土得掉渣的运动服是从哪里挖来的，还有那奇怪的颜色搭配，能土成这样也是不容易。

两人正说着，工作室的几个人从外面吃完饭回来，北雨赶紧叫住设计师小昭："你过来一下！"

"小雨姐，有事？"

小昭二十出头，刚刚毕业没多久，去年来的工作室，对时尚的触觉很敏锐。自从她来之后，北雨工作室就彻底转型为原创品牌。

她自己的打扮也很时尚，一眼看去就像是杂志上走出来的平面模特。

她笑嘻嘻问完，目光就落在北雨面前的李知远身上。

作为一名服装设计师，我们的小昭同学彻底被李土包子的土震惊到了。

那灰绿色的运动衣，那土红色的运动裤，裤脚看起来还短了一截，还有脚上那双黑色系带运动鞋。

啊！辣眼睛。

北雨道："我们现在不是要做男装吗？你看看我这个朋友适合哪一类衣服？"

小昭睁大眼睛看向北雨："这是你朋友？"

那不可思议的表情，明显是不相信他们老板会有这么土的朋友。

北雨清了清嗓子："搞科研的理工博士，平时可能不太注意穿衣打扮，你帮忙看看！"

因为旁边多了个不认识的年轻女孩，李知远脸红得恨不得当鸵鸟埋起来。

小昭冒着眼睛会被闪瞎的危险再次打量一下李知远，道："那个……同志，你平时喜欢穿哪一类的衣服？"

430

李知远忙摆摆手："不……不用麻烦了……"说完就一溜烟跑了。

跑了几米，他又回头提醒北雨："你劝劝沈洛啊！"

北雨点头。

小昭无语地摊摊手："小雨姐，你这位朋友真是土得天赋异禀。"又看了眼李知远的背影，"不过个子不矮，身材也不胖，应该可以再拯救一下。"

北雨道："行啊！下次他再来，你帮忙做做造型。"

两个人说笑了一会儿，小昭回了工作室，北雨去了对面小楼。

沈洛正在和小飞船玩儿。

小家伙离开爸爸半个月，虽然和程素素变得很亲密，但也没忘这个爸爸，一回来就一直黏着他。

北雨佯装随口道："李知远走了。"

沈洛看了她一眼，嗯了一声。

北雨想了想，来到他身旁坐下，道："我的签证已经办好了，也和同伴确定了环球旅行第一站的出发时间。"

沈洛问："什么时候？"

北雨道："六月底。"

"哎呀！"小飞船道，"姐姐去旅行了，我又要上学了，放学了有时候还要陪妈妈，爸爸一个人怎么办啊？"

小家伙想了想又道："要不然爸爸你去找个工作吧？我看书上说了，男人要有自己的事业，女人才会喜欢。"

北雨扶额，小孩子看太多书也不知是好事还是坏事。

沈洛却是不甚在意道："我要做的事多着呢！"

北雨笑："一年也就拍几次星空，别弄得自己日理万机似的。小飞船说得没错，你今年也三十岁了，就算不缺钱，整天待在家里也不明智。"

沈洛抬头看她："知远叫你来劝我的？"

431

北雨撇撇嘴："没有啊！我就是觉得我六月底就要去环球旅行了，你一个人在家挺无聊的，而且你读了那么多年书，就这么浪费了多可惜。"

沈洛随口道："那我去大学找个教职得了。"

"你喜欢吗？"

沈洛摇头："不喜欢，不过你说得对，总是要找点事做。"

北雨道："去做不喜欢的事，不如什么都不做。我以前在银行当柜员，就是因为不喜欢，不到一年就辞职了。"

沈洛显然不太愿意谈这个问题："那就再说吧！"

北雨撇撇嘴，抱住他的脖颈，笑着问一旁的小飞船："小飞船，你希望爸爸干什么啊？"

小飞船拿起手中的小汽车，嘴里呜呜两声做飞行状："我希望爸爸去造火箭造飞船，探索太空和宇宙。"

沈洛几乎没有在小孩子面前说过这个话题，听他这样说，面露愕然看向他。

小飞船继续笑道："妈妈说了，我的卷毛爸爸就是造火箭和飞船的，所以当初才给我取这个名字，我觉得好厉害啊！爸爸肯定跟我的卷毛爸爸一样厉害。"

看着小飞船亮晶晶期盼的眼神，沈洛没有再说话，只是把他手中的小汽车拿下来放在地上，然后自顾自地走上了楼。

小飞船朝北雨眨眨眼睛，北雨则朝他耸耸肩。

一个懵懂，一个无奈。

也许算不幸中的万幸，沈远航过世时，小飞船还是没有记忆的幼儿，所以他不会像大人一样切身感受到痛苦。

他对亲生父亲的概念来自想象，可以用童真的思想构建出他想要的样子。

北雨知道这是沈洛不愿意触碰的伤口。

小飞船爸爸的意外，不仅仅是让他失去一个搭档和挚友，也让他失去了对梦想的信心，甚至对自我产生怀疑。

他和北雨不同，当年北雨读了高中，忽然发觉自己不过是资质平平的普通人之后，很快便与自己和解。

对她来说，当不了学霸也无所谓，反正她总能找到乐子。而唯一坚持的梦想也不过是环球旅行这件事，说到底也不过是玩乐，算不上人生正事。总之她并没有什么坚定的追求，所有的追求都可以随时变化。她认为自己的人生想要的不过是随遇而安，怎么高兴怎么来。

而沈洛却恰恰相反，他坚定执着，也许从少时仰望星空时，就已经立下了人生的目标，此后做的所有事情都是为这件事努力，读博士进NASA，然后和朋友回国创立寰宇航天。

然而当信念一朝崩塌，不知何时才能重建。

北雨没再劝他。

因为她知道沈洛决定了一件事，就不会因为别人而改变，能改变他想法的也只有他自己。

江城春短夏长，从春寒料峭到夏风来袭，似乎只是眨眼间就过了。

老巷子里一派和谐。

小飞船不仅接受了程素素这个妈妈，也接受了韩敬。

韩敬的事业在美国，他不可能无限期地陪伴程素素和小飞船。他不能马上将小飞船带走离开沈洛，只能让程素素一个人留在这里，自己每个月飞回来两次看母子俩。

长途飞行加上时差，劳顿辛苦，连北雨都觉得感动。

不过有一天，韩敬听到小飞船问："韩叔叔，你对我这么好，但是我已经有两个爸爸了，不能再叫你爸爸，以后叫你papa好不好？"他便觉得再辛苦也值得了。

北雨除了上班,基本上每天都和沈洛在一起。

虽然只是去旅行,但毕竟一去就是两个月,她对沈洛自然也是舍不得的。

其实两个人并没有太多相同的爱好,但腻在一起什么都不干也觉得满足。

六月中,北雨准备好一切,提前休了假,和沈洛一块去云山观星。

正是雨水多的季节,难得赶上几个大晴天。

两人在天文台吃过晚饭后,北雨就拉着沈洛跑去了那块大山石上。

这个地方对北雨来说意义重大。

年少时的那次露营,她和沈洛在这块山石上待了一夜,第一次听他说那么多话,虽然不过是教她认星座,但已经是她少女时代所经历过的最浪漫的事。

她这个人虽然看起来大喇喇的,但其实内心浪漫天真。所以活到二十八岁,还要去环游世界。

她对柴米油盐这些俗事不感兴趣,虽然她本身也只是个爱钱爱美好吃懒做的俗人,但心中却固执地坚持一些东西。

在沈洛重新出现在她的生活中之前,她坚持的天真,没有人愿意满足她。

她遇到过的男人,有钱的谈钱,没钱的谈如何挣钱,张口闭口都是房子车子票子、锅碗瓢盆过日子。

于是她干脆自己挣钱,只有自己有了钱,才能跳出与钱有关的怪圈。

直到她重遇沈洛,他终于将她带离了那些俗世琐事。

她所有稀奇古怪的念头,他都觉得理所当然。

她被人嘲弄的梦想，他完全支持。

他们在生长背景、兴趣爱好方面完全不同，但又奇妙地完全契合。

她想，这就是传说中的天生一对。

今晚星星很明亮。

两个人拍了一会儿照，就坐在石头上靠在一起聊天。

"你记不记得咱们高中那会儿，有一次来露营，你在这里教我认星座？"

沈洛："废话。"

北雨大笑："那你知不知道当时我是暗恋你，故意接近你的？"

沈洛淡淡道："以前不知道，现在知道了。"

北雨又笑："那你以前是不是经常看到我，然后觉得我很特别？"

"特别傻吗？"

北雨哼了一声，话锋一转："过几天我就要去环球旅行了，两个多月之后才回来，你这段时间准备干些什么啊？"

沈洛道："放心吧，没有你的日子照样过。"

北雨戏谑："得了吧，你肯定天天想我，日思夜想那种。"

沈洛借着夜色看了她一眼："你自我感觉还可以再好一点。"

北雨大笑。

夜深露重，两个人说了会儿话就起身准备收拾器材打道回府。

沈洛忽然想起什么似的道："你去站在前面。"

北雨道："你干什么？想把我推下去继承我的支付宝吗？"

"神经病！快去站在前面。"

北雨从善如流往前一站，然后回头："干什么？"

咔嚓一声，是快门按下的声音。

沈洛看了看取景器，满意地点头。

北雨见他是拍自己，赶紧笑嘻嘻道："你想拍我直说，我很会摆

pose的，要不要多摆几个？"

沈洛已经将相机收起来："走吧！"

北雨笑嘻嘻跟上他。

两个人手牵手回到天文台。

到了卧室后，沈洛拿出手机卡将照片导出来，又道："给你照片。"

北雨咦了一声，凑过来。

今晚拍的那张回眸照，抓拍得十分美好。

北雨脸上灿烂的笑容，在星空背景下一览无余。

沈洛又从文件夹里拿出一张照片，和刚刚的照片很相似。

照片中一个少女站在山石上，回眸一笑。

那笑容特别灿烂，就和她身后的日出一样。

北雨当然认得出照片中的人就是高中时的自己。

她不可思议地眨眨眼睛："你当时竟然偷拍我？"

沈洛淡声道："觉得好看就顺手记录下来了。"

北雨按捺不住激动，转头看向他："你不会当年也喜欢我吧？"

沈洛摇头。

北雨嗤了一声，觉得自己白高兴了一场。

哪知沈洛又道："当时不知道自己喜欢你，后来再遇到你，才回过神来。"

北雨愣了下才明白他的意思，笑得乐不可支。

好像青春期那段曾经觉得看起来好笑的暗恋，终于圆满了。

山上的夜晚静谧安宁，但小房子里热闹的春色却久久没有停歇。

这一夜北雨睡得很沉很香，一觉醒来，已经日上三竿。

旁边的人已经不在。

北雨没忘记今天的日子。

六月二十日，沈远航的忌日。

她在桌上看到一张纸，上面是沈洛留给自己的话：我今天一个人安静一天。

北雨撇撇嘴，走出卧室。

几间房子，只有那间工作室紧紧关着门，想必沈洛就在里面。

她走过去准备敲门，但想了想又把手放下，然后折返到客厅。

餐桌上放着做好的早餐，屋子也已经打扫过。

他这个人就是如此井井有条，就像去年那次，把自己关起来之前，不忘给小飞船准备好一天的食物。

吃完早餐，北雨又来到那扇紧闭的门前。

她知道那不是潘多拉魔盒，那是一扇打开就可以放开过去通向未来的门。

她曾经误打误撞打开过一次，但她知道，这一次开门的不应是她。

她默默看了会儿，又走开了。

一个人实在无聊，北雨在客厅里玩了会儿电脑，隐约听到有脚步声，走出院子，打开门一看，却见外面不知何时站了一堆人，前面是李知远、程素素和小飞船，后面则是好几个北雨没见过的人。

他们也没敲门，就那样站在外面窃窃私语。

北雨奇怪："你们这是干吗？"

程素素道："今天是阿航忌日，我们想来劝劝沈洛。"

李知远抓抓头："我知道今天沈洛谁都不见的，可他如果不能面对这一天的话，我怕他永远走不出来。但是我们也不敢贸然去打扰他。"

北雨点头："是啊！他把自己关在屋子里，我本来想敲门，后来考

437

虑了下，还是决定放弃。我觉得还是让他自己走出来比较好。"

李知远道："我就怕他不会走出来。"

他话音刚落，身后一个北雨没见过的高大的陌生男人走上前："北雨小姐你好！"

李知远赶紧介绍："这是我们的投资人盛先生。"又指了指后面的几个人，"还有我们的团队。"

那位英俊的盛先生笑了笑："我们一直都在等着沈洛归队，没有他的寰宇没有任何意义。"

北雨思忖片刻："要不然，你们进来在里面等着？我们不去主动敲他的门，他肯定能听到我们的动静，我们就赌一赌，看他今天会不会走出来见大家。"

几个人面面相觑，最终点头。

北雨领着大家进屋，动静不大不小，但屋内的沈洛肯定听得出来了哪些人。

一个上午过去了，沈洛没出来。

一个下午又过去了，沈洛还是没出来。

太阳渐渐下山，夜幕降临。

李知远实在忍不住，走到那紧闭的屋门前，抬起手又落下，如此反复几次，最终还是沮丧地走回来，朝众人道："算了，我们走吧！"

不想，他话音刚落，走廊尽头的那扇门便发出咔嗒的声音，从里面慢慢打开。

众人齐齐起身看过去。

沈洛站在门口，脸色有些苍白，但眼神清明，显然没喝过酒。

北雨面露欣喜，最先开口唤道："沈洛，你终于出来了。"

沈洛走过来，朝众人深深看了一眼，道："让大家久等了！"

那位盛先生走上前，笑着朝他伸出手："沈洛，欢迎回归。"

沈洛也微微一笑，和他握手。

李知远激动地凑上前将他抱住，其他几个人反应过来后也都兴奋地簇拥过来。

一堆男人抱在一起，又哭又笑。

小飞船不知道到底怎么回事，只觉得好玩，哇哇叫道："我也要抱抱！"

程素素红着眼睛，将他举起来，小家伙顺势爬到众人身上凑热闹。

北雨稍稍退后，默默笑看着这群人。

除了沈洛和李知远，她其实一个都不认识，但就是觉得这是一群和沈洛一样可爱的人。

她微微歪着头，由衷地笑开。

有一群热血天真的人和沈洛一起做白日梦。

真好啊！

原来他早就不是那个从小白楼走出来的孤独少年。

这个夜晚大家没有下山，十来个人在天文台一起悼念沈远航，然后彻夜聊天。

只有北雨睡了一个非常满足的大觉。

因为三年前的事故，沈洛和李知远两位创始人离开，寰宇航天基本上处于停滞状态，如今李知远和沈洛回归，一切又重新运转起来。

他整个人看起来没什么变化，还是那种寡言冷峻的老样子。

但是北雨知道，他已经焕然一新。

她为他高兴。

而她自己也即将出发开始自己环球旅行的第一站。

第十二章
终将携手的人生

出发前一晚，北雨在自己房间再次整理家当，沈洛陪着她。

她忽然想到什么似的打开柜子，取出一件折叠完好的男式棉服。

沈洛皱眉："怎么有男人的衣服？"

北雨从衣服口袋拿出那支派克钢笔，笑道："有件事我隐瞒了你，其实我高中时不止喜欢过你一个人，还喜欢过这件衣服和这支钢笔的主人。"

沈洛觉得那支笔有些眼熟，接过来看了看："这个的主人是谁啊？"

北雨笑着继续道："是当年救过我的一个骑士。"

沈洛似笑非笑看向她："你高一春节和人喝酒，差点被一个黄毛骗上车那次？"

北雨大惊，睁大眼睛看着他，半晌才反应过来："当初救我的真的是你？"

沈洛道："你以为这世上真有这么多救人还送衣服的好心人？"

北雨道："那你怎么不告诉我？害我惦记了这么多年。"

"惦记？"

北雨点头："只要想到有这样一个好心人出现过，我就觉得世界仍旧充满着温暖。"

沈洛失笑："我随手做的事，没想到有这么大的影响。"

北雨好整以暇地点头，站起来看着他，认真道："沈洛，你真的是老天送给我的最好的礼物。"

沈洛吻了吻她的唇："你也是。"

北雨订的是晚上的航班，睡一觉就到大洋彼岸。

同行的伙伴是两个差不多大的女孩子，几年前就因为志趣相投混在一起。

出发那天，吃过晚饭，沈洛去送她。

出门时，江越领着工作室全体人员，还有小飞船和程素素，拉了个横幅欢送她。

江二狗发表欢送词时，还假模假样掉了几滴鳄鱼泪说舍不得，被北雨联合小飞船毫不留情地揍了一顿。

车子启动前，江越趴在车窗边，难得露出正经的样子："北大嘴，你这一去就是两个多月，不比以前出门度个几天假，务必务必注意安全，要是有点什么事，赶紧回来。"

北雨白了他一眼："江二狗，你是盼着我出点什么事，想独吞工作室吧？我可告诉你，我不在家不上班，你也休想少我一毛钱分红，每个月准时打到我妈账户，听到没？"

江越嘻嘻一笑："我敢不准时打吗？我姨还不得削了我？"他想了想，不知从哪里摸出一个桃木护身符往她脖子上一挂，"我上个星期去寺里专门给你求的平安符，你好好戴着。"

北雨嫌弃地低头看了一眼，到底还是没摘下来。她想了想道："李柔那边的破事要是处理好了，你想跟她结婚就结婚吧，之前那些事我不会跟江厂长说的。"

江越露出黯然的表情："她本来是和家里断绝了关系，但是她家破产继父坐牢，她妈因为这事生了病，她不忍心撒手不管。大概是怕拖累我，她最近一直在躲着我。"

北雨无语地叹气摇头："你怎么就喜欢这么个优柔寡断、拖泥带水的女人？她到底哪里好？说你图人脸，你也不是没遇到比她好看的。"

她话还未说完，沈洛淡声打断她："男女之间的事，哪里有那么多道理？你这样子的，我还不是不离不弃。"

北雨怒："我什么样子的？你给我说清楚。"

沈洛启动车子，轻描淡写道："一点都不宜室宜家。"

北雨呵呵："那你赶紧赶紧找个宜室宜家的，最好等我上了飞机你就马上去找。"

沈洛还没说话，凑在车窗边的小飞船笑嘻嘻道："姐姐不用担心，爸爸活了快三十年才找到你这么一个女朋友，他找不到别人的，你别把他甩了就谢天谢地了。"

众人大笑。

沈洛则面无表情启动车子，将这些人抛在了后面。

车子开出巷子，他忽然想起什么似的问："你那两个同伴真的是女的？"

北雨转头上下打量他："你还真不相信我啊？"

沈洛一本正经道："不是，我是觉得你们还是应该找男人结伴，三个女孩子到底不太安全。"

北雨知道他说的是真心话，轻笑道："放心吧，我会注意安全的，而且我们在路上也可以随时捡人结伴。"

沈洛点点头："但也别什么人都捡，得仔细观察一下，万一遇到居心不良的男人就不好了。"

北雨靠在椅背上看着他面无表情的脸，歪头坏笑："哎呀！你说我要是遇到一个人帅嘴甜的外国小哥，被人迷住了来一段艳遇怎么样？想想还有点小激动呢！"

沈洛斜看了她一眼，皮笑肉不笑道："那你回来就等着违背我们合约的惩罚吧！"

　　北雨大笑："哎呀！我怎么就和你签了那作茧自缚的合约了？肯定是当时脑子进水了，能反悔不？"

　　"不能！"

　　北雨笑得乐不可支，笑够后，认真看向他，忽然正色道："沈洛，谢谢你啊！"

　　沈洛有些奇怪地看了她一眼："谢我什么？"

　　北雨勾唇笑而不语，只转头看向窗外这座城市熟悉的风景。

　　谢谢你喜欢我这个任性妄为的家伙啊！

　　她没有说出来，但她相信沈洛知道。

　　北雨到了机场与两个伙伴会合。

　　那两人看到前来送行的沈洛，其中一个笑道："早就听说北雨交了男友，藏着掖着这么久没带给我们看，没想到是大帅哥啊！"说着又朝北雨戏谑，"找了这么帅的男友，你也敢一个人去环球旅行，不怕帅哥被人抢走了？"

　　北雨嘻嘻笑道："不怕不怕，我这个帅哥打都打不走的。"

　　沈洛无语地抽了抽嘴角，然后对那两个女孩道："你们跟我来一下，我有些话对你们说。"

　　北雨道："你干吗？"

　　沈洛面无表情朝地上一指："你站在这里别动。"

　　北雨朝天翻了个白眼。

　　两个女孩兴奋地跟着沈洛来到几米远的地方。

　　"帅哥，有什么事啊？"

　　沈洛拿出两张写着一串号码的纸条递给她们："这是我的电话号

码，分别是手机、家里和办公室的，还有微信。要是你们遇到什么麻烦，或者北雨遇到什么问题，比如身体不舒服之类的，麻烦你们打电话告诉我。"

两个女孩有点不可思议地看他。

沈洛转头看了眼留在原地的北雨，又转过来诚挚地看向两人，低声道："她这个人好强，我怕她遇到什么事也不告诉我，拜托你们了。"

其中一个女孩笑道："北雨走了什么运，找到对她这么好的男朋友？我要是有这么关心我的男友，估计环球旅行什么的都是浮云了。"

沈洛没什么过多的表情，只又郑重地重复一句："拜托了。"

都是性格开朗的女孩，两人挥挥手笑道："放心吧，没问题。"

三人走回来，北雨佯装不满道："鬼鬼祟祟干吗呢？"

沈洛淡淡道："拜托你的朋友，要是发现你红杏出墙，马上给我报告。"

北雨嗤了一声："你少来！"

两个女孩闻言哈哈大笑。

三人办了登机，托运了行李，接下来就要去安检。

虽然只是去旅行，但北雨和沈洛在一起将近一年，这是头一次分开。到了这时，再自诩潇洒的人也难免生出点离愁别绪。

北雨不好意思在同伴面前肉麻，见时间还早，便拉着沈洛去了个角落。

说是角落，其实在人来人往的机场，哪有真正清静的地方，她也不管有没有人看到，站定后抱着他吻上去。

沈洛顺势将她揽住。

这个吻又急又汹涌，缠绵得让两人都舍不得分开。

不过到底是公众场合，再如何忘情，也还保有理智。

分开时，两个人都是气喘吁吁，面色发红。

沈洛深深凝视着她，伸手抚了抚她嫣红的唇角："出去旅行就好好玩儿，不要想太多，我等你回来。"

北雨笑着点头，握住他的手："你也加油，你们团队的人很可爱，不要辜负他们。"说完觉得措辞不太对，又补充道，"不是一定要做出多大的成绩，而是要享受过程，和大家一起做一件事的过程。"

沈洛轻笑："我会的。"

北雨道："那我走了，你别送了，我怕那两个家伙会笑我。"

沈洛点头，看着她朝等在远处的伙伴走去，几个人笑闹在一起，就像是孩子一样。

他嘴角的笑容轻轻漾开。

高中那会儿到底是从什么时候注意到她的，他已经记不清楚。

只记得他坐在教室最后排，三天两头就看到一个女生跑到后门叫江二狗。声音清脆，带着点蛮横的亲昵。然后在食堂、在校道、在操场的夜晚，他总是遇到她。

那时他当然不知道她是故意出现在自己面前，只是在不知不觉中，周围总是出现这么一个女生，似乎成了理所当然。有时候一天没看到，就好像缺少了点什么。

他喜欢安静，对聒噪的女生向来排斥，可对她在自己周围弄出的任何动静，他都觉得有意思。

遗憾的是，他对感情太后知后觉，当年完全不明白那就是喜欢。

直到多年后，在咖啡馆透过玻璃窗看到她，好像忽然有什么东西击中了他，在他还没完全想明白的时候，自己的行为已经替他作答。

还好，他开窍得并没有很晚。

北雨的第一站是北美，长途旅行并没有想象中那么美好。虽然在过

445

去几年她已经做足了身体和心理准备，然而真的踏上旅途，才知道辛苦程度远远大于预期。最可怕的是，长期出门在外，根本无暇护理保养，不过一个多月，想起认真去照镜子的时候，发觉自己已经从时尚美女变成了一个灰头土脸的黑妞。

好在对未知的期望和好奇，足以将遇到的这些问题打败，所以三个女孩没有人打退堂鼓，仍旧兴致勃勃地期盼下一段旅程。

一个月后，她们到了美国，计划是从东海岸穿越到西海岸。

虽然是女孩，但毕竟有三个人，语言也还算过关，有时候坐巴士，有时候搭车，行程走了大半，都很顺利。

直到到了亚利桑那的时候，北雨忽然病了。

倒也不是特别严重的病，就是一场突如其来的感冒。

三个人正好也走得疲了，便决定在当地的酒店多待几天，然后搭车去拉斯维加斯。

只要条件允许，北雨晚上通常都会和沈洛视频——被强行要求的，因为要给他报平安。

和她大条的性子截然相反，沈洛只要听到她的一点风吹草动，就会严阵以待。刚刚到美国那会儿，她们遇到一场小车祸，真的是很小的那种，她在视频里和沈洛说起时，完全是当成好笑的事分享给他，哪知他听完，就说要买机票过来看她，吓得她赶紧用手机将自己从上到下照了一遍，然后又劝了好久，才打消他跑过来的念头。

这次感冒因为有些严重，她怕沈洛又抽风，每次都装作很累，只说两句就挂了视频。

连着三天沈洛觉察到不对劲，给她的同伴发了微信询问。

两个同伴很快就把北雨出卖了，还添油加醋把她的感冒夸大。

又过了两天，北雨的感冒好得差不多了，三个人继续上路。

三人早早出发，来到通往内华达的州际公路，站在路边等待有路过的车子将她们带往目的地。

　　八月初正是热的时候，虽然戴着太阳帽，穿着吊带背心牛仔短裤，站在路边也热得厉害。

　　道路坦荡空旷，看起来一望无垠，来往的车辆并不多。

　　美国人民没有想象中那么热情，搭便车并没有想象中那么容易，尤其是三个女孩一起。

　　三个人竖了半天拇指，等了两个钟头，也没等到车子，正考虑打道回府去坐别的交通工具，忽然一辆敞篷吉普在路边停下。

　　北雨感冒还没好彻底，正坐在地上休息，让其他两人上前问情况。

　　两个同伴赶紧上前，正要用英语询问，那开车的男人已经将墨镜摘下来。

　　两人愣了下，忽然大声尖叫起来。

　　北雨吓了一跳，站起来隔着几米的距离问："怎么了？"

　　"你……你……"女孩转过身激动得说不出话来。

　　因为两人恰好挡住了驾驶座的位置，北雨一时也没看到里面的人。

　　"怎么啦？"她奇怪地朝两人走去。

　　当看到被两人挡住的人时，她也不可思议地惊叫出声。站在原地怔了半晌，才想起来飞快跑过去。

　　沈洛已经打开车门下车，张开双臂迎接她。

　　北雨几乎是跳到他的身上，惊喜道："你怎么在这里？"

　　沈洛倒是语气平静："来给你搭便车。"

　　将她放下来后，他左右看了看她："病好了？"

　　"什么病？"北雨一头雾水。

　　"重感冒。"

　　北雨奇怪地问："你怎么知道我重感冒？"说完忽然想起两个同伴："你们告诉他的？"

两个女孩笑嘻嘻装傻："我们什么都没说啊！你们俩继续，我们去拿行李。"

沈洛道："你们上车吧，我去拿行李。"

两个女孩也没客气，朝北雨悄悄比了个拇指，笑嘻嘻上了车。

沈洛走到路边，将三个人的行李拿过来。

北雨要帮忙，被他赶上了车。

放好行李后，沈洛坐上驾驶座将帆布车篷放下。

虽然阳光还是炽烈，但有了遮挡，又有风吹过来，所有的炎热都被驱走，三个女孩只觉得爽快宜人。

尤其是北雨。

两人分开一个多月，虽然在旅途中没什么胡思乱想的精力，但想念一个人的心思还是有的。实际上每当在旅途中遇到挫折时，北雨就会想起沈洛。

只有出门在外受了苦，她才更能切身体会，有沈洛在身边时的那种安心熨帖。

他少言寡语，很少说甜言蜜语，但是总会将一切事情都处理好，是一个真正的行动派。

觉察到北雨一直歪头看他，沈洛瞥了她一眼："看什么？"

北雨笑道："看你长得帅啊！"然后朝后面的同伴道："我男朋友是不是长得很帅啊？"

两个人笑着附和："超帅！尤其是开车停在咱们面前的时候，简直帅出天际。"

北雨看向沈洛,笑道："听到没？"

北雨不要脸道："走遍天下才知道，最帅的就在自己家里。"

两个同伴哈哈大笑："北雨，你要不要这么虐狗啊！"

沈洛道："她说的话你们可以忽略。"

"不不不，我们完全同意。"

好在沈洛不是李知远那种见到女人就语无伦次的害羞性子，只是嘴角抽搐了下。

到达拉斯维加斯已经是傍晚。

这一路过来都是荒凉的小城镇，终于又来到一座繁华都市，三个女孩都很兴奋，订了一家豪华酒店。

北雨本来感冒初愈有点虚弱，但一看到赌城繁华的霓虹灯就蠢蠢欲动要跑去玩儿，偏偏两个女孩十分善解人意地让她留在酒店休息，和沈洛享受来之不易的二人世界。

沈洛对此表示十分赞同，指点了一下怎么玩老虎机胜率更大之后，就将跃跃欲试的北雨给拖回了房间。

北雨不忿道："我是出来玩儿的，因为一个破感冒在酒店已经待了几天，再不出去潇洒一把，我该该发霉了。"

沈洛伸出手摸了摸她的额头："好像是没有发烧了。"又道，"嘴巴张开让我看看。"

"干吗？"

"感觉你声音还有点发哑，检查一下你是不是喉咙发炎。"

北雨将信将疑："你还会看病？"

沈洛一本正经地点头："技多不压身。"

北雨也觉得好像嗓子还没好彻底，便从善如流仰头张嘴，只是才刚刚张开，沈洛忽然覆上来吻住她。

这空子钻得极好，连过渡都没有便是一个缠绵的深吻。

直到将人吻得气喘吁吁，他才放开北雨，嘴角微微勾起，笑道："检查好了，没什么大碍。"

北雨不客气地捶了他一下："沈洛同学，你变坏了啊！"

沈洛将她抱在怀里："今晚好好休息，明天带你玩，这里我熟悉。"

"你熟悉？"北雨狐疑，"别告诉我你其实是个赌徒？作为一个社会主义接班人，我是绝对不容忍这种恶习的。"

沈洛轻笑："你看我像吗？"

北雨嘻嘻一笑："不像。"

北雨确实也累了，觉得养精蓄锐明天再玩也不错。

她拿了衣服去洗澡，刚刚走进浴室，忽然大叫一声。

沈洛赶紧跑进来："怎么了？"

北雨指了指镜子，又指了指自己的脸："你今天第一眼看到我就是这个样子？还面对了这么久？"

一个月下来，她皮肤晒黑不说，最近几天主要是休息，连眉毛都没修理，今天出门也懒得化妆。

十八岁的少女还能是健康美，她一个二十八岁的熟女，这模样简直可以用惨不忍睹来形容。

这可是两人分别一个多月后的初次重逢，她就用这鬼样子面对的他？

北雨真是想死的心都有了！

沈洛却是一脸莫名其妙："你不是这个样子，还是哪个样子？"

北雨道："难道你不觉得我很丑吗？"

沈洛摇头："是黑了瘦了点，但哪里丑了？"

他看到北雨的第一眼，除了心疼，完全没想过美丑的问题。

北雨皱眉看他："真的？"

沈洛白了她一眼："赶紧洗吧，难道要我帮你？"

"当然不用！"北雨将他推出门。

北雨认认真真洗了个澡，又拿出面膜好好护理自己的脸，状态算是勉强恢复了几分。

这番折腾完毕，从浴室出来，已经快一个小时了。

北雨几乎是倒头就睡。

只是睡了没多久，忽然感觉到身体有些奇怪。

迷迷糊糊睁开眼，发觉沈洛正准备做坏事。

她浑身没劲儿，也不知是睡意未消，还是被沈洛撩出来的，只道："你不是说让我好好睡一觉，明天去玩儿的吗？"

沈洛道："你睡你的，不用管我。"

什么叫不用管？他这样她能睡得着吗？

沈洛见她睁开眼，亲了亲她的唇："拉斯维加斯白天没什么玩儿的，明天白天你还可以继续休息，晚上再出去。我最近工作很忙，后天就要走了！"

他声音难得温柔，带着点罕见的依恋和黏缠。

北雨在他的话语中清醒，心中有些酸涩，伸手抱住他的脖颈。

这个男人什么都没说，但她知道，沈洛对她的包容和爱，这个世界再不会有第二个人能比得上。

分别一个多月，身体当然也是渴望彼此的。

只是北雨到底还是虚弱，沈洛要了一次，就放过了她。

这时她倒是有点睡不着了，想到什么似的道："据说在赌城结婚是全世界最便捷的，我想去体验一下。"

沈洛皱眉："结婚？"

北雨道："反正只要不去总领事馆认证，国内也不承认，咱们就是体验一下怎么样？"

沈洛沉默了片刻，点头："好。"

这一个多月长途跋涉的旅途下来，北雨的睡眠质量日益下降，前几日重感冒更是睡得不太安稳。

今天感冒已经好得差不多，沈洛又从天而降，拉着她做了一场剧烈运动，两个人兴奋地说了一会儿话，到底还是困意袭来，不知不觉就进入了黑甜乡。

沈洛听她说话说到一半忽然没了动静，低头一看，原来已经靠在他肩头发出均匀的呼吸。

他低低笑了笑，借着灯光凝视了北雨一会儿，伸手将灯关上。

这一夜北雨难得睡了个漫长的好觉，隔日醒来已经是中午。

"睡好了？"沈洛的声音响起。

北雨睁眼便看到沈洛站在旁边，双手撑在床上俯视着她，见她睁眼，吻了吻她的额头。

睡得太久的后果就是一时半会儿脑袋还不是很清醒，她揉了揉额头："几点了？"

沈洛道："快十二点了，我订了餐，你赶紧洗漱完过来吃，吃完我们准备一下就去结婚。"

北雨闻言脑子清醒了大半，笑嘻嘻坐起来："要是看结婚不麻烦，指不定我的结婚恐惧症就治好了。"

沈洛失笑："真不知结婚有什么好恐惧的？"

"也不是恐惧，就是觉得麻烦。"北雨撇撇嘴看他，忽然想起来道，"当时你找我签床伴协议的时候，不是也不想结婚吗？"

说完她忽然恍然大悟："所以你当初是为了跟我上床，故意骗我的？"

沈洛一副看白痴的样子看她："你现在才反应过来？"

北雨还真是现在才彻底明白过来。

她龇牙咧嘴看他，揉着蓬乱的头发跳下床哀号："我英明一世，竟然被一个nerd套路了，真是没脸活下去了！"

亏她当初还天天暗喜自己捡了个完美情人！

什么叫很傻很天真？

是她是她就是她。

北雨洗漱完毕出来，还在不甘心地碎碎念。

沈洛直接叉起一块牛排塞进她的嘴里。

452

美食在口，北雨终于将怨念稍稍抛开。

听说拉斯维加斯结婚很迅速便捷，加上沈洛对这里熟悉，北雨也没去上网查攻略，吃完饭化好妆，和隔壁两个伙伴说了一声，就喜滋滋跟着沈洛出了门。

结婚登记的地方，有两个队伍，一个是在网上提前注册登记过的，一个是没有在网上登记的。前者不过两三对情侣，后者则有十来对，显然来这里结婚的，大部分都是临时起意。

北雨想着自己和沈洛也是突发奇想，理所当然要去排那队长的队伍，却被沈洛拉到另一边："我昨晚登记过了！"

"啊？"北雨意外。

沈洛道："不想排队所以提前在网上登记过了。"

北雨反应过来，笑着道："果然有你在，什么事情都会处理妥当。"

因为前面只有三对情侣，很快就轮到了他们，填完表格之后，就是拿着文书去举行仪式。

沈洛看了看手上的文书，又看向北雨，神色颇有些严肃认真地问道："你想好了？"

北雨满不在乎道："当然想好了，就是体验一下，又不是真的结婚。"

沈洛道："好吧！"

两个人选了一家比较高端的礼堂，所谓便捷就是一条龙服务，鲜花礼服都已经准备好了，任由挑选。

虽然简单，但穿上礼服的男女倒是很像那么一回事。

沈洛看到北雨换好婚纱从更衣间走出来时，眼神微微一变。北雨颇为得意，终于算是挽回了一点昨天惨不忍睹的形象。

她对着镜子满意地转两圈，忽然想起来道："我们还没买戒指呢！"

话音未落，沈洛已经从西服口袋掏出两个戒指盒。

北雨一脸意外："你什么时候买的？"

沈洛道："早上你还在睡觉的时候。"

拉斯维加斯足够发达，该有的品牌店都有。沈洛买的是经典款的对戒，很简约的款式，北雨倒是很喜欢。

沈洛却似乎有些不太满意："等以后正式举行婚礼，我再去订好一点的。"

北雨道："这个已经够好了，要是以后有婚礼，就继续用这个，何必浪费。"

沈洛轻笑，拉起她的手："走吧！"

这里的仪式足够简单，新人直接踏着红毯来到神父面前，宣读完誓词，交换戒指，神父在他们先前的文书上签字，就正式生效了。

北雨本来没当真，只是觉得好玩。

但是当西装笔挺英俊无比的沈洛深情款款看着她，认真宣读誓言时，她本来戏谑玩笑的情绪，忽然就消失殆尽。

一切变得神圣起来，就像是一场真正的婚礼。

而当她跟着神父宣读誓言时，从未有过的责任感和庄重感，也油然而生。

也就是在这一刻，她忽然对婚姻有点憧憬起来。

或者说，忽然对和面前这个男人的婚姻，憧憬了起来。

誓言宣读完毕，新人交换戒指，沈洛顺势倾身吻住她。

礼堂里响起鼓掌声，一个长吻结束，北雨转头看去，才发觉两个伙伴不知何时跑来了。

"你们怎么在？"

"你结婚我们当然要来围观。"

北雨笑："就是觉得好玩儿而已，又不是真正的结婚。"

"觉得好玩儿？这里的婚姻可是合法的。"

北雨道："那也得去总领事馆公证才算合法，不然国内不会认的。"

"也对，就当结婚演习。"

"不对不对，之前入驻酒店登记的时候，我看到你家大帅哥拿的是美国护照。这样的话，你们算是跨国婚姻，按照两个国家的婚姻法来，不用去总领事馆公证也是合法的啊！"

北雨忽然像是被人一棍子敲醒。对啊！她怎么忘了沈洛的是美国护照？

她眨眨眼睛狐疑地看向沈洛："你不要告诉我你也忘了这件事？"

沈洛耸耸肩，云淡风轻道："我问过你想好没有，你说想好了，沈太太！"

后面三个字，他故意加重了语气。

"沈洛！"北雨大怒，上前就要挠他。

眼见刚刚结婚就要发生家暴事件，怕吓到旁边的工作人员，沈洛赶紧将自己媳妇儿打横抱起来往外走："反正我们迟早要结婚，就当是提前登记，等你这段旅行结束回国，咱们再正式举办婚礼。"

北雨哀号。

她怎么就这么蠢？

三番五次掉进沈洛的圈套。

回到酒店，北雨仍旧愤愤不平。倒也不是真的生气，就是觉得自己自诩独立自主的成熟女性，任何事应该有自己的主张和计划，但到了沈洛这里，完全是被他牵着走。

她彻底对自己的双商失望。

沈洛却是难得的高兴，向来面无表情的冷峻面孔，竟然隐隐飘着掩藏不住的笑意。

北雨揍了他几拳，他笑得更甚。

北雨发泄完毕，横眉倒竖叉腰道："我跟你讲，以后家里大事小事都听我的，不准再忽悠我！"

沈洛点头："都听你的。"

北雨又道："钱归我管。"

"嗯，归你管。"

"买房装修都我说了算。"

"嗯，你说了算。"

"吃穿用度任何事都要按我的喜好来！"

"按你的喜好来！"

北雨总算满意了，又补充一句："反正都要听我的。"

沈洛轻笑："听你的没问题，但是你真的愿意管家里这些大事小事吗？"

一语惊醒梦中人，北雨向来最讨厌的就是麻烦，于是立刻惊恐地反悔了："买房装修吃穿用度还是你来吧!"

沈洛笑着将她拉在怀里抱住："婚姻不可怕，也不麻烦！"

北雨抬头看他："你怎么知道？"

沈洛道："你和我在一起这一年来，你觉得可怕吗？麻烦吗？"

北雨摇头，不仅不可怕不麻烦，相反，非常舒心快乐。

沈洛道："那我们结婚以后，生活肯定还是这样过，不会有任何不同！"

北雨道："可是结了婚就得考虑生小孩养小孩。"

沈洛沉默了片刻："生小孩这件事我没办法去掌握，但是抚养孩子我有足够的经验，你觉得小飞船麻烦吗？"

北雨摇头，好像也是，沈洛已经有足够的当父亲的经验，好像孩子这件事对他们来说，也就迎刃而解了。

她不得不承认，自己就是这样一个简单的人，很容易就被沈洛说服了。

再想想刚刚结婚时，忽然生出的憧憬。

好像，就算是从现在开始婚姻生活，也没什么可怕的。

唯一不甘心的就是自己再次上了沈洛的当。

她想了想："那反正什么时候对家里人宣布，什么时候举办婚礼，得听我的。"

"这有什么问题？"沈洛挑眉。

北雨又道："还有，你都没求婚，我对此表示很不满。"

沈洛想了想："等我回去想想，什么求婚方式最浪漫。"

北雨忽然想起他之前的约会宝典，顿时打了个寒噤："你还是别求了。"

说不定他就搞个什么热气球、广场大屏幕之类的，想想就觉得可怕。

带着还剩下的一点悲愤与喜悦的心情，北雨晚上去赌场玩德州扑克，在沈洛的参谋下，赢了一笔小钱，于是仅剩的悲愤也没了，只剩下足够的喜悦。

隔日沈洛要离开回国，北雨送他到酒店门口。

看着他坐上车，她笑眯眯趴在窗边，自然地说道："老公，虽然你突然出现让我很惊喜，但也不要总干这种事，我会照顾好自己，你也要好好工作，继续当大家崇拜的洛神。"

沈洛轻笑一声："再叫一次。"

北雨笑道："老公。"

沈洛满意点头："老婆。"

"老公。"

"老婆。"

北雨抱头："别叫了，感觉都被叫老了。"

沈洛眼角含笑，看着她故意搞怪的动作，柔声笑道："旅途注意安全，等你回来。"

一个月后，北雨第一段旅程结束，比她计划的提前了两天。她想着给沈洛一个惊喜，所以没提前通知他，自己改了机票悄悄回了江城。

她坐的是上午的航班，到家的时候已经是晚上七点多，天差不多已经黑透。

出租车在巷子口停下，她背着个大包下车，踏上这条久违了两个多月的路。

也许是从来没有离开这么久过，她一时竟有种近乡情怯的激动。

刚刚走进去，她就远远地先朝沈洛的小楼张望，却见楼里没有亮灯，显然是没人。

她皱了皱眉，走进巷子里一段后，又转头看向对面的工作室，灯光明亮，而且隐隐有音乐和嘈杂声传来。

她快速走回去，那喧哗吵闹越来越明显，是笑闹声和音乐声。

江二狗搞什么鬼？

院门没有关，北雨直接进去。

里面的大门也只是虚掩着，她蹑手蹑脚走近，从门缝里往内看去，却见大厅里原来正在开派对。

他们工作室开派对不奇怪，奇怪的是，她竟然在里面看到了沈洛。

向来不喜热闹，厌恶和人相处的人，竟然在派对里。

北雨站在门外，悄悄看他。

虽然他还是不太合群的样子，但是被江越拉着，竟然也没出现反感的表情。再看工作室那几个家伙滑稽的表演时，他脸上还挂着浅浅的笑意。

她站外面看了一会儿，由衷地笑开。

过了片刻，身后忽然有人上前拍了拍她："请问找谁啊？"

有点熟悉的声音，北雨转过头，看到的却是一个陌生的英俊男人。

那男人看到她，惊讶道："北……北雨，你回来了？"

北雨睁大眼睛："你是李知远？"

李知远红着脸点头。

北雨不可思议地上下打量他一番，头发剪短了一点，没有戴眼镜，穿着一身搭配适宜的休闲装，脚下是一双流行款的帆布鞋。

看起来年轻又帅气。

她完全没法和之前那个土得掉渣的宅男联系起来。

李知远手上拎着两提啤酒，有些不好意思地笑了笑，推开门走进去。

里面传来小昭的声音："你怎么去这么久啊？差点以为你被人拐走了呢！"

她话音刚落，江二狗已经叫起来："北大嘴，你回来啦？你哥我想死你了！"

他边叫边一阵风飞奔出来，狠狠一个熊抱将北雨抱起来。

他一股蛮劲儿，连人带包抱起来也毫不费力。

北雨被他烦死："你放开！"

江越嘿嘿笑着将她放下，还想表达一番感天动地的兄妹重逢之情，人已经被从后面走上来的沈洛揪住领子拉开，沈洛不满道："别乱抱我老婆！"

江越被他拉得一愣，反应过来，不忿道："她是我妹！什么时候是你老婆了？"

沈洛懒得搭理他，只是将北雨拉在自己胸前，淡声问："怎么提前回来也不告诉我？我好去机场接你。"

北雨弯唇笑道："想给你一个惊喜，不过看起来，我不在你也挺开心的嘛。"

沈洛看着她但笑不语。

上次一别，又是一个月有余，虽然几乎每天都视频，但毕竟不如摸得到够得着这般真实。

沈洛迫不及待地想和她亲热，转头道："你们玩儿，我和我老婆回家了。"

众人哄笑。

江越还在哇哇直叫："你给我说清楚，我家北大嘴什么时候变成你老婆了？我跟你说，别看你是洛神，但是娶我妹妹这件事，你还得问我这个哥哥同不同意。"

北雨转头，一个炸弹抛给他："哥，我和沈洛已经在拉斯维加斯结婚了！"

"什么？"江越抱头哀号。

小飞船从后面蹿上来，手舞足蹈道："爸爸，你终于娶到老婆了，我太替你高兴了。"然后又朝江越道："二狗叔叔，你要加油哦！"

江越做捧心倒地状："唉！养了这么多年的猪，把人家白菜啃了，我的心好痛啊！"

众人："……"

回到对面小楼，沈洛将北雨的行李放下来，又捧着她的脸左右看了看："还好，比上次看着好像胖了点。"

北雨故作大惊："什么？我胖了？"

沈洛白了她一眼："上次你都快成非洲难民了，现在也就稍微好一点。"

北雨咧嘴笑，抱着他："你想不想我啊？"

沈洛道："一般吧！"

北雨柳眉倒竖："什么叫一般？亏我天天想你！"

沈洛冷笑一声："天天想我？我怎么看你完全乐不思蜀的样子，微博上三天两头晒路上遇到的外国帅哥？"

北雨大笑："那不是为了涨粉丝吗？我跟你说，我是万花丛中过，片叶不沾身，身心都只系在你一个人身上，快点说想我！"

沈洛面无表情："嗯，想你。"

"走点心！"

沈洛直接吻上来，用一个炽烈的吻证明自己的思念程度。

一吻结束。

气喘吁吁的北雨想到什么似的问："你怎么会去参加江二狗搞的破派对？你不是最讨厌人多吵闹吗？"

沈洛道："那也得看是什么人，你还不是很吵，我也没讨厌过。"

北雨笑，难得认真道："看到你和他们一块儿玩，我挺高兴的。"

沈洛也笑："我也挺高兴。"

因为她，他尝试走出自己的小世界，然后发觉，其实外面的人和事也没那么糟糕。

北雨坐了十几个小时的飞机，没怎么吃好，沈洛给她做了一顿丰盛的晚餐，小飞船为了不打搅他们的二人世界，非常自觉地去隔壁跟妈妈睡。

北雨吃完饭，洗了澡，本想好好睡一觉休息，哪知外面忽然响起她妈的大嗓门："北雨！北雨！"

沈洛赶紧出去开门，北雨随他走出来，迎面就看到她老妈领着老爸往内冲。

"爸妈，你们怎么来了？我正准备明早回家呢！"

北母道："你回不回家无所谓，我就问你们俩，江越说的是不是真的？"

北雨一头雾水："江越说什么了？"

北母道："江越刚刚打电话说你们俩在美国结婚了。"

江二狗！你这个大嘴巴！

北雨一个头两个大，无比后悔自己刚刚不经过大脑的脱口而出。

她支支吾吾道："也不是，就是演习一下。"

"演习？结婚能当儿戏吗？注册了就得举行婚礼让亲戚朋友都知道，不然像什么话！"北母义正词严道，"我已经通知你叔叔伯伯舅舅姨妈他们，准备一起商量选一个良辰吉日，把事儿给办了。"

461

"妈……"北雨一脸崩溃。她虽然对自己已为人妇这件事认了，但还没去考虑举办一场世俗意义上的婚礼。

想到婚礼那一套，她就觉得麻烦。

但是她的反抗，北母完全不放在眼里，而是拉着沈洛道："你家人那边看要怎么办？"

沈洛道："我们都可以的，不过我爷爷和叔叔他们还没见过北雨，可能得先抽个时间，两家见一面。"

北母点头："这个是一定要的。"

沈洛道："既然这样，我来安排吧！"

"我还没准备好啊！"北雨抱头哀号。

北母白了她一眼："你要准备什么？你什么都不干我就谢天谢地，你看看你自己，往外一跑两个多月，晒得跟煤炭似的。要不是沈洛有空就带小飞船来看我们二老，我真是觉得白养了你这个女儿。"

正被骂着，江越从对面鬼鬼祟祟蹿过来："姨，我没骗你吧？"

"江二狗！"北雨大吼一声。

江越赶紧抱头溜回了对面，边跑边道："姨，你这些年送的份子钱，终于可以收回来啦！"

北母有些得意："那是。"

本来北雨是没打算这么快告诉父母自己和沈洛已经登记结婚的事，哪知大意失荆州，被江越出卖。沈洛倒是一切都随她，但她的胳膊拧不过她老妈的大腿，只能咬牙从了。

沈洛其实也忙，寰宇那边已经重新进入研发阶段。但人生大事不敢耽搁，他很快安排了双方家长见面。

北母因为只有一个女儿，之前听说沈洛幼年父母双亡，除了同情之外，也还有点庆幸。这可就是真正多了个儿子，所以对他家里的情况也没太在意。

462

哪晓得见了沈洛的家人，才知道原来是出自名门，他的爷爷和叔叔们都是大人物。

北家虽然家境不算差，但到底只是接地气的小市民家庭，和这样的家庭结了亲家，自然是觉得脸上有光。

那次会面之后，北母在国有厂大院逢人就嘚瑟。

北雨小时候是院里最优秀的孩子，无奈长大后泯然于众，后来甚至去开了网店。在她收入没有如今这么高之前的很长一段时间，北母难免会遭受一些异样眼光，和阴阳怪气的冷嘲热讽。

一个曾经总考第一的孩子，长大了去开网店，确实是一件可以让人茶余饭后消遣的事。

然后又是很长一段时间，同龄人的孩子，尤其是女孩儿，个个都开始结婚生子，而自己的女儿却始终单身。

北母又一次遭受来自三姑六婆的各种轰炸和冷嘲热讽。

这一回她终于算是扬眉吐气。

当然作为一个母亲，所谓的面子，其实也并没有那么重要，重要的是，不省心的女儿，遇到了她的良人，这才是让她真正高兴的事。

其实北母从来没真正逼过女儿，哪怕在过去的许多年，对北雨的诸多选择不以为然，但她还是由着她去折腾。至于结婚，她知道北雨口上不愿意，也不过是怕麻烦。所以老两口拉着沈洛，尽可能把一起都准备好。

因为太省事儿，以至于婚车来接新娘的时候，穿着婚纱的北雨还在自己闺房打游戏。

新郎伴郎来敲门，屋内的伴娘看她蹲在椅子上和人在游戏里对骂的场景，实在是不忍直视，连红包都没要，直接把外面的人放进来，然后让新郎将人给抱走了。

婚礼很热闹，基本上都是北雨家的亲朋好友，四星级酒店，一百多桌，也幸好北父北母不是公职人员。

一切井井有条，整个婚礼非常顺利，没有出现任何预想的鸡飞狗跳。

北雨本来只是抱着走过场、满足父母心愿的心理，但是当父亲领着她，将她交给红毯尽头的沈洛，一向嘴拙的北父红着眼睛叮嘱沈洛好好待她时，她才忽然明白这种世俗婚礼的含义。

不只是为自己，而且是为了将自己养大成人的父母。

因为这意味着，一个人真真正正从原生家庭走出来，从此开始属于自己的生活，不再一味享受父母的宠爱和纵容，而是要去担负起另一个家庭的责任，在不久的将来，也终究会为人父为人母。

与其说是婚礼，不如说是一个人真正意义上的成人礼。

至少对于北雨来说，就是这样。

当她的手从父亲的臂弯里出来，和沈洛相握时，耳边响起自己的声音：恭喜啊！这一次，那个总是做白日梦的小女孩终于长大了。

两个人的新房就在沈洛租住的那栋小楼。

到了晚上，人们散去，小楼只剩下沈洛和北雨两个人。

卧室里的白墙上，是沈洛亲自贴上去的大红喜字，整个屋子便被衬得俗气了几分，但又多了些世俗的温暖。

北雨身上的旗袍还没脱，四仰八叉地往床上一躺。虽然整个婚礼，自己没操过什么心，但今天一早起来盘头化妆，一直到现在才真正歇下来，要说不累那肯定是假的。

她盯着墙上的喜字，忽然笑开："沈洛，我们真的结婚了？"

其实在拉斯维加斯，他们就已经是合法夫妻，但直到今天，她才真正有了结婚的意识。

沈洛搬着一个大纸箱子过来："难道你以为是在过家家？"

北雨笑：“也不是，就是觉得有点像做梦，我竟然真的结婚了，还是和你。”

沈洛瞥了她一眼：“你想要发表什么感慨吗？”

北雨开玩笑：“感慨啊？那就是结婚还真是累！”

沈洛将箱子放在床上：“你数数红包应该就不累了。”

北雨果然一骨碌坐起来：“我还以为我妈把红包卷走了呢，原来都留给我们了。”

沈洛道：“刚才爸妈走的时候，说结了婚总租房住不像话，让我们早点去买房，所以份子钱就留给我们了。”说着，他看了北雨一眼，“好像国内结婚，男人要有房子，女人才会嫁的。你就这样嫁给我，别人怕会以为你脑子有问题吧？”

北雨满不在乎道：“我努力赚钱，就是不想因为房子车子这些东西而决定嫁不嫁人和嫁给什么样的人。别说你没房子，就是让我养你，老娘也愿意。”

沈洛失笑：“那你以后养我啊？”

北雨斜了他一眼：“没问题，把Pluto的摄影作品都给我就行。”

“那有什么难的！”

北雨将纸箱里的红包全部倒在床上，一个一个开始拆。

“我去！张叔也真抠，他女儿三年前结婚，我妈就给了五百红包，孙子抓周也给了五百。他这就给我包了五百块，敢情剩五百等着我生孩子再给呢！”

“安安怎么给了一千？她才刚毕业一年，一个月工资才四千，还得给家里钱，肯定是看工作室其他人给多少，照着给的。明儿上班，我得找个借口把红包还给她。”

沈洛看她边拆边絮絮叨叨，嘴角不由自主勾起一丝笑。

几十万的份子钱整整装了一大纸箱。

北雨呼了一口气："我老妈这些年吃酒给的份子钱，总算是挣回来了。这么看来结婚也挺好的。"

沈洛将纸箱收起来："钱数好了，也该今天的最后一道仪式了。"

北雨咦了一声："还有仪式？"

"洞房花烛啊！"

北雨想着他这几天连着忙进忙出，今天更是天没亮就起来。她坏笑着上下打量他一眼："你还有力气洞房？"

沈洛轻笑了一声，弯身将她打横抱起往浴室走："别的事可以没力气，但是这件事必须有。"

春宵一刻值千金。

婚礼在春光中结束，而生活才刚刚开始。

一个月后，北雨的环球之旅再次启程，而沈洛也全身心投入工作当中。

这一次旅程去的是南美，计划三个月。

第一段旅行，从一开始就困难重重。

在巴西街头，她们被人抢了手机和钱包，又被硕大的蚊子叮咬住院。

环境恶劣，治安糟糕，也没有那么好的网络可以时常与家里联系。她们曾经好几次想打道回府，但未知的冒险，让人期待多于畏惧，于是三个女孩再次坚持下来。

她们感受了古老的印加文明，近距离看到亚马孙雨林里的各种动物，也在路途中结识了很多有趣的陌生人。

第二个月，三个人来到了阿根廷。

被称为"南美巴黎"的布宜诺斯艾利斯在南美算是数一数二的大都会，很有欧洲风情。三人奔波多日，终于住上了一家不错的酒店。

游完这座城市，再次出发那天早晨，三人在酒店吃早餐。

餐厅的墙上挂着一台巨大的液晶电视，电视里正在播放中国的新闻。

三人在外面走了这么久，乍一看到中国的报道，都好奇地看过去。

是一则科技领域的报道。

"咦？北雨，那不是你老公吗？"同行的伙伴，看到电视里那个熟悉的脸孔。

北雨喝着粥，眼睛一眨不眨地看着电视屏幕。

那是一个签约仪式。

中国民营航天公司寰宇航天与欧洲某集团达成战略合作协议，将在接下来的三年内，为该集团用运载火箭发射卫星群。

这是寰宇航天的第一个商业订单，也是国内民营航天事业的新起点。

代表寰宇航天的是沈洛。

他西装笔挺，整个人英俊不凡，站起来和对方企业代表握手，气势十足。

"你老公原来是造火箭的啊！真厉害！"小伙伴感叹。

"最重要的是还这么帅！你看和那些白人站在一起，也鹤立鸡群。"

北雨挑挑眉，一点也没谦虚："那必须啊！"

两个伙伴哈哈大笑。

吃完饭，三人背包从酒店出来。

今天的天气很好，一如北雨的心情。

没有什么是比现在更好的状态。

想要的都已经得到，想做的正在进行。

她的梦想是在路上。

而沈洛的梦想也正在路上。

番外合集

（一）梦想起航

一年后，寰宇航天的第一枚运载火箭在海南发射场发射，取名远航一号。

此时北雨正结束一段旅程回到家中休息了快一个多月，于是陪他一起去了发射基地。

发射前一晚，睡到半夜，一觉醒来，北雨发觉身边没了人影，她拿过床头的手表看了眼，已近两点。

她起床找了一圈，终于在楼顶看到了自己要找的人。

沈洛坐在栏杆上，拿着望远镜仰望天空。

她站在原地，默默看了会儿他，不紧不慢走上去。

大概是看得太入神，直到北雨在他旁边坐下，他才反应过来。

"你怎么来了？"他问。

北雨道："一觉醒来发觉老公不见了，怕被狐狸精叼走，就赶紧来找了。"

沈洛轻笑："我就是有点睡不着，你要是困就赶紧去睡，不用管我。"

北雨道："很紧张？不是已经发射过几次试验火箭了吗？"

沈洛叹了口气："明天是远航的忌日。"

北雨道："我知道。你们选择明天发射，也是为了怀念他吧。"

沈洛点头："我希望他在天上看到我们的成功。"

"一定会的。"

说完，两人都没再说话。

也不知过了多久，沈洛又开口："你知道我为什么想要做航天吗？"

北雨摇头，她还真没问过这个问题。

沈洛道："我五岁那年父母意外过世，被爷爷接回来后，心理一直有问题。爷爷就天天带我看星星，说爸爸妈妈是在天上，变成了星星在守护我。然后我就喜欢上了星空，再后来就去探索装载星空的宇宙。"

原来科学探索也不过是来源于一个童真的幻想。

北雨笑："也许在有生之年，我们的科学能发展到星际旅行，到时候你带我一起。"

沈洛转头在夜色中看她，笑道："好啊！我报名参加了火星移民计划，以后我们一起移民火星。"

北雨点头："希望有生之年能实现。"她靠在沈洛的肩膀上，"明天的发射一定会成功的。"

嗯。

北雨沉默了片刻，又道："等发射成功，我送你一份礼物。"

"什么礼物？"

"既然是礼物，当然现在不能告诉你，你明天就会知道，而且一定会很喜欢。"

沈洛笑："好啊！那我就期待着，现在你陪我回房休息。"

隔日早上，沈洛起来的时候，北雨还没醒来，只迷迷糊糊感觉到他亲了亲自己就出门了。

等她起床，已经是九点多。

房间里留了早餐，她不想打扰沈洛工作，而且自己目前的身体状况也不适合离火箭太近，于是没去发射塔那边。

吃了早餐她就来到楼顶的天台。

这里离发射塔隔着一段距离，但因为周遭空旷，还是能远远地听到一点动静。

十点钟。

火箭点火。

发射。

屁股后头冒着火的运载火箭噌地飞上天空。

因为是小型火箭，并没有引得地动山摇，但也足够壮观。

等到一切尘埃落定，北雨才下楼，往基地的火箭发射控制室走去。

寰宇航天的几个人正在相拥庆祝，沈洛和李知远被簇拥在中间。

也不知道谁说了一句："嫂子来了！"

北雨笑："恭喜啊！"

沈洛抬头看向她，然后疾步走过来将她一把抱住，声音颤抖着道："成功了！"

北雨本来还想煽情一下，无奈他太过用力，抱得太紧，她只得拍拍他："好啦好啦！都把我弄疼了。"

沈洛放开她，眼睛早就已经发红。他忽然想起来："你不是说要送给我礼物吗？"

北雨抿嘴笑了笑，转头看了下周围的人，道："我要在这里宣布一件事。"

沈洛笑："你就说吧！"

北雨笑眯眯道："你们的洛神要当爸爸啦！"说着看向沈洛："老公，我们有孩子了！"

众人闻言，高兴地欢呼。

沈洛本来带着点笑意的脸，却忽然僵住，直到北雨推了他一下，他才忽然反应过来，像是疯了般将她抱起来："真的吗？"

北雨点头："真的。"

她是来海南之前发觉身体不太对劲的，赶紧买早孕试纸悄悄验了几遍。虽然这个小生命是不期而至，但也许是到了一定的年纪，当她确定之后，非常坦然地就接受了，还有些莫名的高兴。

她其实是个藏不住话的人，本来第一时间就想告诉沈洛的，但怕影响他的工作，就一直憋到了现在。

在一起已经不是一天两天了，她对沈洛是了解的。因为亲缘单薄，所以他其实一直想要一个完整的小家庭。

沈洛忽然又像想起什么似的，赶紧将她小心翼翼放下，拉着她往住处走："小心这里有辐射，我们回住处，我给你做饭吃。"然后对几个人挥挥手："你们好好处理后续工作，我带老婆孩子先回去了。"

下楼之后，他又紧张兮兮道："要不要我背你或者抱你回去？"

北雨哭笑不得："我这才怀孕一个多月，都没什么感觉，你别这么紧张好吗？"

沈洛皱皱眉："你真是胡闹，明知道怀孕了还跟我跑来发射基地。"

北雨笑："因为想见证你的梦想。"

沈洛还是紧张，边走边搓手，想起什么似的又道："那你接下来的旅程怎么办？"

北雨笑道："坦白说，虽然旅行让我收获很多，但这一年我八个多月在路上，真的是有些累了。如果再继续下去，恐怕旅行的美好体验要大打折扣。"她顿了顿，"而且小朱这次回来没几天，认识了个男人干柴烈火闪婚了，梦梦在旅途中与一个帅哥坠入爱河，下次旅程就该和她男朋友了。我们三人小分队解散，我也懒得再去找伙伴，干脆就先停一停，然后也好好回味一下这一年来所看到的风光。世界很大，一时恐怕也看不完，好在人生也长，未来还有几十年慢慢看。"

沈洛点头："好，以后我有了时间，咱们一家三口再出发。"

当天，两人就回了江城。因为第一枚火箭发射成功，沈洛便有了一段不那么忙的时间，可以好好陪着怀孕的北雨。

北雨身体素质好，怀孕并没有什么太大反应，只是胃口越来越好，加上沈洛化身大厨，每天变着花样做美味的营养餐。一个月下来，她的肚子还没显露，人却肥了一圈。

小飞船跟着程素素回了美国读书，不过一到暑假就回来和沈洛一起。

这次回来，他知道自己要当哥哥了，高兴得不得了，整天围着北雨打转，对着她的肚子说话。

最丧心病狂的要数江越，因为要当舅舅，一个大男人，竟然开始做手工，为即将出生的外甥（女）做了各种小鞋子和小玩具。

别说，看起来还挺像那么回事。

隔年春天，北雨生下一个女儿，取名沈星辰，小名星星。

小星星半岁时，北雨便带着她登山。

一岁半时，便可以徒步几公里。

三岁之前，已经跟着妈妈走了大半个中国。她性格活泼，热爱大自然，身体素质比同龄孩子好很多，勇敢又有正义感，在幼儿园里看到有小朋友被欺负，立马挺身而出，妥妥的幼儿园扛把子。

沈洛的宇宙探索事业仍旧在进行，其实一切都还未知，但正因为未知才会更迷人。

北雨的环球之旅也并没有因为有了孩子而彻底搁置，每年都会抽出两个月的时间出去，有时候一家三口，有时候她自己一个人带着孩子，有时候只是和朋友一起。

旅途的景色让人目眩神迷，但她知道每一段旅程的尽头都有一个相同的名字，那就是家。

（二）往事

时值仲春，西北旷野的小屋里，三个男人坐在地上，喝着啤酒聊着天，旁边的摇篮里一个小小的婴儿早已睡得香甜。

这三人正是沈洛、沈远航和李知远，此时他们都不过二十五六岁，从国外回来做民营航空不到一年，在这个远离都市的地方待了好几个月。

这里是他们的火箭研究发射基地。黄沙漫天，开车到最近的小镇也得两三个小时，娱乐自然乏善可陈，何况三个大男人还带着一个婴儿，也就是沈远航的儿子小飞船。

好在三人本就是科研狂人，科研对他们来说就是最大的娱乐，这是他们炙热的理想，哪怕再艰苦，每天都斗志昂扬。

一头卷发的沈远航举起啤酒，和两人碰了碰，仰头灌了一口，拿起手机走到摇篮的旁边，给睡得无知无觉的儿子拍了两张照片，笑道："我给素素写一封邮件，告诉她明天是我们的试验火箭的发射日，等发射成功，就是我们实现梦想的第一步，她肯定会为我高兴的，然后回到我和小飞船身边。"

沈洛不以为意："她为了阻挡你回来追求梦想，把小飞船丢给你自己离开，这种人有什么好惦记的？"

沈远航道："你没谈过恋爱不知道，素素就是希望我留在她身边，和她一起过安逸的生活，女人都是这样。她不理解我们的梦想，我觉得挺正常的，只要我能向她证明咱们不是白日做梦，她迟早会理解的。"

他写完邮件，出了口气："快一年没见到素素了，我可真是想她。算了，明天发射成功后，我就带小飞船去看她。小飞船现在都会说话了，还没见到妈妈可不行啊！素素肯定也很想我们。"

李知远笑着举起啤酒："那就预祝咱们成功！"

三人碰了碰，笑着开喝。

沈洛喝完一罐，站起身："我去发射台看看，我看图纸数据的时候，总觉得有两个参数有点问题，我得再检查一下。"

沈远航拉住他："放心吧，肯定没问题，我们都计算过那么多遍了，就是个小火箭而已，明天我亲自点火，见证咱们梦想迈出第一步的时刻。"

李知远笑眯眯点头："没错没错，当火箭成功升空，就意味着我们的梦想真正起航了。"

沈远航道："是啊！现在只是小型火箭，以后还会有运载火箭、航空飞船等等，我们的寰宇航天一定会在历史上留下重要的一笔。"说着，他用手肘戳了戳沈洛，"是不是啊？"

长期待在象牙塔的男人们，即使智商再高，也总是带着点不管不顾的天真。

沈洛微微蹙眉，没有说话，也不知为何，明天就是他们第一枚试验火箭发射的时间，他却总有点忐忑不安。

沈远航也没在意，打了个哈欠，往旁边的地铺一躺："赶紧睡吧，明天可是我们人生中最重要的一天。"

李知远深以为然地点点头，将啤酒罐丢进垃圾桶，也躺下了。

沈洛想了想，决定还是再去发射台检查一下，然而刚刚站起身，旁边摇篮里的婴儿翻了个身，呓语了两声，有转醒的架势，他赶紧摇了摇摇篮安抚，最终放弃了去检查。

隔日是个好天气，碧空万里无云，沈洛和李知远在控制室，沈远航去了发射台人工点火。

虽然他们的一切设备都是简陋的，但小型火箭的危险性并不算大，所以沈洛心里尽管总有些不好的预感，却也没太放在心上。他看着监控画面里的沈远航到达发射台，朝他们的方向挥了挥手，耳麦里传来他的声音："准备就绪！"

沈洛对着电脑开始倒数："10，9，8，7，…，3，2，1，点火！"

沈远航点完火，然后迅速离开。

尾翼冒着火焰的火箭，成功飞离地面，那尾部逶迤的火光，看起来令人目眩神迷，瞬间点燃了这三个年轻人的热血。

只是这热血还没彻底飞腾，那冲到半空的火箭忽然偏离了既定轨道，在三人谁都没反应过来之前，已经急速坠地，发出巨大的爆炸声，前后不过两三秒。

"远航！"李知远大叫一声。

而脸色大变的沈洛更快反应过来，飞速跑了出去。

控制室内的小飞船，还在懵懂无知地坐在地上玩玩具。

沈远航离火箭坠地的位置不过几米，整个人已经被炸得不成样子，救护车赶来时，他已经完全不行了，在医院抢救了整整两天，终于还是没能救过来。

沈洛和李知远带着小飞船，一直在他旁边守着，然而却没等到他睁一次眼睛。他甚至都没有和向来听话却在这两天焦躁不安的小飞船告别，只是嘴里好几次呢喃着程素素的名字。

在医生宣告死亡的那一刹那，李知远失声痛哭，而强撑了两天的沈洛终于也忍不住，捂着眼睛靠在墙边流下了痛苦的泪水。

他终于体会到了后悔与自责的滋味，如果他选择相信自己的感觉，重新去发射台检查一遍，及时发现问题，也许意外就不会发生。

可人生没有那么多如果，失去的生命再也不会回来。

尚且年幼的小飞船什么都不懂，但又好像什么都懂，不哭不闹，只是瑟缩着趴在沈洛怀里，不知是忧伤还是惊慌。

沈远航因为火箭发射事故身亡，这个还有两个月才满26岁的天才用他短暂的生命，为他们天真的梦想买了单。

沈远航无父无母，沈洛给程素素发了短信，但下葬那日，这个沈远航生前最爱的女人却没有来。

没人知道，她在遥远的大洋彼岸，因为这个消息精神崩溃。

沈洛和李知远给逝去的好友买了一块公墓，立了一块墓碑。墓碑上照片中的沈远航，顶着他标志性的卷发，露出灿烂的笑容，看起来还像一个大男孩。

从此之后，他永远就是这个大男孩。

此时距离出事已经过去了十来天，沈洛与李知远也稍稍平静下来。

墓园里萧瑟的风吹过，李知远擦了擦眼泪，问沈洛："你有什么打算？"

沈洛沉默了许久才回道："以前我们去融资的时候，那些投资商笑我们是天真的'书呆子''技术宅'，我从不以为然，只觉得夏虫不可以语冰，是他们不懂罢了，但现在我才知道，我们确实太天真了，而这个天真的代价太大了。"

李知远沉默了片刻："你打算放弃了吗？"

沈洛道："不是我要放弃，是我根本不具备这个能力，不过是接受现实而已，况且……"他转头看了眼旁边婴儿车里熟睡的小飞船，"我得好好照顾小飞船。"

李知远点点头，半晌之后，低声道："你离开的话我也没有留在寰宇的意义了，之前有一所大学邀请过我，我可能会去那边工作。"

沈洛弯腰摸了摸小飞船粉雕玉琢的脸蛋，又朝旁边的男人道："知远，对不起。"

沈洛是他们三人的主心骨，却没能带着他们完成梦想，所以对不起。

李知远摇摇头，没再说话。

三个年轻人炙热而单纯的梦想，以这种惨烈的方式结束。此后三年多，沈洛带着小飞船一起生活，他准备就这么孤独而苍白地过完余生，从此对梦想绝口不提。

直到那天遇见了北雨，他的人生才又一点一点被抹上了色彩。

埋葬多时的梦想终于重见天日，为了自己，也为了逝去的好友和搭档。

（三）生孩子

因为长期锻炼，北雨的身体素质很好，怀胎近十月，几乎没有任何不适的反应。临产前一晚她还兴致勃勃地看了一场球赛。

隔日早上醒来，她只觉得肚子有点不舒服，刚刚爬起来，发觉身下有些不对劲，正要推醒沈洛，身旁的男人已经睁眼："怎么了？"

北雨双手往后撑在床上，皱眉道："我感觉我尿尿了，而且还不受我控制。"

沈洛神色一惊，迅速坐起身："你是不是破水了？"

北雨这才恍然大悟，惊慌地看向他："怎……怎么办？"

"马上去医院。"沈洛镇静地下床，快速给她找好衣服，"需要我帮忙吗？"

这会儿北雨的肚子还没有太大的感觉，摇摇头："我自己换就好了。"

沈洛点头，把待产包翻出来，将里面的东西清理一遍，给她端来水杯和牙刷在床边漱口后，又拿了杯热水让她喝掉，再把快速热好的早餐递给她："吃点东西，不然待会儿精力跟不上。"

好在北雨怀孕以来睡眠香胃口棒，三下五除二将早餐吃掉，然后扶着沈洛的手出门去医院。

沈洛一只手拎着待产包，一只手扶着老婆，坐上车后，还不忘给岳父岳母打了电话通知他们。

总之他从睁眼到现在，全程理智冷静、有条不紊。

坐在车上的北雨已经开始阵痛，但看到他冷静到有些冷峻的面容，也就没什么好惊慌的了。

只不过这种时候他还这么理智，到底是冷静还是冷漠，北雨不禁有点怀疑。

当然，腹中那个提前想要破壳而出看世界的孩子，让她没那么多心思胡思乱想，因为实在是太疼了，半个小时不到的车程，她疼得头发都快汗湿了。

到了医院，沈洛直接将疼得死去活来的北雨抱着去了妇产科。

因为胎位一切正常，北雨也愿意坚持顺产，她就被推去了产房。

沈洛将她送进去，安慰性地吻了吻她的额头，又握了握她的手道："加油，我在外面等你。"

他不陪产，是之前北雨要求的。作为一个爱美的都市女子，她可不能忍受自己的丈夫看到自己那么丑那么狼狈的样子。

北雨一向觉得自己算是个女勇士，只是生孩子漫长的疼痛还是超出了她的预期。虽然成功顺产且母女平安，但生下来已经是三个多小时后。她身上的衣服已经被汗湿透，头发也变成一缕一缕，整个人快要虚脱了。

医生将皱巴巴的孩子放在她胸口，打开门让沈洛进来。

对于这个冷静寡言的男人，医生一开始还想着那女人真是不幸，遇到这么个不上心的男人，但很快就发觉是自己错了。

虽然沈洛脸上还是没什么激动的表情，但走进产房时，脚步明显有些歪歪扭扭，与他那张没什么表情的脸截然不同。

当他来到产床旁，忽然软到跪在地上。

本来气若游丝的北雨，捧着胸口的婴儿正热泪盈眶，忽然看到他的动静，差点吓一跳，艰难转头一看：沈洛这哪里是淡定，根本就是面无血色。

他张了张嘴，哑声道："老婆，你怎么样？"

北雨虽然有些虚弱，但状态着实不错："挺好的，你快看看我们的女儿。"

沈洛这才把目光放在小孩身上。

小飞船刚出生的时候他也见过，小小的一团放在小床里，他没什么感觉，甚至想避而远之，因为那时候对爱情和婚姻毫无概念。

然而当他看到闭着眼睛皱巴巴的女儿时，忽然就忍不住红了眼睛，然后试探着用手指戳了戳，嘴角难得地露出一个笑容："真可爱！"

"那当然！这可是我们的女儿。"北雨得意道，然而因为身体虚弱，声音也很弱。

沈洛赶紧将孩子抱起来交给医生，自己蹲在她旁边："辛苦了老

478

婆！我们以后再也不生了，你好好休息，我就在你身边。"

他温柔地在她的额头印上一吻。

北雨生孩子痛得死去活来也没哭，但这一刻却忍不住流下了眼泪。

虽然这个男人少言寡语不善表达，很少对自己说情话，但她知道沈洛有多珍视自己。

三天后北雨出院，沈氏夫妇的奶爸奶妈生涯就开始了。

沈洛和北雨商量后，给女儿取名沈星辰，寓意为如星辰般自由闪亮，小名小星星。

出月子后的第一天，北雨决定从沈洛手中接过给小星星洗澡的重担。

浴室里，沈洛在婴儿浴盆里放好热水，用手试好温度，抬头对北雨道："脱了衣服，放下来吧！"

北雨双手僵硬地抱着孩子，看了看怀里的女儿，又看了看浴盆，半天没有动作。

"怎么了？"

北雨支支吾吾道："太软了，我不敢乱动，要是把她的脖子折了怎么办？"

这段时间她奶孩子，都是连着褓褓一起抱着或者放在床上，别说给她脱衣服换衣服了，甚至都没给她换过尿片，全都是沈洛和她老妈一手包办，毕竟两人都有着丰富的育儿经历。

"……"沈洛无语地看了看她，起身将睁大一双乌溜溜眼睛的女儿抱过来，温柔又麻利儿地脱成了一个光溜溜的肉团，然后放在了水中的婴儿浴网上。

刚刚满一个月的小家伙，比起刚出生时的皱皱巴巴，开始长开，脸蛋粉粉嫩嫩，眼睛黑亮如同黑葡萄，一看就是个漂亮坯子。

北雨从前对孩子是没什么概念的，但自己当妈后，母爱自然而生，这会儿蹲在浴盆旁，看着躺在浴网上的小肉团，心都快融化了。

沈洛将婴儿帕子递给她："你来！"

北雨笑嘻嘻接过来，小心翼翼给小星星擦身体，小肉团也不怕水，一脸的享受样。

她不敢翻动小家伙，一边擦一边指挥："你托着她，我给她擦擦背。"

沈洛大手将小星星托好。

擦完了前面擦后面，北雨笑道："老公，你觉不觉得小婴儿跟个玩具似的？还是个活生生的玩具，太好玩了！"

沈洛木着脸道："既然这么好玩，要不然以后洗澡和换尿片都交给你，让你有更多玩的机会？"

北雨："……不用了。"

其实沈洛的工作和她比起来，要忙太多，但他凡事喜欢亲力亲为，不出差的日子，能在家办公就在家。鉴于目睹过北雨一边打游戏一边用脚撑着水瓶给小星星喂水，以及母女俩在大床睡午觉双双跌下床诸如此类的奇葩事件后，他完全不放心让她独自带孩子，实在是太忙，就让岳母过来帮忙。

当然，北雨觉得那次摔下床事件，她还是很有必要为自己申辩一下的，因为在关键时刻，她几乎以常人不可能做到的迅速反应，在小星星掉在地上之前，自己做了她的肉垫，小家伙还被逗得咯咯直笑呢！

谁敢说这不是伟大的母爱？

一开始，在沈洛看来，女儿是贴心小棉袄，是用来宠爱的，和男孩的教育应该区分开来，不过他很快被北雨那套随心所欲的放养式育儿法所影响——

夏天带她去海边，秋天带她登山拾落叶，冬天带她去看雪，春天带她踏青时又迎来新一年。

（四）平淡生活

七月的盛夏，刚刚下了一场雨，葱郁的云山空气清新怡人。

带着点湿意的山间小路上，此时两大两小四人正在慢悠悠走着，正是带着小飞船和小星星的北雨和沈洛。

小飞船被程素素带回国外后，每个寒暑假都会回来和沈洛住一段时间。

这个暑假小飞船刚刚被送回来不久，恰好遇到沈洛休假，一家四口便来山上的天文台度假。

小星星是个运动小达人，七八个月会爬的时候，北雨经常追她追得出一脑门子汗。等到学会走路了，北雨带她出门得拴根绳儿，不然稍不留意，就能让她跑老远，实在是不安全。

如今小星星已经三岁，登山的时候，非要自己走，走不动了才要爸爸妈妈抱。

之前沈洛和北雨已经轮流抱过她几次，这会儿她就不叫他们，而是去叫一直拉着她手的小飞船："哥哥，要抱抱！"

沈洛道："宝贝，走不动了吗？爸爸抱你！"

小星星噘嘴道："要哥哥。"

沈洛："哥哥还小，抱不动你的。"

小飞船马上就要十岁了，用他自己的话来说，是个男子汉了。他对沈洛的话表示不满："爸爸，我不小了，虽然抱着小星星很吃力，但是我可以背她啊！"

说罢，他就松开手蹲在小星星跟前。

小星星一张俏脸蛋乐成一朵花，喜滋滋趴在小飞船背上："哥哥最好了。"

这里离天文台还有十几分钟的路程，上坡的山路，虽然不算太难走，却难免吃力。就算是沈洛一个大男人抱着三岁肉嘟嘟的小家伙，也不是那么轻松，何况是还未满十岁的小飞船。

北雨和沈洛跟在他旁边，看着他虽然动作越来越吃力却一点没有将人放下来的打算，背上的人快要掉下去时，他就赶紧托着往上颠一颠。

而背上分量一点都不轻的小肉球，完全没觉察出哥哥的吃力，每次被颠上去都开心得咯咯直笑。

听到妹妹笑，小飞船就更起劲儿了。

北雨实在看不下去自家闺女这么欺负哥哥，道："小飞船，你把妹妹给我抱着吧！"

小飞船还没回答，小星星已经紧紧搂住他的脖子，奶声奶气道："不要，我就要哥哥背！"

"嗯！"小飞船因为吃力满头是汗，双颊也早就通红，闻言笑眯眯点头，"哥哥背。"

于是，小小男子汉就这么咬牙一直坚持到了天文台小院，才将背上的小人儿放下来。

小星星看到他满头是汗，从妈妈手里拿过纸巾，举着小手要给他擦。

小飞船赶紧笑着半蹲下，将脸凑到她跟前。

小星星擦完汗，满意地在他的脸颊上亲了一口："最喜欢哥哥了！"

沈洛清了清嗓子，板着脸道："那爸爸呢？"

小星星眨了眨无辜的大眼睛："也最喜欢爸爸了！"

北雨也紧跟着笑问："妈妈呢？"

小星星继续道："也最喜欢妈妈了！"

小飞船揉了揉她软乎乎的头顶："小星星到底最喜欢谁啊？"

小星星可爱的眉头皱起，陷入了她三岁人生中的第一个难题，半晌后，她一脸挫败地摇摇头："不知道。"

沈洛笑着摇头："行吧，咱们快进去，我给你们做晚饭。"

他们从山下带了食材，沈大厨发挥特长，做了四菜一汤，色香味俱全。

吃饭时，拿起筷子的小飞船，看着桌上的菜肴，哇了一声："终于又能吃到爸爸做的饭了！虽然我妈妈做饭也好吃，可我还是最喜欢爸爸做的菜。"

沈洛看着这个已经快长大的小男孩，笑着温声道："喜欢就多吃点，这几天咱们在山上，你想吃什么我都做给你。"

小飞船道："我要吃小鸡炖蘑菇，就是山下农户自家散养的小鸡。"

北雨笑："你还挺会吃嘛！"

小飞船昂昂头，有些得意道："以前我和爸爸在山上住的时候，他经常做给我吃。"

沈洛点头："我明早去农户家买一只鸡上来。"

小星星懵懂地睁大一双乌溜溜的眼睛，早被桌上的菜肴勾去了魂儿，没听明白他们在说什么，只拉着小飞船的手道："哥哥，我要吃那个！"

她指着一盘红烧芋头，也叫不出名字，就觉得想吃。

小飞船给她夹了一块放在她面前的小碗里："还要什么，哥哥夹给你。"

于是一顿饭下来，小飞船都在照顾妹妹，两个大人倒是乐得自在。

吃饱喝足后，北雨看着小飞船给女儿擦嘴巴，开玩笑道："小飞船，你一放假，我和你爸爸就轻松好多啊！要不然等你开学了，把妹妹打包带走吧？"

小星星没心没肺地抱着哥哥的手臂："跟哥哥走！"

北雨："……"

你亲妈我只是开玩笑啊，没良心的傻闺女！

小飞船转头看向她，一本正经道："姐姐，虽然我也想把小星星带走，但这么小的宝贝，爸爸妈妈不在身边怎么行？所以等她长大了我再带走吧！"

北雨愣了下，大笑。

沈洛瞥了她一眼，知道她在想什么，低声道："都是孩子呢，别歪想。"

北雨笑："我这不是看得长远嘛，你就不能有点幽默细胞？"

沈洛摇摇头，收拾碗筷去厨房洗碗。

北雨不好意思再好吃懒做，跟着他进去帮忙，留下小飞船陪着妹妹在客厅玩耍。

沈洛瞥了眼撸袖子准备干活的人："不用了，我洗就行。"

北雨正要表扬他的"贤惠"，哪知他又道："这里碗不多，摔坏了就不方便了，你要洗碗回去了多洗几次。"

谁要洗碗？而且家里又不是没有洗碗机。

483

"那我出去和孩子们玩了！"

沈洛道："别出去。"

"干吗？"

"在这里陪我。"

北雨愣了下，被他逗笑，故意嗲声嗲气道："哎呀，都老夫老妻了，你怎么这么黏人啊？"

沈洛转头像是看白痴一样斜了她一眼，道："自从有了女儿后，你自己想想我们有多久没有单独相处过了。"

北雨还真是认真想了想，不想不知道，一想吓一跳："好像真的很久很久了！我就说结婚生孩子很恐怖吧？之前我还说要谈一辈子恋爱呢，果然一结婚生孩子就泡汤了。"然后她故意感叹道，"啊！我的青春，我的爱情，就这么一去不复返了！"

沈洛阴恻恻问："一去不复返？所以我是谁？"

北雨故意道："你是我女儿的爸爸。"

沈洛将洗净的碗筷放好，走到她跟前："只是女儿的爸爸？"

北雨笑眯眯对上他漆黑如墨的眼睛："还是我的合法丈夫。"

"然后呢？"

北雨抱住他的脖颈："更是我爱的男人。"

沈洛面色稍霁。

婚姻生活当然不会一直那么浪漫，但两个人并不是那种走寻常路的性格，一个天马行空，一个不食人间烟火，当然不至于变成寻常的烟火夫妻，只是有了孩子之后，有些事情总还是不能避免，比如天真、浪漫总还是会少了些许。

然而彼此的爱却从未减少。

沈洛揽住她的腰，看着面前的女人，他不知自己是何时喜欢上她的，大约就是情不知所起一往而深，但他知道自己的爱，在日复一日共同经历岁月的过程里，历久弥新。

北雨亦是。

他问："还记得我们在这里的第一次吗？"

当然记得！她本以为是与自己少年时代的爱恋正式作别，却不承想是他们余生的真正开始。

北雨笑着反问："今晚要重温旧梦？"

沈洛挑挑眉："正有此意。"

说着，他已经俯下头，吻上她的唇。

正吻得如痴如醉，门口忽然响起小飞船的声音："哎呀！我什么都没看见！"

两人顿时分开，抬头却见这家伙将身前小星星的眼睛捂住了，然后他自己也闭着眼睛把人抱走了，边走还边大声坏笑道："爸爸，今晚我哄小星星睡觉，你和姐姐过二人世界吧。"

（五）李知远番外：阿宅改造计划

小昭第一次见到李知远，是在工作室外的巷子。

老板北雨给她介绍，是自己的朋友。

作为一个以时尚为终极追求的设计师和潮女，小昭最不能忍受的就是衣品差。

而老板那个朋友，她只看了一眼，一双钛合金狗眼就差点被闪瞎。

酒瓶底眼镜，杂乱厚重蘑菇头，完全不合身的运动服，一双上世纪就该被淘汰的球鞋。

一个字：土。

两个字：很土。

三个字：超级土。

她已经顾不得自己的时尚女老板怎么会有这么土的朋友，只恨不得把这人的一身行头给马上扒下来，免得污染自己用来享受美的眼睛。

而老板给她介绍的原因，也是让她给这位朋友设计两套衣服，改改造型。

只可惜，那位土包子红着脸支支吾吾两声，就一溜烟跑了。

小昭看着他远去的身影，暗暗发誓，一定要将他改造过来。

在衣品上有强迫症的她，坚决不允许这么土的生物出现在自己周围。

李知远是对面沈洛的朋友，基本上一个星期会来一次。

小昭买通了小飞船，只要他那位土包子干爹上门，就赶紧通知她。

小飞船很是配合。

于是每次听到李知远去了对面，她就在窗户边等着，看到他出门，就赶紧跑出去逮人。

遗憾的是，李知远一看见她就红着脸跑开，跑得比兔子还快，她一连逮了一个月，也没成功。

一想到那么土的生物，逮不着改造，还要继续这样土下去，小昭就抓心挠肺地难受。

可以说是患上了一块心病。

软的不行，只能来硬的。

又一次从小飞船那儿得到李知远上门的消息后，小昭撸袖子找来了工作室仅有的三个男人，跟着她一起去逮人。

四个人将小巷子的路一堵，李知远便成了无路可逃的兔子，然后被抬进了工作室中小昭专属的设计室。

咔嗒一声，门被反锁上。

十几平方米的小房间里，只剩下一男一女两个人。

小昭肩膀披着软尺，手中拿着裁缝剪刀，对着贴着门板、脸红得像煮熟的虾一样的李知远，愤愤地咔嚓了两声，恶声恶气道："你有本事再跑啊？"

两人只隔着咫尺的距离，女孩子的香味扑鼻而来，李知远的脸红得更厉害了，低着头，结结巴巴道："我……我……不跑了。"

小昭哼了一声："这还差不多。小雨姐说了，你快三十岁了还找不到女朋友，让我给你做做造型，争取让你早点脱单。"

"我……我……我没想找女朋友。"

小昭一个刀眼瞥过去："所以你想当一辈子处男？"

"我……我……我……"

"我什么我！快站好，我给你量尺寸。"

李知远立马噤声站好了。

小昭放下剪刀，开始给他量尺寸。

土是土了点，身材比例竟然还挺好。

小昭量完上身，又蹲在他面前量下身，在量大腿腿围的时候，因为她的手从他两腿间伸过去，难免碰到他大腿内侧。

她明显感觉到了他身体的颤抖，连带着裤子里似乎也起了点反应。

小昭大笑，站起来用软尺在他身上甩了一下："这么敏感！"

李知远恨不得找个地缝钻进去。

好在量完尺寸，小昭就放了他："三天后来我这里试穿衣服，要是不来，下次逮着你，把你关在这里一整天。"

李知远忙不迭地点头，连滚带爬跑了。

三天后。

大概是慑于小昭的淫威，李知远老老实实上了门。

小昭给他设计的这套衣服，简单又时尚，加上他身材不错，如果不看脖子以上和脚脖子以下，妥妥的帅哥。

小昭一刻也不能忍受自己设计的衣服，与李知远脚上的土鞋子和他那天怒人怨的发型搭配在一起。

于是她当场翘班，强行拉着他去商场买鞋剪头发。

品牌男鞋都价格不菲。

小昭给李知远挑好鞋子，看他试穿，很是满意。看他平日里那副打扮，想必经济不宽裕，她不能为了让自己舒坦，害他随随便便就花两千块钱买双鞋，于是结账的时候，她主动掏出自己的信用卡，算是送给他。

哪知李知远走上来，红着脸结结巴巴道："不……不用了。"

他从钱夹里拿出自己的卡，递给收银员。

小昭看了眼他那张白金卡，再看看自己的青年卡，默默收了回去。

呵呵！

穿上新鞋子，小昭又带着李知远去剪头发。

男人的头发剪起来很快。

不一会儿，李知远就站起来，转身朝坐在后面等他的小昭道："剪好了！"

两人相处半天下来，他对着小昭说话，虽然还是时不时脸红，但基本上已经不结巴了。

小昭正百无聊赖玩手机，闻言抬头看过去。

然后……手机就掉在了地上。

我勒个去！

这是那个阿宅？

她不会是再次眼瞎了吧？

因为剪头发时不好戴眼镜，李知远那副酒瓶底眼镜已经摘下来。由于高度近视，他完全看不清小昭的反应，听到手机落地的声音，赶紧掏出眼镜准备戴上。

小昭慌忙跳起来阻止他，一把抓住他的手："别戴！"

"怎……怎么了？"女孩温暖的手，让李知远再次变成了结巴。

小昭道："我带你去配隐形眼镜。"

"不……不用了！"

小昭怎么能忍受美好的事物再次被打回原形，于是强行拉着李知远去了附近的眼镜店。

在小昭的鬼斧神工之下，李知远从土包子摇身一变成为回头率百分之九十以上的大帅哥。

小昭对自己的成果表示很满意。

她再也不用因为自己周围出现一个践踏她审美规则的男人而抓心挠肺地难受了。

然而这样的好心情，仅仅维持了两个星期，那种抓心挠肺又涌上了小昭心头。

尤其是从窗户看到变成帅哥的李知远从对面走出来时，那种抓心挠肺就更加难受了。

好在没过多久，李知远就来找她。

"那个……小昭，最近有女孩子约我，我想试试。但是我从来没和女孩子相处过，也不知道怎么看人，你能不能帮我把把关？"

小昭豪爽地拍拍胸脯："没问题，都包在我身上。"

于是在接下来的日子，每天下了班后，小昭就去监督李知远约会。

"这个不行，明显就是老司机，到时候不知道会给你戴多少顶绿帽子。"

"这个也不行，一口气点七千多块的餐，明显是想让你当冤大头。"

"这个更加不行，说结婚要男方全款买房，还要只写女方的名字，估计当你是傻子吧。"

一连约会七个女孩，愣是没一个入小昭的眼。

直到第八个女孩出现。

小昭知道自己再也挑不出刺来。

高学历白富美，知性温柔不拜金。

李知远和白富美的晚餐还没结束，小昭就默默离开，然后给他发了条短信：这个挺好，加油！

白富美见他盯着手机出神，笑道："怎么了？"

李知远摇头。

白富美道："刚刚看到坐后桌的女孩，是跟你一起的吧？"

李知远红着脸没出声。

白富美笑："你喜欢人家？喜欢人家就去追啊！何必答应长辈的安排，不情不愿地和别人约会？"

李知远点点头又摇头，支支吾吾道："可是她好像不喜欢我。"

毕竟见过他那么丑的样子。

白富美笑："她喜不喜欢你我不知道，不过我觉得作为男人，要是因为害怕别人不喜欢就不去主动追求，那我觉得你也不值得她喜欢。"

李知远怔了片刻，忽然起身："我知道了。"

说完他就往外跑，忽然又折回来，把埋单的钱放在桌上。

小昭心情郁郁，伸手拦了几辆车，因为心不在焉，都被旁边的人抢走了。

她郁卒地踢了下路边的台阶。

因为穿着尖头鞋，脚痛得原地跳起来，差点一个趔趄摔倒，好在有人从后面扶住她。

"谢……"后面的字还没说出来，她已经看到来人是谁，咦了一声，"你不是还在约会吗？怎么这么快出来？"

李知远又变成了从前的结结巴巴："我……我……我不想约会了。"

这段时间，他在小昭面前早就正常了，一看这架势，小昭就直觉不对劲，皱着眉道："是不是人家没看上你？"

"不……不……不是……"

小昭义愤填膺地拉着他："走，我跟她去说，我就不信，你这么好的人，会有人看不上？"

这些日子相处下来，小昭发觉李知远是个非常善良而且脾气好的男人，除了木讷内敛，几乎没有任何恶习。

她都想象不出，这个花花世界里，还有如此清纯不做作的男人。

李知远赶紧拉住她："是……是……是我对她没感觉。"

"为什么啊？"小昭急了，"人家多好，漂亮有气质，温柔有涵养。我跟你说，错过这村可就没这店儿了。"

"因为我……我……我……"

"你什么？"

"我……我……我……"

"你什么？"

"我……我……我喜欢你。"

490